Fantasy

Herausgegeben von Friedel Wahren

Von **Robert Jordan** erschienen in der Reihe
HEYNE SCIENCE FICTION & FANTASY:

Im CONAN-Zyklus:
Conan der Verteidiger · 06/4163
Conan der Unbesiegbare · 06/4172
Conan der Unüberwindliche · 06/4203
Conan der Siegreiche · 06/4232
Conan der Prächtige · 06/4344
Conan der Glorreiche · 06/4345

Sonderausgabe: 06/4163, 4172, 4203
zusammen in einem Band unter dem Titel
›Conan der Große‹ · 06/5460

Das Rad der Zeit:
1. Roman: Drohende Schatten · 06/5026
2. Roman: Das Auge der Welt · 06/5027
3. Roman: Die große Jagd · 06/5028
4. Roman: Das Horn von Valere · 06/5029
5. Roman: Der Wiedergeborene Drache · 06/5030
6. Roman: Die Straße der Speere · 06/5031
7. Roman: Schattensaat · 06/5032
8. Roman: Heimkehr · 06/5033
9. Roman: Der Sturm bricht los · 06/5034
10. Roman: Zwielicht · 06/5035
11. Roman: Scheinangriff · 06/5036
12. Roman: Der Drache schlägt zurück · 06/5037
13. Roman: Die Fühler des Chaos · 06/5521
14. Roman: Stadt des Verderbens · 06/5522
15. Roman: Die Amyrlin · 06/5523
16. Roman: Die Hexenschlacht · 06/5524
17. Roman: Die zerbrochene Krone · 06/5525
18. Roman: Wolken über Ebou Dar · 06/5526
19. Roman: Der Dolchstoß · 06/5527
20. Roman: Die Schale der Winde · 06/5528
21. Roman: Der Pfad der Dolche · 06/5529
22. Roman: Neue Bündnisse · 06/5530
23. Roman: Kriegswirren · 06/5531
24. Roman: Das Herz des Winters · 06/9201
25. Roman: Die Herrschaft der Seanchaner · 06/9202 (in Vorb.)
26. Roman: Flucht der Sklaven · 06/9203 (in Vorb.)

Das Buch zum Zyklus DAS RAD DER ZEIT:
Robert Jordan & Teresa Patterson:
Die Welt von Robert Jordans ›Das Rad der Zeit‹ · 06/9000

ROBERT JORDAN

DAS HERZ DES WINTERS

Das Rad der Zeit

Vierundzwanzigster Roman

Deutsche Erstausgabe

WILHELM HEYNE VERLAG
MÜNCHEN

HEYNE SCIENCE FICTION & FANTASY
Band 06/9201

Titel der Originalausgabe
WINTER'S HEART
1. Teil

Übersetzung aus dem amerikanischen Englisch
von Andreas Decker
Das Umschlagbild malte Tibor Szendrei/Agentur Kohlstedt
Die Innenillustrationen zeichnete Johann Peterka
Die Karte auf Seite 6/7 zeichnete Erhard Ringer

Umwelthinweis:
Dieses Buch wurde auf chlor- und
säurefreiem Papier gedruckt

Deutsche Erstausgabe 4/2001
Redaktion: Ralf Oliver Dürr

Erstausgabe bei Orbit
A Division of Little, Brown and Company (UK), London

http://www.heyne.de
Printed in Germany 2001
Umschlaggestaltung: Nele Schütz Design, München
Technische Betreuung: M. Spinola
Satz: Schaber Satz- und Datentechnik, Wels
Druck und Bindung: Elsnerdruck, Berlin

ISBN 3-453-17889-0

Wie immer für Harriet
Für alle Ewigkeit

INHALT

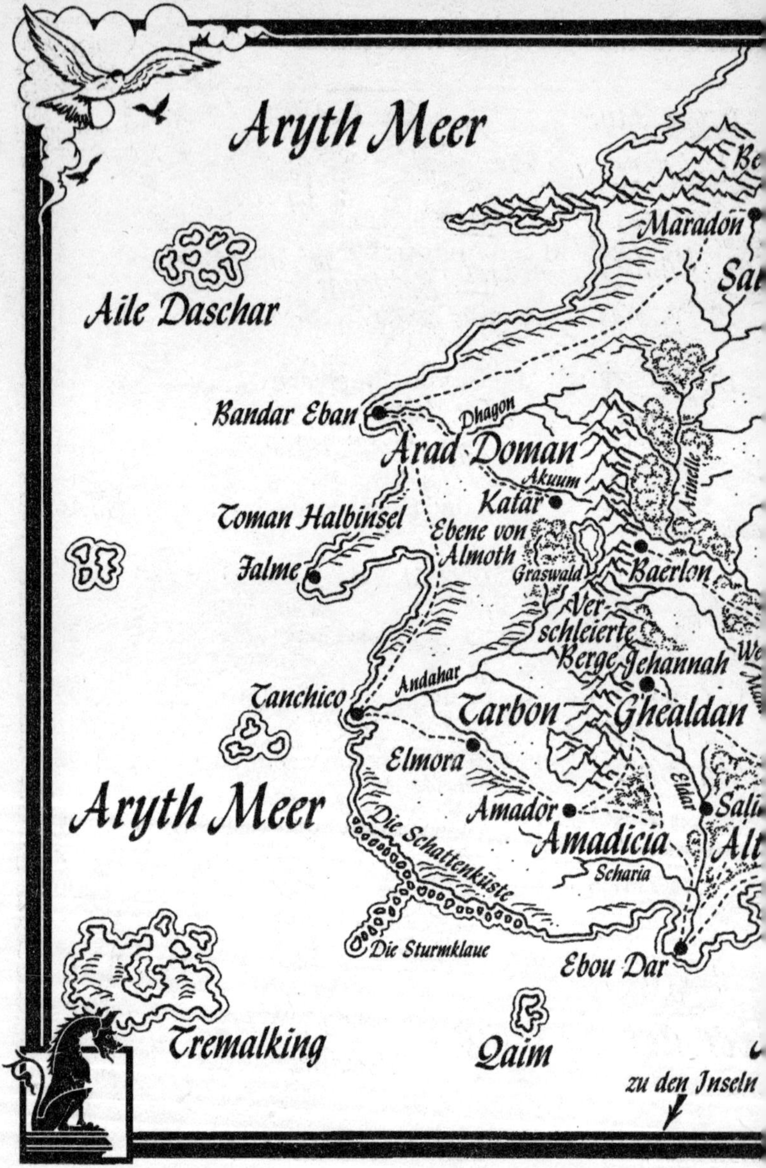
Aryth Meer
Maradon
Aile Daschar
Bandar Eban
Dhagon
Arad Doman
Akuum
Katar
Arinelle
Toman Halbinsel
Ebene von
Almoth
Falme
Graswald
Baerlon
Ver-
schleierte
Berge
Jehannah
Andahar
Tanchico
Tarbon
Ghealdan
Elmora
Eldar
Aryth Meer
Amador
Amadicia
Die Schattenküste
Scharia
Die Sturmklaue
Ebou Dar
Tremalking
Qaim
zu den Inseln

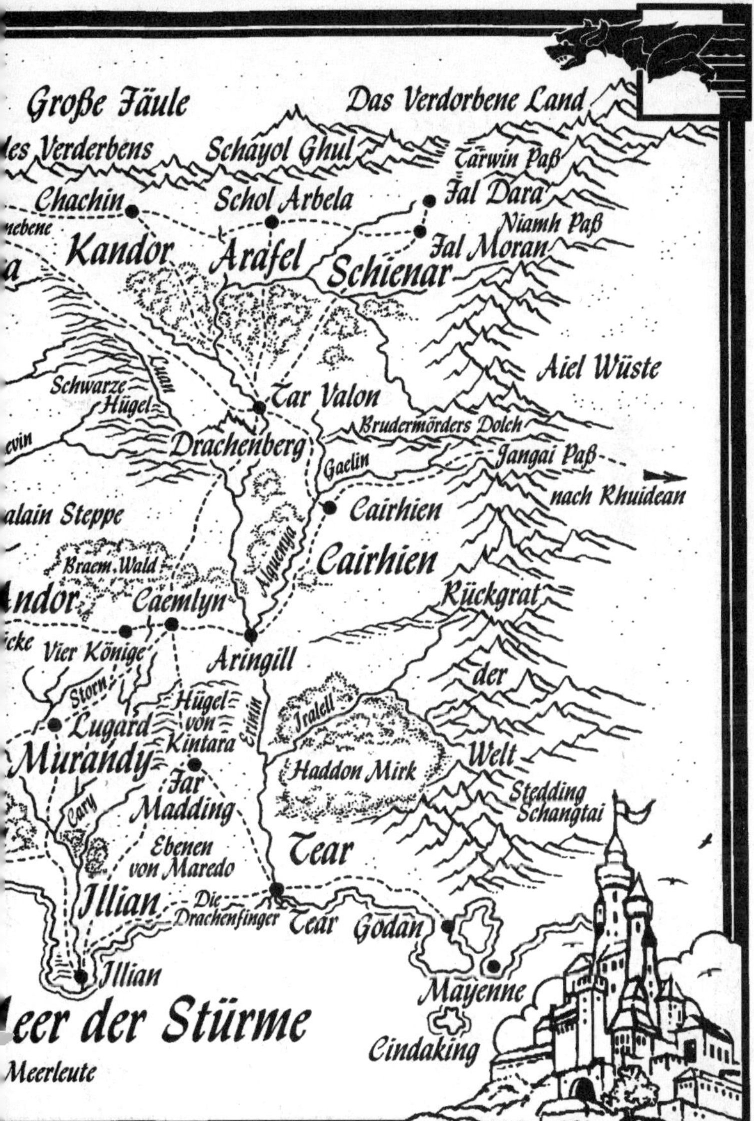

Große Fäule
Das Verdorbene Land
es Verderbens
Schayol Ghul
Tarwin Paß
Chachin
Schol Arbela
Fal Dara
Niamh Paß
Kandor
Arafel
Fal Moran
Schienar
Aiel Wüste
Schwarze Hügel
Luan
Tar Valon
Brudermörders Dolch
Drachenberg
Jangai Paß
Gaelin
nach Rhuidean
alain Steppe
Cairhien
Alguenya
Cairhien
Braem Wald
Andor
Caemlyn
Rückgrat
Vier Könige
Aringill
der
Storn
Hügel von Kintara
Erinin
Iralell
Lugard
Welt
Murandy
Haddon Mirk
Far Madding
Stedding Schangtai
Cary
Madding
Ebenen von Maredo
Tear
Illian
Die Drachenfinger
Tear
Godan
Illian
Mayenne
eer der Stürme
Cindaking
Meerleute

Ein Vorwort von Andreas Decker

Das Rad der Zeit dreht sich, Zeitalter kommen und vergehen und lassen Erinnerungen zurück, die zu Legenden werden. Legenden verblassen zu Mythen und sogar der Mythos ist lange vergessen, wenn das Zeitalter ihres Ursprungs wiederkehrt.

Mit diesen Worten beginnt jede Chronik aus der Welt des Rades, eines Universums, in dem das Rad der Zeit und das Große Muster, das es webt, das oberste Prinzip sind.

Am Anfang steht eine Prophezeiung, die Prophezeiung des Drachen. Sie verkündet die Befreiung des Dunklen Königs, des Bösen schlechthin, und die Wiedergeburt Lews Therin Telamons, des Drachen, der einst vor Jahrtausenden sein Gefängnis versiegelte und dafür den höchsten Preis bezahlen musste. Sie berichtet von einem Mann, der sowohl der Vernichter als auch der Erlöser der Welt sein soll. Er kann die *Eine Macht* lenken und er ist der Wiedergeborene Drache, der *Tarmon Gai'don* schlagen soll, die Letzte Schlacht gegen den Dunklen König.

Rand al'Thor ist der Wiedergeborene Drache.

Man schreibt das Dritte Zeitalter seit der Zerstörung der Welt. Wieder strecken der Dunkle König und seine Vertrauten, die Verlorenen, die ihm schon in tiefer Vergangenheit zur Seite standen, die Hand nach der Welt aus. Horden nichtmenschlicher Trollocs und Myrddraals überziehen das Land mit Verwüstung, gelenkt von den Verlorenen, die nahezu unerkannt unter den Menschen wandeln, wo sie Unruhe schüren und Kriege auslösen.

Allein Rand al'Thor ist laut den Prophezeiungen dazu bestimmt, die Letzte Schlacht zu schlagen. Er beherrscht die *Eine Macht,* kann die Welt nach seinen Wünschen formen, und die Welt fürchtet ihn. Er hat treue Freunde um sich geschart, Nationen besiegt und Throne gestürzt. Er hat mächtige Feinde und zweifelhafte Verbündete, aber die größte Bedrohung ist die *Eine Macht*. Denn wie alle Männer, die sich der Macht bedienen, kämpft er gegen den Makel des Wahnsinns an, der die mystische Energie beschmutzt.

Wie die Eingeweihten wissen, besteht sowohl die *Eine Macht* als auch die Wahre Quelle, der sie entspringt, aus zwei widerstreitenden und sich dennoch ergänzenden Teilen: *Saidin*, der männlichen Hälfte, und *Saidar,* der weiblichen Hälfte. Die Energie versetzt einige wenige Menschen in die Lage, die Elemente Erde, Wind, Feuer, Wasser und Geist nach ihrem Willen zu beeinflussen und Heldentaten zu vollbringen. Im untergegangenen Zeitalter der Legenden nannte man diese Männer und Frauen Aes Sedai, was in der Alten Sprache ›Diener aller‹ bedeutet.

Als der Dunkle König, der im Augenblick der Schöpfung von dem Schöpfer des Universums außerhalb von Zeit und Schöpfung gefangen gesetzt wurde, aus seinem Gefängnis auszubrechen drohte und von Lews Therin Telamon, dem stärksten Aes Sedai seiner Zeit, besiegt wurde, geriet der triumphale Sieg zugleich zur verheerenden Niederlage. Im Augenblick der Versiegelung kam es zu einer Reaktion, die *Saidin,* die männliche Quelle der *Einen Macht*, mit einem Makel versah. Jeder Mann, der nach der Macht griff – was für ihn so natürlich war wie das Atemholen –, wurde wahnsinnig. Das hat sich bis auf den heutigen Tag nicht geändert.

Bei den meisten vollzieht sich das als schleichender Prozess. Bei Lews Therin Telamon, dem Drachen, war dies anders. Blindwütig in seinem Wahn, wandten er und seine Helfer sich mit der Macht gegen alle und jeden und schließlich gegen die Welt selbst. Erdbeben erschütterten das Land, Stürme fegten darüber hinweg, Vulkane brachen aus, der Ozean überschwemmte das Land. Reiche gingen unter und ganze Völker starben.

Nach dem Neubeginn hat sich das Antlitz der Welt verändert. Nun benutzen nur noch die weiblichen Aes Sedai die *Eine Macht*. Sie haben die Weiße Burg gegründet und seit jenen dunklen Tagen wachen sie unerbittlich darüber, dass sich kein Mann der *Einen Macht* bedient. Sie spüren sie auf und ›dämpfen‹ sie, schneiden sie vom Zugang zur Wahren Quelle ab, um Unheil zu verhindern.

Rand al'Thor hatte schon immer ein zwiespältiges Verhältnis zu den Aes Sedai, die von vielen als die wahren Herrscher der Welt gefürchtet und gehasst werden. Aber er ist der Wiedergeborene Drache, der wie kein Zweiter über die *Eine Macht* gebietet; er ist der *Car'a'carn* der Aiel, der Wüstennomaden, deren Clans ihm fast alle bis in den Tod ergeben sind; er ist der Begründer der Schwarzen Burg und der *Asha'man*, der Männer, die ungeachtet aller gegenteiligen Bemühungen gelernt haben, mit der *Einen Macht* umzugehen. Und er hat treue Verbündete, die in seinem Namen handeln.

Zermürbend bleibt der Kampf dennoch. So müsste er seine ganzen Kräfte darauf konzentrieren, sich auf *Tarmon Gai'don* vorzubereiten – die Letzte Schlacht. Doch für jeden Schritt, den er vorankommt, wird er zwei zurückgeworfen. Und manchmal geschehen Dinge, die völlig unerwartet kommen.

So wie in der großen Nation von Andor.

Königin Morgase aus dem Haus Trakand gilt als verschollen und tot. Andor ist ein Land in der Krise, seitdem der Verlorene Rahvin in der Maske von Lord Gaebril dort für Chaos gesorgt hat. Zwar konnte Rand den Verlorenen töten, aber das entstehende Machtvakuum vermochte er nicht zu füllen. Darum hat Elayne Trakand, Aes Sedai und Morgases Tochter-Erbin, ihren Anspruch auf den Löwenthron angemeldet und das Banner des Wiedergeborenen Drachen eingeholt. Sie will den Thron, so wie es ihr verbrieftes Recht ist. Aber man muss das Recht auch durchsetzen können. Caemlyn, die Hauptstadt von Andor, ist ein gefährliches Pflaster. Die anderen großen und mächtigen Adelshäuser des Landes intrigieren gegen Elayne. Die Aes Sedai Elaida, die durch einen Umsturz an die Macht gekommene Amyrlin-Sitz und damit derzeitige Beherrscherin der Weißen Burg, will sie unbedingt in ihre Gewalt bekommen.

Aber Elayne steht nicht allein da. Da sind ihre Behüterin Birgitte und ihre Freundin Aviendha, eine junge Frau aus dem Volk der wilden Aiel, die beide für sie ihr Leben geben würden. Und dann sind da noch jene Frauen aus Ebou Dar, die die *Eine Macht* lenken können und die vor der Invasion der Seanchaner geflohen sind. Einst auch unter der Bezeichnung Schwesternschaft bekannt, nennen sie sich die Kusinen, da sie nie die Möglichkeit hatten, in der Weißen Burg zur Schwester einer der Ajahs der Aes Sedai ausgebildet zu werden. Generationenlang boten die Kusinen ein Sammelbecken und Hilfestellung für Frauen, die den Anforderungen der Weißen Burg nicht gerecht und fortgeschickt wurden, so wie sie auch Ausreißerinnen aufnahmen, die die harte Ausbildung der Novizinnen nicht länger durchhielten. Die Weiße Burg vernichtete jede ähnliche Gemeinschaft von Frauen, aber die Kusinen ließ sie gewähren, denn so konnte sie sich die Jagd auf die Ausreißerinnen sparen und direkt in der Nähe von Ebou Dar suchen, wo sie dann auch oft genug fündig wurde.

Aber die Zeiten haben sich geändert. Die Kusinen vertrauen auf das Versprechen Elaynes, dass sie von der Weißen Burg nicht mehr als abtrünnige Wilde angesehen werden, die verbotenerweise und ohne richtige Ausbildung die *Eine Macht* ausüben, sondern als gleichberechtigte Frauen. Aber bis dahin ist es noch ein weiter Weg. Zuerst muss Elayne den Thron für sich sichern – eine gewaltige Aufgabe. Aber sie hat ein Vorbild: ihre verstorbene Mutter, Königin Morgase.

Nur dass Morgase in Wahrheit noch unter den Lebenden ist. Nach langen, gefährlichen Irrfahrten stieß sie auf das kleine Expeditionsheer von Perrin Aybara, der im Auftrag des Wiedergeborenen Drachen in Amadicia unterwegs ist. Unter dem Namen Maighdin ließ sie sich als Dienerin von Perrins Frau Faile aufnehmen und hütete auch weiterhin ihr Geheimnis.

Perrin steht mittlerweile vor einer fast unlösbaren Aufgabe. Er soll den Propheten zu Rand bringen. Einst war Masema Dagar ein einfacher schienarischer Soldat, heute nennt er sich der Prophet und verkündet die Botschaft, dass der Wiedergeborene Drache das gestaltgewordene Licht ist, dem sich jedermann zu beugen hat. Und er verkündet seine Botschaft mit Feuer und Schwert. Als Anführer eines Heeres zügelloser Fanatiker ist er durch Ghealdan und Amadicia gezogen und hat eine Spur der Verwüstung zurückgelassen. Perrin ist nicht glücklich über seinen Auftrag. Er weiß genau, dass Masema wahnsinnig und unberechenbar ist. Außerdem kann er sich nicht auf seine Verbündeten verlassen. Die Weisen Frauen der Aiel wollen den Propheten töten, aber Masemas Mob ist in der Überzahl. Perrin hofft, dass er eine friedliche Lösung findet. Zu diesem Zweck trifft er sich mit Masema in der von ihm eroberten Stadt Abila, ohne zu wissen, dass seine Frau Faile zur gleichen Zeit von abtrünnigen Aiel überfallen wird.

Rand al'Thor, der Wiedergeborene Drache, hat in der Zwischenzeit ganz andere Sorgen. Abtrünnige Asha'man haben sich gegen ihn gewandt. Unter dem Kommando von Corlan Dashiva haben sie ihn hinterrücks im Palast von Cairhien angegriffen. Nur mit Glück konnte Rand der Attacke entgehen. Dieser Verrat ist besonders schmerzlich. Die Asha'man der Schwarzen Burg waren seine Schöpfung. Männer, die die *Eine Macht* lenken können, die in der Lage sind, gewaltige Zerstörungen anzurichten, die mittels des Schnellen Reisens Wegetore erschaffen und so mit einem Schritt von einem Teil der Welt in einen anderen reisen können. In seinem Namen geführt von Mazrim Taim, dem ehemaligen falschen Drachen, der in der Nähe von Caemlyn nun die Schwarze Burg errichtet, stellen sie eine unschlagbare Waffe dar, die die Welt in Angst und Schrecken versetzt. Eine Waffe, die allein ihm gehorchte. Bis jetzt. Zwar ist die Verrätergruppe allem Anschein nach nicht besonders groß, aber trotz aller drängenden Fragen kann es sich Rand nicht leisten, sie unbehelligt ziehen zu lassen.

Dabei türmen sich vor dem Wiedergeborenen Drachen die Schwierigkeiten. Es fällt ihm zusehends schwerer, *Saidin* zu umarmen, die mit dem Makel behaftete, männliche Hälfte der Wahren Quelle; jede Benutzung der Macht bereitet ihm Übelkeit. Jeder Tag scheint ihn dem Wahnsinn näher zu bringen, die Stimme des seit Jahrtausenden toten Lews Therin lässt sich nicht mehr aus seinem Kopf vertreiben. Aber Rand gibt nicht auf. Denn es gibt für ihn keine Alternative, als den Kampf fortzuführen.

Das Rad dreht sich und die Letzte Schlacht rückt immer näher. Die Heere sammeln sich und der Wiedergeborene Drache muss kämpfen, wenn die Welt kein zweites Mal untergehen soll.

Die Siegel, die sich der Nacht entgegen-
stemmen, ermüden,
und geboren wird im Herzen des Winters
das Herz des Winters,
begleitet von Wehklagen und Zähneknirschen,
denn das Herz des Winters wird auf
einem schwarzen Pferd reiten,
und sein Name ist Tod.

– aus dem *Karaethon-Zyklus:*
Die Prophezeiungen des Drachen

PROLOG

Schnee

Drei Laternen verbreiteten flackerndes Licht, mehr als genug, um den kleinen Raum mit seinen hellweißen Wänden zu erhellen. Seaine hielt den Blick auf die massive Holztür gerichtet. Sie wusste genau, dass es unlogisch, dass es für eine Sitzende der Weißen Ajah sogar albern war. Das Gewebe aus *Saidar,* das sie um den Türknauf gelegt hatte, ließ sie die gelegentlichen Schritte hören, die in dem auf der anderen Seite befindlichen Labyrinth aus Gängen erklangen, genau wie die geflüsterten Worte, die beinahe so schnell wieder verstummten, wie sie ertönt waren. Es war eine einfache Fertigkeit, die ihr eine Freundin in ihrer lange zurückliegenden Novizinnenzeit beigebracht hatte, aber sie würde gewarnt sein, lange bevor sich jemand näherte. Es kamen sowieso nur sehr wenige Leute bis in das zweite Kellergeschoss hinunter.

Ihr aus der Einen Macht bestehendes Gewebe nahm das in der Ferne ertönende Fiepen von Ratten wahr. Beim Licht! Wie lange war es her, dass es Ratten in Tar Valon gegeben hatte? In der Weißen Burg? Ob einige von ihnen wohl Spione des Dunklen Königs waren? Unbehaglich befeuchtete sie sich die Lippen. Logik zählte hier gar nichts. Richtig. Auch wenn es unlogisch war. Am liebsten hätte sie gelacht. Sie stand am Rande der Hysterie und es kostete sie eine bewusste Anstrengung, davor zurückzuweichen. Denk an etwas anderes als an Ratten. An etwas anderes als an … Hinter ihr ertönte ein gedämpfter Aufschrei, der in ein unterdrücktes Wimmern überging. Sie versuchte, nicht hinzuhören. Konzentriere dich!

In gewisser Weise hatte man sie und ihre Gefährtinnen in diesen Raum getrieben, weil es den Anschein gehabt hatte, dass sich die Anführerinnen der Ajah im Geheimen trafen. Sie selbst hatte gesehen, wie Ferane Neheran in einer abgeschiedenen Nische der Bibliothek mit Jesse Bilal tuschelte, die bei den Braunen einen hohen Rang bekleidete, wenn nicht sogar oben an der Spitze stand. Sie war der Meinung gewesen, sich bei Susana Dragand von den Gelben auf sicherem Terrain zu befinden. Das hatte sie zumindest geglaubt. Aber warum war Ferane dann in einem abgelegenen Teil des Burggeländes mit Susana spazieren gegangen und warum hatten beide verhüllende Umhänge getragen? Noch sprachen die Sitzenden der verschiedenen Ajahs offen, wenn auch kühl miteinander.

Die anderen hatten ähnliche Dinge beobachtet; natürlich verrieten sie keine Namen ihrer eigenen Ajahs, aber zwei von ihnen hatten Ferane erwähnt. Ein beunruhigendes Rätsel. Die Burg war zu einem schwärenden Sumpf geworden, jede Ajah ging auf die anderen Ajahs los, und doch trafen sich die Anführerinnen in irgendwelchen Ecken. Keine Außenstehende vermochte mit Sicherheit zu sagen, wer nun das Oberhaupt einer Ajah war, aber anscheinend kannten sie einander. *Was* führten sie nur im Schilde? Bedauerlicherweise konnte sie Ferane nicht einfach fragen. Aber selbst wenn sie Fragen gegenüber aufgeschlossen gewesen wäre, hätte Seaine es nicht gewagt. Nicht zu diesem Zeitpunkt.

So stark sie sich auch konzentrierte, es gelang ihr nicht, über die Frage nachzudenken. Ihr war bewusst, dass sie auf die Tür starrte und über Rätsel nachsann, die sie nicht lösen konnte, nur weil sie nicht über die Schulter blicken wollte. Zu der Quelle jenes unterdrückten Wimmerns und des keuchenden Stöhnens.

Und als wäre der Gedanke an die Geräusche ein Zwang, wandte sie sich langsam um zu ihren Gefährtinnen, und bei jedem Zentimeter, den sich ihr Kopf drehte, geriet ihr Atem mehr ins Stocken. Außerhalb von Tar Valon, hoch über ihnen, fiel in dichten Flocken der Schnee, aber der Raum erschien unerträglich heiß. Sie zwang sich dazu *hinzusehen!*

Saerin stand mit leicht gespreizten Beinen da, die mit den braunen Fransen versehene Stola über die Armbeugen geschlungen, die Hand auf dem Griff des altaranischen Krummdolches, der in ihrem Gürtel steckte. Eiskalter Zorn ließ ihre olivfarbene Haut so dunkel anlaufen, dass die Narbe an ihrem Kinn in einem dünnen weißen Strich hervortrat. Pevara schien beherrschter zu sein, zumindest auf den ersten Blick, doch ihre eine Hand hatte sich fest in dem mit roten Stickereien verzierten Rock verkrallt, während sie in der anderen den glatten, weißen Zylinder des Eidstabes wie eine Keule hielt, mit der sie am liebsten zugeschlagen hätte. Möglicherweise war sie tatsächlich dazu bereit; Pevara war viel härter, als ihr molliges Erscheinungsbild glauben ließ, und sie verfügte über genug Entschlossenheit, um Saerin wie eine Zauderin aussehen zu lassen.

Die kleine Yukiri, die auf der anderen Seite des Throns der Reue stand, hatte die Arme fest verschränkt; ihr Zittern ließ die langen silbergrauen Fransen ihrer Stola erbeben. Sie befeuchtete sich die Lippen und warf der Frau neben ihr einen besorgten Blick zu. Doesine, die mehr wie ein hübscher Knabe aussah als wie eine Schwester der Gelben mit einem ausgezeichneten Ruf, zeigte keinerlei Regung. Sie lenkte die Stränge der Macht, die im Thron der Reue verschwanden, und sie starrte auf den *Ter'angreal* und konzentrierte sich so sehr auf ihre Arbeit, dass auf ihrer bleichen Stirn Schweißtropfen perlten. Sie alle gehörten den Sitzenden an, einschließlich der hoch gewachsenen Frau, die sich auf dem Thron wand.

Talene war in Schweiß gebadet; er verklebte ihr blondes Haar und durchtränkte ihr Leinenunterhemd, sodass es an ihrer Haut haftete. Der Rest ihrer Kleidung lag als unordentlicher Haufen in einer Ecke. Ihre geschlossenen Lider flatterten und sie stöhnte unablässig und bettelte mit halb ausgesprochenen, winselnden Worten. Seaine verspürte Übelkeit, aber sie konnte ihren Blick nicht abwenden. Talene war eine Freundin. Das heißt, sie war eine Freundin gewesen.

Trotz seines Namens sah der *Ter'angreal* nicht wie ein Thron aus; es handelte sich um einen großen, rechteckigen Block aus einem marmorierten grauen Material. Niemand wusste, worum es sich dabei handelte, aber bis auf die abgeschrägte Oberseite war es so hart wie Stahl. Die stämmige Graue war ein Stück darin eingesunken, und gleichgültig wie sie sich auch verrenkte, das Material passte sich ihrer Gestalt an. Doesines Geflecht aus Macht floss in die einzige Öffnung des Throns, ein handtellergroßes, rechteckiges Loch auf der einen Seite, um das in unregelmäßigen Abständen winzige Kerben angeordnet waren. In Tar Valon brachte man gefangene Verbrecher in diesen Kellerraum, damit sie den Thron der Reue kennen lernten und sie sorgfältig ausgewählte Konsequenzen ihrer Verbrechen am eigenen Leib erlebten. Nach der Entlassung flohen sie unweigerlich von der Insel. In Tar Valon gab es nur wenige Verbrechen. Seaine fragte sich unbehaglich, ob man den Thron im Zeitalter der Legenden wohl zu ähnlichen Zwecken benutzt hatte.

»Was … sieht sie?« Obwohl sie es nicht wollte, ertönte ihre Frage als ein Flüstern. Talene würde mehr als nur sehen; ihr würde alles real erscheinen. Man konnte nur dem Licht danken, dass sie keinen Behüter hatte, was für eine Grüne mehr als ungewöhnlich war. Sie hatte behauptet, eine Sitzende würde keinen brauchen. Jetzt drängten sich andere Vermutungen auf.

»Sie ist blutverschmiert, weil sie von den verdammten Trollocs ausgepeitscht wird«, sagte Doesine heiser. Untertöne ihres heimatlichen cairhienischen Akzents hatten sich in ihre Stimme eingeschlichen, etwas, das nur geschah, wenn sie unter großer Belastung stand. »Sobald sie fertig sind, kann sie den Kessel der Trollocs über einem Feuer kochen sehen, und einen Myrddraal, der sie beobachtet. Sie wird wissen, dass eines von beiden für sie als Nächstes kommt. Verdammt, wenn sie diesmal nicht zusammenbricht …« Gereizt wischte sich Doesine Schweiß von der Stirn und holte keuchend Luft. »Hört auf, mich zu drängen. Es ist lange her, dass ich das hier getan habe.«

»Das ist schon das dritte Mal«, murmelte Yukiri. »Der hartgesottenste Verbrecher wird nach dem zweiten Mal von seiner eigenen Schuld gebrochen, falls es überhaupt so lange dauert! Was ist, wenn sie unschuldig ist? Licht, das ist, als würde man Schafe stehlen, wenn der Schäfer zusieht!« Selbst am ganzen Leib zitternd schaffte sie es, hoheitsvoll auszusehen, aber sie klang immer wie das, was sie einst gewesen war, eine Frau aus dem Dorf. Sie schaute die anderen verzagt an. »Das Gesetz verbietet es, den Thron bei Schwestern anzuwenden. Man wird uns alle als Sitzende verstoßen! Und da es noch nicht reicht, aus dem Saal verbannt zu werden, wird man uns vermutlich ins Exil schicken. Und vorher mit Ruten peitschen, nur um uns den Tee zu versalzen! Soll man mich doch zu Asche verbrennen, wenn wir uns irren, könnten wir alle gedämpft werden!«

Seaine erschauderte. Letzterem würden sie entgehen, falls sich ihr Verdacht bewahrheitete. Nein, es war kein Verdacht, es war eine Gewissheit. Es musste so sein! Aber selbst wenn sie Recht behielten, es stimmte, was Yukiri gesagt hatte. Die Gesetze der Burg ließen nur selten Notwendigkeiten oder ein imaginäres höheres Gut gelten. Aber wenn sie Recht hatten, dann war es den

Preis wert, den sie zahlten. Bitte, mochte das Licht dafür sorgen, dass sie Recht hatten!

»Seid ihr blind und taub?«, fauchte Pevara und drohte Yukiri mit dem Eidstab. »Sie hat sich geweigert, den Eid, niemals ein unwahres Wort zu sprechen, erneut zu schwören, und nach allem, was wir bereits gemacht haben, muss mehr dahinterstecken als nur der dumme Stolz einer Grünen Ajah. Als ich sie abgeschirmt habe, wollte sie mich *erstechen!* Hört sich *das* nach Unschuld an? Tut es das? Vielleicht wollten wir ja nur mit ihr sprechen, bis unsere Zungen vertrocknen, warum hätte sie etwas anderes annehmen sollen! Welchen Grund hätte sie, etwas anderes zu erwarten?«

»Ich danke euch beiden, dass ihr das Offensichtliche zur Sprache bringt«, sagte Saerin trocken. »Yukiri, wir können jetzt nicht mehr zurück, dazu ist es zu spät, also können wir genauso gut weiter nach vorn gehen. Und Pevara, ich an Eurer Stelle würde nicht eine der vier Frauen der ganzen Burg anschreien, von der ich weiß, dass ich ihr vertrauen kann.«

Yukiri errötete und richtete ihre Stola, während Pevara einen Hauch beschämt aussah. Einen Hauch, aber auch nicht mehr. Sie alle gehörten zu den Sitzenden, aber Saerin hatte zweifellos die Führung übernommen. Seaine war sich nicht sicher, was sie davon halten sollte. Noch vor wenigen Stunden waren Pevara und sie zwei alte Freundinnen auf einer gefährlichen Suche gewesen, Frauen von gleichem Rang, die gemeinsam Entscheidungen trafen; jetzt hatten sie Verbündete. Eigentlich hätte sie für die zusätzlichen Gefährtinnen dankbar sein sollen. Aber sie befanden sich nicht im Saal und sie konnten bei dieser Angelegenheit nicht auf die Rechte der Sitzenden pochen. Die Hierarchien der Burg waren in den Vordergrund getreten, all die feinen und weniger feinen Unterscheidungen, wer im Gegensatz zu wem welchen Platz einnahm. Tatsächlich war Saerin beinahe doppelt so lang Novizin und Aufgenommene als die meisten anderen gewesen, und vierzig Jahre im Rang einer Sitzenden – länger als alle anderen Mitglieder des Saals – zählte eine ganze Menge. Seaine konnte sich glücklich schätzen, falls Saerin sie nach ihrer Meinung, geschweige denn nach ihrem Rat fragte, bevor sie eine Entscheidung traf. Es war albern, aber dieses Wissen stach wie ein eingetretener Dorn.

»Die Trollocs zerren sie zum Kessel«, sagte Doesine plötzlich mit krächzender Stimme. Ein schrilles Wimmern entschlüpfte Talenes zusammengebissenen Zähnen; sie zitterte so schlimm, als habe sie Schüttelfrost. »Ich … ich weiß nicht, ob ich es schaffe … ob ich mich überwinden kann, sie …«

»Weckt sie auf«, befahl Saerin, ohne die anderen auch nur zu beachten. »Hört auf zu schmollen, Yukiri, und macht Euch bereit.«

Die Graue schenkte ihr einen wütenden Blick, aber als Doesine ihr Netz aus Macht auflöste und sich Talenes blaue Augen flatternd öffneten, wurde Yukiri vom glänzenden Schein *Saidars* umhüllt, und sie schirmte die auf dem Thron liegende Frau wortlos ab. Saerin gab hier die Befehle, und jeder wusste das, und damit war die Angelegenheit erledigt. Ein wirklich spitzer Dorn.

Eine Abschirmung schien kaum nötig zu sein. Talenes Gesicht war eine vor Entsetzen verzerrte Fratze; sie keuchte und zitterte, als wäre sie zehn Meilen so schnell gelaufen, wie sie nur konnte. Sie sank noch immer in die weiche Oberfläche ein, aber ohne Doesines Wirken der Einen Macht passte sie sich ihr nicht mehr an. Talene starrte mit hervorquellenden Augen zur Decke, dann kniff sie sie zu. Und riss sie sofort wieder auf. Egal, welche Erinnerungen hinter ihren Lidern lagen, sie wollte sich ihnen auf keinen Fall stellen.

Pevara rauschte mit zwei Schritten zum Thron und stieß der aufgewühlten Frau den Eidstab entgegen. »Talene, entsagt allen Eiden, die Euch binden, und legt die Drei Eide erneut ab«, sagte sie grob. Talene wich vor dem Eidstab zurück wie vor einer giftigen Schlange, dann zuckte sie in die andere Richtung, als sich Saerin über sie beugte.

»Das nächste Mal ist es der Kessel. Oder die sanften Liebkosungen des Myrddraals.« Saerins Miene war unerbittlich, aber ihr Tonfall ließ sie vergleichsweise mitfühlend erscheinen. »Vorher werdet Ihr nicht erwachen. Und wenn das nicht reicht, wird es wieder geschehen, und dann noch einmal, so oft es nötig ist, und wenn wir bis zum Sommer hier unten bleiben müssen.« Doesine öffnete den Mund, um zu protestieren, bevor sie sich auf eine Grimasse beschränkte. Sie allein war imstande, den Thron zu bedienen, aber in dieser Gruppe nahm sie den gleichen niedrigen Rang wie Seaine ein.

Talene starrte noch immer zu Saerin hoch. Ihre großen Augen füllten sich mit Tränen und sie fing an, in tiefen, hoffnungslosen Schluchzern zu weinen. Blindlings streckte sie die Hand aus und tastete umher, bis ihr Pevara den Eidstab entgegenhielt. Pevara umarmte die Quelle und lenkte einen Strang Geist in den Stab. Talene umfasste den Zylinder, der die Dicke eines Handgelenks aufwies, so fest, dass ihre Knöchel weiß hervortraten, blieb aber schluchzend liegen.

Saerin richtete sich auf. »Doesine, ich fürchte, es ist Zeit, sie wieder schlafen zu legen.«

Talenes Tränen flossen noch schneller, aber sie fing an zu murmeln. »Ich … entsage allen Eiden … die mich binden.« Mit dem letzten Wort fing sie an zu schreien.

Seaine zuckte zusammen, dann schluckte sie schwer. Sie hatte den Schmerz, nur einem einzigen Eid zu entsagen, persönlich erlebt und sich gefragt, wie es wohl sein musste, auf einmal mehr als nur einem zu entsagen, aber jetzt konnte sie es mit eigenen Augen sehen. Talene schrie, bis sie keine Luft mehr hatte, dann holte sie tief

Atem, um erneut zu schreien, bis Seaine damit rechnete, dass Leute aus der Burg nach unten gestürzt kamen. Die hoch gewachsene Grüne wurde von Krämpfen geschüttelt, ihre Arme und Beine zuckten, dann bog sich plötzlich ihr ganzer Körper durch, bis nur noch Kopf und Fersen die graue Oberfläche berührten. Jeder Muskel war angespannt, ihr ganzer Leib eine einzige Verkrampfung.

So unvermittelt Talene von dem Krampf überfallen worden war, so abrupt sackte sie in sich zusammen, als hätte sie keine Knochen mehr, und blieb weinend wie ein kleines Kind liegen. Der Eidstab rollte aus ihrer schlaffen Hand auf die schräge graue Oberfläche des Throns. Yukiri murmelte etwas, das nach einem andächtigen Gebet klang. Doesine flüsterte mit zitternder Stimme ununterbrochen »Licht! Licht! Licht!«

Pevara hob den Stab auf und schloss Talenes Finger erneut darum. Seaines Freundin kannte keine Gnade, nicht bei einer solchen Angelegenheit. »Jetzt schwört die Drei Eide!«, forderte sie unnachgiebig.

Einen Augenblick lang hatte es den Anschein, als würde sich Talene weigern, dann wiederholte sie langsam die Eide, die sie alle zu Aes Sedai machten und zusammenhielten. Niemals ein Wort zu sprechen, das nicht wahr ist. Niemals eine Waffe herzustellen, mit der ein Mensch seinen nächsten töten kann. Niemals die Eine Macht als Waffe zu benutzen, es sei denn zur Selbstverteidigung oder um das Leben ihres Behüters oder einer anderen Schwester zu schützen. Am Ende schluchzte sie lautlos und bebte am ganzen Körper. Vielleicht waren das die Eide, die sie banden. Sie bereiteten Unbehagen, wenn sie gerade geleistet worden waren. Vielleicht.

Dann teilte ihr Pevara den anderen Eid mit, den sie von ihr verlangten. Talene zuckte zusammen, murmelte die Worte aber mit hoffnungsloser Stimme. »Ich schwöre, Euch allen fünf bedingungslos zu gehorchen.« Sie starrte wie betäubt stur geradaus, Tränen rannen ihr über die Wangen.

»Antwortet mir wahrheitsgemäß«, forderte Saerin. »Gehört Ihr der Schwarzen Ajah an?«

»Das tue ich.« Es kam knirschend heraus, so als wäre Talenes Kehle eingerostet.

Die einfachen Worte ließen Seaine auf eine Weise erstarren, die sie nie für möglich gehalten hätte. Schließlich hatte sie sich aufgemacht, die Schwarzen Ajah zu jagen, und wie nur wenige ihrer Schwestern an ihr Ziel geglaubt. Sie hatte an eine andere Schwester Hand angelegt, an eine Sitzende, hatte geholfen, Talene in ein Gewebe aus Luft gehüllt durch verwaiste Kellerkorridore zu befördern, hatte ein Dutzend Burggesetze gebrochen, ernste Verbrechen begangen – und das alles nur, um eine Antwort zu hören, von der sie überzeugt gewesen war, sie bereits zu kennen, noch bevor man die Frage gestellt hatte. Jetzt hatte sie sie gehört. Die Schwarze Ajah existierte tatsächlich. Sie starrte eine Schwarze Schwester an, eine Schattenfreundin, welche die Stola trug. Und wie sich jetzt herausstellte, war der Glaube daran nur ein schwacher Abglanz der tatsächlichen Konfrontation. Sie konnte ein Zähneklappern nur deshalb verhindern, weil sie die Zähne krampfhaft zusammenbiss. Sie kämpfte um ihre Beherrschung, darum, nüchtern zu denken. Aber Albträume waren erwacht und wandelten in der Burg umher.

Jemand atmete schwer aus, und Seaine begriff, dass sie nicht die Einzige war, deren Welt auf den Kopf gestellt worden war. Yukiri schüttelte sich und richtete dann den Blick auf Talene, als wäre sie entschlossen, die Abschirmung falls nötig auch allein durch reine Willenskraft aufrechtzuerhalten. Doesine fuhr mit der Zunge über die trockenen Lippen und glättete unsicher ihre dunkelgoldenen Röcke. Allein Saerin und Pevara schienen ganz ruhig zu sein.

»So, so«, sagte Saerin leise. Aber vielleicht war »kaum hörbar« eine bessere Beschreibung. »So, so. Eine Schwarze Ajah.« Sie holte zischend Luft und ihr Tonfall wurde lebhaft. »Yukiri, das ist nicht mehr nötig. Talene, Ihr werdet keinen Fluchtversuch unternehmen oder anderweitig versuchen, Widerstand zu leisten. Ihr werdet die Quelle nicht mal anrühren, ohne dass Ihr von einer von uns die Erlaubnis dazu bekommen habt. Obwohl ich annehme, dass sich jemand anders dieser Angegenheit annimmt, sobald wir Euch übergeben haben. Yukiri?« Die Abschirmung löste sich auf, aber der Schein *Saidars* um Yukiri blieb; es war, als würde sie der Wirkung des Eidstabes auf eine Schwarze Schwester nicht trauen.

Pevara runzelte die Stirn. »Bevor wir sie Elaida übergeben, Saerin, will ich so viel wie möglich aus ihr herausholen. Namen, Orte, alles, was sie weiß.« Pevaras ganze Familie war von Schattenfreunden getötet worden, und Seaine war fest davon überzeugt, dass sie mit Freude ins Exil gehen würde, nur um jede Schwarze Schwester persönlich jagen zu können.

Talene gab auf dem Thron einen Laut von sich, der sich aus einem bitteren Lachen und Schluchzen zusammensetzte. »Wenn Ihr das tut, sind wir alle tot. Tot! Elaida gehört zu den Schwarzen Ajah!«

»Das ist unmöglich!«, brach es aus Seaine heraus. »Elaida hat mir persönlich den Befehl gegeben.«

»Sie muss dazugehören«, sagte Doesine halb flüsternd. »Talene hat die Eide erneut geleistet; sie hat sie gerade genannt!« Yukiri nickte nachdrücklich.

»Benutzt Euren Verstand«, kurrte Pevara und schüttelte angewidert den Kopf. »Ihr wisst so gut wie ich, dass Ihr eine Lüge, an die Ihr fest glaubt, als Wahrheit verkünden könnt.«

»Und das *ist* die Wahrheit«, beharrte Saerin. »Talene, welche Beweise habt Ihr? Habt Ihr Elaida bei Euren …

Treffen gesehen?« Sie ergriff den Dolch so fest, dass ihre Knöchel weiß hervortraten. Sie hatte für die Stola härter als die meisten anderen kämpfen müssen; sie hatte sogar für das Recht kämpfen müssen, überhaupt in der Burg bleiben zu dürfen. Für sie war die Burg mehr als nur ihr Zuhause, sie war wichtiger als ihr Leben. Falls Talene die falsche Antwort gab, würde Elaida ihr Tribunal nicht mehr erleben.

»Sie halten keine Treffen ab«, murmelte Talene mürrisch. »Von ihrem Hohen Rat einmal abgesehen, vermute ich. Aber sie muss zu ihnen gehören. Sie kennen jeden Bericht, den Elaida empfängt, sogar die geheimen, jedes Wort, das man ihr sagt. Sie kennen jede ihrer Entscheidungen, bevor sie verkündet werden. Tage früher, manchmal sogar Wochen. Wie soll das möglich sein, es sei denn, sie teilt sie ihnen mit?« Sie richtete sich mühsam auf und versuchte, jeder der Sitzenden in die Augen zu sehen. Aber es erweckte nur den Anschein, als würden ihre Blicke nervös umherhuschen. »Wir müssen fliehen und ein Versteck finden. Ich werde Euch helfen – Euch alles sagen, was ich weiß! – aber wenn wir nicht fliehen, werden sie uns töten.«

Seltsam, dachte Seaine, wie schnell Talene ihre ehemaligen Mitverschwörer zu »sie« gemacht hat und versucht, sich mit uns zu identifizieren. Nein. Seaine rief sich zur Ordnung. Sie wich dem eigentlichen Problem aus und das war töricht. Hatte Elaida sie *tatsächlich* auf die Schwarze Ajah angesetzt, ihr den Befehl gegeben, sie aufzuspüren? Sie hatte dabei nicht einmal den Namen genannt. Konnte sie etwas anderes gemeint haben? Elaida war stets über jeden hergefallen, der die Schwarzen auch nur erwähnte. Beinahe jede andere Schwester würde sich genauso verhalten, und dennoch …

»Elaida hat sich als Närrin erwiesen«, sagte Saerin, »und ich habe es mehr als einmal bereut, für sie gestimmt zu haben, aber ich glaube nicht, dass sie eine

Schwarze ist, nicht, ohne mehr Beweise zu haben als die hier.« Pevara nickte ruckartig und mit fest aufeinander gepressten Lippen. Als Rote würde sie viel mehr als das brauchen.

»Das mag ja alles sein, Saerin«, sagte Yukiri, »aber wir können Talene nicht mehr lange festhalten, bevor die Grünen anfangen zu fragen wo sie ist. Ganz zu schweigen von den ... Schwarzen. Wir sollten lieber schnell entscheiden, was zu tun ist, oder wir werden noch immer an diesem Brunnen graben, wenn der Regen kommt.« Talene schenkte Saerin ein zaghaftes Lächeln, das vermutlich einschmeichelnd sein sollte. Das Stirnrunzeln der Sitzenden der Braunen ließ es schnell verblassen.

»Wir können es nicht wagen, Elaida irgendetwas zu sagen, bis wir die Schwarzen mit einem Schlag vernichten können«, sagte Saerin schließlich. »Diskutiert nicht mit mir, Pevara, das sagt einem der gesunde Menschenverstand.« Pevara warf die Hände in die Höhe und machte ein stures Gesicht, aber sie sagte nichts. »Wenn Talene Recht hat«, fuhr Saerin fort, »wissen die Schwarzen über Seaine Bescheid oder werden es bald wissen, also müssen wir ihre Sicherheit gewährleisten, so weit uns das möglich ist. Das wird nicht einfach sein, sind wir doch nur zu fünft. Wir können *keinem* trauen, bis wir uns seiner sicher sind! Zumindest haben wir Talene und wer weiß, was wir alles erfahren, bis wir sie ausgequetscht haben.« Talene versuchte auszusehen, als wollte sie sich bereitwillig ausquetschen zu lassen, aber keiner achtete auf sie. Seaines Hals war plötzlich ganz trocken.

»Möglicherweise sind wir nicht ganz allein«, sagte Pevara zögernd. »Seaine, berichtet den anderen von Eurem kleinen Plan mit Zerah und ihren Freundinnen.«

»Plan?«, wiederholte Saerin. »Wer ist Zerah? Seaine? Seaine!«

Seaine zuckte zusammen. »Was? Oh. Pevara und ich haben in der Burg ein kleines Rebellennest entdeckt«, fing sie hastig an. »Zehn Schwestern, die man geschickt hat, um Unfrieden zu stiften.« Saerin würde also für ihre Sicherheit sorgen, oder? Ungefragt. Sie gehörte selbst den Sitzenden an; sie war seit beinahe einhundertfünfzig Jahren eine Aes Sedai. Welches Recht hatte Saerin oder sonst jemand …? »Pevara und ich haben begonnen, dem ein Ende zu setzen. Wir haben bereits eine von ihnen, Zerah Dacan, denselben Schwur wie Talene leisten lassen, und ihr befohlen, heute Nachmittag Bernaile Gelbarn in meine Gemächer zu bringen, ohne dass sie Verdacht schöpft.« Beim Licht, jede Schwester außerhalb dieser vier Wände könnte eine Schwarze sein. Jede Schwester.

»Dann benutzen wir die beiden, um die Nächste anzulocken, bis sie alle dazu gezwungen wurden, uns Gehorsam zu schwören. Natürlich werden wir ihnen dieselbe Frage stellen, die wir Zerah und Talene gestellt haben.« Womöglich kannte die Schwarze Ajah bereits ihren Namen und wusste, dass sie den Auftrag erhalten hatte, sie zu jagen. Wie sollte Saerin sie beschützen? »Diejenigen von ihnen, die eine falsche Antwort geben, können befragt werden, und die, die richtig antworten, können wieder etwas von ihrem Verrat gutmachen, indem sie unter unserer Führung die Schwarzen jagen.« Licht, wie denn?

Als sie geendet hatte, erörterten die anderen die Angelegenheit ausführlich, was nur bedeuten konnte, dass Saerin in ihrer Entscheidung unsicher war. Yukiri bestand darauf, Zerah und ihre Verbündeten auf der Stelle dem Gesetz zu übergeben – falls das möglich war, ohne gleichzeitig ihre eigene Verwicklung mit Talene zu enthüllen. Pevara sprach sich – wenn auch nur halbherzig – dafür aus, auf die Rebellen zurückzugreifen; sie hatten mit abscheulichen Geschichten über die Rote Ajah und falsche Drachen Unfrieden stiften wollen. Doesine schien sich dafür auszusprechen, jede Schwester der Burg zu entführen und zu zwingen, den zusätzlichen Eid zu leisten, aber die anderen drei ignorierten sie.

Seaine nahm an der Debatte nicht teil. Ihre Reaktion auf die gefährliche Lage, in der sie steckten, war ihrer Meinung nach die einzig richtige. Sie stolperte in die nächste Ecke und übergab sich lautstark.

Elayne versuchte, nicht mit den Zähnen zu knirschen. Draußen ging ein weiterer Schneesturm über Caemlyn nieder, der den mittäglichen Himmel so sehr verdunkelte, dass alle an den holzvertäfelten Wänden angebrachten Lampen entzündet worden waren. Wilde Böen rüttelten an den hohen Bogenfenstern. Blitze erhellten die trüben Scheiben, über ihnen grollte dumpf der Donner. Ein Schneegewitter, von allen Winterstürmen die schlimmste, die zerstörerischste Art. In dem Raum war es nicht unbedingt kalt, aber … Obwohl sie die Finger vor den Holzscheiten spreizte, die in dem breiten Marmorkamin brannten, konnte sie die Kälte spüren, die nicht nur durch die auf den Bodenfliesen liegenden Teppiche sickerte, sondern auch durch die Sohlen ihrer dicksten Samtschuhe. Der breite schwarze Kragen und die Ärmelaufschläge aus Fuchs, die ihr in Rot und Weiß gehaltenes Gewand schmückten, waren hübsch, aber sie hatte den Eindruck, als würden sie genauso wenig für zusätzliche Wärme sorgen wie die Perlen auf den Ärmeln. Die Weigerung, sich von der Kälte berühren zu lassen, bedeutete nicht, dass sie sie nicht wahrnahm.

Wo *steckte* Nynaeve? Und Vandene? In ihrem Inneren brodelte es. *Sie sollten schon längst hier sein! Licht! Ich wünsche mir, ich könnte lernen, ohne Schlaf auszukommen, und sie lassen sich ganz gemütlich Zeit!* Aber nein, das war ungerecht. Ihr formeller Anspruch auf den Löwenthron war erst ein paar Tage alt und nun kam für sie alles andere erst an zweiter Stelle. Nynaeve und Vandene hatten andere Prioritäten; ihrer Ansicht nach trugen sie für andere Dinge die Verantwortung. Nynaeve war völlig damit beschäftigt, zusammen mit Reanne und dem Rest des Nähkränzchens zu planen, wie man die Kusinen – wie sich die Angehörigen dieser Schwesternschaft auch aus Tarnungsgründen nannten – aus den von den Seanchanern beherrschten Gebieten schmuggeln konnte, bevor sie entdeckt und an den Kragen gelegt wurden. Die Kusinen waren gut darin, keinerlei Aufsehen zu erregen, aber die Seanchaner würden sie nicht einfach als Wilde betrachten und ignorieren, so wie es die Aes Sedai stets getan hatten. Angeblich war Vandene noch immer von der Ermordung ihrer Schwester erschüttert, nahm so gut wie nichts mehr zu sich und war kaum in der Lage, irgendeinen Rat zu geben. Das mit dem Essen stimmte; die Suche nach dem Mörder fraß sie innerlich auf. Es hieß, sie würde von Trauer geschüttelt zu unmöglichen Zeiten durch die Säle streifen und insgeheim den Schattenfreunden nachstellen, die sich in ihrer Mitte versteckten. Noch vor drei Tagen hatte allein dieser Gedanke Elayne einen Schauder über den Rücken gejagt; jetzt war es nur noch eine Gefahr von vielen. Zwar eine, die einem näher ging, das stimmte, aber das war es auch schon.

Sie erfüllten wichtige Aufgaben, zu denen Egwene ihre Zustimmung gegeben hatte, aber Elayne wünschte sich trotzdem, sie würden sich beeilen, so selbstsüchtig das auch sein mochte. Vandene hatte viele gute Ideen, ein Vorteil langer Erfahrung und Studien, und Nynaeves Jahre mit dem Dorfrat und dem Frauenzirkel von Emondsfelde hatte ihren Blick für praktische Lösungen geschärft, so sehr sie das auch immer verneinen mochte. *Soll man mich doch zu Asche verbrennen, ich habe hundert Probleme, ein paar davon sogar hier im Palast, und ich* brauche *sie!* Ginge es nach ihrem Willen, würde Nynaeve al'Meara die Aes Sedai-Beraterin der nächsten Königin von Andor sein. Sie brauchte jede Hilfe, die sie bekommen, Hilfe, der sie vertrauen konnte.

Sie rieb sich das Gesicht und wandte sich von dem prasselnden Feuer ab. Vor dem Kamin standen dreizehn hochlehnige Stühle in der Form eines Hufeisens aufgestellt; sie waren schlicht, aber von kunstfertiger Hand hergestellt worden. Paradoxerweise befand sich der Ehrenplatz, auf dem die Königin während einer Audienz sitzen sollte, am weitesten von der Wärme des Feuers entfernt. Insofern man überhaupt von Wärme sprechen konnte. Ihr Rücken erwärmte sich sofort und ihre Vorderseite kühlte ab. Draußen fiel der Schnee, Donner krachte und Blitze schlugen vom Himmel. In ihrem Kopf spielte sich Ähnliches ab. Ganz ruhig. Eine Herrscherin musste genauso ruhig und beherrscht wie eine Aes Sedai sein.

»Es müssen die Söldner sein«, sagte sie, ohne das Bedauern ganz aus ihrer Stimme heraushalten zu können. Bewaffnete von ihren Gütern würden sicherlich innerhalb eines Monats eintreffen – sobald sie erfuhren, dass sie am Leben war –, aber bis eine bedeutsame Zahl zusammengekommen war, konnte es Frühling sein, und die Männer, die Birgitte rekrutierte, würden ein halbes Jahr oder mehr benötigen, bevor sie gleichzeitig reiten und ein Schwert schwingen konnten. »Und die Jäger des Horns, falls sich welche einschreiben und den Eid leisten.« Das Wetter hatte viele aus beiden Gruppen in Caemlyn festgehalten. Zu viele, wie die meisten Leute sagten, da sie tranken, rauften und Frauen belästigten, die nichts von ihnen wissen wollten. Zumindest würde sie die Männer für etwas Nützliches gebrauchen, dann konnten sie Schwierigkeiten beenden, statt sie zu beginnen. Wäre da bloß nicht der quälende Gedanke gewesen, dass sie noch immer versuchte, sich das nur einzureden. »Es ist teuer, aber dafür ist genug Geld in der Schatzkammer.« Zumindest für eine Weile. Besser, es kam bald von ihren Ländereien Geld herein.

Die beiden Frauen, die vor ihr standen, reagierten beinahe auf die gleiche Weise; welch ein Wunder.

Dyelin knurrte gereizt. An dem hohen Kragen ihres dunkelgrünen Gewands war eine große silberne Anstecknadel mit Taravins Eule und Eiche befestigt, ihr einziger Schmuck. Eine Zurschaustellung des Stolzes, den sie für ihr Haus hegte, vielleicht sogar übertriebener Stolz; die derzeitige Hohe Herrin des Hauses Taravin war überhaupt eine stolze Frau. Graue Strähnen durchzogen ihr goldenes Haar, an den Augenwinkeln machten sich feine Netze aus Fältchen bemerkbar, doch ihr Gesicht drückte Stärke aus, und ihr Blick war ruhig und wachsam. Ihr Verstand war so scharf wie eine Rasierklinge. Oder vielleicht ein Schwert. Eine Frau, die sagte, was sie dachte, die nicht mit ihrer Meinung hinter dem Berg hielt.

»Söldner verstehen sich auf ihr Handwerk, Elayne«, sagte sie abschätzig. »Aber wo man die Berührung einer Feder braucht, muss man damit rechnen, dass sie wie ein Hammer sind, und wenn man einen Hammer braucht, sind sie aller Wahrscheinlichkeit nach an einem anderen Ort – wo sie gerade stehlen. Ihre Loyalität gehört dem Gold, und das auch nur so lange, wie das Gold reicht. Wenn sie einen nicht vorher für mehr Gold verraten. Ich bin davon überzeugt, dass Lady Birgitte dieses eine Mal mit mir einer Meinung ist.«

Birgitte hatte die Arme fest unter den Brüsten verschränkt und sich breitbeinig aufgebaut; sie verzog das Gesicht, so wie immer, wenn jemand ihren neuen Titel benutzte. Elayne hatte ihr ein Gut versprochen, sobald sie Caemlyn erreichten, wo man die Formalitäten erledigen konnte. Im privaten Kreis grollte Birgitte ständig über diese *und* die andere Veränderung in ihrem Leben.

Ihre himmelblauen Hosen wiesen den gleichen Schnitt auf wie jene Pluderhosen, die sie sonst trug, aber ihr kurzer roter Mantel hatte einen hohen weißen Kragen und breite, mit Goldfäden bestickte Ärmelaufschläge.

Sie war die Lady Birgitte Trahelion *und* der Generalhauptmann der Königlichen Garde und sie konnte so lange darüber jammern und murren, wie sie wollte, so lange sie es für sich tat.

»Das tue ich«, knurrte sie unwillig und schenkte Dyelin einen nicht gerade freundlichen Blick. Der Behüterbund teilte Elayne mit, was sie schon den ganzen Morgen gespürt hatte. Ungeduld, Gereiztheit, Entschlossenheit. Allerdings konnte das möglicherweise auch nur das Spiegelbild ihrer eigenen Empfindungen sein. Seitdem sie den Bund eingegangen waren, spiegelten sie einander auf überraschende Weise wider, sowohl was ihre Gefühle betraf wie auch in anderen Dingen. Selbst Elaynes Regel hatte sich mehr als eine Woche verschoben, nur um mit der der anderen Frau übereinzustimmen!

Birgittes Zögern, das zweitbeste Argument zu vertreten, war offensichtlich genauso groß wie ihr Zögern, überhaupt zuzustimmen. »Die Jäger sind nicht viel besser, Elayne«, murmelte sie. »Sie legen den Jägereid ab, um Abenteuer zu finden, und wenn möglich einen Platz in der Geschichte. Nicht, um sich niederzulassen und das Gesetz zu hüten. Die Hälfte von ihnen sind anmaßende Schweine, die auf jeden anderen herabsehen, der Rest geht keine unnötigen Risiken ein, sondern wartet auf sich bietende Chancen. Und nur ein geflüstertes Gerücht über das Horn von Valere, und du kannst dich glücklich schätzen, wenn nur zwei von dreien über Nacht verschwunden sind.«

Dyelin lächelte schmal, als hätte sie einen kleinen Sieg errungen. Verglichen mit den beiden passten Öl und Wasser großartig zusammen; beide kamen mit fast jedem anderen gut aus, aber aus irgendeinem Grund konnten sie sich über die Farbe von Kohle streiten. Und taten es auch.

»Außerdem sind sich Jäger und Söldner ähnlich, es sind fast alles Ausländer. Das wird weder die Hochwohlgeborenen noch das Volk erfreuen. Nicht im mindesten. Das Letzte, was du willst, ist eine Rebellion zu entfachen.« Blitze zuckten vom Himmel, tauchten die Fensterflügel kurz in ihr Licht, und ein besonders lauter Donnerschlag unterstrich ihre Worte. In tausend Jahren waren sieben Königinnen Andors durch offene Rebellion gestürzt worden, und die beiden, die das überlebt hatten, hatten sich vermutlich gewünscht, es nicht zu tun.

Elayne unterdrückte ein Seufzen. Auf einem der kleinen, mit Einlegearbeiten verzierten Tische an den Wänden stand ein schweres Tablett aus Silber, auf dem sich Becher und eine hohe Kanne mit heißem, gewürztem Wein befanden. Mittlerweile war es lauwarmer gewürzter Wein. Sie griff kurz nach der Macht des Feuers und eine schmale Dampffahne stieg aus der Kanne empor. Das Aufwärmen verlieh den Gewürzen eine gewisse Bitterkeit, aber das war die Wärme der ziselierten Silberbecher in ihren Händen wert. Mit einiger Mühe widerstand sie dem Wunsch, die Luft in dem Raum mit der Macht zu erhitzen, und ließ die Quelle los; die Wärme wäre sowieso nicht von Dauer gewesen, es sei denn, sie hätte das gewebte Netz aus Macht aufrechterhalten. Sie hatte ihre Abneigung besiegt, *Saidar* nach Gebrauch auch wieder loszulassen – nun, zumindest bis zu einem gewissen Grade. Aber in letzter Zeit wuchs das Verlangen, mehr von der Macht in sich aufzunehmen, von Mal zu Mal. Jede Schwester musste sich diesem gefährlichen Verlangen stellen. Mit einer Geste forderte sie die anderen beiden auf, sich mit Wein zu bedienen.

»Ihr kennt die Lage«, sagte Elayne. »Nur eine Närrin könnte sie anders als Unheil verkündend nennen und keine von euch ist eine Närrin.« Die Garde war ihren Namen nicht wert, eine Hand voll akzeptabler Männer und zwei Hände voll Rabauken, die eigentlich nur dazu geeignet waren, Betrunkene aus den Tavernen zu werfen oder selbst herausgeworfen zu werden. Und da die Saldaeaner fort waren und die Aiel aufbrachen, blühte das Verbrechen wie Unkraut im Frühling. Eigentlich hatte sie erwartet, dass der Schnee alles beruhigen würde, aber jeder neue Tag brachte Raubüberfälle, Brandstiftung und Schlimmeres. Jeden Tag wurde die Situation noch schlimmer. »Wenn das in diesem Tempo weitergeht, haben wir in ein paar Wochen Aufstände. Vielleicht sogar früher. Wenn ich nicht mal in Caemlyn für Ordnung sorgen kann, *wird* sich das Volk gegen mich wenden.« Wenn sie in der Hauptstadt nicht für Ordnung sorgen konnte, konnte sie genauso gut der Welt verkünden, dass sie für das Amt der Herrscherin nicht geeignet war. »Es gefällt mir nicht, aber es muss geschehen, und das wird es auch.« Die beiden Frauen wollten wiedersprechen, aber sie ließ ihnen keine Gelegenheit. Sie legte Härte in ihre Stimme. »Es wird geschehen.«

Birgittes taillenlanger goldener Zopf schwang hin und her, als sie den Kopf schüttelte, aber durch den Bund strömte widerwilliges Einverständnis. Sie betrachtete ihre Beziehung als Aes Sedai und Behüterin auf entschieden eigenwillige Weise, aber sie hatte zu erkennen gelernt, wann sich Elayne nicht mehr bedrängen ließ. Zumindest mehr oder weniger. Da waren das Gut und der Titel. Und der Befehl über die Garde. Und ein paar andere kleine Dinge.

Dyelin senkte den Kopf den Bruchteil eines Zentimeters und deutete vielleicht auch einen Knicks an; vielleicht war es nur eine Höflichkeit, denn ihr Gesicht war so unbeweglich wie Stein. Man durfte nicht vergessen, dass viele von denen, die Elayne Trakand nicht auf dem Löwenthron sehen wollten, stattdessen Dyelin Taravin unterstützt hatten. Die Frau war in jeder Weise hilfsbereit gewesen, aber es war noch nicht viel Zeit vergangen, und manchmal flüsterte in Elaynes Hinterkopf beharrlich eine leise Stimme. Wartete Dyelin nur darauf, dass sie einen bösen Fehler beging, bevor sie einschritt, um Andor zu »retten«? Jemand mit der nötigen Klugheit und Verschlagenheit könnte es auf diese Weise versuchen und möglicherweise sogar Erfolg haben.

Elayne hob die Hand, um sich die Schläfe zu massieren, richtete stattdessen aber nur ihr Haar. So viel Misstrauen, so wenig Vertrauen. Das Spiel der Häuser hatte nach ihrem Aufbruch nach Tar Valon auch Andor erfasst. Sie war dankbar, dass sie in ihren Monaten bei den Aes Sedai mehr gelernt hatte, als nur die Eine Macht zu beherrschen. Für die meisten Schwestern war *Daes Dae'mar* Atem und Brot. Sie war auch dankbar für Thoms Unterricht. Ohne beides hätte sie ihre Rückkehr womöglich nicht so lange überleben können, wie sie es bis jetzt getan hatte. Das Licht mochte dafür sorgen, dass Thom in Sicherheit war, dass er und Mat und die anderen vor den Seanchanern entkommen und auf dem Weg nach Caemlyn waren. Jeden Tag seit ihrem Aufbruch aus Ebou Dar hatte sie für ihre Sicherheit gebetet, aber für mehr als nur ein kurzes Gebet hatte sie jetzt keine Zeit.

Sie nahm den Stuhl in der Mitte des Hufeisens und versuchte wie eine Königin auszusehen, den Rücken gerade durchgedrückt, die freie Hand locker auf der geschnitzten Lehne. *Es reicht nicht, wie eine Königin auszusehen,* hatte ihre Mutter oft gesagt, *und ein scharfer Verstand, die geschickte Handhabung der Staatsangelegenheiten und ein tapferes Herz werden dir nichts nützen, wenn die Leute dich nicht als Königin betrachten.* Birgitte beobachtete sie, beinahe schon misstrauisch. Manchmal war der Bund entschieden lästig! Dyelin hob den Weinbecher an die Lippen.

Elayne holte tief Luft. Sie war diese Frage aus jeder Richtung angegangen, die ihr eingefallen war, und sie sah keinen anderen Ausweg. »Birgitte, ich will, dass die Garde im Frühling eine Armee darstellt, die allem gleichkommt, was *zehn* Häuser zusammen ins Feld führen können.« Vermutlich unmöglich zu schaffen, allein der Versuch bedeutete, die Söldner, die sich jetzt eingeschrieben hatten, auch zu halten und noch mehr zu finden, jeden Mann aufzunehmen, der die geringste Neigung dazu zeigte. Licht, was für ein übler Schlamassel!

Dyelin verschluckte sich, ihre Augen traten hervor, dunkler Wein schoss aus ihrem Mund. Noch immer spuckend zog sie ein spitzenbesetztes Taschentuch aus dem Ärmel und tupfte sich das Kinn ab.

Über den Bund mit Birgitte schoss eine Woge der Panik zu ihr herüber. »Verdammt, Elayne, das kann nicht dein Ernst sein …! Ich bin eine Bogenschützin, kein General! Das ist alles, was ich jemals war, hast du das noch immer nicht begriffen? Ich habe einfach nur das getan, zu dem mich die Umstände gezwungen haben! Aber wie dem auch sei, ich bin nicht *sie*, jedenfalls nicht mehr; ich bin nur noch ich und …!« Sie brach ab, als ihr klar wurde, dass sie womöglich zu viel gesagt hatte. Nicht zum ersten Mal. Ihr Gesicht lief rot an, als Dyelin sie neugierig betrachtete.

Sie hatten über Birgitte verbreitet, dass sie aus Kandor kam, wo die Landfrauen ähnliche Bekleidung wie sie trugen, aber Dyelin roch offensichtlich die Lüge. Und mit jedem Mal, das sich Birgitte versprach, kam sie näher daran, ihr Geheimnis zu offenbaren. Elayne warf ihr einen Blick zu, der ihr versprach, dass sie später noch reden würden.

Sie hätte nicht gedacht, dass Birgittes Wangen noch heftiger glühen konnten. Demütigung überlagerte alles andere in dem Bund, bis Elayne spürte, dass ihr das Blut selbst in die Wangen schoss. Schnell nahm sie einen strengen Ausdruck an und hoffte, dass ihre roten Wangen etwas anderes vermuten ließen als das tiefe Verlangen, sich wegen *Birgittes* Demütigung auf ihrem Stuhl zu winden. Der Spiegeleffekt konnte *mehr* als nur lästig sein!

Dyelin verschwendete nur einen Augenblick an Birgitte. Sie stopfte das Taschentuch zurück an seinen Platz, stellte sorgfältig den Becher zurück aufs Tablett und stemmte dann die Hände in die Hüften. Auch ihre Miene war jetzt finster. »Die Garde war immer das *Herz* von Andors Armee, Elayne, aber das hier … Das Licht erbarme sich unser, das ist Wahnsinn! Ihr könntet jeden vom Fluss Erinin bis zu den Verschleierten Bergen gegen Euch aufbringen!«

Elayne konzentrierte sich auf ihre innere Ruhe. Falls sie sich irrte, würde Andor zu einem weiteren Cairhien werden, ein weiteres blutgetränktes Land, in dem das Chaos regierte. Und sie würde natürlich sterben, ein Preis, der nicht zu hoch war. Es war undenkbar, den Versuch nicht zu wagen, davon abgesehen würde ein Fehlschlag für Andor das Gleiche bedeuten, als wenn sie nichts tat. Kühl, beherrscht, von stählerner Ruhe erfüllt. Eine Königin durfte sich nicht ängstlich zeigen, selbst wenn sie es war. Vor allem nicht, wenn sie es war. Ihre Mutter hatte stets gesagt, man sollte Entscheidungen so selten wie möglich erklären; je öfter man etwas erklärte, umso mehr zusätzliche Erklärungen wurden nötig, bis man schließlich zu nichts anderem mehr Zeit hatte. Gareth Bryne hingegen vertrat die Meinung, man sollte die Dinge erklären, wenn es möglich war; die Leute arbeiteten besser, wenn sie auch den Grund kannten. Heute würde sie Gareth Bryne folgen. Viele Siege waren errungen worden, weil man ihm gefolgt war.

»Ich habe drei offizielle Herausforderinnen.« Und vielleicht eine, die es nicht öffentlich verkündet hatte. Sie zwang sich dazu, Dyelins Blick zu erwidern. Nicht wütend; es war einfach nur ein offener Blick. Aber vielleicht hielt es Dyelin für Wut, hatte sie doch die Zähne zusammengebissen, und ihre Wangen waren gerötet. Nun, wenn es so war, konnte sie es auch nicht ändern. »Arymilla kann man vernachlässigen, solange sie auf sich allein gestellt ist, aber Nasin hat das Haus Caeren auf ihre Seite gezogen, und egal, ob er nun wahnsinnig ist oder nicht, seine Unterstützung bedeutet, dass mit ihr zu rechnen ist. Naean und Elenia sitzen im Kerker; ihre Soldaten nicht. Naeans Leute können sich streiten, bis sie einen Anführer finden, aber Jarid ist der Hohe Herr von Sarand, und er wird Risiken eingehen, um den Ehrgeiz seiner Frau zu stillen. Haus Baryn und Haus Anshar liebäugeln mit beiden; ich kann nur *hoffen*, dass sich eines von ihnen mit Sarand und das andere mit Arawn verbündet. Neunzehn Häuser von Andor sind stark genug, dass die kleineren Häuser ihnen folgen werden. Sechs davon haben sich gegen mich verbündet und ich habe zwei auf meiner Seite.« Bis jetzt waren es sechs, und das Licht mochte gewähren, dass sie zwei hatte! Sie würde nicht erwähnen, dass sich drei der großen Häuser so gut wie für Dyelin ausgesprochen hatten; wenigstens hielt Egwene sie im Augenblick in Murandy beschäftigt.

Elayne wies auf den Stuhl neben ihr und Dyelin setzte sich und richtete sorgfältig ihre Röcke. Die Sturmwolken waren vom Gesicht der älteren Frau verschwunden. Sie musterte Elayne und verriet mit keiner Miene ihre Gedanken oder Schlüsse. »Ich weiß das alles genauso gut wie Ihr, Elayne, aber Luan und Ellorien werden Euch mit ihren Häusern unterstützen, und Abelle auch, davon bin ich überzeugt.« Ihre Stimme war ruhig und bedacht, aber sie gewann an Leidenschaft, als sie fortfuhr. »Dann werden auch andere Häuser Vernunft annehmen. So lange *Ihr* ihnen keine Angst einjagt, die ihnen die Vernunft nimmt. Beim Licht, Elayne, hier geht es doch nicht um die Thronfolge. Trakand erbt Trakand und kein anderes Haus. Und selbst bei einer Thronfolge ist es nur selten zum offenen Kampf gekommen! Aber verwandelt die Königliche Garde in eine Armee und Ihr werdet alles aufs Spiel setzen.«

Elayne warf den Kopf zurück, aber ihr Lachen verriet keinerlei Belustigung. Es passte zu dem krachenden Donner draußen. »Ich habe alles an dem Tag riskiert, an dem ich heimgekehrt bin, Dyelin. Ihr sagt, Norwelyn und Traemane werden zu mir kommen und Pendar? Na schön, dann sind es eben fünf, die sechs gegenüberstehen. Ich glaube nicht, dass die anderen Häuser ›Vernunft annehmen‹, wie Ihr es ausgedrückt habt. Falls eines von ihnen einen Zug macht, bevor offensichtlich ist, dass die Rosenkrone mir gehört, dann wird es gegen mich sein, nicht für mich.« Mit Glück würden jene Lords und Ladys davor zurückschrecken, sich mit Gaebrils Kumpanen abzugeben, aber sie verließ sich nicht gern auf das Glück. Sie war nicht Mat Cauthon. Licht, die meisten Leute waren davon überzeugt, dass Rand ihre Mutter getötet hatte, und nur wenige glaubten, dass »Lord Gaebril« einer der Verlorenen gewesen war. Den Schaden zu richten, den Rahvin in Andor hinterlassen hatte, würde vermutlich ihr ganzes Leben in Anspruch nehmen, selbst wenn sie es schaffte, so lange zu leben wie die Kusinen! Einige der Häuser würden sie nicht unterstützen wegen der entsetzlichen Dinge, die Gaebril in Morgases Namen getan hatte, andere wiederum nicht, weil Rand gesagt hatte, er wollte ihr den »Thron« geben. Sie liebte den Mann von ganzem Herzen, aber für diese Worte sollte er zu Asche verbrennen. Selbst wenn sie Dyelin in Schach hielten. Der geringste

Kleinpächter Andors würde seine Sense ergreifen, um eine Marionette vom Löwenthron zu vertreiben!

»Dyelin, wenn es mir möglich ist, will ich verhindern, dass sich Andoraner töten, aber ob es hier um die Thronfolge geht oder nicht, Jarid ist zum Kampf bereit, obwohl Elenia eingesperrt ist. Naean ist zum Kampf bereit.« Am besten brachte man beide Frauen so schnell wie möglich nach Caemlyn; es war durchaus möglich, dass sie Nachrichten und Befehle aus Aringill herausschmuggelten. »*Arymilla* ist bereit, da sie Nasins Männer hinter sich hat. Für sie alle *geht* es hier um die Thronfolge, und man wird sie nur auf eine einzige Weise vom Kampf *abhalten* können – man muss so stark sein, dass sie es nicht wagen. Wenn Birgitte die Garde bis zum Frühling in ein Heer verwandeln kann, ist das gut, denn wenn ich bis dahin kein Heer habe, *werde* ich eines brauchen. Und wenn das noch nicht reicht, denkt an die Seanchaner. Sie werden sich nicht mit Tanchico und Ebou Dar zufrieden geben; sie wollen alles. Ich werde ihnen Andor nicht überlassen, Dyelin, und Arymilla ebenfalls nicht.« Über ihren Köpfen krachte der Donner.

Dyelin warf einen Blick auf Birgitte und befeuchtete sich die Lippen. Unbewusst zupfte sie an ihren Röcken herum. Es gab nur wenig, das ihr Angst einjagte, aber die Geschichten über die Seanchaner hatten es geschafft. Doch dann murmelte sie, als würde sie mit sich selbst sprechen: »Ich hatte gehofft, einen Bürgerkrieg verhindern zu können.« Und das bedeutete möglicherweise *gar* nichts, oder aber alles! Vielleicht würde etwas Nachhaken zutage bringen, was davon stimmte.

»Gawyn«, sagte Birgitte plötzlich. Ihre Miene hatte sich aufgehellt, das Gleiche galt für die Gefühle, die durch den Bund strömten. Erleichterung trat eindeutig hervor. »Wenn er kommt, wird er den Befehl übernehmen. Er wird dein Erster Prinz des Schwertes.«

»Mutters Milch in einer Tasse!«, fauchte Elayne, und in den Fenstern flackerte das Licht eines Blitzschlags, als wollte er die Worte unterstreichen. Warum musste die Frau ausgerechnet *jetzt* das Thema wechseln? Dyelin zuckte zusammen und Hitze schoss in Elaynes Gesicht. Der weit offen stehende Mund der älteren Frau verriet, wie derb der Fluch gewesen war. Irgendwie war das auf seltsame Weise peinlich; dass Dyelin eine Freundin ihrer Mutter gewesen war, hätte eigentlich nichts ausmachen dürfen. Ohne nachzudenken nahm Elayne einen großen Schluck Wein – und der bittere Geschmack ließ sie fast würgen. Schnell unterdrückte sie das aufsteigende Bild Linis, die ihr drohte, den Mund mit Seife auszuwaschen, und rief sich ins Gedächtnis zurück, dass sie eine erwachsene Frau war, die einen Thron für sich gewinnen wollte. Sie bezweifelte, dass ihre Mutter sich je so oft so albern vorgekommen war.

»Ja, das wird er, Birgitte«, fuhr sie etwas ruhiger fort. »Wenn er kommt.« Drei Kuriere waren auf dem Weg nach Tar Valon. Selbst wenn keiner von ihnen es schaffte, an Elaida vorbeizukommen, würde Gawyn schließlich erfahren, dass sie ihren Thronanspruch geltend gemacht hatte, und er würde kommen. Sie brauchte ihn um jeden Preis. Sie hegte keinerlei Illusionen, wie sie als Befehlshaberin sein würde, und Birgitte hatte so viel Angst, den Legenden über sie nicht gerecht zu werden, dass sie manchmal davor zurückschreckte, es überhaupt zu versuchen. Sich einer Armee entgegenzustellen, das ja, aber eine Armee anzuführen, niemals!

Birgitte war sich der Verwirrung in ihrem Inneren durchaus bewusst. In genau diesem Augenblick war ihr Gesicht erstarrt, aber ihre Gefühle waren voller Verlegenheit und Selbsthass, und das Letzte wurde zusehends stärker. Elayne verspürte einen Anflug von Gereiztheit, aber dann öffnete sie den Mund, um Dyelins

Bemerkung über einen Bürgerkrieg wieder aufzugreifen, bevor sie anfing, über Birgittes Wut nachzusinnen.

Doch bevor sie ein Wort äußern konnte, öffneten sich die hohen roten Flügeltüren. Ihre Hoffnung, dass es sich um Nynaeve und Vandene handelte, wurde beim Anblick zweier Meervolkfrauen zerschlagen, die trotz des Wetters barfuß gingen.

Eine nach Moschus duftende Parfümwolke schwebte ihnen voraus; sie selbst boten eine Prozession aus Seidenhosen mit hellen Brokatmustern und Blusen, juwelenbesetzten Dolchen und Ketten aus Gold und Elfenbein. Und noch mehr Schmuck. Das glatte schwarze Haar, das sich an Renaile din Calons Schläfen weiß färbte, verbarg die zehn kleinen, massiven Goldohrringe, aber die Arroganz, die in ihren schwarzen Augen lag, war so deutlich zu sehen wie die mit Medaillons behängte Goldkette, die sich von einem Ohrring zu ihrem Nasenring spannte. Ihr Gesicht zeigte Entschlossenheit, und obwohl ihr Gang anmutig war, schien sie bereit zu sein, geradewegs durch eine Wand hindurchzugehen.

Zaida din Parede war fast eine Handbreit kleiner als ihre Begleiterin und hatte auf der linken Wange fast doppelt so viele goldene Medaillons hängen; sie strahlte eher Autorität denn Arroganz aus, die Gewissheit, dass man ihr gehorchte. Ihre dichten schwarzen Locken waren grau gesprenkelt, dennoch war sie atemberaubend, eine jener Frauen, die mit zunehmendem Alter immer schöner wurden.

Dyelin zuckte bei ihrem Anblick zusammen und hatte die Hand fast schon bis zur Nase erhoben, bevor sie sich bremsen konnte. Eine durchaus übliche Reaktion bei Leuten, die nicht an das Atha'an Miere gewöhnt waren. Elayne verzog das Gesicht, jedoch nicht wegen ihrer Nasenringe. Sie suchte nach einem anderen Fluch, der noch … kraftvoller war. Von den Verlorenen einmal abgesehen, hätte sie keine zwei Menschen benennen können, die in diesem Augenblick ungelegener kamen. Reene sollte eigentlich dafür sorgen, dass so etwas nicht geschah!

»Verzeiht«, sagte sie und erhob sich anmutig, »aber ich bin im Augenblick sehr beschäftigt. Staatsangelegenheiten, wisst Ihr, sonst würde ich Euch willkommen heißen, wie es Eurer Stellung entspricht.« Das Meervolk legte pedantisch auf Dinge wie Zeremoniell und Konventionen wert, zumindest, soweit es sie betraf. Aller Wahrscheinlichkeit nach waren sie an der Ersten Hofdame vorbeigekommen, indem sie ihr einfach verschwiegen hatten, dass sie zu Elayne wollten, aber bevor die Krone ihr gehörte, würden sie daran Anstoß nehmen, im Sitzen begrüßt zu werden. Und sie konnte es sich nicht leisten, sie zu beleidigen. Birgitte erschien an ihrer Seite und verbeugte sich formell, um ihr den Becher abzunehmen; der Behüterbund vermittelte Vorsicht. In Anwesenheit des Meervolkes benahm sie sich immer sehr lebhaft; sie hatte sich auch in seiner Gegenwart versprochen. »Ich spreche später mit Euch«, sagte Elayne abschließend. Dann fügte sie noch hinzu: »Sofern es das Licht erlaubt.« Sie legten auch großen Wert auf zeremonielle Redewendungen und diese zeigte Höflichkeit *und* bot einen Ausweg.

Renaile ging einfach weiter, bis sie genau vor Elayne stand, und zwar viel zu nahe. Mit einer knappen Bewegung ihrer tätowierten Hand gab sie Elayne die Erlaubnis, sich zu setzen. Die Erlaubnis! »Ihr seid mir aus dem Weg gegangen.« Ihre Stimme war tief für eine Frau und dabei so kalt wie der Schnee, der aufs Dach fiel. »Vergesst nicht, ich bin die Windsucherin von Nesta din Raes Zwei Monde, der Herrin der Schiffe des Atha'an Miere. Ihr müsst den Rest des Vertrages erfüllen, den Ihr im Namen Eurer Weißen Burg getroffen habt.« Das Meervolk wusste von der Spaltung der Burg – mittlerweile wussten es alle –, aber Elayne hatte es für falsch gehalten, noch mehr Unruhe zu stiften, indem sie öffentlich bekannt gab, auf welcher Seite sie stand. Noch nicht. »Ihr *werdet* Euch mit mir befassen, und zwar auf der *Stelle!*«, verlangte Renaile im Befehlston. So viel zum Zeremoniell und den Konventionen.

»Ich glaube, sie wollte mir aus dem Weg gehen, nicht Euch, Windsucherin.« Verglichen mit Renaile klang Zaida, als würde sie lediglich Konversation betreiben. Statt über die Teppiche zu eilen, bewegte sie sich ganz gemütlich durch den Raum, blieb stehen, um eine hohe Vase aus dünnem grünem Porzellan zu berühren, und stellte sich auf die Zehen, um durch ein Kaleidoskop mit vier Zylindern auf einem hohen Ständer zu blicken. Als sie zu Elayne und Renaile hinüberschaute, lag ein amüsiertes Funkeln in ihren schwarzen Augen. »Schließlich ist der Vertrag mit Nesta din Reas geschlossen worden, die für die Schiffe spricht.« Zaida war nicht nur die Herrin der Wogen des Clans Catelar, sondern fungierte für die Herrin der Schiffe auch als Botschafterin. Für Rand, nicht für Andor, aber ihre Vollmacht verlieh ihr die Autorität, im Namen von Nesta zu sprechen und Verträge abzuschließen. Sie wechselte den vergoldeten Zylinder gegen einen anderen aus und stellte sich erneut auf die Zehenspitzen, um wieder durch das Okular zu blicken. »Elayne, Ihr habt dem Atha'an Miere zwanzig Lehrerinnen versprochen. Bis jetzt habt Ihr für eine gesorgt.«

Ihr Auftritt war so unvermutet, so dramatisch gewesen, dass Elayne erst jetzt überrascht auffiel, dass Merilille hinter sich die Tür schloss. Die Graue, die noch kleiner als Zaida war, trug ein elegantes dunkelblaues Wollgewand, dessen Säume mit silbernem Fell abgesetzt und auf dessen Oberteil kleine Mondsteine aufgestickt waren. Sie unterrichtete die Windsucherinnen nicht mal zwei Wochen, aber die Zeit hatte ihre Spuren hinterlassen. Bei den meisten handelte es sich um mächtige Frauen mit großem Wissensdurst, die mehr als nur bereit waren, Merilille wie eine Weintraube in der Weinpresse auszuquetschen, um auch den letzten Tropfen Flüssigkeit zu bekommen. Elayne war immer der Meinung gewesen, dass ihre Selbstbeherrschung so ausgeprägt war, dass sie nichts überraschen konnte, aber jetzt lief Merilille ständig mit weit aufgerissenen Augen und leicht geöffneten Lippen umher, als wäre sie gerade so überrascht worden, dass ihr Verstand nicht mehr mitkam und sie damit rechnete, jeden Augenblick erneut überrascht zu werden. Sie faltete die Hände in Höhe der Taille und blieb neben der Tür stehen, anscheinend erleichtert, nicht im Mittelpunkt der Aufmerksamkeit zu stehen.

Dyelin räusperte sich lautstark, stand auf und schaute sowohl Zaida wie auch Renaile stirnrunzelnd an. »Achtet auf Euren Ton«, knurrte sie. »Ihr seid jetzt in Andor, nicht an Bord eines Eurer Schiffe, und Elayne Trakand wird die Königin von Andor sein! Wenn die Zeit gekommen ist, wird der *Vertrag* schon erfüllt werden! Im Augenblick müssen wir uns um wichtigere Dinge kümmern.«

»Im Schein des Lichts gibt es nichts Wichtigeres«, erwiderte Renaile im gleichen Tonfall und wandte sich ihr zu. »Ihr behauptet, der Vertrag wird eingehalten? Dann garantiert Ihr auch dafür! Ihr sollt wissen, dass in den Rahen genug Platz sein wird, um Euch dort an den Füßen aufzuhängen, wenn …«

Zaida schnippte mit den Fingern. Das war alles, aber ein Zittern ging durch Renailes Körper. Sie schnappte sich das goldene Duftkästchen, das von einer ihrer Halsketten herunterbaumelte, drückte es an die Nase und atmete tief ein. Sie mochte die Windsucherin der Herrin der Schiffe sein, eine Frau, die unter den Atha'an Miere große Autorität und Macht besaß, aber für Zaida war sie bloß eine … Windsucherin. Was mächtig ihren Stolz verletzte. Elayne war überzeugt, dass es eine Möglichkeit geben musste, das auszunutzen, um sie sich vom Leib zu halten, aber bis jetzt hatte sie sie noch nicht gefunden. O ja, ob es ihr gefiel oder nicht, *Daes Dae'mar* steckte nun auch ihr in den Knochen.

Sie ging um die stumm ihre Wut bewältigende Renaile herum, als wäre sie eine Säule, ein Teil des Raums, trat aber nicht in Zaidas Richtung. Wenn einer der Anwesenden das Recht hatte, sich ungezwungen zu benehmen, dann sie. Sie durfte Zaida nicht den Hauch eines Vorteils gewähren, oder die Herrin der Wogen würde ihr den Kopf für die Perückenmacher kahl scheren. Sie blieb vor dem Kamin stehen und hielt die Hände den Flammen entgegen.

»Nesta din Raes hat darauf vertraut, dass wir unseren Teil des Vertrags erfüllen, sonst hätte sie nie darin eingewilligt«, sagte sie ruhig. »Ihr habt die Schale der Winde zurückerhalten, aber neunzehn weitere Schwestern zusammenzubekommen, die sich Euch anschließen, erfordert Zeit. Ich weiß, dass Ihr Euch Sorgen um die Schiffe macht, die beim Eintreffen der Seanchaner in Ebou Dar waren. Lasst Renaile ein Wegetor nach Tear öffnen. Dort befinden sich Hunderte Schiffe des Atha'an Miere.« Das besagte jeder Bericht. »Ihr könnt Euch bei ihnen informieren und zu Eurem Volk zurückkehren. Sie werden Euch gegen die Seanchaner brauchen.« Und sie wäre sie los. »Man wird Euch die anderen Schwestern schicken, sobald man es arrangieren kann.« Merilille rührte sich nicht von der Tür fort, aber bei der Vorstellung, die einzige Schwester beim Meervolk zu sein, nahm ihr Gesicht einen grünen Schimmer an.

Zaida gab es auf, durch das Kaleidoskop zu schauen, und sah Elayne von der Seite an. Ein Lächeln ließ ihre überaus vollen Lippen zucken. »Ich muss hierbleiben, zumindest bis ich mit Rand al'Thor gesprochen habe. Falls er jemals kommen sollte.« Das Lächeln wurde einen Augenblick lang schmaler, bevor es wieder erblühte; Rand würde es schwer mit ihr haben. »Und ich werde Renaile und ihre Gefährtinnen für den Moment hier behalten. Eine Hand voll Windsucherinnen mehr oder weniger werden gegen diese Seanchaner keinen großen Unterschied machen, und hier lernen sie vielleicht, sofern es das Licht will, etwas Nützliches.« Renaile schnaubte, gerade laut genug, um gehört zu werden. Zaida runzelte die Stirn und begann, an dem Okular herumzuspielen, das sich auf ihrer Kopfhöhe befand. »In Eurem Palast befinden sich fünf Aes Sedai, Euch mit eingeschlossen«, murmelte sie nachdenklich. »Vielleicht könnten ein paar von Euch unterrichten.« So als wäre ihr diese Idee gerade gekommen. Und wenn dem so war, konnte Elayne beide Meervolk-Frauen mit einer Hand in die Höhe stemmen.

»O ja, das wäre wunderbar«, platzte Merilille heraus und trat einen Schritt vor. Dann warf sie einen Blick auf Renaile und sank in sich zusammen; ihre cairhienische Blässe wurde von einer aufsteigenden Röte verdrängt. Sie faltete erneut die Hände und umgab sich mit Demut wie mit einer zweiten Haut. Birgitte schüttelte erstaunt den Kopf. Dyelin starrte sie an, als hätte sie die Aes Sedai nie zuvor gesehen.

»Das ließe sich vielleicht machen, wenn es dem Licht gefällt«, sagte Elayne vorsichtig. Sich nicht die Schläfen zu massieren kostete Kraft. Sie wünschte sich, die Kopfschmerzen dem unablässigen Gewitterdonner zuschreiben zu können. Nynaeve würde bei dem Vorschlag an die Decke gehen, und Vandene würde einen solchen Befehl vermutlich einfach ignorieren, aber Careane und Sareitha würden es vielleicht machen. »Natürlich nicht mehr als ein paar Stunden am Tag. Wenn sie Zeit haben.« Sie vermied es, Merilille anzublicken.

Selbst Careane und Sareitha würden unter Umständen dagegen aufbegehren, in diese Weinpresse geworfen zu werden.

Zaida legte die Finger der rechten Hand an die Lippen. »Damit erkläre ich mich einverstanden, beim Schein des Lichts.«

Elayne blinzelte. Das war verdächtig; anscheinend hatten sie in den Augen der Herrin der Wogen gerade einen weiteren Vertrag abgeschlossen. Wegen ihrer begrenzten Erfahrung im Umgang mit den Atha'an Miere konnte sie sich glücklich schätzen, wenn sie am Ende ihr Unterhemd behielt. Nun, diesmal würden die Dinge anders laufen. Was hatten eigentlich die Schwestern davon? Ein Handel musste für beide Seiten gewinnbringend sein. Zaida lächelte, als wüsste sie, was Elayne dachte, und fände es amüsant. Als sich eine der Flügeltüren öffnete, war das beinahe eine Erleichterung, denn es gab ihr eine Entschuldigung, sich von der Meervolk-Frau abzuwenden.

Reene Harfor schlüpfte mit Ehrerbietung aber ohne jede Unterwürfigkeit in den Raum, und sie knickste so zurückhaltend wie eine Hohe Herrin eines mächtigen Hauses vor ihrer Königin. Ihr grau werdendes Haar war zu einem Knoten gebunden, der wie eine Krone auf ihrem Kopf saß, und sie trug einen scharlachroten Wappenrock über ihrem roten und weißen Gewand; der Kopf des Weißen Löwen von Andor ruhte auf ihrem mächtigen Busen. Die Haushofmeisterin hatte kein Mitspracherecht, wer den Thron besteigen würde, aber sie hatte am Tag von Elaynes Ankunft das formelle Gewand angelegt, so als wäre die Königin bereits inthronisiert worden. Beim Anblick der Atha'an Miere, die sich an ihr vorbeigestohlen hatten, verhärtete sich ihr Gesicht einen Augenblick lang, aber das war auch der einzige Hinweis, dass sie sie beachtete. Für den Moment. Sie würden noch zu ihrem Bedauern erfahren, was es bedeutete, sich die Feindschaft der Haushofmeisterin zuzuziehen.

»Mazrim Taim ist endlich eingetroffen, meine Lady.« Reene schaffte es, dass es wie »meine Königin« klang. »Soll ich ihm sagen, dass er warten soll?«

Das hat ja lange genug gedauert, dachte Elayne gereizt. Sie hatte den Mann vor zwei Tagen zu sich bestellt! »Ja, Frau Harfor. Gebt ihm Wein. Den drittbesten. Teilt ihm mit, dass ich mich so bald wie möglich um ihn …«

Taim eilte in den Raum, als gehöre ihm der ganze Palast. Es war nicht nötig, dass er vorgestellt wurde. Blaue und goldene Drachen wanden sich von den Ellbogen bis zu den Manschetten um die Ärmel seines schwarzen Mantels, eine Imitation der Drachen auf Rands Armen. Obwohl Elayne die Vermutung hatte, dass ihm diese Bemerkung nicht gefallen würde. Er war groß, fast so groß wie Rand, hatte eine Hakennase und die dunklen Augen eines Propheten; ein körperlich starker Mann, der sich in gewisser Hinsicht mit der tödlichen Anmut eines Behüters bewegte. Aber er erweckte den Anschein, als verfolgten ihn Schatten, als wären bei seinem Auftritt die Hälfte der Lampen im Raum erloschen; es handelte sich nicht um echte Schatten, er vermittelte vielmehr den Eindruck, als stünde er unmittelbar vor einem gewalttätigen Ausbruch – und dieser Eindruck war so deutlich fassbar, dass er das Licht aufzusaugen schien.

Ihm auf dem Fuße folgten zwei Männer in Schwarz, ein kahlköpfiger Bursche mit langem Bart und lüstern blickenden blauen Augen und ein jüngerer Mann mit dunklem Haar, so schlank wie eine Schlange, mit jener verächtlichen Arroganz, wie sie junge Männer oft zeigen, bevor sie es besser lernen. Beide trugen das silberne Schwert und den roten Drachen an den hohen Kragen. Keiner der drei hatte ein Schwert; sie brauchten keine Schwerter. Plötzlich fühlte sich der Raum kleiner und beengt an.

Instinktiv umarmte Elayne *Saidar* und streckte die geistigen Fühler aus, um eine Verknüpfung herbeizuführen. Merilille fügte sich mühelos in den Zirkel ein; Renaile erstaunlicherweise auch. Ein schneller Seitenblick zu der Windsucherin minderte Elaynes Überraschung. Renaile umklammerte mit grauem Gesicht den hinter ihrer Schärpe steckenden Dolch so fest, dass Elayne durch die Verknüpfung den Schmerz in ihren Knöcheln spüren konnte. Die Windsucherin hielt sich lange genug in Caemlyn auf, um zu wissen, was ein Asha'man war.

Die Männer wussten natürlich, dass jemand *Saidar* umarmt hatte, selbst wenn ihnen der Schimmer verborgen blieb, der die drei Frauen umgab. Der Kahlköpfige erstarrte, der schlanke junge Mann ballte die Fäuste. Sie starrten die Frauen wütend an. Sicherlich hatten sie *Saidin* ergriffen. Elayne bedauerte bereits, dem Impuls nachgegeben zu haben, aber sie würde die Quelle nicht loslassen, nicht jetzt. Taim strömte Gefahr aus wie ein Feuer Wärme. Sie schöpfte tief durch die Verknüpfung, bis zu dem Punkt, an dem das überwältigende Gefühl von Leben zu einem scharfen, warnenden Kribbeln wurde. Und selbst das fühlte sich ... wohltuend an. Mit so viel Macht in ihr konnte sie den Palast zerstören, aber sie fragte sich, ob es wohl ausreichen würde, um Taim und den anderen beiden entgegenzutreten. Sie wünschte sich sehnlich, sie hätte einen der drei *Angreale*, die sie in Ebou Dar gefunden hatten und die jetzt zusammen mit dem Rest aus der Truhe sicher unter Verschluss waren, bis sie Zeit hatte, sie weiter zu erforschen.

Taim schüttelte verächtlich den Kopf, die Andeutung eines Lächelns huschte über seine Lippen. »Benutzt eure Augen.« Seine Stimme war leise, aber hart und kränkend. »Hier sind zwei Aes Sedai. Fürchtet ihr euch vor zwei Aes Sedai? Außerdem wollt ihr doch nicht die zukünftige Königin von Andor erschrecken.« Seine Begleiter entspannten sich sichtlich, dann versuchten sie, die unbewusste Dominanz seiner Haltung nachzuahmen.

Reene wusste nichts von *Saidar* oder *Saidin;* sie hatte sich den Männern bei ihrem Eintreten mit gerunzelter Stirn in den Weg gestellt. Asha'man oder nicht, sie erwartete von den Leuten, dass sie sich so benahmen, wie sie sollten. Sie murmelte etwas Unhörbares. Aber es war nicht unhörbar genug. Die Worte »hinterhältige Ratten« waren gerade eben zu verstehen.

Die Haushofmeisterin errötete, als ihr bewusst wurde, dass sie jeder in dem Raum verstanden hatte, und Elayne hatte Gelegenheit, Reene Harfor aufgeregt zu sehen. Was allerdings nur bedeutete, dass sich die Frau aufrichtete und mit einer Anmut und Erhabenheit, um die sie jeder Herrscher beneidet hätte, sagte: »Verzeiht mir, Lady Elayne, aber man hat mir mitgeteilt, dass sich in den Lagerräumen Ratten breit machen. Sehr ungewöhnlich zu dieser Jahreszeit, und dann noch so viele. Wenn Ihr mich jetzt entschuldigen würdet, ich muss mich vergewissern, dass meine Befehle für die Rattenfänger richtig ausgeführt werden.«

»Bleibt«, sagte Elayne kühl. Beherrscht. »Mit Ungeziefer kann man immer noch aufräumen.« Zwei Aes Sedai. Ihm war nicht klar, dass Renaile die Macht lenken konnte, und er hatte *zwei* betont. Würden drei Frauen ihm gegenüber einen Vorteil haben? Oder brauchte man noch mehr dazu? Offensichtlich kannten die Asha'man *irgendeine* Möglichkeit, um Frauen gegenüber, die von ihrer Zahl her nicht den Zirkel der Dreizehn bilden konnten, im Vorteil zu sein. Einfach so zu ihr hereingestürmt zu kommen, was? »Ihr könnt die Herren hinausbringen, wen ich mit ihnen fertig bin.« Taims Begleiter kommentierten die Bezeichnung »Herren« mit Stirnrunzeln, aber ihr Anführer ließ lediglich ein weiteres Beinahe-Lächeln aufblitzen. Er war klug genug, um zu wissen, dass sie an ihn gedacht hatte, als sie von Ungeziefer sprach. Licht! Vielleicht hatte Rand diesen Mann ja einst gebraucht, aber warum behielt er ihn weiterhin und dann auch noch in einer so hohen Machtposition? Nun, hier zählte seine Autorität nichts.

In aller Ruhe nahm sie wieder Platz auf ihrem Stuhl und nahm sich einen Augenblick Zeit, ihre Röcke zu richten. Die Männer würden wie Bittsteller vor sie hintreten müssen oder nur die Seite ihres Kopfes ansprechen können, während sie sich weigerte, sie anzusehen. Einen kurzen Augenblick lang dachte sie darüber nach, die Kontrolle des kleinen Zirkels aufzugeben. Die Asha'man würden ihre Aufmerksamkeit sicherlich auf sie konzentrieren. Doch Renaile sah noch immer ganz grau im Gesicht aus, in ihrem Inneren überschlugen sich Angst und Wut; möglicherweise würde sie sofort zuschlagen, sobald sie über die Verknüpfung gebot. Merilille hatte Angst, die sie so gerade eben unter Kontrolle hatte und die sich mit einer beträchtlichen … Nervosität vermengte, die zu ihren weit aufgerissenen Augen und den leicht geöffneten Lippen passte; allein das Licht wusste, was *sie* mit der Verknüpfung anstellen würde.

Dyelin stellte sich an die Seite von Elaynes Stuhl, so als wollte sie sie von den Asha'man abschirmen. Was auch immer sich im Inneren der Hohen Herrin von Taravin abspielen mochte, ihr Gesicht war ernst, furchtlos. Die restlichen Frauen hatten keine Zeit verschwendet, sich so gut vorzubereiten, wie es möglich war. Zaida stand nahezu reglos neben dem Kaleidoskop und tat ihr Bestes, klein und harmlos auszusehen, aber sie hielt die Hände hinter dem Rücken, und der Dolch aus ihrer Schärpe war verschwunden. Birgitte stand neben dem Kamin, die linke Hand auf den Sims gelegt, scheinbar völlig entspannt, aber die Scheide ihres Gürtelmessers war leer, und nach der Art zu schließen, wie ihre andere Hand an der Seite herabhing, war sie bereit zu einem Unterhandwurf. Der Bund übermittelte ... Konzentration. Der Pfeil war eingespannt, die Bogensehne bis zur Wange gezogen, bereit zum Schießen.

Elayne machte keinerlei Anstalten, die drei Männer um Dyelin herum anzusehen. »Zuerst befolgt Ihr meinen Befehl, hierher zu kommen, zu langsam, Meister Taim, und dann seid Ihr zu schnell.« Licht, hielt er *Saidin*? Es gab Methoden, einen Mann, der gerade die Macht lenkte, dabei zu stören, ohne ihn gleich von der Quelle abzuschirmen, aber es war schwierig und riskant, und sie kannte es eigentlich nur in der Theorie.

Er trat vor sie hin und blieb ein paar Schritte entfernt vor ihr stehen, aber er sah keineswegs wie ein Bittsteller aus. Mazrim Taim wusste, wer er war, genau wie er seinen Wert kannte, auch wenn er ihn offensichtlich höher als den Himmel ansiedelte. Die Blitze, die durch die Scheiben hineinleuchteten, ließen seltsame Lichter über sein Gesicht zucken. Viele würden sich von ihm einschüchtern lassen, selbst ohne seinen imposanten Mantel oder seinen berüchtigten Namen. Sie nicht. Sie würde das *nicht* zulassen!

Taim rieb sich nachdenklich das Kinn. »Ich habe gehört, Ihr habt in ganz Caemlyn die Drachenbanner herunternehmen lassen, Lady Elayne.« Da war *Belustigung* in seiner tiefen Stimme, wenn auch nicht in seinen Augen. Dyelin kommentierte die Geringschätzung Elaynes mit einem Zischen, aber er ignorierte sie. »Angeblich haben sich die Saldaeaner zum Lager der Legion des Drachen zurückgezogen, und bald werden auch die letzten Aiel in Lagern außerhalb der Stadt sein. Was wird er wohl sagen, wenn er das erfährt?« Es gab nicht den geringsten Zweifel, wen er meinte. »Und das, nachdem er Euch ein Geschenk übersandt hat. Aus dem Süden. Ich werde es später bringen lassen.«

»Ich werde dafür sorgen, dass Andor zum rechten Zeitpunkt mit dem Wiedergeborenen Drachen ein Bündnis schließt«, erwiderte sie kalt. »Aber Andor ist *keine* besiegte Provinz, nicht für *ihn* noch für sonst jemanden.« Sie sorgte dafür, dass ihre Hände ganz entspannt auf den Stuhllehnen lagen. Beim Licht, die Aiel und Saldaeaner zum Weggehen zu überreden war bislang ihr größter Erfolg, und es war nötig gewesen, trotz des Aufflammens des Verbrechens! »Wie dem auch sei, Meister Taim, es steht Euch nicht zu, mich zur Rede zu stellen. Sollte Rand dagegen Einwände erheben, werde ich mich um *ihn* kümmern!« Taim hob eine Braue und das seltsame Lächeln blieb.

Soll man ihn doch zu Asche verbrennen, dachte sie aufgebracht, *ich hätte Rand nicht bei seinem Vornamen nennen sollen!* Der Mann dachte offensichtlich, er wüsste *genau*, wie sie die Wut des verdammten Wiedergeborenen Drachen besänftigen würde! Und das schlimmste daran war, dass sie, wenn sich die Gelegenheit bot, Rand in ihr Bett locken würde. Nicht aus diesem Grund, nicht um sich um ihn zu *kümmern*, sondern weil sie es wollte. Was für ein Geschenk hatte er ihr geschickt?

Wut stählte ihre Stimme. Wut über Taims Ton, Wut auf Rand, weil er so lange fortblieb. Wut auf sich selbst, weil sie errötete und über Geschenke nachdachte. Geschenke! »Ihr habt vier Meilen von Andor *abgesperrt*.« Licht, das war eine Fläche, die mehr als halb so groß wie die Innenstadt von Caemlyn war! Wie viele von diesen Kerlen waren nötig, um sie zu halten? Der Gedanke ließ sie frösteln. »Mit wessen Erlaubnis, Meister Taim? Jetzt sagt nicht, mit der des Wiedergeborenen Drachen. Er hat in Andor kein Recht, *irgendetwas* zu erlauben.« Dyelin neben ihr verlagerte ihr Gewicht. Kein Recht, aber genug Stärke konnte Recht schaffen. Elayne hielt ihre Aufmerksamkeit auf Taim gerichtet.

»Ihr habt der Königlichen Garde den Zugang zu

Eurem … *Lager* verweigert.« Nicht, dass sie es vor ihrer Heimkehr versucht hätte. »Die Gesetze Andors gelten für *ganz* Andor, Meister Taim. Die Gerechtigkeit gilt gleichermaßen für Lord und Bauer – oder Asha'man. Ich will nicht behaupten, ich könnte mir den Weg hinein erzwingen.« Da war das Lächeln wieder – oder was dafür herhalten sollte. »Ich würde mich nicht erniedrigen. Aber falls man der Königlichen Garde den Zugang nicht gestatten sollte, verspreche ich Euch, dass nicht mal eine Kartoffel den Weg durch Eure Tore finden wird. Ich weiß, dass ihr das Schnelle Reisen beherrscht. Sollen Eure Asha'man ihre Zeit mit Schnellem Reisen verbringen, um Essen herbeizuschaffen.« Das Beinahe-Lächeln wurde zu einer kaum merklichen Grimasse; er verlagerte leicht die Position.

Die Wut hielt jedoch nur einen Augenblick lang an. »Nahrungsmittel sind nur ein kleines Problem«, sagte er aalglatt und breitete die Hände aus. »Wie Ihr bereits sagtet, meine Männer beherrschen das Schnelle Reisen. Wohin ich auch befehle. Ich bezweifle, dass Ihr mich davon abhalten könntet, zu kaufen, was immer ich will, und sei es auch nur zehn Meilen von Caemlyn entfernt, aber es würde mich nicht stören, wenn Ihr es könntet. Dennoch bin ich dazu bereit, Besuche zu erlauben, wann immer Ihr darum bittet. Kontrollierte Besuche, mit Eskorte. Die Ausbildung in der Schwarzen Burg ist hart. Fast jeden Tag sterben Männer. Ich möchte nicht, dass es Unfälle gibt.«

Er war unerfreulich genau in der Einschätzung, wie weit außerhalb Caemlyns ihre Macht reichte. Aber das war nur ein geringes Ärgernis. Sollten seine Bemerkungen über das Schnelle Reisen an jeden Ort, den er befahl, und »Unfälle« verschleierte Drohungen sein? Sicherlich nicht. Wut durchfuhr sie wie eine heiße Woge, als ihr klar wurde, dass er sie wegen Rand nicht bedrohen würde. Sie würde sich *nicht* hinter Rand al'Thor verstecken. *Kontrollierte* Besuche? Wenn sie darum *bat?* Sie sollte den Mann an Ort und Stelle zu Asche verbrennen!

Abrupt wurde sie sich der Gefühle bewusst, die durch den Bund mit Birgitte kamen. Ihre widergespiegelte Wut vereinte sich mit der Birgittes, sprang von Birgitte zu ihr und wieder zurück, nährte sich und wuchs. Birgittes Messerhand zitterte vor Verlangen zu werfen. Und sie? Sie war voller Wut! Nur noch eine Spur mehr und sie würde *Saidar* entfesseln.

Sie rang den Zorn mit einer bewussten Anstrengung zu einer trügerischen Ruhe nieder. Einer brodelnden Ruhe. Sie schluckte und kämpfte um einen gleichmütigen Tonfall. »Die Garde wird jeden Tag zu einem Besuch vorbeikommen, Meister Taim.« Und sie hatte keine Ahnung, wie sie das bei diesem Wetter bewerkstelligen wollte. »Vielleicht komme ich auch selbst, zusammen mit ein paar Schwestern.« Falls Taim der Gedanke störte, Aes Sedai in seiner Schwarzen Burg zu haben, ließ er es sich nicht anmerken. *Licht,* sie versuchte hier, Andors Herrschaft zu etablieren, nicht den Mann aus der Reserve zu locken. Schnell führte sie eine Novizinnenübung durch – der durch das Ufer im Zaum gehaltene Fluss – und suchte nach innerer Ruhe. Es funktionierte, zumindest ansatzweise. Jetzt wollte sie ihm nur noch alle Weinbecher an den Kopf werfen. »Ich will Euch Eure Eskorte zugestehen, aber es wird nichts verborgen bleiben. Ich werde nicht zulassen, dass durch Eure Geheimnisse Verbrechen vertuscht werden. Haben wir uns verstanden?«

Taims Verbeugung war spöttisch – spöttisch! –, aber sein Tonfall war angespannt. »Ich habe Euch genau verstanden. Doch Ihr müsst auch mich verstehen. Meine Männer sind keine Bauern, die den Kopf senken, wenn Ihr vorbeischreitet. Übt zu viel Druck auf einen Asha'man aus, und unter Umständen erfahrt Ihr, wie mächtig Euer Gesetz in Wirklichkeit ist.«

Elayne öffnete den Mund, um ihm zu sagen, wie mächtig das Gesetz in Andor tatsächlich war.

»Es ist Zeit, Elayne Trakand«, sagte eine Frauenstimme von der Tür aus.

»Blut und Asche!«, murmelte Dyelin. »Kommt denn die ganze Welt einfach so hier herein?«

Elayne erkannte die neue Stimme. Sie hatte diese Aufforderung erwartet, nur nicht gewusst, wann genau sie kommen würde. Aber sie wusste, dass sie ihr auf der Stelle folgen musste. Sie erhob sich und wünschte sich, sie hätte noch etwas mehr Zeit gehabt, Taim die Dinge klarer zu machen. Er bedachte sowohl die Frau, die gerade eingetreten war, wie auch Elayne mit einem Stirnrunzeln, offensichtlich unsicher, was hier vorging. Gut. Sollte er im eigenen Saft schmoren, bis sie die Zeit hatte, ihm in aller Ausführlichkeit deutlich zu machen, welche Sonderrechte die Asha'man in Andor hatten.

Nadere war so groß wie die beiden Männer, die an der Tür standen, und beinahe so untersetzt wie die stämmigste Aiel, die Elayne gesehen hatte. Ihre grünen Augen blickten das vor ihr stehende Paar einen Moment lang forschend an, bevor sie es als unwichtig einstufte. Asha'man konnten Weise Frauen nicht beeindrucken. Das konnte nur wenig. Sie richtete mit klirrenden Armreifen ihre schwarze, auf den Schultern liegende Stola, ging zu Elayne und drehte Taim den Rücken zu. Trotz der Kälte trug sie lediglich die Stola über der dünnen weißen Bluse, obwohl sie seltsamerweise einen schweren Wollumhang über den Arm gelegt hatte. »Ihr müsst jetzt mitkommen«, sagte sie zu Elayne, »sofort.« Taims Stirn umwölkte sich; zweifellos war er es nicht gewohnt, so gründlich ignoriert zu werden.

»Licht des Himmels!«, seufzte Dyelin und massierte sich die Schläfen. »Ich weiß nicht, was das soll, Nadere, aber es wird warten müssen …«

Elayne legte ihr die Hand auf den Arm. »Ihr wisst es *nicht*, Dyelin, und es kann *nicht* warten. Nadere, ich werde jeden wegschicken und Euch begleiten.«

Die Weise Frau schüttelte missbilligend den Kopf. »Ein Kind kurz vor der Geburt kann sich nicht die Zeit nehmen, Leute wegzuschicken.« Sie entfaltete den dicken Umhang. »Ich habe den hier mitgebracht, um Eure Haut vor der Kälte zu schützen. Vielleicht sollte ich ihn hier lassen und Aviendha sagen, dass Eure Sittsamkeit größer ist als Euer Verlangen nach einer Schwester.« Dyelin keuchte in plötzlichem Begreifen auf. Der Behüterbund zitterte vor Birgittes Wut.

Ihr blieb nur eine Möglichkeit. Und selbst diese Wahl war eigentlich keine. Sie ließ die Verknüpfung mit den beiden anderen Frauen und *Saidar* los. Der Schein um Renaile und Merilille blieb jedoch bestehen. »Seid Ihr so nett und helft mir mit den Knöpfen, Dyelin?« Elayne war stolz, wie beherrscht ihre Stimme klang. Sie hatte das erwartet. *Nur nicht mit so vielen Zeugen*!, dachte sie flüchtig. Sie wandte Taim den Rücken zu – so würde sie wenigstens nicht zusehen müssen, wie er sie beobachtete! – und begann mit den winzigen Ärmelknöpfen. »Dyelin, wärt Ihr so freundlich? Dyelin?«

Einen Augenblick später setzte sich Dyelin wie eine Schlafwandlerin in Bewegung und begann an den Knöpfen auf Elaynes Rücken herumzufummeln, während sie kopfschüttelnd etwas vor sich hinmurmelte. Einer der Asha'man an der Tür kicherte.

»Umdrehen!«, fauchte Taim und an der Tür stampften Stiefel auf.

Elayne wusste nicht, ob er sich auch umgedreht hatte – sie war fest davon überzeugt, seine Blicke auf ihrem Körper zu spüren –, aber plötzlich war Birgitte da und Merilille und Reene und Zaida, und sogar Renaile, und sie standen Schulter an Schulter und bildeten stirnrunzelnd eine Mauer zwischen ihr und den Männern.

Keine sehr gute Mauer. Keine von ihnen hatte ihre Größe und Zaida und Merilille reichten ihr nicht mal bis zur Schulter.

Konzentriere dich, dachte sie. *Ich bin ganz ruhig. Ich bin entspannt. Ich bin … ich ziehe mich in einem Raum voller Leute splitternackt aus!* Sie entkleidete sich so schnell, wie sie nur konnte, ließ Gewand und Unterkleid zu Boden fallen und warf Schuhe und Strümpfe oben drauf. Die kühle Luft verschaffte ihr eine Gänsehaut; wenn sie sie ignorierte, bedeutete das nur, dass sie nicht zitterte. Und der Gedanke, dass die Hitze in ihren Wangen damit zu tun hatte, war ihr angenehmer.

»Wahnsinn!«, murmelte Dyelin leise und griff sich die am Boden liegenden Kleider. »Absoluter Wahnsinn!«

»Was hat das zu bedeuten?«, flüsterte Birgitte. »Soll ich dich begleiten?«

»Ich muss allein gehen«, entgegnete Elayne ebenfalls flüsternd. »Keine Widerrede!« Nicht dass Birgitte eine entsprechende Miene gemacht hätte, aber der Bund sprach Bände. Sie nahm die goldenen Ohrringe ab, gab sie Birgitte, zögerte kurz und fügte den Ring mit der Großen Schlange hinzu. Die Weisen Frauen hatten gesagt, sie müsste wie ein Kind bei der Geburt sein. Sie hatten viele Anweisungen erteilt, und niemandem zu sagen, was geschehen würde, hatte an allererster Stelle gestanden. Was das anging, wünschte sie sich, sie *würde* es wissen. Ein Kind wurde geboren, ohne zu wissen, was es erwartete. Birgittes Gemurmel hörte sich langsam an wie Dyelins.

Nadere trat mit dem Umhang vor, hielt ihn aber nur einfach hin; Elayne musste ihn nehmen und sich schnell darin einwickeln. Sie glaubte noch immer, Taims Blicke zu spüren. Sie hielt das schwere Tuch fest umklammert, ihr Instinkt befahl ihr, aus dem Raum zu eilen, aber stattdessen richtete sie sich auf und drehte sich langsam um. Sie würde nicht von Schande erfüllt flüchten.

Die Männer, die mit Taim gekommen waren, standen steif da, die Gesichter zur Tür gewandt, während Taim selbst mit vor der Brust verschränkten Armen auf den Kamin starrte. Seine Blicke waren also nur Einbildung gewesen. Die anderen Frauen schauten sie mit Variationen von Neugier, Bestürzung und Entsetzen an. Nadere schien lediglich ungeduldig zu sein.

Elayne versuchte, in ihrem majestätischsten Tonfall zu sprechen. »Frau Harfor, Ihr werdet Meister Taim und seinen Männern Wein anbieten, bevor sie gehen.« Nun ja, wenigstens zitterte sie nicht. »Dyelin, bitte unterhaltet doch die Herrin der Wogen und die Windsucherin, versucht doch, ihre Befürchtungen zu zerstreuen. Birgitte, ich erwarte, heute Abend deine Pläne für die Rekrutierung zu hören.« Die Frauen, die sie benannte, blinzelten überrascht und nickten dann wortlos.

Dann verließ sie gefolgt von Nadere den Raum und wünschte sich, sie hätte es besser hinbekommen. Das Letzte, was sie hörte, bevor sich die Flügeltüren hinter ihr schlossen, war Zaidas Stimme. »Ihr Küstenmenschen habt seltsame Bräuche.«

Im Korridor versuchte sie etwas schneller zu gehen, obwohl es nicht einfach war, gleichzeitig zu verhindern, dass der Umhang aufklaffte. Die roten und weißen Bodenfliesen waren *viel* kälter als die Teppiche in dem Raum. Ein paar Diener, die behaglich warme Livreen trugen, starrten sie an, als sie sie sahen, dann gingen sie wieder eilig ihren Pflichten nach. Die Flammen in den Kandelabern flackerten; in den Korridoren war es immer zugig. Gelegentlich war der Luftstrom so stark, dass ein Wandbehang träge flatterte.

»Das war Absicht, nicht wahr?«, stellte sie fest. »Ihr wolltet auf jeden Fall sicherstellen, dass viele Leute zum Zusehen da waren. Um sicherzugehen, dass die Verbindung mit Aviendha auch wichtig für mich ist.« Man hatte ihnen gesagt, dass es wichtiger als *alles andere* sein musste. »Was musste *sie* tun?« Manchmal hatte es den Anschein, als würde Aviendha keinen besonderen Wert auf Sittsamkeit legen, in ihren Gemächern ging sie oft völlig unbekümmert nackt umher und bemerkte es nicht einmal, wenn Diener eintraten. Sie dazu zu bringen, sich vor Leuten auszuziehen, hätte nichts bewiesen.

»Das muss sie Euch sagen, falls sie es will«, sagte Nadere selbstgefällig. »Ihr seid scharfsinnig genug, um dies zu erkennen; viele tun das nicht.« Ihr mächtiger Busen hob sich, als sie einen Laut von sich gab, der möglicherweise so etwas wie ein Lachen sein sollte. »Diese Männer, die Euch den Rücken zudrehten, und diese Frauen, die Euch beschützen. Ich hätte dem sofort ein Ende bereitet, hätte der Mann in dem bestickten Mantel nicht über die Schulter gesehen, um Eure Hüften zu bewundern. Und hätten Eure geröteten Wangen nicht verraten, dass Ihr das wusstet.«

Elayne passte nicht auf und stolperte. Der Umhang öffnete sich, und bevor sie ihn wieder zusammengerafft hatte, hatte er das bisschen an Körperwärme verloren, das er angesammelt hatte. »Dieser dreckige Schweineküsser!«, knurrte sie. »Ich werde … Ich werde …!« Verdammt, was konnte sie *tun?* Es Rand sagen? Ihn sich um Taim kümmern lassen? Nie im Leben!

Nadere musterte sie nachdenklich. »Die meisten Männer werfen gern einen Blick auf das Hinterteil einer Frau. Hört auf, über Männer nachzudenken, und denkt endlich an die Frau, die Ihr als Schwester haben wollt.«

Elayne errötete erneut und dachte an Aviendha. Es half nicht, ihre aufgewühlten Nerven zu beruhigen. Man hatte ihr aufgetragen, vor der Zeremonie an ganz bestimmte Dinge zu denken, und einige davon bereiteten ihr Unbehagen.

Nadere passte sich Elaynes Tempo an, und Elayne

achtete darauf, dass ihre Beine nicht unter dem Umhang hervorblitzten – überall begegneten ihnen Diener –, darum dauerte es eine Weile, bis sie den Raum erreichten, in dem sich die Weisen Frauen versammelt hatten. Es waren mehr als ein Dutzend von ihnen in ihren bauschigen Röcken und weißen Blusen und dunklen Stolen, sie waren mit Halsketten und Armringen aus Gold und Silber, Juwelen und Elfenbein behängt, und ihre langen Haare waren mit zusammengefalteten Tüchern zurückgebunden. Sämtliche Möbel und Teppiche waren weggebracht worden; es gab nur noch die nackten weißen Bodenfliesen. Im Kamin brannte kein Feuer. Hier, tief im Inneren des Palastes, wo es keine Fenster gab, war das Krachen des Donners kaum zu hören.

Elayne hielt sofort Ausschau nach Aviendha, die auf der anderen Seite des Raums stand. Nackt. Sie lächelte Elayne nervös zu. Nervös! Aviendha! Elayne warf schnell den Umhang ab und lächelte zurück. Ebenfalls nervös, wie ihr bewusst wurde. Aviendha lachte leise und nach einem Moment stimmte Elayne darin ein. Beim Licht, war es hier drinnen *kalt!* Und der Boden war noch kälter.

Die meisten der hier versammelten Weisen Frauen waren ihr unbekannt, aber ein Gesicht sprang ihr förmlich entgegen. Mit dem vorzeitig weiß gewordenen Haar und den Gesichtszügen, die nicht mal ihre mittleren Jahre erreicht zu haben schienen, hatte Amys etwas von dem Aussehen einer Aes Sedai. Sie musste mittels des Schnellen Reisens aus Cairhien gekommen sein. Egwene hatte die Traumgänger darin unterrichtet, um sie für ihren Unterricht über das *Tel'aran'rhiod* zu entschädigen. Und um eine Schuld einzulösen, wie sie behauptet hatte, auch wenn sie nie gesagt hatte, worin diese eigentlich nun genau bestand.

»Ich hatte gehofft, Melaine wäre hier«, sagte Elayne.

Sie mochte Baels Gemahlin, eine warmherzige und großzügige Frau. Ganz im Gegensatz zu zwei anderen, die sie erkannte, die knochige Tamela mit ihrem spitzen Gesicht und Viendre mit den blauen Adleraugen. Beide waren stärker in der Macht als sie, mit Ausnahme von Nynaeve sogar stärker als jede Schwester, die sie je kennen gelernt hatte. Eigentlich sollte das bei den Aiel keine Rolle spielen, aber sie wusste keinen anderen Grund, warum die beiden sie immer so von oben herab behandelten.

Elayne erwartete, dass Amys das Kommando übernahm – das tat sie scheinbar immer –, aber eine kleine Frau namens Monaelle trat vor; ihr blondes Haar hatte einen roten Stich. Eigentlich war sie gar nicht klein, doch sie war die einzige Frau im Raum, die kleiner als Elayne war. Und die Schwächste in der Macht, kaum stark genug, um in Tar Valon die Stola zu erringen, hätte sie dort um Aufnahme gebeten. Vielleicht spielte das bei den Aiel ja tatsächlich keine Rolle.

»Wäre Melaine hier«, sagte Monaelle kurz angebunden, ohne unfreundlich zu sein, »würden die Babys, die sie in sich trägt, zu einem Teil des Bundes zwischen Euch und Aviendha – falls das Gewebe der Macht sie berührt. Aber nur, falls sie überleben würden; die Ungeborenen sind nicht kräftig genug dafür. Es stellt sich nur die Frage, seid ihr es?« Sie zeigte auf zwei Punkte auf dem Boden nicht weit von ihr. »Kommt her, ihr beide, in die Mitte des Gemachs.«

Zum ersten Mal wurde Elayne klar, dass *Saidar* ein Teil der Prozedur sein würde. Sie hatte angenommen, es würde sich bloß um eine Zeremonie handeln, um Versprechen, die ausgetauscht wurden, vielleicht auch abgelegte Eide. *Was* würde geschehen? Es spielte zwar keine Rolle, aber … Ihre Füße schienen über den Boden zu schleifen, als sie auf Monaelle zuging. »Meine Behüterin … Unser Bund … Wird sie hiervon … betroffen sein?« Aviendha, die ihr entgegengegangen war, hatte die Stirn gerunzelt, als sie zögerte, aber bei der Frage sah sie Monaelle verstört an. Offensichtlich war ihr das niemals in den Sinn gekommen.

Die Weise Frau schüttelte den Kopf. »Niemand außerhalb dieses Gemachs kann von dem Gewebe berührt werden. Vielleicht spürt sie wegen des Bundes mit Euch etwas von dem, was ihr miteinander teilt, aber es wird nicht viel sein.« Aviendha stieß einen Seufzer der Erleichterung aus, in den Elayne einfiel.

»Und nun«, fuhr Monaelle fort, »sind Riten zu befolgen. Kommt. Wir sind keine Clanführer, die beim *Oosquai* Wassereide besprechen.« Die anderen Frauen lachten über den Scherz, bei dem es anscheinend um Clanführer und den starken Aiel-Schnaps ging, und bildeten einen Kreis um Elayne und Aviendha. Monaelle ließ sich anmutig auf den Boden herunter und setzte sich zwei Schritte von den nackten Frauen entfernt mit untergeschlagenen Beinen hin. Das Lachen verstummte, als ihre Stimme förmlich wurde. »Wir sind hier versammelt, weil zwei Frauen Erstschwestern werden wollen. Wir werden sehen, ob sie stark genug dazu sind, und wenn ja, helfen wir ihnen. Sind ihre Mütter da?«

Elayne zuckte zusammen, aber im nächsten Augenblick stand Viendre hinter ihr. »Ich stehe hier für Elayne Trakands Mutter, die nicht anwesend sein kann.« Viendre legte die Hände auf Elaynes Schultern, schob sie nach vorn und dann nach unten, bis sie vor Aviendha auf den kalten Fliesen kniete, dann ging auch sie hinter ihr auf die Knie. »Ich biete ihr meine Tochter zur Prüfung dar.«

Zu einem anderen Zeitpunkt hätte Elayne vielleicht gekichert. Keine der Frauen sah auch nur mehr als ein halbes Dutzend Jahre älter als sie und Elayne aus. Zu einem anderen Zeitpunkt. Aber nicht jetzt. Die stehenden Weisen Frauen machten ernste Gesichter. Sie musterten Aviendha und sie, als würden sie sie beurteilen und wären sich absolut nicht sicher, ob sie die Prüfung bestehen würden.

»Wer wird für sie die Geburtswehen erdulden?«, fragte Monaelle und Amys trat vor.

Ihr schlossen sich zwei andere Frauen an, ein wilder Rotschopf namens Shyanda, die Elayne in Melaines Gesellschaft gesehen hatte, und eine ergrauende Frau, die sie nicht kannte. Sie halfen Amys, sich auszuziehen. Stolz in ihrer Nacktheit trat Amys Monaelle gegenüber und klatschte sich auf den straffen Bauch. »Ich habe Kinder geboren. Ich habe sie gestillt«, sagte sie und wog Brüste in den Händen, die aussahen, als hätten sie nichts dergleichen getan. »Ich biete mich an.«

Nach Monaelles würdevollem Nicken ging Amys zwei Schritte neben Elayne und Aviendha auf die Knie und hockte sich auf die Fersen. Shyanda und die ergrauende Weise Frau knieten ebenfalls nieder und flankierten sie, und plötzlich umgab jede Frau im Raum mit Ausnahme von Elayne, Aviendha und Amys der Schein der Macht.

Elayne holte tief Luft und sah, dass Aviendha das Gleiche tat. Gelegentlich klirrten die Armreifen einer der Weisen Frauen, aber außer den Atemzügen und dem kaum zu hörenden Donner in der Ferne war das der einzige Laut im Raum. Es war beinahe ein Schock, als Monaelle sprach.

»Ihr werdet beide das tun, was man euch befiehlt. Schwankt ihr oder hinterfragt ihr den Befehl, ist eure Entschlossenheit nicht stark genug. Ich werde euch fortschicken, und das ist dann das Ende hiervon, für alle Zeiten. Ich werde euch Fragen stellen und ihr werdet ehrlich antworten. Weigert ihr euch zu antworten, wird man euch fortschicken. Falls jemand der Anwesenden den Eindruck hat, dass ihr lügt, wird man euch fort-

schicken. Natürlich könnt ihr auch jederzeit aus eigenem Willen gehen. Dies ist ebenfalls das Ende für alle Zeiten. Hier gibt es kein zweites Mal. Also. Was ist das Beste, das ihr über die Frau sagen könnt, die ihr zur Erstschwester haben wollt?«

Elayne hatte die Frage halb erwartet. Das hatte zu den Dingen gehört, über die sie hatte nachdenken sollen. Eine Tugend unter vielen auszuwählen war nicht einfach gewesen, aber sie hatte eine Antwort parat. Sie setzte zum Sprechen an, aber plötzlich traten Stränge aus *Saidar* in Erscheinung und verflochten sich zwischen ihr und Aviendha und kein Laut kam aus ihrem oder Aviendhas Mund. Mechanisch tastete sie die Stränge ab; selbst in diesem Augenblick war der Versuch, etwas zu lernen, genauso sehr ein Teil von ihr wie ihre Augenfarbe. Die Stränge verschwanden, als sie den Mund wieder schloss.

»Aviendha ist so selbstbewusst, so stolz. Ihr ist es egal, was andere denken, dass sie tun oder sein soll; sie ist die, die sie sein will«, hörte Elayne sich sagen, während Aviendhas Worte plötzlich zur gleichen Zeit zu hören waren. »Selbst wenn Elayne solche Angst hat, dass ihr Mund austrocknet, wird sich ihr Geist nicht beugen. Sie ist mutiger als alle anderen Menschen, die ich kennen gelernt habe.«

Elayne starrte ihre Freundin an. Aviendha hielt sie für mutig? Beim Licht, sie war kein Feigling, aber mutig? Seltsamerweise starrte Aviendha *sie* ungläubig an.

»Mut ist eine Quelle«, sagte Viendre in Elaynes Ohr, »bei manchen ist sie tief, bei anderen nur flach. Tief oder flach, Quellen trocknen irgendwann aus, selbst wenn sie sich später wieder auffüllen. Du wirst dich dem stellen, dem du dich nicht stellen kannst. Dein Rückgrat wird sich in Pudding verwandeln, und der Mut, dessen du gerühmt wirst, wird dich weinend im Staub zurücklassen. Der Tag wird kommen.« Sie klang, als wollte sie da sein, um dabei Zeugin zu werden. Elayne nickte knapp. Sie wusste, wie es war, wenn sich ihr Rückgrat in Pudding verwandelte; es hatte den Anschein, als würde sie jeden Tag dagegen ankämpfen.

Tamela sprach zu Aviendha, in einem Tonfall, der fast so zufrieden klang wie Viendres. »*Ji'e'tho* bindet dich wie Fesseln aus Stahl. Für *Ji* wirst du genauso sein, wie man von dir erwartet, bis zur letzten Haarsträhne. Für *Toh* wirst du, falls nötig, dich erniedrigen und auf dem Bauch kriechen. Weil dir bis in die letzte Faser deines Seins wichtig ist, was *jeder* von dir denkt.«

Beinahe hätte Elayne gekeucht. Das war gemein und ungerecht. *Ji'e'toh* war ihr bis zu einem gewissen Punkt vertraut, aber Aviendha war nicht so. Doch sie nickte, so wie auch sie genickt hatte. Die ungeduldige Akzeptanz dessen, was sie bereits wusste.

»Es ist leicht, gute Eigenschaften in einer Erstschwester zu lieben«, sagte Monaelle und schob sich die Stola hinunter in die Armbeugen, »aber was kannst du bei ihr am wenigsten leiden?«

Elayne rutschte auf den immer kälter werdenden Knien umher und befeuchtete sich die Lippen, bevor sie sprach. Davor hatte sie sich gefürchtet. Es war nicht allein Monaelles Warnung gewesen. Aviendha hatte gesagt, dass sie die Wahrheit sagen mussten. Sie *mussten* es tun, denn was war die Schwesternschaft sonst wert? Wieder hielten die Stränge ihre Worte gefangen, bis beide fertig waren.

»Aviendha ...«, sagte Elayne mit stockender Stimme, »sie glaubt ... Gewalt wäre immer die Antwort. Manchmal denkt sie nicht weiter als bis zu ihrem Gürtelmesser. Manchmal ist sie wie ein Junge, der nicht erwachsen werden will!«

»Elayne weiß, dass sie ...«, begann Aviendhas Stimme, dann holte sie tief Luft und sprudelte es förmlich heraus. »Sie weiß, dass sie wunderschön ist, kennt die Macht, die ihr das über die Männer verleiht. Manchmal entblößt sie ihren halben Busen, ganz freizügig, und sie lächelt, damit die Männer das tun, was sie will.«

Elayne starrte sie an. *Das* dachte Aviendha über sie? Das ließ sie doch wie ein *Flittchen* erscheinen! Aviendha hingegen runzelte die Stirn und öffnete den Mund, aber Tamela drückte ihre Schultern herunter und ergriff das Wort.

»Glaubst du, Männer starren dein Gesicht nicht an, um Zustimmung zu finden?« In der Stimme der Weisen Frau lag ein harter Ton. »Starren sie im Dampfbad nicht auf deine Brüste? Bewundern deine Hüften? Du bist schön und das weißt du auch. Verleugne das, und du verleugnest dich selbst! Du hast an Männerblicken Vergnügen gehabt und sie angelächelt. Lächelst du niemals einen Mann an, um deinen Argumenten mehr Gewicht zu verleihen, oder berührst seinen Arm, um ihn von den Schwächen deiner Argumente abzulenken? Du wirst es tun und du wirst deswegen nicht weniger wert sein.«

Aviendhas Wangen verfärbten sich blutrot, aber Elayne musste Viendre zuhören. Und selbst gegen das Erröten ankämpfen. »In dir liegt Gewalt. Verleugne sie und du verleugnest dich selbst. Bist du noch nie in Wut geraten und hast zugeschlagen? Hast du noch nie jemanden bluten lassen? Hast du dir noch niemals gewünscht, du würdest es tun? Ohne einen anderen Weg zu bedenken? Ohne überhaupt nachzudenken? So lange du atmest, wird das ein Teil von dir sein.« Elayne dachte an Taim und andere Gelegenheiten und ihr Gesicht fühlte sich wie ein Ofen an.

Diesmal gab es mehr als nur eine Antwort.

»Deine Arme werden ihre Kraft einbüßen«, sagte Tamela zu Aviendha. »Deine Beine werden ihre Schnelligkeit verlieren. Ein Halbwüchsiger wird dir das Messer abnehmen können. Was wirst du dann noch von deinen Fertigkeiten oder deiner Wildheit haben? Das Herz und der Verstand sind die wahren Waffen. Aber hast du, als du eine Tochter des Speers warst, sie an einem Tag beherrschen gelernt? Wenn du Verstand und Herz nicht jetzt schärfst, wirst du alt werden, und Kinder werden dich besiegen. Clanführer werden dich in einer Ecke Platz nehmen lassen, damit du dort das Fadenspiel spielst, und wenn du sprichst, werden alle nur den Wind hören. Nimm dich in Acht, so lange du noch kannst.«

»Schönheit ist vergänglich«, sagte Viendre jetzt zu Elayne. »Die Jahre werden deine Brüste hängen lassen, dein Fleisch wird schlaff, deine Haut zu Leder. Männer, die bei deinem Anblick gelächelt haben, werden mit dir wie zu einem anderen Mann sprechen. Vielleicht wird dich dein Ehemann immer so sehen wie das erste Mal, als sein Blick auf dich fiel, aber kein anderer Mann wird von dir träumen. Wirst du dann nicht länger du selbst sein? Dein Körper ist nur ein Kleid. Dein Fleisch wird welken, aber du bist Herz und Verstand, und die verändern sich nicht, außer um noch stärker zu werden.«

Elayne schüttelte den Kopf. Nicht um zu widersprechen, das nicht. Sie hatte nur nie über das Älterwerden nachgedacht. Vor allem nicht, seit sie zur Weißen Burg gereist war. Selbst auf sehr alten Aes Sedai lasteten die Jahre nicht schwer. Aber was war, wenn sie so lange lebte wie die Kusinen? Das würde natürlich bedeuten, keine Aes Sedai mehr sein zu wollen, aber was war, wenn sie es tat? Bei den Kusinen verging eine lange Zeit, bis sich die ersten Falten zeigten, aber sie kamen. Was dachte Aviendha? Sie kniete dort und sah … mürrisch aus.

»Was ist die kindischste Tat, die du von der Frau weißt, die deine Erstschwester werden soll?«, fragte Monaelle.

Das war leichter, nicht so mit Gefahren beladen.

Elayne lächelte sogar, als sie sprach. Aviendha grinste zurück, das Schmollen war vergessen. Wieder nahmen die Stränge ihre Worte auf und entließen sie zusammen und in den Stimmen lag Gelächter.

»Aviendha will nicht, dass ich ihr das Schwimmen beibringe. Ich habe es versucht. Sie hat vor nichts Angst, außer vor mehr Wasser, als in einen Badezuber passt.«

»Elayne stopft sich mit beiden Händen Süßigkeiten in den Mund, wie ein Kind, das der Aufsicht seiner Mutter entflohen ist. Wenn sie so weitermacht, wird sie so fett wie ein Schwein sein, bevor sie alt wird.«

Elayne zuckte zusammen. Sie *stopfte* sich mit Süßem voll? Gelegentlich aß sie etwas Süßes, das ja. Gelegentlich. *Fett?* Warum starrte Aviendha sie so böse an? Es war kindisch, sich zu weigern, in Wasser zu treten, das mehr als knietief war.

Monaelle hielt die Hand vor den Mund, um ein leises Husten zu verbergen, aber Elayne glaubte, sie verberge ein Lächeln. Einige der stehenden Weisen Frauen lachten laut. Über Aviendhas Albernheit? Oder ihre … Naschhaftigkeit?

Monaelle nahm wieder ihre erhabene Stellung ein und strich die auf dem Boden ausgebreiteten Röcke glatt, aber in ihrer Stimme lag noch immer eine Spur von Belustigung. »Was neidest du der Frau, die deine Erstschwester werden soll, am meisten von allem?«

Vielleicht wäre Elayne trotz der geforderten Wahrheit ausgewichen. Die Wahrheit war ihr sofort in den Sinn gekommen, nachdem man sie aufgefordert hatte, darüber nachzudenken, aber sie hatte etwas Geringeres gefunden, das weniger peinlich für sie beide gewesen wäre und mit dem sie durchgekommen wäre. Aber da war die Bemerkung gewesen, dass sie Männer anlächelte und ihren Busen entblößte. Vielleicht lächelte sie ja tatsächlich, aber Aviendha stolzierte ohne einen *Faden* am Leib vor schamroten Dienern umher und schien sie nicht einmal wahrzunehmen! Und sie *schlang* Süßigkeiten in sich hinein? Sie würde fett werden? Sie sprach die bittere Wahrheit aus, während die Stränge der Einen Macht ihre Worte aufnahmen und sich Aviendhas Lippen in grimmiger Stille bewegten, bis schließlich das, was sie beide ausgesprochen hatten, allen verkündet wurde.

»Aviendha hat in den Armen des Mannes gelegen, den ich liebe. Ich habe das nie, womöglich werde ich es auch nie, und ich könnte deswegen heulen!«

»Elayne besitzt die Liebe Rand al'Tho … *Rands* Liebe. Mein Herz ist zu Staub zerfallen, weil es will, dass er mich liebt, aber ich weiß nicht, ob er das jemals tun wird.«

Elayne schaute in Aviendhas unleserliche Miene. Sie beneidete sie um *Rand?* Wo der Mann doch Elayne Trakand aus dem Weg ging, als hätte sie die Krätze? Für weitere Gedanken blieb keine Zeit.

»Schlage sie so fest du kannst mit der offenen Hand«, befahl Tamela Aviendha und ließ ihre Schultern los.

Viendre drückte Elayne leicht. »Verteidige dich nicht!« Davon hatte man ihnen aber nichts gesagt! Aviendha würde auf keinen Fall …

Blinzelnd stemmte sich Elayne von den eiskalten Fliesen hoch. Sie tastete vorsichtig ihre Wange ab und zuckte zusammen. Sie würde den Handabdruck für den Rest des Tages herumtragen. Die Frau hatte doch nicht so *fest* zuschlagen müssen.

Alles wartete, bis sie wieder kniete, und dann lehnte sich Viendre näher heran. »Schlage sie so fest du kannst mit der offenen Hand.«

Nun, sie würde Aviendha *nicht* umhauen. Sie würde sie nicht … Ihr weit ausgeholter Schlag schickte Aviendha zu Boden und ließ sie bäuchlings fast bis zu Monaelle rutschen. Elaynes Hand brannte fast so sehr wie ihre Wange.

Aviendha stemmte sich hoch, schüttelte den Kopf, dann kroch sie zurück auf ihren Platz. Und Tamela sagte: »Schlag sie mit der anderen Hand.«

Diesmal rutschte Elayne über die eiskalten Fliesen bis zu Amys Knien; ihr Kopf dröhnte, und *beide* Wangen brannten. Und als sie wieder vor Aviendha kniete und Viendre ihr den Befehl zum Schlag gab, legte sie ihren ganzen Körper hinein, sodass sie beinahe auf Aviendha draufgefallen wäre, als diese umkippte.

»Ihr dürft jetzt gehen«, sagte Monaelle.

Elayne riss den Kopf zu der Weisen Frau herum. Aviendha, die wieder halb auf den Knien war, erstarrte zu Stein.

»Falls ihr es wünscht«, fuhr Monaelle fort. »Die Männer tun es für gewöhnlich, an diesem Punkt oder auch schon früher. Viele Frauen tun es auch. Aber wenn ihr einander noch genug liebt, um weiterzumachen, dann umarmt euch.«

Elayne warf sich Aviendha entgegen und traf auf einen Körper, der sie beinahe umwarf. Sie klammerten sich aneinander. Tränen rannen aus Elaynes Augen, und sie sah, dass Aviendha ebenfalls weinte. »Es tut mir Leid«, flüsterte Elayne inbrünstig. »Aviendha, es tut mir Leid.«

»Verzeih mir«, flüsterte Aviendha zurück. »Verzeih mir.«

Monaelle stand über sie gebeugt. »Ihr werdet wieder Wut aufeinander verspüren, ihr werdet böse Worte sprechen, aber ihr werdet euch immer daran erinnern, dass ihr die andere bereits geschlagen habt. Und es dafür keinen besseren Grund gab als den, dass man es euch befahl. Sollen mit diesen Schlägen all jene erledigt sein, die ihr noch austeilen wollt. Ihr schuldet einander *Toh*, ein *Toh*, das ihr nicht bezahlen könnt, und ihr werdet es auch nicht versuchen, denn jede Frau steht immer in der Schuld ihrer Erstschwester. Ihr werdet erneut geboren werden.«

Das *Saidar* in dem Raum veränderte sich, aber Elayne blieb keine Gelegenheit, sich das näher anzusehen. Das Licht verblasste, als würden die Lampen gelöscht. Der Druck von Aviendhas Umarmung schwand. Geräusche verstummten. Das Letzte, was sie hörte, war Monaelles Stimme. »Du wirst erneut geboren werden.« Alles verblasste. Sie verblasste. Sie hörte auf zu existieren.

Eine Art von Bewusstsein. Sie empfand sich nicht als Ich, sie dachte überhaupt nicht, aber sie nahm Dinge wahr. Geräusche. Eine gluckernde Flüssigkeit, die sie umgab. Gedämpftes Gurgeln. Und ein rhythmisches Dröhnen. Das alles andere übertönte. *Bumm-bumm. Bumm-bumm.* Sie wusste nicht, was Zufriedenheit war, aber sie war zufrieden. *Bumm-bumm.*

Zeit. Sie wusste nicht, was Zeit war, und doch vergingen Zeitalter. Da war ein Laut in ihr, ein Laut, der sie mit Leben erfüllte. *Bumm-bumm.* Der gleiche Laut, der gleiche Rhythmus wie der andere. *Bumm-bumm.* Der von einem anderen Ort kam. *Bumm-bumm.* Der gleiche Laut, der gleiche Schlag wie der ihre. Kein anderer. Sie waren gleich; sie waren eins. *Bumm-bumm.*

Die Ewigkeit verging, von diesem Pulsschlag begleitet, alle Zeit, die es jemals gegeben hatte. Sie berührte die andere, die sie selbst war. Sie konnte fühlen. *Bumm-bumm.* Sie bewegten sich, sie und die andere, die sie selbst war, sie wanden sich, ihre Gliedmaßen verhakten sich ineinander, sie rollten sich weg und kamen immer wieder zusammen. *Bumm-bumm.* Manchmal war da ein Licht in der Dunkelheit; kaum zu sehen, doch für einen, der nur die Dunkelheit kannte, war es hell. *Bumm-bumm.* Sie öffnete die Augen, starrte in die Augen der anderen, die sie selbst war, und schloss sie zufrieden. *Bumm-bumm.*

Eine plötzliche Veränderung, schockierend für jemanden, der nie eine Veränderung erlebt hatte. Druck. *Bumm-bumm-bumm-bumm.* Der beruhigende Schlag war schneller geworden. Ein krampfartiger Druck. Wieder. Und wieder. Und er wurde stärker. *Bumm-bumm-bumm-bumm! Bumm-bumm-bumm-bumm!*

Plötzlich war die andere, die sie selbst war, verschwunden. Sie war allein. Sie wusste nicht, was Furcht war, aber sie fürchtete sich und war allein. *Bumm-bumm-bumm-bumm!* Druck! Stärker als alles andere zuvor! Er lastete auf ihr, zerquetschte sie. Hätte sie gewusst, wie man schrie, hätte sie gewusst, was ein Schrei war, hätte sie gebrüllt.

Und dann war da ein Licht, ein blendendes Licht, das voller wirbelnder Muster war. Sie hatte ein Gewicht; sie hatte noch nie zuvor Gewicht gespürt. Ein schneidender Schmerz in ihrer Mitte. Etwas kitzelte sie am Fuß. Etwas kitzelte sie am Rücken. Zuerst begriff sie nicht, dass das Wimmern von ihr kam. Sie trat kraftlos, fuchtelte mit Gliedmaßen herum, die nicht wussten, wie sie sich bewegen sollten. Man hob sie hoch, legte sie auf etwas Weiches, das jedoch härter als alles war, das sie je zuvor gespürt hatte, mit Ausnahme der Erinnerungen an die andere, die sie selbst war, die andere, die nicht mehr da war. *Bumm-bumm. Bumm-bumm.* Der Laut. Der gleiche Laut, der gleiche Schlag. Es herrschte Einsamkeit, die unbenannt blieb, aber da war auch Zufriedenheit.

Langsam kehrte die Erinnerung zurück. Sie hob den Kopf von einer Brust und schaute hinauf in Amys' Gesicht. Ja, Amys. Schweißfeucht und mit müden Augen, aber lächelnd. Und sie war Elayne; ja, Elayne Trakand. Aber sie war jetzt noch mehr. Es war nicht wie der Behüterbund, auch wenn es ihm ähnelte. Schwächer, aber prächtiger. Langsam drehte sie den Kopf, der ihr nur mühsam gehorchte, um die andere anzuschauen, die sie selbst war, die an Amys' anderer Brust lag. Um Aviendha anzuschauen, deren Haar verklebt, deren Gesicht und Körper vor Schweiß glänzte. Die vor Freude lächelte. Lachend und weinend umklammerten sie einander und hielten einander fest, als wollten sie sich niemals loslassen.

»Das ist meine Tochter Aviendha«, sagte Amys. »Und das ist meine Tochter Elayne, die am selben Tag, zur selben Stunde geboren wurde. Mögen sie einander immer beschützen, einander helfen, einander lieben.« Sie lachte leise, erschöpft, zufrieden. »Kann uns jetzt jemand etwas zum Anziehen bringen, bevor meine neuen Töchter und ich erfrieren?«

Elayne wäre es im Augenblick völlig gleichgültig gewesen, wenn sie erfroren wäre. Sie klammerte sich lachend und weinend an Aviendha. Sie hatte ihre Schwester gefunden. Licht, sie hatte ihre Schwester gefunden!

Die Geräusche emsiger Geschäftigkeit und anderer Frauen, die ihrer Arbeit nachgingen und sich dabei leise unterhielten, weckten Toveine Gazal aus ihrem Schlaf. Sie blieb auf der harten, schmalen Pritsche liegen und seufzte voller Bedauern. Es war ein so schöner Traum gewesen – ihre Hände um Elaidas Hals. Dieser winzige, von Segeltuchwänden begrenzte Verschlag war die Realität. Sie hatte schlecht geschlafen und fühlte sich wie betäubt. Außerdem hatte sie verschlafen; es würde keine Zeit für ein Frühstück bleiben. Zögernd schlug sie die Decken beiseite. Das Gebäude war irgendein kleines Lagerhaus gewesen, mit dicken Mauern und schweren, niedrig hängenden Balken, aber es gab keine Wärme. Ihr Atem gefror zu einer Wolke, und die schneidende Morgenluft fand den Weg durch ihr Unterhemd, bevor noch ihre Füße die groben Holzbohlen des Fußbodens berührten. Selbst wenn sie in Erwägung hätte ziehen können, im Bett liegen zu bleiben, sie hatte ihre Befehle. Logains widerwärtiger Bund machte jeden Ungehorsam unmöglich, ganz egal, wie sehr sie sich danach sehnte.

Sie versuchte immer, an ihn nur als Ablar zu denken, oder schlimmstenfalls Meister Ablar, aber es war jedes Mal Logain, der vor ihrem inneren Auge entstand. Der Name, den er berüchtigt gemacht hatte. Logain, der falsche Drache, der die Heere seiner Heimat Ghealdan zerschmettert hatte. Logain, der sich seinen Weg durch die paar Altaraner und Murandianer gebahnt hatte, die den Mut gehabt hatten, ihn aufhalten zu wollen, bis er Lugard persönlich bedroht hatte. Logain, der gedämpft worden war und aus irgendeinem unerfindlichen Grund wieder die Macht lenken konnte, der es gewagt hatte, Toveine Gazal mit seinem verfluchten *Saidin*-Gewebe zu versklaven. Schade, dass er ihr nicht befohlen hatte, nicht mehr zu denken! Sie konnte seine Aura tief in ihrem Inneren *spüren*. Er war immer da.

Einen Augenblick lang kniff sie die Augen fest zusammen. Licht! Der Bauernhof von Herrin Doweel war wie ein Höllenpfuhl erschienen, Buße und jahrelanges Exil, aus dem es keinen Ausweg gab, es sei denn, man zog das Undenkbare in Betracht und wurde eine gejagte Renegatin. Ihre Gefangenschaft dauerte kaum länger als eine halbe Woche und schon kannte sie die Wahrheit. *Das* hier war der richtige Höllenpfuhl. Und hier gab es keine Fluchtmöglichkeit. Wütend schüttelte sie den Kopf und wischte sich energisch schimmernde Feuchtigkeit von den Wangen. Nein! Sie würde flüchten, irgendwie, selbst wenn es nur lange genug währte, um ihre Hände in der Realität um Elaidas Hals zu legen. Irgendwie.

Abgesehen von der Pritsche gab es nur drei weitere Möbelstücke, trotzdem hatte sie kaum genug Platz, um sich zu bewegen. Sie zerstieß mit dem Gürtelmesser das Eis auf der Oberfläche des Wassers in der gelb gestreiften Kanne auf dem Waschtisch, füllte die angeschlagene weiße Schüssel und griff nach der Macht, um das Wasser zu erhitzen, bis Dampfwolken in die Höhe stiegen. Dazu war es *erlaubt*, die Macht zu benutzen. Aber auch nur dazu. Mechanisch wusch sie sich, putzte sich mit Salz und Soda die Zähne, dann holte sie aus der kleinen Holztruhe am Fußende der Pritsche ein frisches Unterhemd und Strümpfe. Ihren Ring ließ sie in der Truhe zurück; er befand sich ganz unten in einem kleinen Samtbeutel. Ein weiterer Befehl. Hier war ihr ganzer verbliebener Besitz verstaut, mit Ausnahme ihres Schreibkastens. Glücklicherweise war er bei ihrer Gefangennahme verloren gegangen. Ihre Kleider hingen an einem Umhangständer, das letzte Möbelstück des Verschlags. Sie wählte eines aus, ohne richtig hinzusehen, zog es an und kämmte sich das Haar.

Als sie sich in dem billigen Spiegel auf dem Waschtisch sah, geriet die Bürste mit dem Elfenbeinrücken ins Stocken. Mit abgehackten Atemzügen legte sie die Bürste neben den dazugehörigen Kamm. Das ausgewählte Kleid war dick, es bestand aus fein gewebter Wolle von einem Rot, das so dunkel war, dass es beinahe Schwarz erschien. So schwarz wie der Mantel eines Asha'man. Ihr verschwommenes Bild starrte mit verzerrten Lippen zurück. Sich umzuziehen wäre eine Art von Niederlage. Entschlossen riss sie ihren mit Marderfell besetzten grauen Umhang vom Ständer.

Als sie das Segeltuch zur Seite schlug, befanden sich bereits etwa zwanzig Schwestern in dem langen, von Segeltuchverschlägen gesäumten Mittelgang. Hier und da unterhielten sich welche mit gesenkten Stimmen, aber der Rest blickte einander nicht an, selbst wenn sie derselben Ajah angehörten. Da war Angst zu sehen, aber es war Scham, die viele Gesichter hatte erstarren lassen. Akoure, eine stämmige Graue, starrte die Hand an, wo sie gewöhnlich den Ring trug. Desandre, eine schmale Gelbe, verbarg die rechte Hand unter der Achsel.

Die leisen Unterhaltungen verstummten, als Toveine

hervortrat. Einige der Frauen starrten sie mit offener Feindseligkeit an. Darunter auch Jenare und Lemai, die ihrer eigenen Ajah angehörten! Desandre drehte sich brüsk um und wandte ihr den Rücken zu. Im Zeitraum von zwei Tagen waren einundfünfzig Aes Sedai den schwarz gekleideten Ungeheuern in die Hände gefallen, und fünfzig davon gaben Toveine Gazal dafür die Schuld, so als wäre Elaida a'Roihan nicht an der Katastrophe beteiligt gewesen. Wäre Logain nicht eingeschritten, hätten sie bereits in der ersten Nacht ihre Rache vollzogen. Sie verspürte keine Dankbarkeit dafür, dass er dem ein Ende bereitet und Carniele dazu gebracht hatte, die von Gürteln verursachten Striemen und von Fäusten und Füßen hervorgerufenen Blutergüsse zu Heilen. Sie wäre lieber von ihnen zu Tode geprügelt worden, als in seiner Schuld zu stehen.

Sie rückte den Umhang auf ihren Schultern zurecht und schritt erhobenen Hauptes den Gang entlang, hinaus in die blasse Morgensonne, die zu ihrer düsteren Stimmung passte. Hinter ihr rief jemand giftige Worte, bevor die zufallende Tür sie abschnitt. Ihre Hände zitterten, als sie die Kapuze hochschlug und sich den dunklen Pelz ins Gesicht zog. Niemand stieß Toveine Gazal ungestraft herum. Das hatte auch Herrin Doweel, die sie im Laufe der Jahre zu scheinbarer Unterwürfigkeit gebrochen hatte, erfahren müssen, als ihr Exil endete. Sie würde es ihnen zeigen. Sie würde es ihnen allen zeigen!

Das Schlafhaus, das sie sich mit den anderen teilte, lag am äußeren Rande eines großen, wenn auch sehr seltsamen Dorfes. Ein Dorf aus Asha'man. An anderer Stelle hatte man – so war ihr zugetragen worden – Gelände abgesteckt für Gebäude, die angeblich die Weiße Burg hoch überragen sollten, aber zurzeit lebten die meisten von ihnen hier an diesem Ort. Die fünf großen, wuchtigen Unterkünfte aus Stein, die sich an

Straßen entlangzogen, die so breit wie die prächtigsten Straßen in Tar Valon waren, konnten jeweils einhundert Asha'man-Soldaten aufnehmen. Sie waren noch nicht gänzlich belegt, dem Licht sei dank, aber die dicken Mauern zweier weiterer Gebäude, die schon so weit fertig gestellt waren, dass man sie mit einem Strohdach versehen konnte, warteten mit ihren zugeschneiten Gerüsten auf die Ankunft von Arbeitern. Etwa ein Dutzend kleinerer Steingebäude diente als Unterkunft für jeweils zehn Geweihte; ein weiteres war bereits im Bau. Ringsum standen fast zweihundert Häuser, wie man sie in jedem Dorf finden konnte; hier wohnten die Verheirateten und die Familien der anderen, die noch nicht weit genug ausgebildet waren.

Männer, die die Eine Macht lenken konnten, jagten Toveine keine Furcht ein. Einst hatte sie einen Augenblick lang ihrer Panik nachgegeben, das stimmte, aber darum ging es jetzt nicht. Jedoch fünfhundert Männer mit dieser Fähigkeit waren wie ein Stück Knochen, das zwischen zweien ihrer Zähne festklemmte, und zwar an einer Stelle, an die sie nicht herankam. *Fünfhundert!* Und einige davon besaßen die Fähigkeit des Schnellen Reisens. Ein scharfes Knochenstück. Was das bedeutete, *das* jagte ihr Angst ein.

Die Mauer, nirgendwo höher als dreieinhalb oder viereinhalb Schritte, war an keiner Stelle fertig gestellt, keiner der Türme oder der Bastionen war über das Anfangsstadium hinausgekommen. Hier und da hätte sie über die Haufen aus schwarzem Stein hinüberklettern können, wäre da nicht der Befehl gewesen, keinen Fluchtversuch zu unternehmen. Das Bollwerk war allerdings acht Meilen lang, und sie glaubte Logain, dass vor weniger als drei Monaten damit begonnen worden war. Der Mann hatte sie zu fest in seiner Gewalt, um lügen zu müssen. Er bezeichnete die Mauer als Verschwendung von Zeit und Mühe, und vielleicht war sie das auch, aber sie jagte ihr einen Schauder über den Rücken. Nur drei Monate. Mit der Macht erbaut. Der männlichen Hälfte der Macht. Wenn sie an diese schwarze Mauer dachte, sah sie eine unerbittliche Gewalt, die man nicht aufhalten konnte, eine schwarze Steinlawine, die in die Tiefe raste, um die Weiße Burg unter sich zu begraben. Natürlich war das unmöglich. Einfach unmöglich, aber wenn sie nicht davon träumte, Elaida zu erwürgen, träumte sie davon.

In der Nacht hatte es geschneit, und jedes Dach war mit einer dicken weißen Schicht bedeckt, aber sie musste sich auf den breiten Straßen keinen Weg bahnen. Der harte Boden war gesäubert worden, eine unangenehme Arbeit für die Rekruten, die sie vor Sonnenaufgang zu erledigen hatten. Sie benutzten die Macht für alles, angefangen vom Auffüllen der Brennholzkästen bis zur Reinigung ihrer Kleidung! Hier und da eilten schwarz gekleidete Männer die Straßen entlang, aber die meisten von ihnen versammelten sich in Reih und Glied vor ihren Unterkünften, während andere mit lauter Stimme ihre Namen aufriefen. Gegen die Kälte vermummte Frauen gingen seelenruhig an ihnen vorbei und trugen Körbe zum Lagerhaus des Quartiermeisters oder Wassereimer zum nächsten Brunnen, aber es blieb Toveine völlig unverständlich, wie eine Frau in dem Wissen, was ihr Mann war, überhaupt hier bleiben konnte. Noch viel bizarrer waren die Kinder, die um die Abteilungen aus Männern, die die Macht lenken konnten, schreiend und lachend herumliefen, Reifen rollten, sich bunte Bälle zuwarfen oder mit Hunden und Puppen spielten. Ein Hauch von Normalität, der den Gestank des Bösen, den der Rest verbreitete, nur noch erhöhte.

Voraus kam eine Abteilung Reiter im Schritttempo die Straße entlanggeritten. In der kurzen Zeit, die sie hier war – dieser endlosen Zeit – hatte sie außer Arbeitern auf Wagen oder Karren niemanden zu Pferde gesehen. Fünf Männer in Schwarz eskortierten ein Dutzend Angehörige der Königlichen Garde in ihren roten Mänteln und Umhängen, denen zwei blonde Frauen vorausritten. Die eine trug einen Umhang in Rot und Weiß, dessen Saum mit schwarzem Pelz abgesetzt war, und die andere ... Toveine hob die Brauen. Die andere trug grüne Kandorihosen und einen Mantel, der aussah, als gehörte er dem Generalhauptmann der Garde. Ihr roter Umhang wies sogar die goldenen Schnüre an der Schulter auf, die Rangabzeichen! Vielleicht irrte sie sich ja bei den Männern. Die Frau würde sich wundern, wenn sie echten Gardisten begegnete. Auf jeden Fall war es seltsam früh für Besucher.

Jedes Mal, wenn die seltsame Gruppe eine der Formationen erreichte, rief der Mann, der vor ihnen stand »Asha'man, Augen geradeaus!«, und Stiefelabsätze stampften auf den harten Boden, während die Männer zu Steinsäulen erstarrten.

Toveine zog die Kapuze noch weiter nach vorn, um ihr Gesicht besser zu verbergen, und begab sich auf die andere Straßenseite, ganz in die Nähe der Ecke einer der kleineren Steinunterkünfte. Ein alter Mann mit einem Gabelbart, an dessen hohem Kragen ein silbernes Schwertabzeichen funkelte, kam gerade aus der Tür und warf ihr einen neugierigen Blick zu, ohne das Tempo zu verlangsamen.

Die Erkenntnis, was sie gerade getan hatte, traf Toveine wie ein Eimer voll kaltem Wasser, und beinahe hätte sie geweint. Keiner dieser Fremden würde jetzt das Gesicht einer Aes Sedai erkennen können, vorausgesetzt, sie waren dazu imstande. Falls eine dieser Frauen die Macht lenken konnte – so unwahrscheinlich das auch war –, würde sie nicht nahe genug vorbeikommen, um zu bemerken, dass Toveine diese Fähigkeit ebenfalls besaß. Da zerbrach sie sich den Kopf darüber, wie sie Logains Befehle missachten konnte, und dabei tat sie ohne auch nur darüber nachzudenken alles Notwendige, um sie auszuführen!

Als Akt des Widerstands blieb sie an Ort und Stelle stehen und drehte sich um, um den Besuchern zuzusehen. Mechanisch überprüften ihre Hände die Kapuze, bevor sie sie herunterreißen konnte. Es war erbärmlich und lächerlich. Sie kannte den Asha'man, der die Gruppe herumführte, das heißt, sie hatte ihn schon einmal gesehen; er war ein stämmiger Mann in den mittleren Jahren mit öligem schwarzem Haar, einem trägen Lächeln und den Augen eines Propheten. Die anderen waren ihr jedoch unbekannt. Was erhoffte sie sich hierdurch? Wie konnte sie einem der Besucher eine Botschaft anvertrauen? Selbst wenn die Eskorte verschwand, wie sollte sie nahe genug herankommen, um eine Botschaft weiterzugeben, wenn es ihr doch verboten war, einen Außenseiter die Anwesenheit der Aes Sedai entdecken zu lassen?

Der Kerl mit den Prophetenaugen sah heute Morgen gelangweilt aus, er gab sich keine große Mühe, ein Gähnen hinter einer behandschuhten Hand zu verbergen. »... wann sind wir fertig?«, sagte er gerade, als er an Toveine vorbeiritt. »Ich zeige Euch das Handwerkerviertel. Ist ein ganzes Stück größer als das hier. Wir haben hier Vertreter jedes Handwerks, von Steinmetzen und Zimmerleuten bis zu Stahlschmieden und Schneidern. Wir können alles herstellen, was wir brauchen, Lady Elayne.«

»Mit Ausnahme von Steckrüben«, sagte eine der Frauen mit hoher Stimme und die anderen lachten.

Toveine riss den Kopf herum. Sie sah zu, wie die Reiter von gebrüllten Befehlen und aufstampfenden Stiefeln begleitet die Straße entlangritten. Lady Elayne? Elayne Trakand? Die Jüngere des Pärchens entsprach ungefähr der Beschreibung, die man ihr gegeben hatte.

Elaida hatte nicht enthüllt, warum sie so verzweifelt eine entflohene Aufgenommene in ihre Gewalt bringen wollte, selbst wenn es sich möglicherweise um eine zukünftige Königin handelte, aber sie ließ keine Schwester aus der Burg heraus ohne genaue Anweisungen, was sie zu tun hatte, falls sie dem Mädchen begegnen sollte. *Sei ja vorsichtig, Elayne Trakand*, dachte Toveine. *Mir würde es gar nicht gefallen, wenn Elaida dich in ihre Hände kriegt*.

Sie wollte darüber nachdenken, ob eine Möglichkeit bestand, die Anwesenheit des Mädchens irgendwie zu nutzen, aber plötzlich wurde sie sich ganz bestimmter Eindrücke bewusst, die in ihrem Inneren aufstiegen. Milde Zufriedenheit und wachsende Entschlossenheit. Logain war mit dem Frühstück fertig. Er würde bald das Haus verlassen. Er hatte ihr befohlen, dort zu sein, wenn es so weit war.

Ihre Füße liefen, bevor sie sich dessen überhaupt bewusst war. Mit dem Resultat, dass sie sich in ihren Röcken verhedderte, und sie stürzte so hart zu Boden, dass es ihr den Atem raubte. Wut schoss in ihr hoch, nackter Zorn, aber sie rappelte sich auf, raffte ohne vorher den Staub abzuklopfen die Röcke bis über die Knie und rannte mit wehendem Umhang weiter. Anzügliche Rufe folgten ihr die Straße entlang, lachende Kinder zeigten mit dem Finger auf sie.

Plötzlich war da ein Rudel Hunde um sie herum, die knurrend nach ihren Fersen schnappten. Sie sprang in die Höhe und wirbelte herum und trat zu, aber die Tiere hetzten sie. Sie wollte vor Wut und Empörung schreien. Hunde waren immer eine Plage, und sie konnte mit der Macht nicht mal eine Feder bewegen, um sie zu verjagen. Ein grauer Hund schnappte ihren Rocksaum und zerrte sie zur Seite. Panik drängte alles andere zur Seite. Wenn sie erneut stürzte, würde sie in Stücke gerissen.

Eine brüllende Frau in braunem Tuch schlug mit

ihrem schweren Korb nach dem Hund, der an Toveines Rock riss, und vertrieb ihn. Der Eimer einer rundlichen Frau traf einen scheckigen Rüden in die Rippen und er lief winselnd davon. Toveine starrte ihre Helferinnen erstaunt an, und wegen ihrer Unachtsamkeit musste sie ihr linkes Bein vor einem anderen Hund in Sicherheit bringen, und zwar um den Preis von einem Stück Strumpf mitsamt Haut. Überall um sie herum waren Frauen, die mit dem, was sie gerade zur Hand hatten, auf die Tiere einschlugen.

»Geht weiter, Aes Sedai«, sagte eine dürre Frau mit grauen Haaren zu ihr, die mit einer Rute nach einem gescheckten Hund schlug. »Sie werden Euch nichts mehr tun. Ich würde gern eine hübsche Katze haben, aber Katzen würden meinen Mann jetzt nicht mehr dulden. Geht weiter.«

Toveine wartete nicht ab, um ihren Retterinnen zu danken. Sie rannte weiter und dachte fieberhaft nach. Die Frauen wussten Bescheid. Wenn es eine wusste, dann wussten sie es auch alle. Aber sie würden keine Nachricht übermitteln, keine Flucht unterstützen, wenn ihnen klar war, wobei sie halfen. So viel dazu.

Kurz vor Logains Haus – es war eines von mehreren am Ende einer schmalen Seitenstraße – wurde sie langsamer und ließ hastig die Röcke fallen. Acht oder neun Männer in schwarzen Mänteln warteten davor, junge Burschen und alte Männer und alles, was es dazwischen gab, aber von Logain war nichts zu sehen. Sie konnte ihn noch immer fühlen, er war entschlossen, konzentrierte sich aber. Vielleicht las er. Den Rest des Weges ging sie mit würdevollen Schritten. Gelassen und in jedem Zoll eine Aes Sedai, ganz egal, wie die Umstände waren. Es gelang ihr beinahe, ihre verzweifelte Flucht vor den Hunden zu vergessen.

Das Haus überraschte sie jedes Mal, wenn sie es sah. Die anderen Häuser in dieser Straße waren genauso groß, bis auf zwei, die ein Stück höher waren. Ein ganz gewöhnliches Holzhaus mit zwei Stockwerken, obwohl die rote Tür, die Fensterläden und die Fensterrahmen seltsam aussahen. Einfache Gardinen verbargen das Innere, aber das Fensterglas war so minderwertig, dass Toveine bezweifelte, dass sie auch bei zurückgezogenen Gardinen etwas vom Inneren hätte erkennen können. Ein Haus, das zu einem mäßig erfolgreichen Kaufmann gepasst hätte, kaum die Unterkunft eines der berüchtigtsten Männer, die es gab.

Einen kurzen Augenblick lang fragte sie sich, was Gabrelle wohl aufhielt. Die andere an Logain gebundene Schwester hatte dieselben Befehle wie sie und bis jetzt war sie immer als Erste hier gewesen. Gabrelle war eifrig, sie studierte den Asha'man, als wollte sie ein Buch über ihn schreiben. Vielleicht tat sie es ja; die Braunen würden über alles schreiben. Toveine verdrängte die andere Schwester aus ihren Gedanken. Obwohl … wenn Gabrelle zu spät kam, würde sie herausfinden müssen, wie der Frau das gelungen war. Aber jetzt hatte sie erst einmal selbst Dinge zu studieren.

Die vor der roten Tür wartenden Männer betrachteten sie, sagten aber kein Wort, nicht mal untereinander. Und doch gab es hier keine Feindseligkeit. Sie warteten einfach. Keiner trug einen Umhang, obwohl ihr Atem vor ihren Gesichtern Muster in die Luft zeichnete. Sie alle gehörten zu den Geweihten, jeder trug das angesteckte silberne Schwert am Kragen.

An jedem Morgen, an dem sie sich zur Stelle *gemeldet* hatte, war es das Gleiche gewesen, obwohl es nicht immer dieselben Männer gewesen waren. Ein paar von ihnen kannte sie, zumindest dem Namen nach, und manchmal hatte sie etwas über sie aufgeschnappt. Evin Vinchova, der hübsche Junge, der dabei gewesen war, als Logain sie gefangen genommen hatte, lehnte an der Hausecke und spielte mit einem Stück Schnur. Donalo

Sandomere – falls das sein richtiger Name war – mit seinem faltigen Bauerngesicht und dem sauber gestutzten öligen Bart versuchte sich in der trägen Haltung eines Adligen – so wie er sie sich vorstellte. Der Taraboner Androl Genhald war ein stämmiger Bursche, dessen buschige Augenbrauen nachdenklich zusammengezogen und dessen Hände hinter dem Rücken verschränkt waren; er trug einen goldenen Siegelring, aber in ihren Augen ähnelte er eher einem Novizen, der sich den Schnurrbart abrasiert und den Schleier abgelegt hatte. Mezar Kurin, ein Domani mit ergrauten Schläfen, fummelte an dem Granatstein an seinem linken Ohrläppchen herum; es war durchaus möglich, dass er ein Adliger von geringem Stand war. Toveine erstellte im Kopf eine hübsche Sammlung von Namen und Gesichtern. Früher oder später würde man sie jagen, und jede noch so geringe Information, die bei ihrer Identifizierung half, würde von Nutzen sein.

Die rote Tür öffnete sich, und die Männer nahmen Haltung an, aber es war nicht Logain, der heraustrat.

Toveine blinzelte überrascht, dann begegnete sie dem Blick aus Gabrelles rauchgrünen Augen entschieden und machte keinerlei Anstalten, ihren Ekel zu verbergen. Der verfluchte Bund mit Logain hatte eindeutig vermittelt, was er in der vergangenen Nacht getan hatte – sie hatte schon befürchtet, er würde *überhaupt* nicht mehr einschlafen! –, aber nicht einmal in ihrer finstersten Vorstellungskraft hätte sie an Gabrelle gedacht! Einige der Männer schienen genauso überrascht wie sie zu sein. Ein paar bemühten sich, ihr Grinsen zu verbergen. Kurin hingegen zeigte ein breites Lächeln und strich sich mit dem Daumen seinen dünnen Schnurrbart.

Die dunkelhäutige Frau hatte nicht einmal den Anstand zu erröten. Sie hob ihre Nase noch ein Stück höher, dann richtete sie schamlos ihr dunkelgrünes Gewand über den Hüften, als wollte sie allen verkünden, dass sie es gerade erst übergestreift hatte. Sie warf sich den Umhang über die Schultern und band den Riemen zu, während sie so gelassen auf Toveine zurauschte, als befände sie sich in der Burg.

Toveine packte die größere Frau am Arm und zog sie ein Stück von den Männern fort. »Wir mögen Gefangene sein, Gabrelle«, flüsterte sie mit scharfer Stimme, »aber das ist kein Grund zur Kapitulation. Vor allem nicht vor Ablars widerwärtigen Gelüsten!« Gabrelle zeigte nicht einmal eine Spur von Verlegenheit! Ihr kam ein Gedanke. Natürlich. »Hat er …? Hat er es Euch *befohlen?*«

Gabrelle befreite sich mit einem höhnischen Grinsen aus ihrem Griff. »Toveine, ich habe zwei Tage gebraucht, um mich zu entscheiden, ob ich mich seinen ›widerwärtigen Gelüsten‹ ergebe, wie Ihr es ausgedrückt habt. Euch Roten ist das vielleicht unbekannt, aber Männer erzählen und prahlen gern. Man muss nur zuhören oder zumindest so tun, und ein Mann wird einem seine ganze Lebensgeschichte erzählen.« Sie runzelte nachdenklich die Stirn und der höhnische Ausdruck um ihre Lippen verschwand. »Ich frage mich, ob es für gewöhnliche Frauen auch so ist.«

»Ob es was für sie ist?«, wollte Toveine wissen. Gabrelle *horchte* ihn aus? Oder versuchte sie nur, mehr Material für ihr Buch zu bekommen? Aber *das* war unvorstellbar, selbst für eine Braune! »Wovon sprecht Ihr?«

Der nachdenkliche Gesichtsausdruck der anderen Frau blieb bestehen. »Ich fühlte mich … hilflos. Oh, er war sanft, aber ich hatte mir zuvor noch nie Gedanken darüber gemacht, wie stark die Arme eines Mannes sind, und ich konnte nicht mal einen Faden der Macht berühren. Er war … er hatte wohl die Führung übernommen, obwohl das so nicht ganz richtig ist. Er war einfach … stärker, und ich wusste es. Es fühlte sich auf seltsame Weise … anregend an.«

Toveine erschauderte. Gabrelle musste den Verstand verloren haben! Sie wollte ihr das gerade ins Gesicht sagen, als Logain erschien und die Tür hinter sich schloss. Er war hoch gewachsen, viel größer als jeder der anwesenden Männer, und sein dunkles Haar fiel auf die breiten Schultern und umrahmte sein arrogantes Gesicht. An seinem hohen Kragen steckte sowohl das Silberschwert als auch diese alberne Schlange mit Beinen. Er schenkte Gabrelle ein flüchtiges Lächeln, während sich die anderen um ihn herum versammelten. Und das Flittchen lächelte auch noch zurück. Toveine erschauderte erneut. Anregend. Die Frau *war* wahnsinnig!

Wie auch an den anderen Morgen erstatteten die Männer Bericht. Meistens hatte Toveine davon nicht ein Wort verstanden, aber sie hörte zu.

»Ich habe noch zwei gefunden, die an dieser neuen Art des Heilens interessiert sind, die diese Nynaeve an Euch vollzog, Logain«, sagte Genhald stirnrunzelnd, »aber der eine beherrscht kaum das uns bekannte Heilen, und der andere wollte mehr wissen, als ich ihm sagen konnte.«

»Ich weiß auch nicht mehr, als Ihr ihm sagen könnt«, erwiderte Logain. »Frau al'Meara hat mir nicht viel von dem erklärt, was sie da tat, und ich konnte den Gesprächen der anderen Schwestern nur ein paar Bruchstücke entnehmen. Pflanzt einfach nur den Samen weiter und hofft, dass daraus etwas erwächst. Mehr könnt Ihr nicht tun.« Ein paar der Männer nickten genau wie Genhald.

Toveine merkte sich das genau. Nynaeve al'Meara. Sie hatte den Namen nach der Rückkehr in die Burg oft gehört. Noch eine entflohene Aufgenommene, die Elaida viel drängender in Gewahrsam genommen sehen wollte, als es bei Ausreißerinnen sonst üblich erschien. Die ebenfalls aus demselben Dorf wie al'Thor kam. Und in irgendeiner Verbindung mit Logain stand. Das würde irgendwann vielleicht zu etwas führen. Aber eine *neue* Art des Heilens? Praktiziert von einer *Aufgenommenen?* Das war nicht nur unwahrscheinlich, sondern grenzte schon ans Unmögliche, aber sie hatte das Unmögliche schon zuvor geschehen gesehen, also merkte sie es sich. Gabrelle lauschte ebenfalls aufmerksam, wie ihr nicht entging. Aber die andere Frau beobachtete sie ebenfalls aus den Augenwinkeln.

»Logain, bei einigen der Männer von den Zwei Flüssen gibt es ein Problem«, berichtete Vinchova. Sein hübsches Gesicht rötete sich ärgerlich. »Männer, sage ich, dabei handelt es sich um zwei Jungs, die bestenfalls vierzehn Jahre alt sind! Sie wollen es nicht sagen.« Mit seinen bartlosen Wangen war er doch höchstens ein oder zwei Jahre älter. »Sie herzubringen war ein Verbrechen.«

Logain schüttelte den Kopf, ob vor Wut oder Bedauern, war schwer zu sagen. »Ich habe gehört, dass die Weiße Burg Mädchen aufnimmt, die nicht mal zwölf sind. Passt auf die Männer von den Zwei Flüssen auf, wenn Ihr könnt. Ihr sollt sie nicht verwöhnen, sonst werden sich die anderen gegen sie wenden, aber sorgt dafür, dass sie keine Dummheiten anstellen. Dem Lord Drachen würde es nicht gefallen, wenn wir zu viele aus seiner Heimat töten.«

»Meiner Meinung nach scheint ihn das überhaupt nicht zu interessieren«, murmelte ein schlanker Bursche. Seine Stimme klang sehr nach Murandy, obwohl sein wild gezwirbelter Schnurrbart seine Herkunft eindeutig verriet. Er ließ unablässig eine Silbermünze über die Oberseite seiner Finger rollen und schien seine Aufmerksamkeit genauso sehr darauf zu richten wie auf Logain. »Ich habe gehört, wie der Lord Drache selbst dem M'Hael sagte, jeden Mann von den Zwei Flüssen zu nehmen, der die Macht lenken kann, bis hin zu den jungen Küken. Bei der Menge, die er mitgebracht hat, wundert es mich, dass er nicht auch noch die Lämmchen genommen hat.« Seine witzige Bemerkung rief Gelächter hervor, aber Logains beherrschter Tonfall durchschnitt es wie eine Klinge.

»Was der Lord Drache auch immer befiehlt; ich schätze, ich habe mich klar ausgedrückt.« Diesmal nickte jeder, und einige der Männer murmelten »Ja, Logain« und »Wie Ihr befehlt. Logain«.

Toveine ließ schnell das höhnische Grinsen von ihren Lippen verschwinden. Ignorante Tölpel. Die Burg akzeptierte Mädchen unter fünfzehn Jahren nur dann, wenn sie bereits begonnen hatten, die Macht zu lenken. Aber das andere war interessant. Wieder die Zwei Flüsse. Alle hatten behauptet, al'Thor hätte seiner Heimat den Rücken gekehrt, aber sie war sich da nicht so sicher. Warum beobachtete Gabrelle sie bloß?

»Ich habe vergangene Nacht erfahren, dass Mishraile vom M'Hael privaten Unterricht erhält«, sagte Sandomere einen Augenblick später. Er strich sich zufrieden den Spitzbart, so als hätte er einen kostbaren Edelstein gefunden.

Vielleicht hatte er das auch, aber Toveine vermochte nicht zu sagen, von welcher Art er war. Logain nickte langsam. Die anderen tauschten stumme Blicke aus, und zwar mit starren Gesichtern. Sie beobachtete alles verbittert. Das kam viel zu oft vor, Angelegenheiten, die die Männer nicht kommentierten, weil sie keinen Grund dazu sahen – oder sich davor fürchteten –, und die sie nicht begriff. Sie hatte immer das Gefühl, dass hier außerhalb ihrer Reichweite Schätze verborgen lagen.

Ein kräftiger Cairhiener, der Logain kaum bis zur Brust reichte, öffnete den Mund, aber sie sollte nie herausfinden, ob er etwas über Mishraile – wer auch immer das war – sagen wollte.

»Logain!« Welyn Kajima kam die Straße entlang gerannt, und die Glöckchen an den Enden seiner schwarzen Zöpfe bimmelten. Ein weiterer Geweihter, ein Mann in den mittleren Jahren, der zu viel lächelte; auch er war dabei gewesen, als Logain sie gefangen nahm. Kajima hatte Jenare den Bund aufgezwungen. Als er sich an den Männern vorbeidrängte, war er fast außer Atem, und jetzt lächelte er nicht.

»Logain«, keuchte er, »der M'Hael ist aus Cairhien zurückgekehrt, und er hat neue Proskriptionen ans Brett vor dem Palast schlagen lassen. Ihr werdet nicht glauben, wer desertiert ist!« Er ratterte atemlos eine Liste herunter, während die anderen dazwischenriefen, sodass Toveine kaum mehr als Bruchstücke mitbekam.

»Geweihte sind auch schon früher desertiert«, murmelte der Cairhiener, als Kajima fertig war, »aber noch *nie* ein vollwertiger Asha'man. Und jetzt gleich sieben auf einmal?«

»Wenn Ihr mir nicht glauben wollt«, setzte Kajima an und plusterte sich wichtigtuerisch auf; er war in Arafel Schreiber gewesen.

»Wir glauben Euch«, sagte Genhald beschwichtigend. »Aber Gedwyn und Torval sind Männer des M'Hael. Rochaid und Kisman auch. Warum sollten sie desertieren? Er gab ihnen alles, was man sich wünschen kann.«

Kajima schüttelte gereizt den Kopf und ließ seine Glöckchen klingeln. »Ihr wisst, dass die Liste niemals Gründe aufzeichnet. Immer nur Namen.«

»Gut, dass wir sie los sind«, knurrte Kurin. »Das heißt, das wären wir, wenn wir sie jetzt nicht aufspüren müssten.«

»Bei den anderen verstehe ich es nicht«, meldete sich Sandomere zu Wort. »Ich war bei den Quellen von Dumai dabei. Ich habe gesehen, wie der Lord Drache danach seine Auswahl traf. Dashiva trug wie immer den Kopf in den Wolken. Aber Flinn, Hopwil, Narishma? Es hat noch nie Männer gegeben, die zufriedener aussahen. Sie waren wie Lämmer, die man in einen Kornspeicher lässt.«

Ein kräftiger Mann mit grauen Strähnen im Haar spuckte aus. »Nun, ich war bei den Quellen nicht dabei, aber ich bin im Süden gegen die Seanchaner gezogen.« Er hatte einen andoranischen Akzent. »Vielleicht gefiel den Lämmern der Metzgerhof nicht so sehr wie der Kornspeicher.«

Logain hatte mit vor der Brust verschränkten Armen zugehört, ohne sich an der Diskussion zu beteiligen. Sein Gesicht war unleserlich, eine Maske. »Canler, sorgt Ihr Euch wegen des Metzgerhofes?«, sagte er jetzt.

Der Andoraner verzog das Gesicht, dann zuckte er mit den Schultern. »Ich schätze, früher oder später wird es uns alle dorthin verschlagen, Logain. Ich glaube nicht, dass wir da eine große Wahl haben, aber ich muss es nicht mit einem Lächeln akzeptieren.«

»Solange Ihr an dem Tag nur da seid«, sagte Logain leise. Er hatte den Mann namens Canler angesprochen, aber einige der anderen nickten.

Logain sah an den Männern vorbei und betrachtete Toveine und Gabrelle. Toveine versuchte auszusehen, als hätte sie nicht zugehört und sich verbissen Namen gemerkt. »Geht rein, damit ihr aus der Kälte kommt«, befahl er ihnen. »Wärmt euch mit einem Schluck Tee auf. Ich komme zurück, sobald ich kann. Lasst meine Papiere in Ruhe.« Er gab den Männern ein Zeichen und führte sie in die Richtung, aus der Kajima gekommen war.

Toveine knirschte grimmig mit den Zähnen. Wenigstens musste sie ihm nicht zum Ausbildungsplatz folgen, vorbei an dem so genannten Verräterbaum, von dessen nackten Ästen Köpfe wie verfaulte Früchte hingen, um zuzusehen, wie Männer lernten, mit der Macht zu zerstören. Aber sie hatte gehofft, einen weiteren Tag für sich allein zu haben, um umherzuwandern und zu sehen, was sie in Erfahrung bringen konnte. Sie hatte die Männer »Taims Palast« erwähnen hören, und heute hatte sie gehofft, ihn zu finden und vielleicht einen Blick auf den Mann werfen zu können, dessen Name so finster wie Logains war. Stattdessen folgte sie der anderen Frau gehorsam durch die rote Tür. Es war sinnlos, dagegen anzukämpfen.

Sie blickte sich in dem Vorraum um, während Gabrelle ihren Umhang an einen Haken hing. Trotz des Äußeren hatte sie etwas Prächtigeres erwartet. In einem Steinkamin brannte ein spärliches Feuer. Ein langer, schmaler Tisch und Stühle mit hohen Rückenlehnen standen auf nackten Bodenbrettern. Ihr fiel ein Schreibtisch ins Auge, der nur unwesentlich kunstvoller gearbeitet war als die anderen Möbel und auf dem sich mit Deckeln verschlossene Briefkästen und Lederordner voller langer Papierbögen türmten. Es juckte ihr in den Fingern, aber selbst wenn sie sich an den Schreibtisch setzen würde, wäre sie nicht dazu in der Lage, auch nur etwas anderes als die Feder oder das gläserne Tintenfass anzurühren.

Seufzend folgte sie Gabrelle in die Küche, wo ein eiserner Ofen zu viel Wärme verbreitete und sich auf einer niedrigen Kommode unter einem Fenster schmutziges Frühstücksgeschirr stapelte. Gabrelle füllte einen Wasserkessel und stellte ihn auf den Ofen, dann holte sie aus einer anderen Kommode eine grünglasierte Teekanne und eine Holzbüchse. Toveine legte ihren Umhang über eine Stuhllehne und setzte sich an den rechteckigen Tisch. Sie wollte keinen Tee, es sei denn, er wäre mit dem Frühstück serviert worden, das sie verpasst hatte, aber sie wusste, sie würde ihn trinken.

Die närrische Braune plapperte vor sich hin, während sie ihrer häuslichen Tätigkeit nachging wie eine zufriedene Bäuerin. »Ich habe bereits viel in Erfahrung gebracht. Logain ist der einzige Asha'man, der hier im Dorf wohnt. Die anderen wohnen alle in Taims ›Palast‹. Sie haben Diener, aber Logain hat die Frau eines in der Ausbildung befindlichen Mannes angestellt, um für ihn zu kochen und sauber zu machen. Sie wird bald da sein, und sie glaubt, er hat die Sonne an den Himmel gebracht, also sollten wir bis dahin alle wichtigen Dinge besprochen haben. Er hat Euren Schreibkasten gefunden.«

Toveine hatte das Gefühl, eine eiskalte Hand würde sich um ihren Hals legen. Sie versuchte es zu verbergen, aber Gabrelle sah sie direkt an.

»Er hat ihn verbrannt. Nachdem er den Inhalt gelesen hat. Er scheint der Meinung zu sein, er hätte uns einen Gefallen getan.«

Die Hand wich, und Toveine bekam wieder Luft. »Elaidas Befehl befand sich unter meinen Papieren.« Sie räusperte sich, um die Heiserkeit loszuwerden. Elaidas Befehl, jeden hier angetroffenen Mann zu dämpfen und sie an Ort und Stelle aufzuhängen, und zwar ohne den Prozess in Tar Valon, den das Burggesetz vorschrieb. »Sie hat harte Bedingungen auferlegt, und wenn diese Männer davon erfahren hätten, dann hätten sie genauso hart reagiert.« Trotz der von dem Ofen ausgehenden Hitze fröstelte sie. Dieses eine Blatt Papier hätte dazu führen können, dass man sie alle dämpfte und hängte. »Warum sollte er uns einen Gefallen erweisen wollen?«

»Das weiß ich nicht, Toveine. Er ist kein Schurke, jedenfalls nicht mehr als die meisten Männer. Es könnte so einfach sein.« Gabrelle stellte eine Platte mit Brotstangen und eine weitere mit weißem Käse auf den Tisch. »Oder es könnte sein, dass dieser Bund einem Behüterbund viel Ähnlicher ist, als wir wissen. Vielleicht wollte er auch nur nicht miterleben, wie man uns hinrichtet.« Toveines Magen knurrte, aber sie nahm eine Stange, als wollte sie nur mal daran beißen.

»Ich vermute, ›hart‹ ist milde ausgedrückt«, fuhr Gabrelle fort und löffelte Tee in den Kessel. »Ich sah, wie Ihr zusammengezuckt seid. Natürlich haben sie sich viel Mühe gemacht, uns herzubringen. Einundfünfzig Schwestern in ihrer Mitte, und selbst mit dem Bund müssen sie fürchten, dass wir eine Möglichkeit finden, ihre Befehle zu umgehen, irgendein Schlupfloch, das sie übersehen haben. Die offensichtliche Antwort ist natürlich, dass die Burg rasend vor Zorn wäre, wenn man uns umbringen würde. Solange wir am Leben und Gefangene sind, wird selbst Elaida vorsichtig sein.« Sie lachte mit stiller Belustigung. »Euer Gesicht, Toveine. Glaubt Ihr, ich habe die ganze Zeit damit verbracht, darüber nachzudenken, meine Finger in Logains Haar zu vergraben?«

Toveine schloss den Mund und legte die unberührte Stange nieder. Sie war ohnehin kalt und fühlte sich hart an. Es war immer ein Fehler anzunehmen, dass die Braunen weltfremd waren, so tief in ihre Bücher und Studien vergraben, dass sie sonst nichts mitbekamen. »Was habt Ihr noch herausbekommen?«

Gabrelle setzte sich ihr gegenüber an den Tisch, den Löffel in der Hand, und beugte sich vor. »Ihre Mauer mag stark sein, wenn sie einmal fertig ist, aber dieser Ort ist voller Risse. Da ist Mazrim Taims Fraktion, und Logains Fraktion, obwohl ich nicht mit Bestimmtheit sagen kann, dass sie es so betrachten. Vielleicht noch andere Fraktionen, und mit Sicherheit Männer, die nicht wissen, dass es Fraktionen gibt. Einundfünfzig Schwestern sollten damit eigentlich etwas anfangen können, selbst mit dem Bund. Die zweite Frage, die sich stellt, lautet: was machen *wir* daraus?«

»Die zweite Frage?«, wollte Toveine wissen, aber die andere Frau schwieg. »Wenn es uns gelingt, diese Risse aufzubrechen«, sagte sie schließlich, »verteilen wir zwei oder fünfzig oder hundert Banden über die ganze Welt, von denen jede gefährlicher als jede bekannte Armee ist. Sie einzufangen könnte ein ganzes Leben lang dauern und die Welt in Stücke reißen wie eine erneute Zerstörung, und das, während Tarmon Gai'don näher rückt. Das heißt, falls dieser al'Thor wirklich der Wiedergeborene Drache ist.« Gabrelle wollte etwas sagen, aber Toveine winkte ab. Es war ziemlich wahrscheinlich, dass er es war. Hier und jetzt spielte das kaum eine Rolle. »Aber wenn wir nichts tun ... Einmal angenommen, man würde die Rebellion vergessen und diese Schwestern wieder in der Burg aufnehmen und jede im Ruhestand lebende Schwester zurückrufen, selbst dann bin ich noch immer nicht davon überzeugt, ob wir alle zusammen diesen Ort zerstören könnten. Ich nehme an, die Hälfte der Weißen Burg würde bei dem Versuch sterben. Wie lautet die erste Frage?«

Gabrelle lehnte sich in dem Stuhl zurück; plötzlich sah sie sehr müde aus. »Ja, es ist keine einfache Entscheidung. Und jeden Tag bringen sie mehr Männer heran. Ich glaube, seit wir hier sind, waren es fünfzehn oder zwanzig.«

»Ich lasse nicht zu, dass man mit mir spielt, Gabrelle! Wie lautet die erste Frage?« Der Blick der Braunen schärfte sich wieder, und sie sah Toveine einen langen Augenblick an.

»Bald wird sich die Aufregung gelegt haben«, sagte sie schließlich. »Was geschieht dann? Die Autorität, die Elaida Euch verliehen hat, ist dahin, die Expedition ist zu Ende. Die erste Frage lautet, stehen wir einundfünfzig Schwestern geeint da, oder trennen wir uns wieder in Braune und Rote, Gelbe und Grüne und Graue? Und die arme Ayako ... sie muss es bedauern, dass die Weißen darauf bestanden haben, dass eine ihrer Schwestern dabei ist. Lemai und Desandre haben von uns den höchsten Rang.« Gabrelle schwenkte rügend den Löffel. »Wir haben nur eine Chance, alles zusammenzuhalten; Ihr und ich, wir müssen uns öffentlich Desandres Autorität unterwerfen. Wir müssen das tun! Das wird auf jeden Fall den Anfang machen, das hoffe ich zumindest. Wenn es uns nur gelingt, ein paar der anderen zu überzeugen, wird das ein Anfang sein.«

Toveine holte tief Luft und tat so, als würde sie in die Leere starren und nachdenken. Sich einer Schwester zu unterwerfen, die einen höheren Rang als sie einnahm, war für sich genommen keine Härte. Die Ajahs hatten immer ihre Geheimnisse gehabt und manchmal ein bisschen gegeneinander intrigiert, aber der nun ausgebrochene offene Zwist in der Burg erschreckte sie. Darüber hinaus hatte sie gelernt, wie sie sich vor Herrin Doweel demütig geben musste. Ob der Frau die Armut und die Arbeit auf einem Bauernhof für eine noch rücksichtslosere Herrin, als sie es gewesen war, wohl gefiel?

»Ich kann mich dazu überwinden«, sagte sie schließlich. »Wir sollten einen Plan haben, den wir Desandre und Lemai präsentieren können, wenn wir sie überzeugen wollen.« Sie hatte bereits einen geschmiedet, zumindest einen Anfang, auch wenn er nicht für die Augen anderer bestimmt gewesen war. »Oh, Gabrelle, das Wasser kocht.«

Mit einem plötzlichen Lächeln stand die närrische Frau auf und eilte zum Herd. Wenn man so darüber nachdachte, waren die Braunen schon immer besser im Lesen von Büchern als von Menschen gewesen. Bevor sie Logain und Taim und den Rest von ihnen vernichteten, würden sie Toveine Gazal helfen, Elaida zu stürzen.

Die große Stadt Cairhien war eine riesige, sich auftürmende Masse, die von gewaltigen Mauern umschlossen wurde, unmittelbar am Fluss Alguenya. Der Himmel war klar und wolkenlos, aber es wehte ein kalter Wind, und die Sonne fiel auf schneebedeckte Dächer und funkelte auf Eiszapfen, die keinerlei Anstalten machten zu schmelzen. Der Alguenya war nicht zugefroren, aber kleine, gezackte Eisschollen von weiter flussaufwärts trieben in der Strömung und prallten gegen die Rümpfe der Schiffe, die an den Docks auf das Entladen warteten. Winter, Krieg und der Wiedergeborene Drache sorgten dafür, dass der Handel zurückging, aber er hörte nie ganz auf, nicht bevor Nationen endgültig am Boden waren. Die Straßen, welche die terassenförmigen Hügel der Stadt durchschnitten, waren trotz der Kälte voller Menschen, Wagen und Karren. »Die Stadt«, wie man sie hier nannte.

Eine gewaltige Menschenmenge drängte sich vor dem Sonnenpalast mit seinen rechteckigen Türmen um die lange Auffahrt, die am Tor endete, und starrte zu ihm hinauf. Kaufleute in ihren warmen Wollsachen und Adlige im Samt und Seide standen Schulter an Schulter mit Tagelöhnern mit schmutzigen Gesichtern und noch schmutzigeren Flüchtlingen. Niemanden kümmerte es, neben wem er stand, und selbst die Beutelschneider vergaßen, ihrem Handwerk nachzukommen. Männer und Frauen gingen fort, oftmals kopfschüttelnd, aber andere nahmen ihren Platz ein; gelegentlich wurde ein Kind in die Höhe gehalten, damit es den zerstörten Flügel des Palasts besser sehen konnte, an dem Arbeiter die Trümmer des dritten Stockwerks wegschafften. Ganz Cairhien war erfüllt von dem Hämmern der Handwerker und den quietschenden Achsen der Wagen, den Anpreisungen der Ladenbesitzer, den Beschwerden der Kunden und dem Murmeln der Kaufleute. Die Menge vor dem Palast aber war stumm.

Eine Meile vom Palast entfernt stand Rand am Fenster der Akademie von Cairhien, wie man sie großspurig benannt hatte, und schaute durch die beschlagenen Scheiben auf den gepflasterten Stallhof in der Tiefe. Zu

Artur Falkenflügels Zeit und auch davor hatte es Akademien genannte Schulen gegeben, Zentren des Lernens, in denen es nur so vor Gelehrten aus allen Ecken der bekannten Welt wimmelte. Die Selbstüberschätzung machte keinen Unterschied; sie hätten es seinetwegen auch Scheune nennen können, solange hier sein Wille erfüllt wurde. Drängendere Sorgen füllten seine Gedanken. War die frühe Rückkehr nach Cairhien ein Fehler gewesen? Aber alles war viel zu schnell gegangen, er hatte unvermutet fliehen müssen, also würde man in den Gemächern, auf die es ankam, wissen, dass er tatsächlich geflohen war. Zu schnell, um für alles Vorbereitungen treffen zu können. Es gab Fragen, die er stellen musste, und Aufgaben, die nicht aufgeschoben werden konnten. Und Min wollte noch mehr von Meister Fels Büchern.

Sie murmelte leise vor sich hin, während sie die Regale durchstöberte, wo man sie nach Fels Tod aufbewahrt hatte. Dank des Kopfgeldes für Bücher und Manuskripte, die der Akademie noch fehlten, entwuchs die Bibliothek schnell den Räumen, die für sie in Lord Barthanes' ehemaligem Palast bereitgestellt worden waren. Alanna spukte in Rands Hinterkopf herum und schmollte anscheinend; sie würde wissen, dass er in der Stadt war. Bei einer solchen Nähe würde sie einfach zu ihm kommen können, aber er würde es wissen, falls sie es versuchte. Glücklicherweise war Lews Therin im Augenblick still. In letzter Zeit erschien der Mann verrückter denn je zuvor.

Er rieb mit dem Ärmel seines Mantels ein Stück der Fensterscheibe frei. Dunkelgraue Wolle; sicher gut genug für einen Mann mit etwas Geld und edlem Gebaren, aber nicht die Art von Kleidung, die man bei dem Wiedergeborenen Drachen erwarten würde. Der Drachenkopf mit der goldenen Mähne auf seinem Handrücken glitzerte metallisch; hier an diesem Ort stellte er keine Gefahr dar. Als er sich vorbeugte, um hinauszuschauen, berührte sein Stiefel die Ledertasche, die unter dem Fenster stand.

Unten hatte man die Pflastersteine vom Schnee gesäubert, dort stand ein großer Wagen, der von Eimern umgeben wurde – sie sahen aus wie Pilze auf einer Lichtung. Ein halbes Dutzend Männer in dicken Mänteln und mit Schals und Mützen schien an der seltsamen Fracht des Wagens zu arbeiten, mechanischen Geräten, die sich um den dicken Eisenzylinder drängten, der mehr als die Hälfte der Ladefläche einnahm. Noch seltsamer mutete an, dass die Wagendeichsel fehlte. Einer der Männer lud Holzscheite von einer großen Schubkarre in eine Eisenkiste, die unter dem Zylinder befestigt war. Die offene Klappe der Kiste leuchtete durch das in ihrem Inneren prasselnde Feuer, und aus dem hohen, schmalen Schornstein quoll Rauch. Ein anderer Mann – er hatte einen Bart, einen kahlen Kopf und trug keine Mütze – tanzte um den Wagen herum, gestikulierte und brüllte Befehle, die die anderen sich anscheinend nicht schneller bewegen ließen. Ihr Atem erschuf kleine, kaum zu sehende Dampfwolken. Drinnen war es beinahe warm; die Akademie hatte große Öfen in den Kellergewölben und ein ausgedehntes Rohrsystem. Die zur Hälfte verheilte Wunde in seiner Seite, die niemals richtig heilen würde, fühlte sich heiß an.

Er konnte Mins Flüche nicht verstehen – er war davon überzeugt, dass es Flüche waren –, aber ihr Tonfall reichte aus, um ihm klarzumachen, dass sie nicht gehen würden, es sei denn, er schleppte sie mit Gewalt fort. Nun, es gab ein oder zwei Dinge, nach denen er sich in der Zwischenzeit erkundigen konnte. »Was sagen die Leute? Über den Palast?«

»Was man erwarten konnte«, antwortete Lord Dobraine hinter ihm mit ruhiger Geduld, so wie er auch alle anderen Fragen beantwortet hatte. Selbst wenn er mangelndes Wissen zugeben musste, hatte sich sein Tonfall nicht verändert. »Einige sagen, die Verlorenen hätten Euch angegriffen, oder die Aes Sedai. Diejenigen, die der Überzeugung sind, Ihr hättet dem Amyrlin-Sitz die Treue geschworen, ziehen die Verlorenen vor. Wie dem auch sei, es wird heftig darüber diskutiert, ob Ihr tot, entführt oder geflohen seid. Die meisten glauben, dass Ihr noch unter den Lebenden weilt, an welchem Ort auch immer, oder zumindest sagen sie das. Einige, wie ich fürchte, eine ganze Menge, glauben …« Er verstummte.

»Dass ich wahnsinnig geworden bin«, vollendete Rand für ihn den Satz in dem gleichen ruhigen Tonfall. Das war keine Sache, derentwegen man sich Sorgen machen musste. »Dass ich selbst einen Teil des Palasts zerstört habe?« Er würde die Toten nicht erwähnen. Es waren weniger als bei anderen Gelegenheiten, an anderen Orten, aber es waren genug, und einige der Namen kamen ihm jedes Mal in den Sinn, wenn er die Augen schloss. Auf dem Hof kletterte einer der Männer vom Wagen, aber der Kahlkopf packte ihn beim Arm und stieß ihn wieder hinauf, dann ließ er sich von ihm zeigen, was er gemacht hatte. Auf der anderen Seite sprang ein Mann unvorsichtig zu Boden und rutschte aus, und der Kahlkopf ließ den ersten los, um sogleich um den Wagen zu eilen und den Abgesprungenen dazu zu bringen, mit ihm zusammen wieder hinaufzuklettern. Was beim Licht taten sie da bloß? Rand warf einen Blick über die Schulter. »Sie liegen gar nicht mal weit daneben.«

Dobraine Taborwin, ein kleiner Mann, dessen Kopf an der Vorderseite glatt geschoren und auf formelle Weise gepudert war, während der Rest seines Haars beinahe vollständig ergraut war, erwiderte den Blick mit dunklen, teilnahmslosen Augen. Er war kein ansehnlicher Mann. Blaue und weiße Streifen zierten die Vorderseite seines dunklen Samtmantels vom Hals bis fast zu den Knien. Sein Siegelring war ein Rubin, am Kragen trug er noch einen, der nicht viel größer war; für einen Cairhiener war das beinahe schon extravagant. Er war der Hohe Herr seines Hauses und hatte mehr Schlachten erlebt als die meisten, und es gab nicht viel, das ihn ängstigte. Das hatte er bei den Quellen von Dumai bewiesen.

Anderseits, die kräftig gebaute, langsam grau werdende Frau, die neben ihm geduldig darauf wartete, dass sie an die Reihe kam, schien genauso furchtlos zu sein. Idrien Tarsins Kleidung stand im scharfen Kontrast zu Dobraines adliger Eleganz, ihr schmuckloses braunes Wollgewand hätte auch zu einer einfachen Ladenbesitzerin gepasst. Dennoch hatte sie ihren eigenen Quell der Würde und Autorität. Idrien war die Vorsteherin der Akademie; diesen Titel hatte sie sich selbst verliehen, da die meisten der Gelehrten und Mechaniker sich Meister von diesem oder Herrin von jenem nannten. Sie führte die Schule mit fester Hand und glaubte an praktische Dinge wie neue Methoden zur Straßenpflasterung oder Kleidungsfärbemittel, Verbesserungen in Mühlen und Gießereien. Außerdem glaubte sie an den Wiedergeborenen Drachen. Ob das nun vernünftig war oder nicht, auf jeden Fall war es pragmatisch, und damit würde er sich zufrieden geben.

Er wandte sich wieder dem Fenster zu und wischte das Glas an der gleichen Stelle frei. Vielleicht sollte mit der Konstruktion ja Wasser erhitzt werden – einige der Eimer schienen noch immer Wasser zu enthalten; in Schienar benutzte man große Kessel, um Badewasser zu erhitzen –, aber warum auf einem Wagen? »Ist seit meinem Weggang jemand plötzlich verschwunden? Oder unerwartet eingetroffen?«

Er rechnete nicht damit, jedenfalls nicht mit jemandem, der irgendwie wichtig für ihn war. Bei all den Brieftauben der Kaufleute und den Augen-und-Ohren der Weißen Burg und von Mazrim Taim – er durfte Taim nicht vergessen; der Name ließ Lews Therin wortlos knurren –, bei all den Brieftauben und Spionen und schnatternden Mündern würde in ein paar Tagen die ganze Welt wissen, dass er aus Cairhien verschwunden war. Die ganze Welt, die im Augenblick von Bedeutung war. Cairhien war nicht länger der Ort, an dem die Schlacht stattfinden würde. Dobraines Antwort überraschte ihn.

»Niemand, ausgenommen von … Seit dem … Angriff wird Ailil Riatin und eine hohe Würdenträgerin des Meervolks vermisst.« Ein winziges Stocken, aber immerhin ein Stocken. Vielleicht war auch er sich nicht sicher, was geschehen war. Und doch würde er Wort halten. Auch das hatte er an den Quellen von Dumai bewiesen. »Es sind keine Leichen gefunden worden, aber möglicherweise sind sie getötet worden. Allerdings weist die Herrin der Wogen diese Möglichkeit weit von sich. Sie macht viel Wind mit ihren Forderungen und besteht darauf, dass man ihr ihre Frau bringt. Es ist durchaus möglich, dass Ailil aufs Land geflohen ist. Oder sich trotz ihres Eides, den sie Euch geschworen hat, ihrem Bruder angeschlossen hat. Eure drei Asha'man sind noch immer im Palast. Flinn, Narishma und Hopwil. Sie machen die Leute nervös. Jetzt noch mehr als je zuvor.« Die Vorsteherin räusperte sich, ihre Schuhe glitten deutlich hörbar über den Holzfußboden. Sie machten sie auf jeden Fall nervös.

Rand verbannte die Asha'man aus seinen Gedanken. Keiner von ihnen war stark genug, um zu fühlen, dass er ein Wegetor hierher geöffnet hatte, dazu hätten sie schon näher sein müssen als im Palast. Diese drei hatten an dem Angriff auf ihn nicht teilgenommen, aber ein kluger Planer hätte die Möglichkeit eines Fehlschlags vielleicht in Betracht gezogen. Hätte dafür gesorgt, dass im Fall seines Überlebens jemand in seiner Nähe war.

»Du wirst nicht überleben«, wisperte Lews Therin. »Keiner von uns wird überleben.«

Schlaf weiter, dachte Rand gereizt. Er wusste, dass er nicht überleben würde. Aber er wollte es. In seinem Kopf erscholl ein verächtliches Lachen als Antwort, aber der Laut wurde schwächer und verschwand. Der Kahlkopf ließ die anderen jetzt vom Wagen steigen und rieb sich zufrieden die Hände. Jetzt schien er auch noch eine Ansprache halten zu wollen!

»Ailil und Shalon sind am Leben, und sie sind nicht geflohen«, sagte Rand laut. Er hatte sie gefesselt und geknebelt unter einem Bett versteckt, wo sie die Diener ein paar Stunden später gefunden hätten. Die Abschirmung, mit der er die Windsucherin des Meervolkes umgeben hatte, hätte sich einige Zeit davor auflösen müssen. Dann hätten die beiden Frauen in der Lage sein müssen, sich selbst zu befreien. »Fragt Cadsuane. Sie wird sie in Lady Arilyns Palast gebracht haben.«

»Cadsuane Sedai geht im Sonnenpalast ein und aus, als würde er ihr gehören«, sagte Dobraine mit wohl überlegten Worten, »aber wie hätte sie die Frauen ungesehen herausbringen sollen? Und warum? Ailil ist Torams Schwester, doch sein Anspruch auf den Sonnenthron ist nichts mehr wert, falls er überhaupt jemals einen Wert hatte. Und eine hochrangige Atha'an Miere festzuhalten ... Zu welchem Zweck?«

Rand ließ seine Stimme unbeschwert klingen, als wäre es ihm egal. »Warum hält sie Lady Caraline und den Hochlord Darlin als ihre ›Gäste‹ fest, Dobraine? Warum tun Aes Sedai überhaupt etwas? Ihr werdet sie dort finden, wo ich sagte. Falls sie Euch den Zugang gewährt und nachsehen lässt.« Dobraines Fragen waren nicht dumm gewesen. Er wusste darauf nur keine Antwort. Natürlich repräsentierten Caraline Damodred und Ailil Riatin die letzten beiden Häuser, die den Sonnenthron innegehabt hatten. Und Darlin Sisnera war der Anführer der Adligen von Tear gewesen, die ihn aus ihrem kostbaren Stein hatten vertreiben wollen.

Rand runzelte die Stirn. Er war davon überzeugt gewesen, dass sich Cadsuane auf seine Person konzentrierte, auch wenn sie nach außen hin stets einen anderen Eindruck hinterließ, aber was war, wenn dies gar kein Täuschungsmanöver war? Es wäre eine Erleichterung gewesen, wenn es sich so verhielt. Natürlich. Das Letzte, was er jetzt brauchen konnte, war eine Aes Sedai, die glaubte, sich in seine Angelegenheiten einmischen zu können. Das Allerletzte. Vielleicht richtete Cadsuane ihre ungefragte Einmischung in andere Richtungen. Min hatte gesehen, wie Sisnera eine seltsame Krone trug; über diese Vision hatte er viel nachgedacht. Im Gegensatz zu anderen Dingen, die sie gesehen hatte, in denen es um ihn und die Grüne Schwester gegangen war. War es möglicherweise ganz einfach? Glaubte Cadsuane, sie könnte bestimmen, wer sowohl über Tear wie auch Cairhien herrschte?

Einfach? Beinahe hätte er gelacht. Aber so verhielten sich Aes Sedai nun einmal. Und Shalon, die Windsucherin? Sie in ihrer Gewalt zu haben würde Cadsuane möglicherweise ein Druckmittel gegen Harine, die Herrin der Wogen, in die Hand geben, aber er vermutete vielmehr, dass sie einfach zusammen mit Ailil aufgegriffen worden war und man zu verschleiern versuchte, wer die Adlige entführt hatte. Man würde Cadsuane eines Besseren belehren. Es war bereits entschieden worden, wer über Tear und Cairhien herrschte. Das würde er ihr sagen müssen. Später. Das stand ganz weit unten auf der Liste seiner Prioritäten.

»Dobraine, bevor ich gehe, muss ich Euch ...« Die Worte erstarben auf seiner Zunge.

Auf dem Hof hatte der Kahlköpfige auf dem Wagen

einen Hebel bewegt, und plötzlich hob sich das Ende einer langen horizontalen Stange und senkte sich wieder, dabei trieb sie eine kürzere Stange in ein in die Ladefläche geschnittenes Loch. Und der ganze Wagen vibrierte, bis er scheinbar kurz vor dem Auseinanderfallen stand, und der Schornstein spuckte Rauch aus, und dann setzte sich das Gefährt ruckelnd in Bewegung; die Stangen hoben und senkten sich, zuerst langsam und dann immer schneller. Der Wagen fuhr, ohne Pferde!

Rand war sich nicht bewusst, dass er es laut ausgesprochen hatte, bis ihm die Vorsteherin antwortete.

»Ach, das! Das ist Mervin Poels Dampfwagen, wie er ihn nennt, mein Lord Drache.« Ihre hohe, überraschend jugendliche Stimme troff vor Missbilligung. »Behauptet, er könnte mit diesem neumodischen Apparat hundert Wagen ziehen. Aber zuerst muss er mal dafür sorgen, dass er weiter als fünfzig Schritte fährt, ohne dass Teile brechen oder festklemmen. Meines Wissens nach ist ihm das erst einmal gelungen.«

Tatsächlich kam der – Dampfwagen? – keine zwanzig Schritte von seinem Ausgangsort entfernt ruckelnd zum Stehen. Ruckelnd war das richtige Wort; er schien sich bei jedem Herzschlag stärker geschüttelt zu haben. Die meisten der Männer stürzten sich wieder auf ihn, einer von ihnen kurbelte mit einer tuchumwickelten Hand wie wild an etwas herum. Plötzlich schoss Dampf aus einem Rohr und das Schütteln nahm ab und hörte schließlich ganz auf.

Rand schüttelte den Kopf. Ihm war wieder eingefallen, dass er diesen Mervin schon einmal gesehen hatte, und zwar mit einem Apparat, der auf einer Tischplatte vor sich hinruckelte, sonst aber nichts tat. Und dieses Wunder dort unten war daraus entstanden? Er hatte gedacht, der kleine Apparat sollte Musik machen. Der Mann, der herumsprang und den anderen mit den Fäusten drohte, musste Mervin sein. Welche anderen seltsamen Dinge, welche Wunder waren von den Leuten hier in der Akademie wohl noch zu erwarten?

Als er danach fragte, wobei er noch immer die Männer bei ihrer Arbeit an dem Wagen beobachtete, schniefte Idrien laut. Als sie sprach, war nur ein Hauch Respekt für den Wiedergeborenen Drachen aus ihrer Stimme herauszuhören, und selbst der wurde schnell von Unverständnis ersetzt. »Schlimm genug, dass ich Philosophen und Historiker und Arithmetiker und dergleichen mehr Platz einräumen muss, aber Euer Befehl lautete, jeden aufzunehmen und bleiben zu lassen, wenn er Fortschritte macht. Ich schätze, Ihr hattet auf Waffen gehofft, aber jetzt habe ich Dutzende von Träumern und Tunichtguten am Hals, von denen jeder alte Bücher oder Manuskripte hat, die *alle* zum Vertrag der Zehn Nationen zurückdatieren, wenn nicht gleich zum Zeitalter der Legenden – zumindest behaupten sie das –, und sie alle versuchen, Pläne und Zeichnungen und Beschreibungen von Dingen zu verstehen, die sie nie gesehen haben, die möglicherweise nie jemand zu Gesicht bekommen hat. Ich habe alte Manuskripte gelesen, in denen von Menschen mit Augen im Bauch die Rede ist, und von zehn Fuß hohen Tieren mit Stoßzähnen, die länger als jeder Mann sind, und Städten, in denen …«

»Aber was machen sie, Vorsteherin Tarsin?«, wollte Rand wissen. Die Männer, die dort unten an dem Aufbau arbeiteten, bewegten sich zielgerichtet und nicht, als würden sie mit einem Fehlschlag rechnen. Und der Wagen hatte sich bewegt.

Diesmal schniefte sie lauter. »Nur Unsinn, mein Lord Drache, das machen sie. Kin Tovere hat sein großes Sehrohr konstruiert. Damit kann man den Mond so deutlich wie seine eigene Hand sehen, und andere Dinge, von denen er behauptet, es seien andere Welten, aber was soll man damit anfangen können? Und jetzt will er ein noch größeres bauen. Maryl Harke baut gewaltige Drachen, die sie Segelflieger nennt, und im kommenden Frühling wird sie sich wieder von Hügeln stürzen. Lässt einem das Herz stocken, wenn man zusieht, wie sie damit in die Tiefe segelt; ich bin fest davon überzeugt, dass sie sich das nächste Mal, wenn einer zusammenklappt, mehr als nur den Arm bricht. Jander Parentakis glaubt, er kann Flussboote mit den Wasserrädern einer Mühle antreiben, aber als er genug Männer in das Boot steckte, um die Kurbeln zu bedienen, blieb kein Platz mehr für die Ladung, und jeder Segler konnte es überholen. Ryn Anhara fängt Blitze in großen Krügen ein – und ich bezweifle stark, dass nicht mal er weiß, warum er das tut – und Niko Tokama spielt bloß mit ihrem …«

Rand drehte sich so schnell um, dass sie einen Schritt zurückwich, und selbst Dobraine veränderte seine Stellung – die Bewegung eines Schwertkämpfers. Nein, sie waren sich seiner nicht im mindesten sicher. »Er fängt den Blitz ein?«, fragte er mit sanfter Stimme.

Auf ihrem derben Gesicht zeichnete sich Begreifen ab und sie fuchtelte mit den Händen herum. »Nein, nein! Nicht so … nicht so!« Nicht so wie Ihr, hätte sie beinahe gesagt. »Es hat mit Drähten und Rädern und großen Tonkrügen und dem Licht weiß was zu tun. Er nennt es Blitzschläge, und ich habe mal gesehen, wie eine Ratte auf einen der Krüge sprang, auf die Eisenstangen, die oben herausragen. Es sah wirklich so aus, als wenn man vom Blitz getroffen wird.« Ein hoffnungsvoller Ton schlich sich in ihre Stimme ein. »Wenn Ihr wünscht, kann ich es ihm verbieten.«

Er versuchte sich vorstellen, wie jemand mit einem Spielzeugdrachen flog, aber das Bild war lächerlich. Blitze in Krügen einzufangen lag jenseits seiner Vorstellungskraft. Und dennoch … »Lasst sie damit weitermachen, Vorsteherin. Wer weiß? Vielleicht wird sich eine dieser Erfindungen noch als bedeutsam herausstellen. Wenn eine wie behauptet funktioniert, gebt Ihr dem Erfinder eine Belohnung.«

Dobraines von der Sonne verbranntes, lederhäutiges Gesicht sah zweifelnd aus, auch wenn es ihm beinahe gelungen wäre, dies zu verbergen. Idrien neigte den Kopf in mürrischer Zustimmung und machte sogar einen Hofknicks, aber sie war offensichtlich der Meinung, dass er darum bat, Schweine fliegen zu lassen, falls sie es konnten.

Rand vermochte nicht zu sagen, ob er ihr da nicht sogar zustimmte. Aber vielleicht *würden* einem der Schweine ja Flügel wachsen. Der Wagen *hatte* sich bewegt. Er wollte unter allen Umständen etwas zurücklassen, etwas, das der Welt half, die erneute Zerstörung zu überleben, die er laut den Prophezeiungen anrichten würde. Das Problem bestand darin, dass er nicht die geringste Vorstellung hatte, was es sein sollte, wenn man mal von den Schulen selbst absah. Wer konnte schon sagen, was ein Wunder alles bewirken konnte? Licht, er wollte *irgendetwas* aufbauen, das Bestand hatte.

Ich habe geglaubt, ich könnte etwas aufbauen, murmelte Lews Therin in seinem Kopf. *Ich habe mich geirrt. Wir sind keine Baumeister, du nicht, ich nicht und der andere auch nicht. Wir sind Zerstörer. Zerstörer.*

Rand fröstelte und fuhr sich mit den Händen durchs Haar. Der andere? Manchmal klang die Stimme am vernünftigsten, wenn sie aus den Tiefen des Wahnsinns sprach. Die anderen beobachteten ihn, Dobraine gelang es fast, seine Unsicherheit zu verbergen, während Idrien erst gar keine Anstalten dazu machte. Rand straffte sich, als wäre alles in Ordnung, und zog zwei dünne Päckchen aus dem Mantel. Beide wiesen einen großen roten Wachsklumpen mit dem Siegel des Drachen auf. Die Gürtelschnalle, die er im Augenblick nicht trug, diente als eindrucksvoller Siegelring.

»Das obere Schreiben ernennt Euch zu meinem Verwalter in Cairhien«, sagte er und überreichte es Dobraine. Ein Drittes ruhte noch an seiner Brust, das Gregorin den Lushenos zum Verwalter von Illian machte. »Also wird es keine Schwierigkeiten geben, dass jemand während meiner Abwesenheit Eure Autorität infrage stellt.« Dobraine konnte derartige Zwistigkeiten mit seinen Soldaten regeln, aber es war besser, dafür zu sorgen, dass niemand Unwissenheit oder Zweifel vorschützen konnte. Vielleicht würde es ja keinen Ärger geben, wenn jeder glaubte, dass sich der Wiedergeborene Drache auf die Missetäter stürzte. »Dort stehen Befehle hinsichtlich jener Angelegenheiten, die ich erledigt haben will, aber davon abgesehen benutzt Euer eigenes Urteilsvermögen. Wenn Lady Elayne den Sonnenthron beansprucht, unterstützt sie mit all Euren Kräften.« Elayne. Oh, beim Licht, Elayne und Aviendha. Wenigstens befanden sie sich in Sicherheit. Mins Stimme klang jetzt glücklicher; sie musste Meister Fels Bücher gefunden haben. Er würde zulassen, dass sie ihm in den Tod folgte, weil er nicht stark genug war, sie davon abzuhalten. *Ilyena,* stöhnte Lews Therin. *Ilyena, verzeih mir!* Rands Stimme war so kalt wie das Herz des Winters. »Ihr werdet wissen, wann der Zeitpunkt gekommen ist, das andere Päckchen zu überreichen. Ob es überreicht werden muss. Wenn es sein muss, holt ihn dort mit Gewalt raus, und begründet die Entscheidung mit seinem Wortlaut. Falls Ihr Euch dagegen entscheidet oder er sich weigert, suche ich jemanden anderen aus. Nicht Euch.«

Vielleicht war das brüsk, aber Dobraines Miene veränderte sich kaum. Seine Brauen hoben sich etwas, als er den auf das zweite Päckchen geschriebenen Namen las; das war alles. Er verbeugte sich aalglatt. Cairhiener waren immer aalglatt. »Es wird so geschehen, wie Ihr befehlt. Verzeiht mir, aber Ihr klingt, als würdet Ihr für lange Zeit fort sein.«

Rand zuckte mit den Schultern. Er vertraute dem Hochlord so weit, wie er jedem vertraute. Fast so weit. »Wer weiß das schon? Die Zeiten sind unsicher. Sorgt dafür, dass Vorsteherin Tarsin das Geld bekommt, das sie braucht, genau wie die Männer, welche die Schule in Caemlyn gründen. Das gilt auch für die Schule in Tear, bis sich dort die Dinge ändern.«

»Wie Ihr befehlt«, wiederholte Dobraine und schob die Päckchen in seinen Mantel. Sein Gesicht verriet jetzt keinerlei Gefühlsregung. Dobraine war ein erfahrener Spieler im Spiel der Häuser.

Die Vorsteherin schaffte es, zugleich zufrieden und verstimmt auszusehen, und sie konzentrierte sich darauf, unnötigerweise ihr Kleid zu glätten, so wie es Frauen taten, wenn sie sich Mühe gaben, nicht das auszusprechen, was ihnen auf der Zunge lag. Sie mochte sich noch so sehr über die Träumer und Philosophen beschweren, aber sie wachte eifersüchtig über das Wohlergehen der Akademie. Sie würde keine Tränen vergießen, wenn die anderen Schulen verschwanden und ihre Gelehrten gezwungen waren, an die Akademie zu kommen. Sogar die Philosophen. Was würde sie wohl von einem ganz bestimmten Befehl in Dobraines Päckchen halten?

»Ich habe alles gefunden, was ich brauche«, sagte Min und trat leicht unter dem Gewicht dreier ausgebeulter Stofftaschen schwankend zwischen den Regalen hervor. Ihr einfacher brauner Mantel und die Hose sahen der Kleidung sehr ähnlich, die sie getragen hatte, als er sie vor so langer Zeit das erste Mal in Baerlon gesehen hatte. Aus irgendeinem Grund hatte sie sich so lange über sie beklagt, dass jeder, der sie kannte, geglaubt hatte, er hätte sie gebeten, ein Kleid anzuziehen. Aber jetzt lächelte sie erfreut und mit einer Spur Durchtriebenheit. »Ich hoffe, die Lastpferde sind noch da, wo wir sie zurückgelassen haben, oder wir werden meinem

Lord Drachen einen Packsattel anpassen lassen müssen.«

Idrien keuchte voller Entsetzen, als sie hörte, wie er so angesprochen wurde, aber Dobraine zeigte ein kleines Lächeln. Er hatte Min schon zuvor in Rands Nähe erlebt.

Rand wurde sie so schnell los, wie er konnte – sie hatten so viel gesehen und gehört, wie er wollte – und gab ihnen zum Abschluss eines letztes Mal die Mahnung mit auf den Weg, dass er nie da gewesen war. Dobraine nickte, als hätte er nichts anderes erwartet. Idrien sah nachdenklich aus, als sie ging. Falls sie eine Bemerkung fallen ließ, die ein Diener oder Gelehrter aufschnappte, würde in zwei Tagen die ganze Stadt Bescheid wissen. Ihm blieb auf keinen Fall viel Zeit. Vermutlich war niemand, der es wahrnehmen konnte, nahe genug gewesen, um zu spüren, wie er ein Wegetor öffnete, aber jeder, der nach den richtigen Zeichen Ausschau hielt, würde mittlerweile wissen, dass ein *Ta'veren* in der Stadt war. Aber er wollte noch nicht gefunden werden.

Als sich die Tür hinter ihnen schloss, musterte er Min einen Augenblick lang, dann nahm er eine der Taschen und schob sich den Trageriemen über die Schulter.

»Nur eine?« Min stellte die anderen auf dem Boden ab, stemmte die Fäuste in die Hüften und runzelte die Stirn. »Manchmal bist du wirklich ein Schafhirte. Diese Taschen müssen jeweils einen Zentner wiegen.« Aber sie klang eher amüsiert als verärgert.

»Du hättest dir eben kleinere Bücher aussuchen sollen«, sagte er und zog Reithandschuhe an, um die Drachen zu verbergen. »Oder leichtere.« Er wandte sich dem Fenster zu, um die Ledertasche zu holen, und der Schwindel traf ihn wie eine Welle. Die Knie wurden ihm weich und er taumelte. Vor seinem inneren Auge blitzte ein leuchtendes Gesicht auf, das er nicht erkennen konnte. Mit einer bewussten Anstrengung fing er sich wieder und zwang seine Beine, nicht unter ihm nachzugeben. Und das Gefühl, umhergewirbelt zu werden, verschwand. Lews Therin keuchte heiser in den Schatten. Konnte es sein Gesicht gewesen sein?

»Wenn du glaubst, du könntest mich dazu bringen, sie den ganzen Weg zu tragen, bist du im Irrtum«, murmelte Min düster. »Ich habe schon Stallburschen gesehen, die besser geschauspielert haben. Du könntest wenigstens hinfallen.«

»Diesmal nicht.« Er wusste, was ihn erwartete, wenn er die Macht lenkte; das konnte er bis zu einem gewissen Grade kontrollieren. Normalerweise. Zumindest meistens. Diese Gleichgewichtsstörungen ohne *Saidin* waren neu. Vielleicht hatte er sich zu schnell umgedreht. Und vielleicht konnten Schweine *tatsächlich* fliegen. Er schob sich die Riemen der Ledertasche über die freie Schulter. Die Männer auf dem Hof waren noch immer fleißig bei der Arbeit. Erschufen etwas. »Min …«

Sie runzelte sofort die Stirn, verharrte einen Augenblick lang dabei, ihre roten Handschuhe überzustreifen und tippte dann mit dem Fuß auf. Bei jeder Frau ein gefährliches Zeichen, insbesondere aber bei jenen, die mit einem Messer bewaffnet waren. »Das haben wir besprochen, Rand al'Thor, auch bekannt als der verfluchte Wiedergeborene Drache! Du wirst mich nicht zurücklassen!«

»Der Gedanke ist mir nie gekommen«, log er. Er war zu schwach, er konnte sich nicht dazu überwinden, die Worte auszusprechen, sie zum Bleiben zu überreden. *Zu schwach*, dachte er verbittert, *und das könnte ihren Tod bedeuten, ach, soll mich das Licht für alle Zeiten zu Asche verbrennen!*

Das wird es auch!, versprach Lews Therin leise.

»Ich bin nur gerade zu dem Schluss gekommen, dass du wissen solltest, was das hier zu bedeuten hat und wie es weitergeht«, fuhr Rand fort. »Ich schätze, ich war nicht sehr mitteilsam.« Er sammelte seine Kräfte und ergriff *Saidin*. Das Zimmer schien sich um ihn zu drehen; er ritt die Lawine aus Feuer und Eis und Unreinheit ab, während Übelkeit in seinem Magen brodelte. Aber es gelang ihm, mit erhobenem Kopf zu stehen, ohne zu schwanken. So gerade eben. Wie er es auch nur so gerade eben schaffte, die Machtstränge des Wegetors miteinander zu verweben, das sich auf eine verschneite Lichtung öffnete, auf der zwei gesattelte Pferde an einem niedrigen Ast einer Eiche festgezurrt waren.

Er sah erleichtert, dass die Pferde noch immer da waren. Die Lichtung war ein gutes Stück von der nächsten Straße entfernt, aber es gab immer Wanderer, die ihren Familien und Höfen oder ihrem Handwerk den Rücken zugewandt hatten, weil der Wiedergeborene Drache alle Bande zerstört hatte. Das sagten die Prophezeiungen. Andererseits waren viele dieser Männer und Frauen, die jetzt mit wund gelaufenen Füßen und halb erfroren umherirrten, die Suche leid, zumal sie nicht wussten, wonach sie eigentlich suchten. Selbst diese unscheinbaren Reittiere wären mit Sicherheit von dem ersten Mann mitgenommen worden, der sie allein dort gefunden hätte. Rand hatte Gold genug, um andere zu kaufen, aber er glaubte nicht, dass Min der einstündige Fußmarsch zu dem Dorf, in dem sie die Lasttiere zurückgelassen hatten, gefallen würde.

Er eilte durch das Tor auf die Lichtung, gab vor, dass der Wechsel vom ebenen Boden in knietiefen Schnee an seinem Stolpern Schuld war, und wartete kaum ab, bis sie ihre Büchertaschen ergriffen und ihm mühsam gefolgt war, bevor er die Macht losließ. Sie waren fünfhundert Meilen von Cairhien entfernt und näher an Tar Valon als an jedem anderen halbwegs wichtigen Ort. Alanna war in seinen Gedanken verblasst, nachdem sich das Tor geschlossen hatte.

»Nicht sehr mitteilsam?«, sagte Min voller Misstrauen. Er hoffte, es galt seinen Motiven oder sonst etwas, nur nicht der Wahrheit. Das Schwindelgefühl und die Übelkeit schwanden langsam. »Rand, du warst so offen wie eine Miesmuschel, aber ich bin nicht blind. Zuerst sind wir nach Rhuidean gereist, wo du so viele Fragen über diesen Ort namens Shara gestellt hast, dass jeder zu dem Schluss kommen musste, du wolltest dorthin.« Mit einem leichten Stirnrunzeln schüttelte sie den Kopf, während sie eine ihrer Lasten an dem Sattel ihres braunen Pferdes befestigte. Die Anstrengung ließ sie ächzen, aber sie hatte nicht vor, die andere Büchertasche im Schnee abzusetzen. »Ich hätte mir die Aiel-Wüste niemals so vorgestellt. Diese Stadt ist größer als Tar Valon, selbst wenn sie zur Hälfte zerstört ist. Und all diese Brunnen und der See … Ich konnte nicht mal bis zum anderen Ufer sehen. Ich dachte immer, in der Wüste gäbe es kein Wasser. Und es war kalt da; ich dachte immer, in der Wüste wäre es heiß!«

»Im Sommer glühst du am Tag, aber in der Nacht frierst du.« Er fühlte sich erholt genug, um seine eigenen Lasten am Sattel des Grauen zu befestigen. Fast erholt genug. Er tat es trotzdem. »Wenn du schon alles weißt, was habe ich denn außer Fragen zu stellen noch gemacht?«

»Das Gleiche wie in Tear letzte Nacht. Dafür gesorgt, dass jede Katze und jede Amsel von deiner Anwesenheit erfuhr. In Tear hast du dich nach Chachin erkundigt. Es ist offensichtlich. Du willst jeden verwirren, der herauszufinden versucht, wo du als Nächstes hingehst und was du dort im Schilde führst.« Die zweite Büchertasche stützte die erste hinter ihrem Sattel, und sie band die Zügel los und stieg auf. »Also, bin ich blind?«

»Du hast die Augen eines Adlers.« Er hoffte, seine Verfolger sahen genauso klar. Oder derjenige, der ihnen Befehle gab. Es wäre schlecht gewesen, wenn sie sonst wo hingeeilt wären. »Ich glaube, ich muss noch ein paar falsche Spuren legen.«

»Warum sich die Zeit dazu nehmen? Ich weiß, dass du einen Plan hast, ich weiß auch, dass es mit etwas in dieser Ledertasche zu tun hat – ist es ein *Sa'angreal*? –, und ich weiß, dass es wichtig ist. Sieh nicht so überrascht aus. Du lässt diese Tasche doch so gut wie keinen Augenblick aus den Augen. Warum führst du also nicht deinen Plan aus und legst dann falsche Spuren? Und natürlich die Richtige. Du hast gesagt, du wirst dich um sie kümmern, wenn sie es am wenigsten erwarten. Das kannst du kaum tun, wenn sie dir nicht dorthin folgen, wo du sie haben willst.«

»Ich wünschte, du hättest niemals angefangen, Herid Fels Bücher zu lesen«, murrte er und zog sich auf den Sattel des Grauen. In seinem Kopf drehte sich alles nur leicht. »Du enträtselst zu viel. Kann ich überhaupt noch etwas vor dir geheim halten?«

»Das konntest du noch nie, Wollkopf«, sagte sie lachend. »Wie sieht dein Plan denn nun aus? Mal davon abgesehen, Dashiva und den Rest zu töten. Ich habe das Recht, es zu erfahren, wenn ich dich begleite.« Als hätte sie nicht darauf bestanden, ihn zu begleiten.

»Ich werde die männliche Hälfte der Quelle reinigen«, sagte er tonlos. Eine gewaltige Ankündigung. Ein großer Plan, sogar mehr als groß. Hochtrabend, würden die meisten sagen. Nach Mins Reaktion zu urteilen, hätte er genauso gut verkünden können, dass er einen Nachmittagspaziergang machen wollte. Sie legte die zusammengefalteten Hände auf den Sattelknauf und sah ihn einfach nur an, bis er fortfuhr.

»Ich weiß nicht, wie lange es dauern wird, und sobald ich damit angefangen habe, wird vermutlich jeder Machtlenker im Umkreis von tausend Meilen wissen, dass etwas geschieht. Ich bezweifle, dass ich einfach aufhören kann, sollten Dashiva und der Rest oder die

Verlorenen plötzlich auftauchen, um sich die Sache anzusehen. Gegen die Verlorenen kann ich nichts tun, aber mit etwas Glück kann ich die anderen erledigen.« Er war *Ta'veren*, vielleicht würde ihm das den Vorteil bescheren, den er so verzweifelt brauchte.

»Verlass dich auf das Glück, und Corlan Dashiva oder die Verlorenen werden dich zum Frühstück verspeisen«, sagte sie und lenkte ihr Pferd von der Lichtung. »Vielleicht fällt mir eine bessere Methode ein. Komm jetzt. In dieser Herberge wartet ein warmes Feuer. Ich hoffe, du wirst uns vor unserem Aufbruch eine warme Mahlzeit gönnen.«

Rand starrte ungläubig hinter ihr her. Man hätte denken können, dass fünf abtrünnige Asha'man weniger Anlass zur Sorge gaben als ein entzündeter Zahn – von den Verlorenen ganz zu schweigen. Er trieb den Grauen so heftig an, dass der Schnee spritzte, holte sie ein und ritt schweigend an ihre Seite. Es gab ein paar Dinge, die er noch vor ihr geheim halten konnte, zum Beispiel diese Krankheit, die ihm zusetzte, wenn er die Macht lenkte. Das war der wahre Grund, warum er sich zuerst um Dashiva und die anderen kümmern musste. Es verschaffte ihm Zeit, die Krankheit zu überwinden. Falls das möglich war. Wenn nicht, war es fraglich, ob die beiden *Ter'angreale*, die er hinter dem Sattel transportierte, überhaupt von irgendeinem Nutzen sein würden.

KAPITEL 1

Abreise vom Propheten

Das Rad der Zeit dreht sich, Zeitalter kommen und vergehen und lassen Erinnerungen zurück, die zu Legenden werden. Legenden verblassen zu Mythen und sogar der Mythos ist lange vergessen, wenn das Zeitalter wiederkehrt, aus dem er geboren wurde. In einem Zeitalter, das von einigen das Dritte Zeitalter genannt wurde, einem Zeitalter, das noch kommen sollte, einem lange vergangenen Zeitalter, erhob sich über dem Aryth-Meer ein Wind. Der Wind war nicht der Anfang. Es gibt bei der Drehung des Rades der Zeit keinen Anfang und kein Ende. Aber es war ein Anfang.

Der Wind über den kalten, graugrünen Wellenbergen wehte nach Osten in Richtung Tarabon, wo die Schiffe bereits entladen wurden oder darauf warteten, in den Hafen von Tanchico einfahren zu dürfen und darum meilenweit entlang der niedrigen Küstenlinie vor Anker gingen. Der große Hafen wimmelte vor Schiffen, großen und kleinen, und Barken brachten Leute und Frachtgut an Land, denn an keinem der städtischen Docks gab es auch nur eine freie Anlegestelle. Die Bewohner von Tanchico waren voller Furcht gewesen, als die Stadt an ihre neuen Herren fiel mit ihren seltsamen Bräuchen und merkwürdigen Kreaturen und den an einer Leine geführten Frauen, die die Eine Macht lenken konnten, und die Furcht kehrte zurück, als diese Flotte, deren Größe jede Vorstellungskraft sprengte, erschien und nicht nur Soldaten entlud, sondern auch emsige

Kaufleute und Handwerker mit ihrem Werkzeug und ganze Familien mit Wagen voller Bauerngerätschaften und unbekannten Pflanzen. Allerdings gab es einen neuen König und einen neuen Panarchen, um Gesetze zu erlassen, doch auch wenn der König und der Panarch einer in weiter Ferne lebenden Kaiserin den Gehorsam schuldeten und seanchanische Adlige viele der Paläste besetzten und tiefere Gehorsamsbezeugungen verlangten als jeder tarabonische Lord oder seine Lady, hatte sich das Leben der meisten Menschen kaum verändert, und wenn, dann höchstens zum Besseren. Der seanchanische Adel hatte nur wenig Kontakt mit dem gewöhnlichen Volk, und mit seltsamen Bräuchen konnte man leben.

Die Anarchie, die das Land gespalten hatte, war nur noch eine Erinnerung, und der Hunger mit ihr. Die Rebellen und Banditen und Drachenverschworenen, die das Land wie eine Plage heimgesucht hatten, waren tot oder gefangen, und diejenigen, die sich nicht ergeben hatten, waren nach Norden auf die Ebene von Almoth gedrängt worden, und der Handel war wieder in Schwung gekommen. Die Horden hungernder Flüchtlinge, welche die Straßen der Stadt verstopft hatten, waren wieder in ihren Dörfern und auf ihren Bauernhöfen. Und von den Neuankömmlingen blieben nie mehr in Tanchico, als die Stadt mühelos ernähren konnte. Trotz des Schnees schwärmten Tausende und Zehntausende Soldaten, Kaufleute, Handwerker und Bauern ins Landesinnere und der eisige Wind peitschte ein Tanchico, in dem Frieden herrschte und das nach den schweren Heimsuchungen größtenteils mit seinem Los zufrieden war.

Der Wind wehte weiter nach Osten, viele Meilen weit, schoss als Böe hernieder und dann wieder als Lufthauch, teilte sich auf, ohne jemals zum Erliegen zu kommen, fuhr nach Osten und drehte nach Süden ab, flog über Wälder und Ebenen, die mit kahlen Ästen und braunem Gras fest im Griff des Winters waren, und überquerte schließlich die einstige Grenze zwischen Tarabon und Amadicia. Es war noch immer eine Grenze, wenn auch nur dem Namen nach, die Zollposten waren abgebaut und die Grenzwächter abgezogen. Der Wind wehte nach Osten und Süden, berührte die südlichen Ausläufer der Verschleierten Berge und wirbelte um das von hohen Mauern umgebene Amador. Das eroberte Amador. Das Banner oben auf der gewaltigen Festung des Lichts flatterte im Wind, und der goldene Falke, den es zeigte, schien sich mit Blitzen in den Krallen in die Lüfte zu erheben.

Nur wenige Einheimische verließen ihre Häuser, und dann auch nur, wenn es unvermeidlich war, und sie eilten die vereisten Straßen in ihre Umhänge gehüllt und mit gesenktem Blick entlang. Doch nicht nur, um die glatten Pflastersteine im Auge zu behalten und nicht auszurutschen, sondern weil sie die vereinzelten Seanchaner nicht ansehen wollten, die auf Bestien vorbeiritten, die bronzeschuppigen Katzen in der Größe von Pferden ähnelten, oder die mit Stahl verschleierten Taraboner, die Gruppen der ehemaligen Kinder des Lichts bewachten, die nun in Ketten gelegt wie Tiere arbeiteten, um Wagen mit Müll aus der Stadt zu ziehen. Kaum anderthalb Monate unter der Herrschaft der Seanchaner, fühlten die Menschen von Amadicias Hauptstadt den schneidenden Wind wie eine Geißel, und diejenigen unter ihnen, die ihr Schicksal nicht verfluchten, grübelten stattdessen darüber, welche Sünden ihnen das wohl eingebracht hatten.

Der Wind zog weiter nach Osten über ein verwüstetes Land, in dem es genauso viele verbrannte Dörfer und zerstörte Bauernhöfe gab wie solche, in denen es noch Menschen gab. Der Schnee bedeckte gleichermaßen verkohlte Balken und verlassene Scheunen und machte den Anblick erträglicher, während er gleichzeitig dafür sorgte, dass Erfrieren als zusätzliche Todesart zum Verhungern hinzukam. Schwert und Axt und Speer hatten bereits ihren Besuch abgestattet und blieben, um erneut zu töten. Und weiter wehte der Wind nach Osten, wo er wie ein Totenlied über dem mauerlosen Abila heulte. Auf den Wachtürmen der Stadt flatterten keine Banner, denn hier residierte der Prophet des Lord Drachen, und der Prophet brauchte außer seinem Namen kein Banner. In Abila zitterten die Menschen mehr bei der Erwähnung des Namens des Propheten, als es der Wind je vermocht hätte. An anderen Orten brachte der Name ebenfalls Menschen zum Zittern.

Perrin verließ das große Kaufmannshaus, in dem Masema wohnte, und zog die Handschuhe an, während der Wind seinen pelzverbrämten Umhang flattern ließ. Die mittägliche Sonne verbreitete keine Wärme und es war schneidend kalt. Er verzog keine Miene, aber er war zu wütend, um die Kälte zu spüren. Nicht nach der Axt an seinem Gürtel zu greifen kostete Kraft. Masema – er würde diesen Mann nicht Prophet nennen, nicht in seinen Gedanken, niemals! – Masema war mit ziemlicher Sicherheit ein Narr, außerdem bestimmt wahnsinnig. Ein mächtiger Narr, mächtiger als die meisten Könige, und wahnsinnig obendrein.

Masemas Wachen füllten die Straße von einer Seite zur anderen und waren auch noch an den Ecken der nächsten Straßen postiert, dürre Burschen in gestohlenen Seidengewändern, bartlose Lehrlinge in zerrissenen Mänteln, einstmals dicke Kaufmänner in den Überresten feiner Wollanzüge. Ihr Atem war feiner Nebel, und einige von ihnen zitterten ohne Umhang, aber jeder Mann hielt einen Speer gepackt oder eine Armbrust mit aufgelegtem Pfeil. Doch keiner von ihnen machte nach außen hin einen feindseligen Eindruck. Sie wussten, dass er sich auf die Bekanntschaft mit dem Propheten berief, und sie starrten ihn an, als erwarteten sie, dass er gleich in die Luft sprang und davonflog. Oder zumindest ein paar Saltos machte. Er sog die Luft ein und filterte den Holzrauch heraus, der aus den Kaminen der Stadt quoll. Sie alle stanken nach altem Schweiß und ungewaschenen Körpern, nach Eifer und Furcht. Und nach einem seltsamen Fieber, das er zuvor nicht wahrgenommen hatte, einer Widerspiegelung von Masemas Wahnsinn. Ob feindselig oder nicht, ein Wort Masemas würde genügen, und sie würden ihn oder jeden anderen auf der Stelle töten. Auf Masemas Wort hin würden sie ganze Nationen abschlachten. Als er dieses Fieber roch, fühlte er eine Kälte, die tiefer schnitt als der Winterwind. Er war erleichterter denn je, dass er sich geweigert hatte, Faile mitzunehmen.

Die Männer, die er bei den Pferden gelassen hatte, vertrieben sich auf einem vom Schneematsch befreiten Stück Straße beim Würfelspiel die Zeit oder taten zumindest so. Er vertraute Masema nicht so weit, wie er seinen Braunen werfen konnte. Die Männer konzentrierten sich mehr auf das Haus und die Wachen als auf ihr Spiel. Die drei Behüter sprangen sofort auf die Füße, als er erschien, und ihre Blicke richteten sich auf seine Begleiter, die hinter ihm hinaustraten. Ihre Hände waren nicht weit von den Schwertgriffen entfernt. Sie wussten, was ihre Aes Sedai dort drinnen gefühlt hatten. Neald war langsamer und hob erst die Würfel und die Münzen auf. Der Asha'man war ein eitler Geck, der sich ständig den gezwirbelten Schnurrbart strich und umherstolzierte und lüstern den Frauen nachsah, aber jetzt verlagerte er das Gewicht auf die Fußballen und war so aufmerksam wie eine Katze.

»Eine Zeit lang habe ich gedacht, wir müssten uns unseren Weg nach draußen freikämpfen«, murmelte Elyas hinter Perrins Schulter. Doch der Blick seiner goldenen Augen war gelassen. Er war ein schlaksiger alter

Mann mit einem breitkrempigen Hut, dessen grau werdendes Haar auf seinem Rücken bis zur Taille reichte und dessen Bart seine Brust verdeckte. An seinem Gürtel steckte ein langes Messer, kein Schwert. Aber er war Behüter gewesen. In gewisser Weise war er es noch immer.

»Das ist auch das Einzige, was geklappt hat«, bemerkte Perrin und nahm Stehers Zügel von Neald entgegen. Der Asha'man hob fragend die Brauen, aber Perrin schüttelte den Kopf, da ihn die Frage nicht interessierte. Neald gab Elyas die Zügel seines mausgrauen Wallachs, bevor er den Mund verzog und auf seinen Schecken stieg.

Perrin hatte keine Zeit für die Launen des Murandianers. Rand hatte ihn losgeschickt, um Masema zurückzuholen, und Masema kam. Aber der verdammte Kerl hielt jeden, der außer Rand die Eine Macht lenkte, für einen Gotteslästerer. Denn Rand war eigentlich kein Sterblicher; er war das Fleisch gewordene Licht! Also würde es kein Schnelles Reisen geben, kein schneller Sprung nach Cairhien durch ein von einem der Asha'man erschaffenes Wegetor, ganz egal, wie eindringlich Perrin versucht hatte, Masema zu überreden. Sie würden die ganzen vierhundert Meilen reiten müssen, und allein das Licht wusste, was ihnen unterwegs begegnen würde. Und sie würden ihre Identität geheim halten müssen und Masemas ebenfalls. So lauteten Rands Befehle.

»Ich sehe da nur eine Möglichkeit, wie wir das schaffen können, mein Junge«, sagte Elyas, als hätte er gerade laut gesprochen. »Eine hauchdünne Chance. Wir hätten eine größere Aussicht auf Erfolg, wenn wir den Kerl bewusstlos schlagen und uns den Weg freikämpfen.«

»Ich weiß«, knurrte Perrin. Er hatte während der stundenlangen Streiterei mehr als nur einmal daran gedacht. Es wäre möglich gewesen, hätten die Asha'man und die Aes Sedai und die Weisen Frauen alle zusammen die Macht benutzt. Aber er hatte an einer Schlacht teilgenommen, die mit der Einen Macht ausgefochten worden war, er war Zeuge gewesen, wie Männer während eines Augenblinzelns in blutige Stücke gerissen wurden und Flammen aus der Erde schossen. Bevor sie fertig gewesen wären, hätte sich Abila in ein Schlachthaus verwandelt. Wenn es nach ihm ging, würde er so etwas niemals wieder sehen müssen.

»Was glaubst du, was dieser Prophet davon halten wird?«, fragte Elyas.

Perrin musste erst die Gedanken an die Quellen von Dumai abschütteln, bevor er darüber nachsinnen konnte, was Elyas gesagt hatte. Ach ja. Wie er das Unmögliche zustande bringen würde. »Mir ist es gleichgültig, was er davon hält.« Mal davon abgesehen, dass der Mann Ärger machen würde, denn so viel stand fest.

Gereizt rieb er sich den Bart. Er musste ihn stutzen. Das hieß, ihn stutzen lassen. Wenn er die Schere ergriff, würde Faile sie ihm abnehmen und sie Lamgwin geben. Es erschien noch immer unmöglich, dass dieser gewaltige Schulterklopfer mit seinem vernarbten Gesicht und den eingefallenen Knöcheln über die Fertigkeiten eines Leibdieners verfügte. Licht! Ein Leibdiener. Langsam kam er mit Faile und ihren seltsamen saldaeanischen Gebräuchen zurecht, aber je besser er damit zurechtkam, desto mehr gelang es ihr, die Dinge so zu regeln, dass sie ihr gefielen. Frauen taten das natürlich sowieso, aber manchmal war er der Meinung, eine Art von Wirbelwind gegen den anderen eingetauscht zu haben. Vielleicht sollte er es noch mal mit diesem meisterhaften Herumgebrülle versuchen, das ihr anscheinend so gut gefiel. Ein Mann sollte sich den Bart selbst stutzen können, wenn er wollte. Aber er bezweifelte, dass er das tun würde. Es war schon schwer genug zurückzubrüllen, wenn sie damit angefangen hatte. Außerdem war es idiotisch, ausgerechnet in diesem Augenblick darüber nachzudenken.

Er musterte die anderen, die zu ihren Pferden gingen, als wären sie Werkzeuge, die er für eine harte Arbeit ausgewählt hatte. Er hegte die Befürchtung, dass Masema diese Reise so schlimm wie die übelste Arbeit machen würde, die er jemals erledigen musste, und seine Werkzeuge hatten alle einen Sprung.

Seonid und Masuri blieben an seiner Seite stehen; die Kapuzen ihrer Umhänge waren so weit vorgezogen, dass ihre Gesichter im Schatten lagen. In den Geruch ihres Parfüms mischte sich ein rasiermesserscharfes Zittern; kontrollierte Furcht. Wäre es nach Masema gegangen, hätte er sie auf der Stelle getötet. Und die Wachen würden es noch immer tun, sollten sie das Gesicht einer Aes Sedai erkennen. Unter so vielen Männern würde es mit Sicherheit einen geben, der es auch schaffte. Masuri war um eine Handspanne die größere der beiden, aber Perrin konnte auf ihre Köpfe herabsehen. Die Schwestern ignorierten Elyas und wechselten im Schatten ihrer Umhänge einen Blick, dann ergriff Masuri leise das Wort.

»Versteht Ihr jetzt, warum er getötet werden muss? Der Mann ist … wie ein tollwütiges Tier.« Nun, die Braune nahm selten ein Blatt vor den Mund. Glücklicherweise stand keiner der Wächter nahe genug, um sie belauschen zu können.

»Ihr hättet einen besseren Ort wählen können, um das zu sagen«, erwiderte er trotzdem. Er wollte die Argumente nicht noch einmal hören, weder jetzt noch später, aber vor allem nicht jetzt. Und es hatte den Anschein, als müsste er es auch nicht.

Edarra und Carelle erhoben sich hinter den Aes Sedai, die Köpfe bereits mit dunklen Schals umwickelt. Die Enden, die auf Brust und Rücken hingen, schienen kaum einen Schutz vor der Kälte zu bieten, aber der Schnee schien die Weisen Frauen mehr zu stören – ja, schon seine bloße Existenz ärgerte sie. Ihre von der Sonne gebräunten Gesichter hätten, soweit sie zu sehen waren, aus Stein gemeißelt sein können, aber der von ihnen ausgehende Geruch erinnerte an einen Stahldorn. Der Ausdruck in Edarras blauen Augen, die für gewöhnlich so gelassen blickten, dass sie in einem seltsamen Gegensatz zu ihren jugendlichen Gesichtszügen zu stehen schienen, war so hart wie dieser Stahldorn. Natürlich verbarg sich unter ihrer Miene Stahl. Scharfer Stahl.

»Das hier ist kein Ort für Gespräche«, sagte Carelle sanft zu der Aes Sedai und steckte eine Strähne feuerroten Haars unter ihren Schal. Sie überragte viele Männer und gab sich immer sanft. Für eine Weise Frau. Was lediglich bedeutete, dass sie einem nicht die Nase abbiss, ohne einen vorher zu warnen. »Steigt auf eure Pferde.«

Die kleineren Frauen machten hastig einen Knicks und eilten zu ihren Sätteln, als wären sie keine Aes Sedai. Was sie für die Weisen Frauen auch nicht waren. Perrin glaubte nicht, dass er sich jemals daran gewöhnen würde. Selbst wenn es Masuri und Seonid selbst getan hatten.

Mit einem Seufzen schwang er sich auf Steher, während die Weisen Frauen ihren Aes Sedai-Lehrlingen folgten. Der Hengst tänzelte nach der Ruhepause, aber Perrin brachte ihn mit einem Kniedruck und ruhigen Händen an den Zügeln unter Kontrolle. Die Aiel stiegen unbeholfen auf ihre Pferde, obwohl sie in den letzten Wochen doch so viel Übung darin bekommen hatten; ihre schweren Röcke rutschten in die Höhe und enthüllten die mit Wollstrümpfen bekleideten Beine bis weit übers Knie. Sie teilten die Meinung der beiden Schwestern über Masema, genau wie die anderen Weisen Frauen in seinem Lager. Ein brodelnder Eintopf, den er zurück nach Cairhien tragen musste, ohne sich dabei zu verbrennen.

Grady und Aram saßen bereits im Sattel und Perrin konnte ihre Gerüche nicht unter denen der anderen herausfiltern. Aber das war auch nicht nötig. Er war immer schon der Meinung gewesen, dass Grady trotz seines schwarzen Mantels mit dem silbernen Schwert am Kragen wie ein typischer Bauer aussah, aber in diesem Augenblick war er ein anderer Mann. Der untersetzte Asha'man saß reglos wie eine Statue in seinem Sattel und musterte die Wächter mit dem grimmigen Blick eines Mannes, der entschied, wo er den ersten Schnitt ansetzte. Und den zweiten und dritten und wie viele auch immer nötig waren. Aram, dessen giftgrüner Kesselflickerumhang im Wind flatterte, während er die Zügel nahm, und dessen Schwertgriff über seine Schulter ragte – Arams Gesicht zeigte eine Aufregung, die Perrin das Herz schwer machte. Aram hatte in Masema einen Mann kennen gelernt, der sein Leben und sein Herz und seine Seele dem Wiedergeborenen Drachen verschrieben hatte. In Arams Denken kam der Wiedergeborene Drache kurz hinter Perrin und Faile.

Du hast dem Jungen keinen Gefallen getan, hatte Elyas ihm gesagt. *Du hast ihm dabei geholfen, dass er all das losließ, woran er glaubte, und jetzt hat er nur noch dich und dieses Schwert, an das er glauben kann. Und das ist nicht genug, und zwar für keinen Mann.* Elyas hatte Aram gekannt, als dieser noch ein Kesselflicker war, bevor er zum Schwert gegriffen hatte.

Ein Eintopf, der für manche möglicherweise vergiftet sein würde.

Es reichte nicht, dass sie aufgesessen waren. Die Wächter sahen Perrin vielleicht mit Erstaunen an, aber sie gaben den Weg erst frei, als sich jemand aus einem Fenster des Hauses beugte und ihnen etwas zurief. Dann rückten sie gerade nahe genug auseinander, dass die Reiter einzeln hintereinander losreiten konnten. Den Propheten ohne seine Erlaubnis zu erreichen war schwer. Ohne seine Erlaubnis zu gehen war unmöglich.

Sobald sie Masema und seine Wächter hinter sich gelassen hatten, ritt Perrin so schnell, wie es in den dicht bevölkerten Straßen möglich war. Nicht, dass das besonders schnell war. Abila mit seinen gepflasterten Marktplätzen und bis zu vier Stockwerken hohen, schiefergedeckten Häusern war vor gar nicht allzu langer Zeit eine große, blühende Stadt gewesen. Es war noch immer groß, aber nun ragten Schuttberge in die Höhe, wo Häuser und Schenken abgerissen worden waren. In ganz Abila gab es keine einzige Schenke mehr oder gar ein Haus, wo jemand nicht schnell genug lauthals die Pracht des Wiedergeborenen Drachen gepriesen hatte. Masemas Missbilligung war niemals subtil.

In der Menge waren nur wenige zu sehen, die aussahen, als wären sie Bürger der Stadt gewesen; farblose Leute in zerlumpter Kleidung, die größtenteils furchterfüllt an den Straßenrändern vorbeihuschten. Es gab auch keine Kinder. Auch keine Hunde; mittlerweile dürfte Hunger an diesem Ort zu einem Problem geworden sein. Überall stapften Gruppen Bewaffneter durch den knietiefen Matsch, der vergangene Nacht noch Schnee gewesen war; hier waren es zwanzig Mann, dort fünfzig, und sie stießen die Leute, die ihnen nicht schnell genug aus dem Weg gingen, einfach zu Boden; sie brachten selbst Ochsengespanne dazu, um sie herumzufahren. Ständig waren Hunderte von ihnen in Sichtweite. In der Stadt musste es Tausende von ihnen geben. Masemas Armee war ein Mob, aber ihre Größe machte bis jetzt andere Mängel wieder wett. Man musste dem Licht danken, dass der Mann eingewilligt hatte, nur ein paar Hundert mitzunehmen. Es hatte zwar eine Stunde der Diskussion gebraucht, aber er hatte eingewilligt. Am Ende hatte Masemas Verlangen, trotz des Verzichts auf das Schnelle Reisen möglichst rasch zu Rand zu stoßen, den Ausschlag gegeben. Nur wenige seiner Anhänger hatten Pferde, und je mehr zu Fuß marschierten, desto langsamer würden sie vorankommen. Wenigstens würde er bei Einbruch der Dunkelheit in Perrins Lager eintreffen.

Perrin sah außer seinen Leuten keine Reiter, und sie riefen bei den Bewaffneten finstere Blicke hervor, steinerne Blicke, fiebrige Blicke. Es kam oft vor, dass gut gekleidete Leute dem Propheten einen Besuch abstatteten, Adlige und Kaufleute, die von der Hoffnung geleitet wurden, dass sie durch die persönliche Unterwerfung größeren Segen und geringere Bestrafungen bekamen, aber für gewöhnlich gingen sie wieder zu Fuß. Jedoch stellte sich Perrines Männern niemand in den Weg, wenn man einmal davon absah, dass sie um Gruppen von Masemas Anhängern herumreiten mussten. Wenn sie zu Pferd abreisten, dann konnte das nur Masemas Wille sein. Trotzdem brauchte Perrin keinen zu ermahnen, in der Nähe zu bleiben. In Abila herrschte eine Atmosphäre gespannter Erwartung, und niemand, der halbwegs bei Verstand war, würde in der Nähe sein wollen, wenn das Warten zu Ende war.

Er verspürte Erleichterung, als Balwer kurz hinter der niedrigen Holzbrücke, die aus der Stadt herausführte, seinen hammernasigen Wallach aus einer Seitenstraße lenkte, fast eine genauso große Erleichterung, wie er sie verspürt hatte, als sie die Brücke überquert und die letzten Wächter passiert hatten. Der kleine Mann mit dem spitzen Gesicht und den eckigen Gliedern, dessen einfacher brauner Mantel mehr an seiner Gestalt herabhing, als dass er ihn trug, konnte des äußeren Erscheinungsbildes zum Trotz sehr gut auf sich selbst aufpassen. Aber Faile baute einen richtigen Adelshaushalt auf, und es hätte ihr mehr als nur missfallen, wenn ihr Sekretär zu Schaden gekommen wäre.

Ihren und Perrins, was das anging. Perrin war sich nicht so richtig darüber im Klaren, was er davon halten sollte, einen Sekretär zu haben, aber der Bursche hatte noch andere Fertigkeiten als eine schöne Handschrift. Wie er unter Beweis stellte, sobald sie die Stadt hinter sich gelassen hatten und von niedrigen, bewaldeten Hügeln umgeben wurden. Die meisten Äste waren kahl, und diejenigen, die noch Blätter oder Nadeln aufwiesen, hoben sich mit einem kräftigen Grün von dem Weiß ab. Sie hatten die Straße für sich, aber der in den Bodenfurchen gefrorene Schnee sorgte dafür, dass sie nur langsam vorankamen.

»Vergebt mir, mein Lord Perrin«, murmelte Balwer und beugte sich auf seinem Sattel vor, um an Elyas vorbeisehen zu können, »aber ich habe zufällig etwas belauscht, das für Euch möglicherweise von Interesse sein könnte.« Er hustete diskret in seinen Handschuh, dann griff er eilig nach seinem Umhang und zog ihn eng um sich.

Eigentlich war Perrins Geste überflüssig, mit der er Elyas, Aram und die anderen aufforderte, sich ein Stück zurückzuziehen. Jeder war daran gewöhnt, dass der kleine pedantische Mann allein sein wollte, wenn er mit Perrin etwas zu besprechen hatte. Warum er den Anschein erwecken wollte, dass niemand wusste, dass er in jeder Stadt und in jedem Dorf, an dem sie vorbeikamen, Informationen beschaffte, konnte Perrin nicht mal erahnen. Ihm musste doch klar sein, dass Perrin seine Erkenntnisse mit Faile und Elyas besprach. Aber egal, er war sehr gut darin, jemandem Informationen zu entlocken.

Balwer legte den Kopf schief, um Perrin zu beobachten, während sie Seite an Seite ritten. »Ich habe zwei Neuigkeiten, Mein Lord, eine, die ich für wichtig halte, und eine dringende.« Dringend oder nicht, selbst seine Stimme klang pedantisch und trocken, wie abgefallene Blätter, die über den Boden rauschten.

»Wie dringend?« Perrin wettete mit sich selbst, wen die erste Neuigkeit betraf.

»Vielleicht sogar sehr, Mein Lord. König Ailron hat sich ungefähr einhundert Meilen westlich von hier nahe der Stadt Jeramel mit den Seanchanern eine Schlacht geliefert. Das war vor etwa zehn Tagen.« Balwer schürzte gereizt die Lippen. Er verabscheute Ungenauigkeit; es störte ihn, wenn er nicht genau Bescheid wusste. »Verlässliche Informationen sind knapp, aber zweifellos ist das amadicianische Heer erschlagen, gefangen genommen oder in alle Winde verstreut. Es sollte mich sehr überraschen, wenn irgendwo noch mehr als hundert Mann zusammen sein sollten, und die werden bald das Handwerk der Straßenräuberei ergreifen. Ailron selbst wurde gefangen genommen, zusammen mit seinem ganzen Hof. Amadicia hat keinen Adel mehr, es hat gar nichts mehr.«

In Gedanken erklärte Perrin seine Wette für verloren. Für gewöhnlich begann Balwer immer mit Neuigkeiten über die Weißmäntel. »Ich schätze, für Amadicia ist das eine Schande. Auf jeden Fall aber für die Gefangenen.« Balwer zufolge sprangen die Seanchaner auf eine ziemliche grobe Weise mit denen um, die sich ihnen mit Waffengewalt entgegenstellten. Also hatte Amadicia kein Heer mehr und auch keine Adligen, die ein neues ausheben oder befehligen konnten. Es gab nichts mehr, um die Seanchaner daran zu hindern, sich so schnell auszubreiten, wie sie wollten, obwohl sie sich auch dann schnell auszubreiten schienen, wenn es Gegenwehr gab. Am besten ritten sie nach Osten, sobald Masema im Lager eintraf, und zwar so schnell, wie es Männer und Pferde schafften.

Er sagte es und Balwer nickte mit einem schmalen Lächeln. Der Mann schätzte es, wenn Perrin den Wert seiner Berichte erkannte.

»Die andere Sache, mein Lord«, fuhr er fort. »Die

Weißmäntel haben an der Schlacht teilgenommen, aber anscheinend ist es Valda gelungen, die meisten von ihnen am Ende vom Schlachtfeld zu schaffen. Er hat das Glück des Dunklen Königs. Keiner scheint zu wissen, wo sie abgeblieben sind. Das heißt, jeder weiß eine andere Richtung zu berichten. Ich würde sagen, sie sind nach Osten abgezogen. Fort von den Seanchanern.« Und natürlich in Richtung Abila.

Also hatte er doch nicht so weit danebengetippt. Auch wenn der Mann nicht damit angefangen hatte. Na gut, dann eben ein Gleichstand. Weit über ihnen zog ein Falke am wolkenlosen Himmel vorbei und flog nach Norden. Er würde das Lager lange vor ihnen erreichen. Perrin konnte sich an eine Zeit erinnern, in der er genauso wenig Sorgen wie dieser Falke gehabt hatte. Zumindest verglichen mit dem heutigen Tag. Diese Zeit war lange her.

»Ich schätze, Balwer, die Weißmäntel sind mehr darauf bedacht, den Seanchanern aus dem Weg zu gehen, als uns in die Quere zu kommen. Aber es spielt sowieso keine Rolle, ich kann wegen ihnen genauso wenig schneller reisen als wegen der Seanchaner. War das die zweite Neuigkeit?«

»Nein, Mein Lord. Nur ein interessantes Detail.« Balwer schien die Kinder des Lichts zu hassen, vor allem Valda – Perrin vermutete, dass er irgendwann in der Vergangenheit grob von ihnen behandelt worden war –, aber wie alles bei diesem Mann war es ein trockener, kalter Hass. Leidenschaftslos. »Die zweite Neuigkeit ist, dass die Seanchaner noch eine andere Schlacht geschlagen haben, und zwar im südlichen Altara. Möglicherweise gegen Aes Sedai, obwohl einige auch Männer erwähnten, welche die Macht lenkten.« Balwer drehte sich ein Stück auf seinem Sattel um und warf einen Blick zurück auf Grady und Neald in ihren schwarzen Mänteln. Grady unterhielt sich angeregt mit Elyas und

Neald mit Aram, aber die beiden Asha'man schienen den Wald dabei genauso aufmerksam im Auge zu behalten wie die Behüter, die die Nachhut bildeten. Die Aes Sedai und die Weisen Frauen waren ebenfalls in leise Unterhaltungen vertieft. »Wer auch immer gegen sie gekämpft hat, Mein Lord, es steht fest, dass die Seanchaner verloren und sich fluchtartig nach Ebou Dar zurückgezogen haben.«

»Gute Neuigkeiten«, sagte Perrin tonlos. Die Quellen von Dumai blitzten vor seinem inneren Auge auf, diesmal stärker als zuvor. Einen Augenblick lang stand er wieder Rücken an Rücken mit Loial und kämpfte verzweifelt in der festen Überzeugung, dass jeder Atemzug der letzte sein würde. Zum ersten Mal an diesem Tag zitterte er am ganzen Leib. Immerhin wusste Rand über die Seanchaner Bescheid. Wenigstens musste er sich darüber keine Sorgen machen.

Ihm wurde bewusst, dass Balwer ihn ansah. Ihn ins Auge fasste, so wie ein Vogel ein seltsames Insekt ins Auge fasste. Das Zittern war ihm nicht entgangen. Der kleine Mann wusste gern über alles Bescheid, aber es gab einige Geheimnisse, die niemals jemand erfahren würde.

Perrins Blick kehrte zu dem Falken zurück, der selbst für ihn kaum noch zu sehen war. Er erinnerte ihn an Faile, sein wildes Falkenweibchen von einer Frau. Sein wunderschönes Falkenweibchen von einer Frau. Er verbannte Seanchaner und Weißmäntel und Schlachten und sogar Masema aus seinen Gedanken. Zumindest für den Augenblick.

»Reiten wir etwas schneller«, rief er den anderen zu. Der Falke würde Faile vielleicht vor ihm sehen, aber im Gegensatz zu dem Vogel würde er die Liebe seines Herzens sehen. Und heute würde er sie nicht anbrüllen, ganz egal, was sie getan hatte.

KAPITEL 2

Verschleppt

Der Falke war bald außer Sicht, und auf der Straße waren keine anderen Reisenden, aber wie sehr Perrin auch zur Eile mahnte, die gefrorenen Furchen, die nur darauf warteten, das Bein eines Pferdes und den Hals des Reiters zu brechen, ließen keine große Geschwindigkeit zu. Der Wind trug Eis und das Versprechen von Neuschnee am nächsten Tag heran. Der Nachmittag war zur Hälfte vorbei, als Perrin abbog und zwischen den Bäumen durch Schneewehen ritt, in die die Pferde gelegentlich bis zu den Knien versanken, und die letzte Meile zu dem Lager im Wald zurücklegte, wo er die Männer von den Zwei Flüssen und die Aiel, die Mayener und Ghealdaner zurückgelassen hatte. Und Faile. Aber nichts war so, wie er es erwartet hatte.

Wie immer gab es eigentlich vier Lager, die zwischen den Bäumen verstreut waren, aber die qualmenden Lagerfeuer der geflügelten Wachen um Berelains gestreiftes Zelt lagen verlassen zwischen umgeworfenen Kesseln und im Schnee liegen gelassener Ausrüstungsgegenstände da, und auf dem zertrampelten Boden, der Alliandres Soldaten bei seinem Aufbruch an diesem Morgen zugewiesen worden war, waren die gleichen Anzeichen eines hastigen Aufbruchs zu sehen. Die einzigen Lebenszeichen an beiden Orten waren die Pferdeknechte und Hufschmiede und Wagenfahrer, die sich dick vermummt um die Pferdeleinen und hochrädrigen Nachschubwagen drängten. Sie alle starrten

in die Richtung, die auch Perrins Aufmerksamkeit gefangen hatte.

Fünfhundert Schritte von dem steinigen, flachen Hügel mit den niedrigen Zelten der Weisen Frauen entfernt hatten sich die in Grau gekleideten Mayener aufgebaut, alle neunhundert von ihnen, die Pferde stampften ungeduldig mit den Hufen auf, und die roten Umhänge und die langen roten Wimpel ihrer Lanzen flatterten im kalten Wind. Etwas näher am Hügel und ein Stück seitlich versetzt bildeten die Ghealdaner ein lanzenbewehrtes Rechteck von beinahe gleicher Größe, nur dass ihre Lanzen grüne Wimpel aufwiesen. Die grünen Mäntel und die Rüstungen der berittenen Soldaten erschienen fade im Vergleich zu den roten Helmen und roten Brustpanzern der Mayener, aber ihre Offiziere funkelten in ihren silbernen Rüstungen und scharlachroten Mänteln und Umhängen. Eine beeindruckende Zurschaustellung von Männern bei einer Parade, aber das hier war keine Parade. Die Beflügelten Wachen standen den Ghealdanern gegenüber, und die Ghealdaner wiederum dem Hügel. Und die Hügelkuppe wurde von den Männern von den Zwei Flüssen umringt, die ihre Langbogen in Händen hielten. Noch hatte keiner von ihnen den Bogen gespannt, aber jeder Mann hatte einen Pfeil eingelegt und war bereit. Es war Wahnsinn.

Perrin trieb Steher so weit zum Galopp an, wie es dem Pferd möglich war, und pflügte von den anderen gefolgt durch den Schnee, bis er die Spitze der ghealdanischen Formation erreicht hatte. Berelain war dort, in einem pelzbesetzten roten Umhang, und Gallenne, der einäugige Hauptmann der Beflügelten Wachen; Annoura war an ihrer Seite, ihre Aes Sedai-Beraterin, und sie alle stritten anscheinend mit Alliandres Erstem Hauptmann, einem kleinen, hartgesottenen Burschen namens Gerard Arganda, der den Kopf so heftig schüttelte, dass die weißen Federn auf seinem funkelnden Helm bebten. Die Erste von Mayene schien bereit, Nägel zu zerkauen, Annouras Aes Sedai-Gelassenheit ließ Sorge durchschimmern, und Gallenne betastete den mit einem roten Federbusch versehenen Helm, der an seinem Sattel hing, als wollte er ihn doch aufsetzen. Bei Perrins Anblick verstummten sie und drehten ihre Pferde ihm zu. Berelain saß aufrecht im Sattel, aber ihr schwarzes Haar wehte im Wind. Ihre weiße Stute mit den schlanken Fesseln zitterte; an ihren Flanken gefror der Schweiß eines schnellen Ritts.

Bevor Perrin sie fragen konnte, was beim Licht sie dort eigentlich zu tun glaubten, ergriff Berelain mit maskenhaftem Gesicht und einer starren Förmlichkeit, die ihn verdutzt blinzeln ließ, das Wort.

»Lord Perrin, Eure Gemahlin und ich waren mit Königin Alliandre auf der Jagd, als wir von Aiel angegriffen wurden. Mir gelang die Flucht. Bis jetzt ist noch kein Mitglied der Gruppe zurückgekehrt, obwohl es möglich ist, dass die Aiel Gefangene gemacht haben. Ich habe eine Abteilung Lanzenreiter losgeschickt, um die Lage zu erkunden. Wir waren etwa zehn Meilen südöstlich, also müssten sie bei Einbruch der Nacht hier wieder eintreffen.«

»Faile wurde gefangen genommen?«, sagte Perrin mit belegter Stimme. Schon bevor sie von Ghealdan nach Amadicia aufgebrochen waren, hatten sie von plündernden, alles niederbrennenden Aiel gehört, aber es war immer woanders gewesen, im nächsten Dorf oder übernächsten, wenn nicht sogar noch weiter entfernt. Nie nahe genug, um sich deswegen Sorgen zu machen. Nicht, wenn er Rand al'Thors verfluchte Befehle auszuführen hatte! Und nun konnte man sehen, welcher Preis dafür zu zahlen war.

»Warum seid ihr alle noch hier?«, verlangte er lautstark zu wissen. »Warum sucht ihr nicht nach ihr?« Ihm wurde bewusst, dass er schrie. Er wollte heulen, sie in Stücke reißen. »Zum Henker mit euch allen, worauf wartet ihr?« Berelains Nüchternheit, so als würde sie berichten, wie viel Futter für die Pferde noch da war, trieb ihm die Zornesröte ins Gesicht. Vor allem deshalb, weil sie Recht hatte.

»Wir wurden von zwei- oder dreihundert von ihnen überfallen, Lord Perrin, aber Ihr wisst genauso gut wie ich, dass sich ein Dutzend oder mehr solcher Banden in der Gegend herumtreiben. Wenn wir sie mit einer Streitmacht verfolgen, könnten wir uns einer Schlacht mit Aiel gegenübersehen, die uns schwere Verluste kostet, ohne überhaupt zu wissen, ob es diejenigen sind, die Eure Gemahlin in ihrer Gewalt haben. Oder ob sie überhaupt noch am Leben ist. Das müssen wir zuerst in Erfahrung bringen, Lord Perrin, oder alles andere ist schlimmer als nutzlos.«

Wenn sie noch am Leben war. Er zitterte; plötzlich saß die Kälte tief in seinem Inneren. In seinen Knochen. Seinem Herzen. Sie musste noch am Leben sein. Sie musste es. Oh, Licht, er hätte sie nach Abila mitkommen lassen sollen. Annouras Gesicht mit dem breiten Mund war eine Maske des Mitgefühls, eingerahmt von dünnen tarabonischen Zöpfen. Plötzlich wurde er sich des Schmerzes in seinen Fingern bewusst, die sich um die Zügel verkrampften. Er zwang sich dazu, sie zu lockern, spreizte die Finger in seinen Handschuhen.

»Sie hat Recht«, sagte Elyas leise und lenkte seinen Wallach näher heran. »Beherrsch dich. Mach bei den Aiel einen dummen Fehler und du forderst den Tod heraus. Reißt möglicherweise eine Menge Männer mit dir ins Verderben. Sterben ist sinnlos, wenn deine Frau eine Gefangene bleibt.« Er versuchte, seinen Tonfall zuversichtlicher klingen zu lassen, aber Perrin konnte seine Anspannung riechen. »Aber egal, wir werden sie finden, Junge. Womöglich ist sie ihnen ja entkommen, eine

Frau wie sie. Versucht zu Fuß zurückzukommen. Das dürfte dauern in einem Kleid. Die Kundschafter werden Spuren finden.« Elyas strich mit den Fingern durch seinen langen Bart und kicherte verächtlich. »Wenn ich nicht mehr als die Mayener finde, esse ich Baumrinde. Wir werden sie für dich zurückholen.«

Perrin ließ sich nicht täuschen. »Ja«, sagte er rau. Niemand konnte den Aiel zu Fuß entkommen. »Geht jetzt. Beeilt Euch.« Nicht im mindesten. Der Mann rechnete damit, Failes Leiche zu finden. Sie musste noch am Leben sein und das bedeutete, sie war eine Gefangene, aber besser eine Gefangene als …

Sie konnten nicht miteinander sprechen, wie sie es mit den Wölfen taten, aber Elyas zögerte, als könnte er Perrins Gedanken lesen. Aber er versuchte nicht, ihnen zu widersprechen. Sein Wallach brach in einem schnellen Tempo in südöstlicher Richtung auf, so schnell, wie es der Schnee erlaubte, und nach einem raschen Blick auf Perrin schloss sich Aram ihm mit finsterer Miene an. Der ehemalige Kesselflicker mochte Elyas nicht, aber er betete Faile fast an, und sei es nur aus dem Grund, dass sie Perrins Gemahlin war.

Es würde nichts bringen, die Tiere lahm zu reiten, dachte Perrin und sah ihnen stirnrunzelnd nach. Er wollte, dass sie liefen. Er wollte mit ihnen laufen. In seinem Inneren schienen sich haardünne Risse auszubreiten. Falls sie mit der falschen Nachricht zurückkehrten, würde er zerbrechen. Zu seiner Überraschung galoppierten die drei Behüter so schnell hinter Elyas und Aram her, dass der Schnee hoch aufspritzte und ihre einfachen Wollumhänge im Wind flatterten; als sie die beiden eingeholt hatten, passten sie ihr Tempo an das ihre an.

Perrin schaffte es, Masuri und Seonid dankbar zuzunicken, und schloss Edarra und Carelle mit ein. Wer auch immer den Vorschlag gemacht hatte, es gab keinen

Zweifel, wer die Erlaubnis erteilt hatte. Dass keine der Schwestern versuchte, das Kommando zu übernehmen, zeigte deutlich, wie weit die Weisen Frauen die Kontrolle übernommen hatten. Sie hätten es bestimmt gern getan, aber ihre behandschuhten Hände blieben gefaltet auf den Sattelknäufen liegen, und keine zeigte Ungeduld, und sei es durch ein Augenzwinkern.

Nicht jeder schaute den davonreitenden Männern nach. Annoura wechselte sich darin ab, ihn mitfühlend anzusehen und die Weisen Frauen aus den Augenwinkeln zu betrachten. Im Gegensatz zu den beiden anderen Schwestern hatte sie keine Versprechen gemacht, aber sie behandelte die Aielfrauen beinahe genauso vorsichtig wie diese sie. Gallennes Blick war auf Berelain gerichtet, und er erwartete das Zeichen, das Schwert zu ziehen, das er fest umklammert hielt, während sie mit unleserlichem Gesicht Perrin beobachtete. Grady und Neald hatten die Köpfe zusammengesteckt und warfen grimmige Blicke in seine Richtung. Balwer saß so ruhig wie ein Spatz im Sattel, versuchte unsichtbar zu sein und lauschte konzentriert.

Arganda zwängte seinen großen Rotschimmel an Gallennes schwarzem Hengst vorbei und ignorierte den zornigen Blick des einäugigen Mayeners. Die Lippen des Ersten Hauptmannes bewegten sich wütend hinter dem funkelnden Visier seines Helms, aber Perrin hörte nichts. Er dachte nur an Faile. Oh, Licht, Faile! Um seine Brust schienen sich Stahlbänder zu legen. Er war der Panik nahe, hielt sich nur noch mit den Fingerspitzen am Abgrund fest.

Verzweifelt sandte er seine Gedanken aus und suchte nach Wölfen. Elyas würde das bereits versucht haben – Elyas wäre bei einer solchen Nachricht nicht in Panik verfallen –, aber er musste es selbst tun.

Und er fand sie auch, die Rudel von Dreizehe und Kaltes Wasser, Zwielicht und Springhorn und anderen.

Mit der Bitte um Hilfe floss auch der Schmerz aus ihm heraus, nur um wieder viel stärker anzuwachsen. Sie hatten von Junger Bulle gehört, und sie verspürten Mitleid wegen des Verlusts seines Weibchens, aber sie gingen den Zweibeinern aus dem Weg, die das ganze Wild verscheuchten und für jeden allein angetroffenen Wolf den Tod bedeuteten. Es waren so viele Rudel von Zweibeinern in der Gegend, zu Fuß und auf den Vierbeinern mit den harten Füßen, dass sie nicht sagen konnten, ob die von ihm Gesuchten darunter waren. Für sie waren Zweibeiner eben Zweibeiner, die mit Ausnahme derjenigen, welche die Macht lenken oder mit ihnen sprechen konnten, alle gleich waren. Trauere, sagten sie ihm, und lebe dein Leben weiter, und triff sie im Wolfstraum wieder.

Die Bilder, die sein Verstand in Worte umwandelte, verblichen eines nach dem anderen, bis nur noch eines da war. Trauere und triff sie im Wolfstraum wieder. Und dann war auch das weg.

»Hört Ihr überhaupt zu?«, fuhr Arganda ihn grob an. Er war kein Adliger mit angenehmem Äußeren und sah trotz seiner Seidengewänder und den goldenen Verzierungen auf dem silbernen Brustpanzer genau wie das aus, was er auch war, ein ergrauender Soldat, der als Junge die Lanze ergriffen hatte und vermutlich zwei Dutzend Narben davongetragen hatte. Seine dunklen Augen wiesen beinahe den fiebrigen Blick von Masemas Leuten auf. Er roch nach Zorn und Angst. »Diese Wilden haben auch Königin Alliandre verschleppt!«

»Wir werden Eure Königin finden, wenn wir meine Frau finden«, sagte Perrin und seine Stimme war so kalt und hart wie die Schneide seiner Axt. Faile musste noch am Leben sein. »Vielleicht erklärt Ihr mir ja, was das hier alles zu bedeuten hat. Es sieht so aus, als wärt Ihr zum Angriff bereit. Und zwar auf meine Leute.« Er trug auch für andere Dinge die Verantwortung. Das zuzugeben war so bitter wie Galle. Außer Faile war alles egal. Alles! Aber die Männer von den Zwei Flüssen waren *seine* Leute.

Arganda ließ sein Pferd einen Satz machen und packte mit seiner behandschuhten Hand Perrins Ärmel. »Ihr hört mir jetzt zu! Die Erste Lady Berelain berichtete, dass Königin Alliandre von Aiel entführt wurde, und Aiel verkriechen sich hinter Euren Bogenschützen. Ich habe Männer, die ihnen nur allzu gern ein paar Fragen stellen würden.« Sein erhitzter Blick glitt einen Augenblick lang zu Edarra und Carelle hinüber. Vielleicht dachte er, dass dort Aiel waren, die nicht von Bogenschützen umgeben wurden.

»Der Erste Hauptmann ist ... überreizt«, murmelte Berelain und legte eine Hand auf Perrins anderen Arm. »Ich habe ihm erklärt, dass keiner der hier anwesenden Aiel etwas damit zu tun hat. Ich bin sicher, ich kann ihn davon überzeugen ...«

Perrin schüttelte sie ab und riss seinen Arm von dem Ghealdaner los. »Arganda, Alliandre hat mir den Treueid geleistet. Ihr habt ihr den Treueid geleistet, was mich zu Eurem Herrscher macht. Ich sagte, ich werde Alliandre finden, wenn ich Faile finde.« Wie die Schneide einer Axt. Sie *war* am Leben. »Ihr *befragt* niemanden und *fasst* auch niemanden an, bis ich es Euch befehle. Ihr werdet jetzt Folgendes tun: Ihr führt Eure Männer zurück in Euer Lager, und zwar *sofort*, und seid zum Aufbruch bereit, wenn ich den Befehl gebe. Solltet Ihr dann nicht bereit sein, wird man Euch zurücklassen.«

Arganda starrte ihn an, sein Atem ging schwer. Wieder schweifte sein Blick ab, diesmal zu Grady und Neald, dann richtete er ihn ruckartig auf Perrins Gesicht. »Wie Ihr befehlt, mein Lord«, sagte er steif. Er wendete sein Pferd, brüllte seinen Offizieren Befehle zu und war bereits davongaloppiert, noch bevor sie die ihren geben konnten. Die Ghealdaner lösten sich eine Reihe nach der anderen aus dem Verband und folgten ihrem Ersten Hauptmann. In Richtung ihres Lagers, obwohl sich erst noch erweisen musste, ob Arganda dort bleiben würde. Und ob es nicht noch viel schlimmer sein würde, wenn er es tat.

»Ihr habt das sehr gut gemacht, Perrin«, sagte Berelain. »Eine schwierige Situation und eine qualvolle Zeit für Euch.« Jetzt war sie überhaupt nicht mehr formell. Nur eine Frau voller Anteilnahme, mit einem mitfühlenden Lächeln. Oh, Berelain hatte tausend Gesichter.

Sie streckte eine rot behandschuhte Hand nach ihm aus und er ließ Steher zurückweichen, bevor sie ihn berühren konnte. »Schluss damit, verdammt!«, knurrte er. »Meine Frau wurde entführt! Ich habe keine Geduld für Eure kindischen Spielchen!«

Sie zuckte zusammen, als hätte er sie geschlagen. Ihre Wangen röteten sich, und sie veränderte sich erneut, wurde die Nachgiebigkeit in Person. »Nicht kindisch, Perrin«, murmelte sie mit amüsierter Stimme. »Zwei Frauen kämpfen um Euch und Ihr seid der Preis? Man sollte glauben, Ihr würdet Euch geschmeichelt fühlen. Kommt, Lordhauptmann Gallenne. Ich nehme an, wir sollten uns ebenfalls bereit halten, auf Befehl loszureiten.«

Der Einäugige galoppierte an ihrer Seite zurück zu den Beflügelten Wachen, zumindest so weit der Schnee einen Galopp zuließ. Er beugte sich zu ihr herüber, als würde er Befehle entgegennehmen. Annoura blieb stehen, wo sie war, und hielt die Zügel ihre braunen Stute locker in der Hand.

Der Mund unter ihrer Hakennase war wie ein rasiermesserscharfer Strich. »Manchmal seid Ihr ein großer Narr, Perrin Aybara. Eigentlich sogar sehr oft.«

Er hatte keine Ahnung, was sie damit meinte, und es

war ihm auch egal. Manchmal schien sie sich damit abgefunden zu haben, dass Berelain einem verheirateten Mann hinterherjagte, manchmal schien es sie sogar zu amüsieren, und sie half ihr dabei, ihn allein anzutreffen. In diesem Augenblick ekelten ihn die Erste und die Aes Sedai förmlich an. Er trat Steher in die Flanken und galoppierte wortlos von ihr fort.

Die Männer auf dem Hügel machten ihm gerade genug Platz, damit er durchkam; sie murmelten untereinander und sahen zu, wie die tiefer gelegenen Lanzenreiter auf ihre Lager zuritten, dann gingen sie noch einmal auseinander, um die Weisen Frauen, die Aes Sedai und die Asha'man passieren zu lassen. Unerwarteterweise lösten sie jedoch nicht die Formation auf, um ihn zu umringen, wofür er dankbar war. Der ganze Hügel roch nach Vorsicht und Misstrauen. Oder zumindest der größte Teil davon.

Der Schnee war zertreten worden, bis einige Stellen von ein paar gefrorenen Klumpen abgesehen ganz frei und andere zu Glatteis geworden waren. Die vier Weisen Frauen, die bei seinem Aufbruch nach Abila zurückgeblieben waren, standen vor einem der niedrigen Aiel-Zelte; es waren hoch gewachsene, gelassene Frauen mit dunklen Wollschals um die Schultern, die zusahen, wie die beiden Schwestern gemeinsam mit Carelle und Edarra abstiegen und dem Geschehen um sie herum scheinbar keinerlei Beachtung schenkten. Die *Gai'schain*, die ihnen anstelle von Dienern aufwarteten, gingen leise und unterwürfig ihrer gewohnten Tätigkeit nach und verbargen ihre Gesichter in den Kapuzen ihrer weißen Kutten. Ein Bursche klopfte sogar einen Teppich aus, der an einer zwischen zwei Bäumen gespannten Leine hing! Das einzige Zeichen, dass die Aiel kurz vor einem Kampf gestanden hatten, waren Gaul und die Töchter des Speeres. Sie hatten auf den Fersen gehockt und die Shoufa und die schwarzen Schleier verbargen Kopf und Gesicht bis auf ihre Augen. Als Perrin aus dem Sattel sprang, erhoben sie sich.

Dannil Lewin kam angelaufen; er kaute an den Enden des dicken Schnurrbarts herum, der seine Nase noch größer aussehen ließ, als sie ohnehin schon war. In der einen Hand hielt er den Bogen, mit der anderen steckte er einen Pfeil zurück in den Köcher an seinem Gürtel. »Ich wusste nicht, was ich sonst hätte tun sollen, Perrin«, sagte er aufgeregt. Er war bei den Quellen von Dumai dabei gewesen und in der Heimat Trollocs gegenübergetreten, aber das alles hier ging über seinen Horizont. »Als wir herausgefunden hatten, was geschehen war, waren diese Ghealdaner bereits auf dem Weg, also schickte ich Jondyn und ein paar der anderen los – Hu Marwin und Get Ayliah –, und befahl den Cairhienern und Euren Dienern, mit den Wagen einen Kreis zu bilden und in seinem Schutz zu bleiben. Ich hätte die Leute, die Lady Faile sonst immer auf Schritt und Tritt folgen, beinahe fesseln müssen; sie wollten sofort hinter ihr her, obwohl keiner von ihnen einen Fußabdruck von einer Eiche unterscheiden kann. Dann habe ich jeden hergebracht. Ich dachte, diese Ghealdaner würden uns angreifen, bis schließlich die Erste mit ihren Männern dazukam. Die müssen verrückt sein, wenn sie glauben, einer unserer Aiel würde Lady Faile etwas antun.« Selbst wenn sie ihn hochleben ließen, erhielt Faile von den Männern von den Zwei Flüssen fast immer eine ehrende Erwähnung.

»Das hast du gut gemacht, Dannil«, lobte ihn Perrin und warf ihm Stehers Zügel zu. Hu und Get waren gute Waldläufer und Jondyn Barran konnte dem gestrigen Wind folgen. Gaul und die Töchter marschierten hintereinander in Einerreihe los. Sie waren noch immer verschleiert. »Befiehl jedem dritten Mann hier zu bleiben«, sagte Perrin hastig zu Dannil; nur weil er Arganda eben mit einem Blick in seine Schranken gewiesen hatte, bedeutete das noch lange nicht, dass der Mann seine Absichten geändert hatte. »Und schick den Rest los, um das Lager abzubrechen. Ich will losreiten, sobald wir Nachricht erhalten.«

Ohne auf eine Antwort zu warten, eilte er los, um Gaul einzuholen. Er gebot dem größeren Mann mit ausgestreckter Hand Einhalt. Aus irgendeinem Grund kniff Gaul die grünen Augen über dem Schleier zusammen. Sulin und die restlichen Töchter, die sich hinter ihm befanden, stellten sich auf die Fußballen.

»Finde sie für mich, Gaul«, sagte Perrin. »Ihr alle, bitte findet heraus, wer sie entführt hat. Wenn jemand Aiel verfolgen kann, dann ihr.«

Die Angespanntheit in Gauls Blick verschwand so plötzlich, wie sie gekommen war, und auch die Töchter entspannten sich wieder. Zumindest so sehr, wie sich ein Aiel entspannen konnte. Es war seltsam. Sie konnten doch wohl nicht glauben, dass er sie auf irgendeine Weise dafür verantwortlich machte.

»Wir alle wachen eines Tages aus dem Traum auf«, sagte Gaul sanft, »aber wenn sie noch träumt, werden wir sie finden. Aber wenn Aiel sie raubten, müssen wir los. Sie werden sich beeilen. Selbst … in so was.« Er legte beträchtlichen Abscheu in die letzten Worte und trat gegen einen Schneeklumpen.

Perrin nickte, trat rasch zur Seite und ließ die Aiel loslaufen. Er bezweifelte, dass sie dieses Tempo eine lange Zeit durchhalten konnten, aber er war davon überzeugt, dass sie es länger als sonst jemand konnten. Als die Töchter des Speers ihn passierten, drückte jede von ihnen hastig mehrere Finger in Lippenhöhe gegen den Schleier und berührte dann seine Schulter. Sulin, die direkt hinter Gaul kam, nickte ihm sogar zu, aber keine sagte auch nur ein Wort. Faile würde gewusst haben, was das mit dem Küssen der Finger zu bedeuten hatte.

Aber an ihrem Aufbruch gab es noch etwas anderes, das seltsam war, wie ihm auffiel, als die letzte Tochter an ihm vorbei war. Sie ließen sich von Gaul führen. Normalerweise hätte jede von ihnen ihn mit dem Speer durchbohrt, bevor sie das zugelassen hätte. Warum nur …? Vermutlich hatten Chiad und Bain Faile begleitet. Bain war Gaul völlig gleichgültig, aber mit Chiad war es schon eine andere Sache. Die Töchter hatten Gauls Hoffnung, dass Chiad den Speer zur Seite legen würde, um ihn zu heiraten, nicht im mindesten unterstützt – ganz im Gegenteil! –, aber vielleicht war das ja der Grund.

Perrin grunzte erbost über sich selbst. Chiad und Bain, und wer noch? Selbst blind vor Furcht wegen Faile hätte er wenigstens danach fragen müssen. Wenn er sie zurückbekommen wollte, musste er die Angst besiegen und die Augen aufmachen. Aber es war, als wollte er einen Baum mit den Händen erwürgen.

Auf dem flachen Hügel wimmelte es nun vor Aktivität. Jemand hatte bereits Steher fortgeführt, und die Männer von den Zwei Flüssen verließen den Ring um die Hügelkuppe, strömten zu ihrem Lager und riefen einander zu, was sie im Fall des Angriffs der Lanzenreiter getan hätten. Gelegentlich hob ein Mann die Stimme und fragte nach Faile, ob jemand wusste, ob die Lady in Sicherheit war, wo man nach ihr suchte, aber die anderen brachten ihn dann stets mit besorgten Blicken in Perrins Richtung zum Schweigen. Die *Gai'schain* gingen inmitten der ganzen Hektik stoisch ihren Aufgaben nach. Ohne den nötigen Befehl hätten sie das auch getan, während um sie herum die Schlacht tobte, keiner hätte die Hand gehoben, um zu helfen oder zu behindern. Die Weisen Frauen waren zusammen mit Seonid und Masuri in einem der Zelte verschwunden und die Eingänge waren nicht nur heruntergezogen, sondern verschnürt. Sie wollten nicht gestört werden. Zweifellos würden sie über Masema sprechen. Womöglich schmiedeten sie Pläne, wie sie ihn töten konnten, ohne dass Rand oder er erfuhren, dass sie es gewesen waren.

Er hieb gereizt die Faust in die offene Handfläche. Er hatte Masema doch tatsächlich vergessen. Der Mann sollte sich ihnen vor Einbruch der Dunkelheit anschließen, mit einer hundert Mann starken Ehrenwache. Mit etwas Glück würden die Späher aus Mayene bis dahin zurück sein, Elyas und die anderen kurz darauf.

»Mein Lord Perrin?«, sagte Grady hinter ihm und er drehte sich um. Die beiden Asha'man standen vor ihren Pferden und spielten unschlüssig mit den Zügeln. Grady holte tief Luft und sprach weiter, nachdem Neald zustimmend genickt hatte. »Wir beide könnten ein großes Gebiet absuchen, wenn wir Reisen. Und wenn wir die Entführer finden, nun, ich bezweifle, dass selbst ein paar hundert Aiel zwei Asha'man daran hindern könnten, sie zurückzuholen.«

Perrin wollte ihnen befehlen, sofort anzufangen, aber dann überlegte er es sich anders. Grady war ein Bauer gewesen, aber niemals ein Jäger oder Waldläufer. Neald hielt jeden Ort ohne eine Steinmauer darum für ein Dorf. Sie konnten einen Fußabdruck von einer Eiche unterscheiden, aber selbst wenn sie Spuren fanden, würde vermutlich keiner von ihnen bestimmen können, in welche Richtung sie führten. Natürlich konnte er sie begleiten. Er war nicht so gut wie Jondyn, aber … Er könnte gehen und sich Dannil mit Arganda auseinandersetzen lassen. Und mit Masema. Ganz zu schweigen von den Intrigen der Weisen Frauen.

»Geht packen«, sagte er leise. Wo war Balwer? Nirgendwo in Sicht. Es war kaum wahrscheinlich, dass *er* losgezogen war, um Faile zu suchen. »Vielleicht werdet ihr hier gebraucht.«

Grady blinzelte überrascht und Nealds Mund blieb offen stehen.

Perrin gab ihnen keine Gelegenheit zur Widerrede. Er ging auf das niedrige Zelt mit dem zugebundenen Eingang zu, der von außen nicht zu öffnen war. Wenn die Weisen Frauen ungestört bleiben wollten, wollten sie ungestört bleiben, egal ob ein Clanhäuptling kam oder sonst jemand. Und das galt auch für einen Feuchtländer, der schwer an der Last des Lords von den Zwei Flüssen trug. Er zückte das Gürtelmesser und bückte sich, um die Bänder zu zerschneiden, aber bevor er die Klinge in den engen Spalt zwischen den beiden Zeltplanen schieben konnte, gerieten sie in Bewegung, als würde sie jemand von innen öffnen. Er richtete sich auf und wartete.

Das Zelt öffnete sich und Nevarin schlüpfte heraus. Ihr Schal war um ihre Taille geknotet, aber abgesehen von ihrem zu Nebel erstarrenden Atem gab sie keinerlei Anzeichen, dass sie die eiskalte Luft spürte. Sie sah das Messer in seiner Hand und stemmte mit klirrenden Armreifen die Fäuste in die Hüften. Sie war beinahe knochendürr, hatte langes, sandfarbenes Haar, das von einem dunklen, zusammengefalteten Tuch zurückgebunden wurde, und war fast eine Handspanne größer als Nynaeve – aber sie erinnerte ihn stets an sie. Sie versperrte den Eingang.

»Perrin Aybara, Ihr seid ungestüm.« Ihre helle Stimme war ausgeglichen, aber er hatte den Eindruck, dass sie ernsthaft darüber nachdachte, ihm eins hinter die Ohren zu geben. »Auch wenn das unter den Umständen verständlich ist. Was wollt Ihr?«

»Wie …?« Er musste innehalten, um zu schlucken. »Wie wird man sie behandeln?«

»Das kann ich nicht sagen, Perrin Aybara.« Ihre Miene war ohne jedes Mitleid, ja sogar ausdruckslos. Darin hätten Aiel den Aes Sedai noch Unterricht geben können. »Feuchtländer zu Gefangenen zu machen ist gegen die Tradition, die einzige Ausnahme bilden die

Baummörder, obwohl sich auch das geändert hat. Das Gleiche gilt für das wahllose Töten. Aber viele haben sich geweigert, die vom *Car'a'carn* enthüllten Wahrheiten zu akzeptieren. Einige sind von der Trostlosigkeit erfasst worden und haben ihre Speere niedergeworfen, aber vielleicht nehmen sie sie wieder auf. Andere sind einfach gegangen, um so zu leben, wie sie glauben, dass wir leben sollten. Ich kann nicht sagen, welche Sitten von jenen, die Clan und Septime verlassen haben, eingehalten oder verworfen werden.« Nur am Ende zeigte sie so etwas wie eine Gefühlsregung, als sie jene erwähnte, die Clan und Septime verließen.

»Licht, Frau, Ihr müsst doch eine Vorstellung haben! Sicherlich könnt Ihr eine Vermutung äußern …«

»Verliert nicht den Kopf!«, unterbrach sie ihn mit scharfer Stimme. »So reagieren Männer in solchen Situationen oft, aber wir brauchen Euch. Es wird Eurem Stand bei den Ghealdanern und Mayenern nicht guttun, wenn wir Euch fesseln müssen, bis Ihr Euch beruhigt habt. Geht in Euer Zelt. Wenn Ihr Eure Gedanken nicht kontrollieren könnt, dann trinkt, bis Ihr nicht mehr denken könnt. Und stört uns nicht beim Rat.« Sie duckte sich zurück in das Zelt, und die Eingänge wurden ruckartig zusammengezogen und fingen an zu zucken, als sie wieder verschnürt wurden.

Perrin betrachtete den Eingang nachdenklich, fuhr mit dem Daumen über die Messerklinge und rammte sie dann in die Scheide. Wenn er dort hereinplatzte, würden sie womöglich genau das tun, was Nevarin ihm angedroht hatte. Und sie konnten ihm nicht sagen, was er wissen wollte. Er glaubte nicht, dass sie zu so einem Zeitpunkt vor ihm Geheimnisse haben würden. Schon gar nicht, wenn es um Faile ging.

Auf dem Hügel war es ruhiger geworden, jetzt, da die meisten der Männer von den Zwei Flüssen gegangen waren. Der Rest von ihnen beobachtete noch immer wachsam das tiefer gelegene Lager der Ghealdaner; sie stampften gegen die Kälte mit den Füßen auf, aber keiner sprach. Die umherhuschenden *Gai'schain* machten kaum Geräusche. Sowohl das Lager der Ghealdaner wie auch das der Mayener wurde teilweise von Bäumen verdeckt, aber Perrin konnte sehen, dass man Wagen belud. Er entschied, trotzdem weiterhin Wachen aufzustellen. Möglicherweise wollte Arganda nur sein Misstrauen beschwichtigen. Ein Mann, der so roch, konnte … *irrational* handeln, beendete er den Gedanken trocken.

Für ihn gab es auf dem Hügel nichts mehr zu tun, also machte er sich auf den Weg zu seinem eine halbe Meile entfernten Zelt. Das Zelt, das er mit Faile teilte. Er stolperte genauso oft, wie er normal ging, musste sich mühsam weiterkämpfen, wenn der Schnee bis zu seinen Beinen reichte. Er hielt den Umhang eng um sich gezogen, nicht nur, damit er nicht im Wind flatterte, sondern auch um mehr Wärme zu haben. Aber da war keine Wärme.

Als er im Lager der Zwei Flüsse eintraf, herrschte dort emsiges Treiben. Die Wagen bildeten noch immer einen großen Kreis, und Männer und Frauen von Dobraines Gütern in Cairhien beluden sie, während andere die Pferde fürs Satteln vorbereiteten. Die Cairhiener, die wegen der Witterung so sehr vermummt waren, dass sie doppelt so dick wie gewöhnlich erschienen, schenkten ihm kaum einen Blick, aber jeder Mann von den Zwei Flüssen, der ihn erblickte, hielt inne, um ihn offen anzustarren, bis jemand ihm einen Stoß gab, damit er sich wieder seiner Tätigkeit zuwandte. Perrin war froh, dass keiner das in diesen Blicken liegende Mitleid zusätzlich mit Worten ausdrückte. Hätte es jemand getan, wäre er vermutlich zusammengebrochen und hätte geweint. Zumindest glaubte er das.

Hier schien es auch nichts für ihn zu tun zu geben. Sein großes Zelt – seines und Failes – war bereits abgebaut und zusammen mit der Einrichtung auf einen Wagen verladen worden. Basel Gill schritt die Wagen mit einer langen Liste in den Händen ab. Der untersetzte Mann hatte die Aufgabe des *Shambayan* übernommen und führte Failes – und Perrins – Haushalt wie ein Eichhörnchen seinen Futtervorrat. Da er aber mehr an Städte als ans Reisen gewöhnt war, litt er unter der Kälte und trug nicht nur einen Umhang, sondern zusätzlich einen dicken Schal um den Hals, einen breitkrempigen Schlapphut und dicke Wollhandschuhe. Aus irgendeinem Grund zuckte Gill bei seinem Anblick zusammen und murmelte etwas davon, sich um die Wagen kümmern zu müssen, bevor er so schnell davoneilte, wie er nur konnte. Seltsam.

Perrin fiel etwas ein, und er suchte Dannil und gab dann den Befehl, die Männer auf dem Hügel jede Stunde abzulösen und dafür zu sorgen, dass jeder eine heiße Mahlzeit bekam.

»Kümmert Euch zuerst um die Männer und die Pferde«, sagte da eine dünne, aber feste Stimme. »Aber danach müsst Ihr Euch um Euch selbst kümmern. Es ist heiße Suppe im Kessel, dann ist da noch ein Laib Brot, und ich habe noch ein Stück geräucherten Schinken beiseite gelegt. Ein voller Bauch wird Euch weniger wie ein umherstreifender Mörder aussehen lassen.«

»Danke, Lini«, sagte er. Ein umherstreifender Mörder? Licht, er fühlte sich wie ein Toter, nicht wie ein Mörder. »Ich esse später.«

Failes Gesindevorsteherin war eine zerbrechlich wirkende Frau, deren Haut wie Pergament aussah und die das weiße Haar in einem Knoten oben auf dem Kopf trug, aber sie hielt sich aufrecht, und ihre dunklen Augen blickten klar und scharf. Doch jetzt wurde ihre Stirn von Sorgenfalten durchfurcht und ihre Hände verkrampften sich viel zu sehr in ihren Umhang. Sie würde sich um Faile Sorgen machen, das mit Sicherheit, aber …

»Maighdin hat sie begleitet«, sagte er und benötigte nicht ihr Nicken zur Bestätigung. Es hatte den Anschein, als wäre Maighdin stets in Failes Nähe zu finden. Faile hatte sie einst als einen Schatz bezeichnet. Und Lini schien die Frau als ihre Tochter zu betrachten, obwohl Maighdin dies manchmal nicht so sehr zu genießen schien wie Lini. »Wir bekommen sie zurück«, versprach er. »Sie alle.« Diesmal brach seine Stimme beinahe. »Kümmert Euch wieder um Eure Arbeit«, fuhr er grob und eilig fort. »Ich werde gleich essen. Ich muss vorher …« Er ging weiter, ohne den Satz zu beenden.

Es gab nichts, was er tun konnte. Nichts, woran er denken konnte. Mit Ausnahme von Faile. Ihm war kaum bewusst, in welche Richtung er ging, bis ihn seine Schritte aus der Wagenburg hinaustrugen.

Einhundert Schritte jenseits der Seile für die Pferde ragte ein niedriger, steiniger Hügel wie ein schwarzer Gipfel aus dem Schnee. Von dort oben würde er die Spuren sehen können, die Elyas und die anderen hinterlassen hatten. Von dort würde er sie zurückkehren sehen.

Er hatte die schmale Hügelkuppe noch nicht erreicht, als ihm seine Nase nicht nur verriet, dass er nicht allein war, sondern auch, wer dort oben stand. Der andere Mann hatte nicht auf seine Umgebung geachtet. Perrin war mit knirschenden Schritten fast schon oben, bevor er an der Stelle aufsprang, wo er auf den Fersen gekauert hatte. Tallanvors behandschuhte Hand knetete den langen Schwertgriff und er sah Perrin unsicher an. Für gewöhnlich war der große Mann, der in seinem Leben schon viele Nackenschläge hatte hinnehmen müssen, sehr selbstsicher. Vielleicht erwartete er eine Beschimpfung, weil er bei Failes Entführung nicht an Ort und Stelle gewesen war, obwohl sie ihn als Leibwächter abgelehnt hatte. Sie hatte außer Bain und Chiad jede Leibwache abgelehnt und die beiden zählten anscheinend nicht. Vielleicht glaubte er auch nur, zurück zu den Wagen geschickt zu werden, damit Perrin allein sein konnte. Perrin bemühte sich, weniger wie ein – wie hatte Lini es doch genannt? – umherstreifender Mörder auszusehen. Tallanvor war in Maighdin verliebt und hätte sie bald geheiratet, falls Failes Vermutung richtig war. Der Mann hatte das Recht, hier Wache zu halten.

Sie standen auf dem Hügel, während sich die Dämmerung herabsenkte, und in dem verschneiten Wald, den sie beobachteten, rührte sich nichts. Die Dunkelheit brach herein, ohne dass sich etwas tat, vor allem aber traf Masemas nicht ein, doch Perrin dachte nicht einmal an den Propheten. Der zunehmende Mond beleuchtete den weißen Schnee, verbreitete scheinbar genauso viel Licht wie der Vollmond. Bis tief treibende Wolkenfetzen ihn dann verbargen und stetig dichter werdende Mondschatten über den Schnee glitten. Es fing an zu schneien. Schnee, der alle Spuren begraben würde. Die beiden Männer standen schweigend in der Kälte, sahen dem Schneefall zu und warteten und hofften.

KAPITEL 3

Sitten und Gebräuche

Von der ersten Stunde der Gefangenschaft an, in der sie sich durch die verschneiten Wälder kämpften, hatte Faile Angst zu erfrieren. Wind kam auf und erstarb wieder. Nur wenige der verstreut stehenden Bäume trugen noch Blätter, von denen die meisten braun und verwelkt waren. Der Wind strich ungehindert durch den Wald, und so kurz die Böen auch andauerten, trugen sie dennoch Eiseskälte mit sich. Sie dachte kaum an Perrin, einmal abgesehen von der Hoffnung, dass er irgendwie von Masemas geheimen Aktivitäten erfuhr. Und natürlich von den Shaido. Selbst wenn diese Hure Berelain die Einzige war, die ihn jetzt darüber noch informieren konnte. Sie hoffte, dass Berelain dem Hinterhalt entgangen war und Perrin alles berichtet hatte. Und dann in ein Loch gefallen und sich den Hals gebrochen hatte. Aber sie hatte viel dringlichere Sorgen als ihren Ehemann.

Sie hatte dieses Wetter als herbstlich bezeichnet, aber im saldaeanischen Herbst kam es vor, dass Menschen erfroren; von ihrer Kleidung waren nur noch ihre dunklen Wollstrümpfe übrig geblieben. Mit dem einen hatte man ihr die Ellbogen auf dem Rücken fest zusammengebunden, während der andere als Leine um ihren Hals lag. Mutige Worte boten eine dürftige Bedeckung für nackte Haut. Ihr war zu kalt, um zu schwitzen, doch ihre Beine schmerzten schon bald durch die Anstrengung, mit ihren Enführern Schritt zu halten. Die Shaido-

Marschreihe, die aus verschleierten Männern und Töchtern des Speers bestand, wurde langsamer, sobald der Schnee bis zu ihren Knien reichte, nahm aber sofort ihren normalen Dauerlauf wieder auf, wenn er nur bis zu ihren Knöcheln ragte, und sie schienen nicht zu ermüden. Pferde wären nicht schneller vorangekommen. Am ganzen Leib zitternd kämpfte sich Faile am Ende ihrer Leine voran und mühte sich, durch Zähne, die sie zusammenbiss, um sie am Klappern zu hindern, ausreichend Atem zu schöpfen.

Die Shaido waren weniger, als sie beim Angriff gedacht hatte, kaum mehr als hundertfünfzig, und fast alle hielten Speere oder Bogen bereit. Kaum vorstellbar, dass sie jemand überraschen konnte. Sie hielten das Land, das sie durchquerten, aufmerksam im Auge, und abgesehen von dem leisen Knirschen des Schnees unter ihren weichen, kniehohen Stiefeln huschten sie geistergleich lautlos daher. Allerdings hob sich das Grün und Grau und Braun ihrer Kleidung von der weißen Landschaft ab. Seit der Überquerung der Drachenmauer hatte man dem *Cadin'sor* Grün hinzugefügt, um sich in einem grünen Land besser verbergen zu können. Das hatten ihr Bain und Chiad verraten. Warum hatten diese Leute kein Weiß für den Winter hinzugefügt? Im Moment konnte man sie aus einiger Entfernung sehen.

Faile versuchte, sich alles zu merken, was sich später als nützlich erweisen könnte, wenn die Zeit zur Flucht gekommen war. Sie hoffte, dass es ihre Mitgefangenen auch taten. Perrin würde die Shaido mit Sicherheit jagen, aber der Gedanke an eine Rettung fand keinen Eingang in ihre Berechnungen. Warte auf die Rettung und womöglich wartest du für alle Zeiten. Außerdem mussten sie so schnell wie möglich fliehen, bevor ihre Entführer sich mit dem Rest der Shaido vereinigten. Noch sah sie keine Möglichkeit, aber es musste einen Weg geben. Zumindest hatten sie das

Glück, dass sich die Hauptgruppe der Shaido Tage von ihnen entfernt befinden musste. In diesem Teil von Amadicia herrschte das Chaos, aber sie hätten davon gehört, wenn sich Tausende von Shaido in ihrer Nähe befunden hätten.

Ganz zu Anfang hatte sie einmal versucht, zu den Frauen zurückzublicken, die zusammen mit ihr gefangen worden waren, aber der Versuch hatte lediglich zu einem Sturz in eine Schneebank geführt. Zur Hälfte unter weißem Pulverschnee begraben, hatte die eisige Berührung sie nach Luft schnappen lassen, und dann hatte sie erneut gekeucht, als der riesenhafte Shaido, der ihre Leine hielt, sie wieder auf die Füße setzte. Rolan, der so breit wie Perrin und mindestens einen ganzen Kopf größer war, hatte sie einfach an den Haaren in die Höhe gezerrt und sie mit einem Schlag auf den nackten Hintern angetrieben, um dann wieder in jenen weit ausholenden Dauerlauf zu verfallen, der sie zur Schnelligkeit zwang. Der Schlag hätte auch dazu dienen können, ein Pony anzutreiben. Trotz ihrer Nacktheit stand in Rolans blauen Augen nichts von einem Mann zu lesen, der eine Frau betrachtete. Ein Teil von ihr war dafür sehr dankbar. Ein anderer Teil war auf eine vage Weise … entsetzt. Sie wollte mit Sicherheit nicht, dass er sie mit Lust oder gar Begehren betrachtete, aber diese ausdruckslosen Blicke waren fast schon eine Beleidigung! Danach konzentrierte sie sich darauf, nicht erneut zu stürzen, doch als die Stunden ohne die geringste Rast vergingen, wurde es bereits zu einer gewaltigen Anstrengung, sich nur auf den Beinen zu halten.

Anfangs hatte sie sich noch darüber gesorgt, welche ihrer Körperteile wohl zuerst erfrieren würden, aber als der Morgen ohne Marschpause in den Nachmittag übergegangen war, konzentrierte sie sich auf ihre Füße. Rolan und die vor ihm Gehenden hatten eine Art Pfad für sie getrampelt, aber es blieb genug eisiger Schnee mit scharfen Kanten übrig, und sie fing an, rote Flecken zu hinterlassen, die in ihren Fußabdrücken gefroren. Noch schlimmer war die Kälte. Faile hatte schon Erfrierungen gesehen. Wie lange würde es dauern, bis ihre Zehen schwarz wurden? Bei jedem stolpernden Schritt nach vorn dehnte sie den Fuß und bewegte ständig die Hände. Finger und Zehen schwebten in der größten Gefahr. Was das Gesicht und den Rest ihres Körpers anging, konnte sie nur hoffen. Das Dehnen schmerzte, es ließ die Schnitte in ihren Fußsohlen brennen, aber jede Empfindung war besser als keine. Wenn das Gefühl verschwand, würde ihr nur noch wenig Zeit bleiben. Dehnen und gehen, dehnen und gehen. Das füllte ihre Gedanken, sonst nichts. Sich mit zitternden Beinen weiter fortbewegen und Hände und Füße vor dem Erfrieren zu bewahren. Sich weiter bewegen.

Plötzlich stolperte sie gegen Rolan und wurde keuchend von seiner breiten Brust zurückgeworfen. Zur Hälfte benommen – vielleicht sogar mehr als das – hatte sie nicht mitbekommen, dass er stehen geblieben war. Genau wie die anderen, die sich vor ihnen befanden; ein paar von ihnen blickten zurück, der Rest sicherte misstrauisch mit erhobenen Waffen die Seiten, so als würden sie einen Angriff erwarten. Das war alles, was sie sehen konnte, bevor Rolan wieder eine Hand voll ihres Haars packte und sich bückte, um einen ihrer Füße anzuheben. Licht, der Mann behandelte sie wirklich wie ein Pony!

Er ließ Haare und Fuß los, schob einen Arm um ihre Beine, und im nächsten Augenblick wirbelte alles um sie herum, als er sie sich über die Schulter legte und ihr Kopf neben dem auf seinem Rücken hängenden Hornbogen zu ruhen kam. Empörung stieg in ihr auf, als er sie ungerührt hin und her schob, bis er die beste Trageposition gefunden hatte, aber sie unterdrückte sie, so schnell sie gekommen war. Das war weder der richtige Ort noch die richtige Zeit. Ihre Füße waren aus dem Schnee, das war alles, was zählte. Und auf diese Weise konnte sie verschnaufen. Allerdings hätte er sie vorher warnen können.

Mühsam verdrehte sie den Nacken, damit sie ihre Gefährtinnen sehen konnte, und verspürte Erleichterung, dass sie alle noch dabei waren. Sicher, es waren nackte Gefangene, aber sie war davon überzeugt, dass man nur die Leichen zurückgelassen hätte. Außer ihr trug keiner eine Leine, aber den meisten hatte man die Arme auf den Rücken gefesselt. Alliandre krümmte sich nicht länger zusammen in dem Versuch, ihren Körper zu verbergen. Für die Königin von Ghealdan gab es nun andere Sorgen als Sittsamkeit. Sie keuchte und zitterte am ganzen Leib, und sie wäre gestürzt, hätte der untersetzte Shaido, der ihre Füße untersuchte, sie nicht bei den zusammengebundenen Ellbogen gehalten. Untersetzt bedeutete bei einem Aiel, dass er an den meisten Orten nicht weiter aufgefallen wäre, wären da nicht Schultern gewesen, die fast so breit wie Rolans waren. Das dunkle Haar, das auf Alliandres Rücken fiel, war vom Wind zerzaust, ihr Gesicht wirkte abgezehrt. Maighdin hinter ihr schien sich in einem fast genauso schlechten Zustand zu befinden; sie rang keuchend nach Luft, das rotgoldene Haar war zerzaust und der Blick der blauen Augen war starr, aber sie schaffte es, aus eigener Kraft stehen zu bleiben, während eine knochendürre Tochter ihren Fuß hob. Irgendwie sah Failes Dienerin mehr wie eine Königin aus, als dies Alliandre tat, wenn auch eine in Mitleidenschaft gezogene Königin.

Bain und Chiad schienen sich in keinem schlimmeren Zustand als die Shaido zu befinden, auch wenn Chiads Wange von dem Schlag, den sie bei ihrer Gefangennahme abbekommen hatte, angeschwollen war und sich gelb verfärbte, und das schwarze Blut, das Bains feuerrotes kurzes Haar verklebte und ihr ins Gesicht gelaufen war, schien gefroren zu sein. Das war böse; das konnte eine Narbe geben. Aber die beiden Töchter des Speers atmeten nicht schwer und hoben sogar selbst die Füße zur Untersuchung. Sie waren die einzigen Gefangenen, die nicht gefesselt waren. Wenn man einmal von Bräuchen absah, die stärker als alle Ketten waren. Sie hatten ihr Schicksal ruhig akzeptiert, sie hatten eingewilligt, ein Jahr und einen Tag als *Gai'schain* zu dienen. Möglicherweise würden sie bei einer Flucht helfen können – Faile vermochte nicht genau zu sagen, wie weit die Bräuche sie einschränkten –, aber sie selbst würden nicht zu fliehen versuchen.

Lacile und Arrela, die beiden letzten Gefangenen, versuchten alles den Töchtern nachzumachen, natürlich erfolglos. Ein hoch gewachsener Aiel hatte sich die kleine Lacile einfach unter den Arm geklemmt, um sich ihre Füße anzusehen, und ihre bleichen Wangen waren vor Entsetzen und Scham blutrot. Arrela war groß, aber die beiden Töchter, die auf sie aufpassten, waren noch größer als Faile, und sie gingen mit der Frau aus Tairen mit unpersönlicher Mühelosigkeit um. Ihre Untersuchung rief bei ihr ein Stirnrunzeln hervor, möglicherweise war es auch die flinke Fingersprache, mit der sie sich austauschten. Faile hoffte, dass sie keinen Ärger machte, nicht jetzt. Jeder der *Cha Faile* versuchte wie ein Aiel zu sein und so zu leben, wie man glaubte, dass sie leben würden, aber Arrela *wollte* eine Tochter sein, und sie nahm es Sulin und den anderen übel, dass sie ihr nicht die Fingersprache beibrachten. Hätte sie gewusst, dass Bain und Chiad Faile darin ein wenig unterrichtet hatten, wäre sie noch erzürnter gewesen. Zwar reichte es nicht aus, um mehr als jedes zweite Wort zu verstehen, das die Töchter jetzt übermittelten, aber es war besser als nichts. Und es war gut, dass Arrela nichts davon mitbekam. Sie waren der Ansicht, dass die Feuchtländerin weiche Füße hatte und dass sie überhaupt viel zu verwöhnt und weich war, und das hätte die Frau mit Sicherheit zu einem Wutausbruch provoziert.

Wie sich herausstellte, war Failes Sorge um Arrela unnötig. Die Tairenerin versteifte sich, als eine der Töchter sie sich auf die Schulter lud – die Frau tat dabei so, als würde sie taumeln und benutzte die freie Hand, eine Nachricht zu signalisieren, die der anderen Tochter hinter ihrem Schleier ein bellendes Lachen entlockte –, aber nach einem Blick auf Bain und Chiad, die bereits gehorsam über den Schultern von Aielmännern lagen, machte sich Arrela mürrisch ganz locker. Lacile kreischte auf, als der große Mann, der sie hielt, sie plötzlich umdrehte und in die gleiche Position brachte, aber danach fügte sie sich stumm ihrem Schicksal, obwohl ihr Gesicht noch immer feuerrot war. Es hatte durchaus seine Vorteile, dass sie den Aiel alles gleichtun wollten.

Alliandre und Maighdin jedoch, die letzten Frauen, von denen Faile angenommen hätte, dass sie sich zieren würden, waren da ganz anders. Als sie begriffen, was mit ihnen geschah, setzten sie sich erbost zur Wehr. Es war kein großer Kampf, zwei nackte und erschöpfte Frauen, denen man die Ellbogen eng aneinander gefesselt hatte, aber sie wanden sich und brüllten und traten nach jedem, der in ihre Nähe kam, und Maighdin versenkte sogar ihre Zähne in die Hand eines unachtsamen Aiels und verbiss sich wie ein Jagdhund in ihn.

»Hört damit auf, ihr Närrinnen!«, rief ihnen Faile zu. »Alliandre! Maighdin! Lasst sie euch tragen! Gehorcht mir!« Weder ihre Dienerin noch ihre Vasallin schenkten ihr auch nur die geringste Aufmerksamkeit. Maighdin knurrte wie eine Löwin durch ihre festgebissenen Zähne. Alliandre wurde niedergerungen, sie brüllte und trat noch immer um sich. Faile wollte es ihnen noch einmal befehlen.

»Die *Gai'schain* wird stumm sein«, knurrte Rolan und versetzte ihr einen harten Schlag.

Faile biss die Zähne zusammen und murmelte etwas Unverständliches. Was ihr einen weiteren Schlag einbrachte! Der Mann hatte sich ihre Messer hinter den Gürtel gesteckt. Hätte sie doch nur eines in die Finger bekommen …! Nein. Was man ertragen musste, konnte man auch ertragen. Sie wollte fliehen und keine nutzlosen Gesten machen.

Maighdins Kampf dauerte etwas länger als Alliandres, und zwar bis zwei starke Männer ihren Kiefer öffnen und von der Hand des Shaido befreien konnten. Sie brauchten dazu zwei Mann. Zu Failes Überraschung versetzte der Gebissene Maighdin keinen Schlag, sondern schüttelte sich das Blut von der Hand und lachte! Aber das rettete sie nicht. Im Handumdrehen lag Failes Dienerin neben der Königin mit dem Gesicht nach unten im Schnee. Ihnen blieben nur wenige Augenblicke, in denen sie sich in der nassen Kälte winden konnten. Zwei Shaido – eine davon eine Tochter – traten zwischen den Bäumen hervor und schnitzten mit ihren schweren Gürtelmessern Verästelungen von langen Ruten. Dann wurde jeder Frau ein Fuß zwischen die Schulterblätter gesetzt, und eine Faust schob die um sich greifenden Hände aus dem Weg, und dann erblühten rote Striemen auf weißen Hüften.

Zuerst setzten sich beide Frauen weiter zur Wehr und wanden sich. Aber ihr Kampf war noch sinnloser als zuvor, als sie aufrecht gestanden hatten. Oberhalb ihrer Taille bewegte sich nichts außer zurückgeworfenen Köpfen und wild um sich greifenden Händen. Alliandre kreischte weiterhin, dass man das nicht mit ihr machen könnte, was für eine Königin verständlich, unter diesen Umständen aber dumm war. Offensichtlich konnten sie es und sie taten es auch. Überraschenderweise hob Maighdin ihre Stimme zu der gleichen schrillen Ungläubigkeit. Jeder hätte sie für eine Angehörige des Adels statt für eine Dienerin gehalten. Faile wusste genau, dass Lini Maighdin mit der Rute bestraft hatte, ohne dass es ein solches Theater gegeben hatte. Auf jeden Fall halfen die ungläubigen Proteste den Frauen nicht im mindesten. Die Prügel wurden fortgesetzt, bis sie beide wortlos jammerten und um sich traten, und dann noch etwas länger, damit die Botschaft auch ankam. Als sie schließlich wie alle Gefangenen über die Schulter gelegt wurden, hingen sie schluchzend da, und der Wille zum Widerstand war restlos verschwunden.

Faile verspürte keinerlei Mitleid. Ihrer Ansicht nach hatten diese Närrinnen jeden Schlag verdient. Von Erfrierungen und zerschnittenen Füßen einmal abgesehen, je länger sie ohne Kleidung den Elementen ausgesetzt waren, desto eher stand an zu befürchten, dass es einige von ihnen nicht überleben würden, um später zu entfliehen. Die Shaido würden sie zu einer Art Unterschlupf bringen und Alliandre und Maighdin hatten die Ankunft dort verzögert. Vielleicht war es ja nicht mehr als eine Viertelstunde, aber Minuten konnten den Unterschied zwischen den Lebenden und den Toten ausmachen. Außerdem würden selbst Aiel zumindest etwas in ihrer Wachsamkeit nachlassen, sobald sie in einer Unterkunft waren und Feuer entzündet hatten. Und sie, die Gefangenen, konnten nun neue Kräfte schöpfen, da sie getragen wurden. Jetzt konnten sie auf ihre Chance warten und sie ergreifen, wenn sie kam.

Die Shaido verfielen wieder in ihren weitausholenden Schritt. Und tatsächlich hatte es den Anschein, dass sie sich jetzt, da sie ihre Gefangenen trugen, noch schneller als zuvor durch den Wald bewegten. Die harte Ledertasche des Bogens stieß in Failes Seite, während sie hin und her schwankte, und langsam wurde ihr schwindelig. Jeder der langen Schritte Rolans sandte eine harte Erschütterung durch ihren Leib. Verstohlen versuchte sie eine Position zu finden, in der sie nicht so energisch durchgeschüttelt wurde.

»Beweg dich nicht, sonst wirst du runterfallen«, murmelte Rolan und tätschelte ihre Hüfte, so wie er ein Pferd getätschelt hätte, um es zu beruhigen.

Faile hob den Kopf und schaute mit gerunzelter Stirn zu Alliandre hinüber. Von der Königin von Ghealdan war nicht viel zu sehen, und das, was zu sehen war, war von dicken roten Striemen gezeichnet. Wenn man mal so darüber nachdachte, wären eine kurze Verzögerung und ein paar Striemen womöglich ein geringer Preis dafür gewesen, ein Stück aus diesem Flegel herauszubeißen, der sie wie ein Sack Korn trug. Aber nicht aus seiner Hand. Seine Kehle wäre das bessere Ziel gewesen.

Kühne Gedanken, und mehr als nutzlos. Närrisch. Obwohl sie getragen wurde, musste sie weiter gegen die Kälte ankämpfen. Sie begriff, dass das Getragenwerden in gewisser Weise sogar schlechter war. Als sie gegangen war, hatte sie darum kämpfen müssen, auf den Füßen und damit wach zu bleiben. Als der Abend kam und die Dunkelheit hereinbrach, schien die wiegende Bewegung auf Rolans Schulter eine einschläfernde Wirkung zu haben. Nein. Es war die Kälte, die ihren Verstand betäubte. Ihr Blut langsamer fließen ließ. Sie musste dagegen ankämpfen oder sie würde sterben.

Faile bewegte rhythmisch ihre Hände und die gefesselten Arme, spannte die Beine an und entspannte sie wieder, zwang ihre Muskeln dazu, ihr Blut zirkulieren zu lassen. Sie dachte an Perrin, schmiedete Pläne, wie er mit Masema verfahren sollte und wie sie ihn davon überzeugen würde, wenn er sich sträubte. Sie ging in Gedanken die Diskussion durch, die sie haben würden, wenn er erfuhr, dass sie *Cha Faile* als Spione benutzt hatte, plante, wie sie seinem Zorn begegnen und ihn abwenden würde. Die Wut eines Ehemanns in eine gewünschte Richtung zu lenken war eine Kunst und sie hatte von einer Expertin gelernt, ihrer Mutter. Es würde ein großartiger Streit werden. Und eine großartige Versöhnung – danach.

Der Gedanke an die Versöhnung mit Perrin ließ sie vergessen, ihre Muskeln zu bewegen, also versuchte sie sich auf den Streit zu konzentrieren, auf das Pläneschmieden. Aber die Kälte erschwerte jegliches Denken. Sie fing an, den Faden zu verlieren, musste den Kopf schütteln und von vorn anfangen. Rolans grobe Befehle halfen ebenfalls, es war eine Stimme, auf die sie sich konzentrieren konnte, die sie wach hielt. Sogar die begleitenden Schläge auf ihre Kehrseite halfen, so sehr sie es hasste, das zugeben zu müssen, denn jeder davon war eine Erschütterung, die sie aufweckte. Eine Zeit lang später fing sie an, öfters herumzurutschen, dann wehrte sie sich, bis sie beinahe herunterfiel, und provozierte die groben Klapse. Alles, nur um wach zu bleiben. Sie vermochte nicht zu sagen, wie viel Zeit verging, aber ihre Bewegungen wurden schwächer, bis Rolan sie nicht länger anfuhr und sie auch nicht mehr schlug. Licht, sie wollte, dass der Mann auf ihr spielte wie auf einer Trommel!

Warum, beim Licht, sollte ich so etwas tatsächlich wollen? dachte sie träge, und in einer trüben Ecke ihres Bewusstseins erkannte sie, dass die Schlacht verloren war. Sogar die Nacht erschien dunkler, als sie sein sollte. Sie konnte nicht einmal mehr den Schein des Mondlichts auf dem Schnee erkennen. Sie konnte spüren, wie sie allem entglitt, immer schneller einer noch tieferen Finsternis entgegenraste. Sie schluchzte stumm und versank in der Betäubung.

Träume kamen. Sie saß auf Perrins Schoß, und er umarmte sie so fest, dass sie sich kaum bewegen konnte, während in einem breiten Kamin ein Feuer loderte. Sein Bart kratzte auf ihren Wangen, während er beinahe schmerzhaft an ihrem Ohrläppchen knabberte. Plötzlich tobte ein gewaltiger Windstoß durch den Raum und löschte das Feuer wie eine Kerze. Und Perrin verwandelte sich in Rauch, der in der nicht enden wollenden Böe verschwand. Allein in der bedrückenden Finsternis kämpfte sie gegen den Wind, aber er wirbelte sie umher, bis ihr so schwindelig war, dass sie oben nicht mehr von unten unterscheiden konnte. Allein taumelte sie immer tiefer in die eisige Dunkelheit hinein, in dem Wissen, dass sie ihn niemals wiederfinden würde.

Sie lief durch ein erfrorenes Land, quälte sich von Schneewehe zu Schneewehe, stürzte, kämpfte sich wieder hoch, um voller Panik weiterzulaufen, atmete keuchend Luft ein, die so kalt war, dass sie ihre Kehle wie Glasscherben aufschlitzte. An den kahlen Ästen um sie herum funkelten Eiszapfen, eisiger Wind heulte durch den blattlosen Wald. Perrin war sehr wütend und sie musste fort. Aus irgendeinem unerfindlichen Grund konnte sie sich nicht mehr an die Einzelheiten des Streits erinnern, nur dass sie ihren wunderschönen Wolf irgendwie richtig wütend gemacht hatte, bis Gegenstände geworfen wurden. Nur dass Perrin nie mit Gegenständen um sich warf. Er würde sie übers Knie legen, so wie er es schon einmal vor langer Zeit getan hatte. Aber warum rannte sie davor fort? Da war doch noch immer die Versöhnung. Und natürlich würde sie ihn für die Demütigung zahlen lassen. Gut, sie hatte ihn gelegentlich mit einer wohlgezielten Schale oder einem Krug ein bisschen bluten lassen, ohne das eigentlich zu wollen, aber sie wusste, dass er ihr niemals richtig wehtun würde. Doch sie wusste auch, dass sie rennen musste, immer weiter, oder sie würde sterben.

Wenn er mich fängt, dachte sie trocken, *wird zumindest ein Teil von mir warm sein*. Der Gedanke ließ sie lachen, bis das tote weiße Land um sie herumwirbelte, und sie wusste, dass auch sie bald tot sein würde.

Ein gewaltiges Feuer ragte vor ihr auf, ein Turm aus dicken Scheiten, aus dem prasselnde Flammen schlugen. Sie war nackt. Und ihr war kalt, so kalt. Ganz egal, wie nahe sie sich an das Feuer heranschob, ihre Knochen fühlten sich wie gefroren an, ihr Fleisch schien bereit, beim geringsten Schlag zu zersplittern. Sie ging noch näher heran. Die Hitze der lodernden Scheite wuchs, bis sie zusammenzuckte, aber die bittere Kälte blieb unter ihrer Haut gefangen. Näher heran. O Licht, es war heiß, zu heiß! Und in ihrem Inneren zu kalt. Noch näher heran. Das Brennen, der verzehrende Schmerz ließ sie schreien, aber innen drin war sie noch immer Eis. Und noch näher heran. Näher. Sie würde sterben. Sie kreischte, aber da war nur Stille und die Kälte.

Plötzlich war da Tageslicht, doch der Himmel war voller bleigrauer Wolken. Schnee fiel, federgleiche Schneeflocken wirbelten vom Wind getrieben an den Bäumen vorbei. Es war kein scharfer Wind, aber er züngelte mit Eiszungen. Auf den Ästen wuchsen weiße Grate in die Höhe, bis sie groß genug waren, durch ihr eigenes Gewicht und den Wind zusammenzubrechen, was schwerere Schauer zu Boden schickte. Hunger nagte mit stumpfen Zähnen in ihrem Bauch. Ein hoch gewachsener, knochiger Mann, dessen Gesicht von einer weißen Wollkapuze verhüllt wurde, zwang ihr etwas in den Mund, den Rand einer großen Tontasse. Seine Augen waren von einem atemberaubenden Grün, das an Smaragde erinnerte, und sie wurden von faltigen Narben umgeben. Er kniete neben ihr auf einer braunen Wolldecke, und eine weitere, grau gestreifte Wolldecke bedeckte ihre Nacktheit. Der Geschmack von heißem Tee mit Honig explodierte auf ihrer Zunge, und sie packte das sehnige Handgelenk des Mannes mit beiden Händen, nur damit er nicht versuchen konnte, den Becher wegzunehmen. Ihre Zähne schlugen gegen die

Tasse, aber sie schluckte die dampfende, sämige Flüssigkeit gierig.

»Nicht zu schnell, du darfst nichts verschütten«, sagte der grünäugige Mann sanft. Sanftheit passte eigentlich nicht zu diesem wilden Gesicht, und dann auch noch in einer solch rauen Stimme. »Sie haben deine Ehre beleidigt. Aber du bist eine Feuchtländerin, also zählt das bei dir vielleicht nicht.«

Langsam dämmerte es ihr, dass das kein Traum war. Die Gedanken kamen in tröpfelnden Schatten, die schmolzen, wenn sie zu energisch versuchte, sie festzuhalten. Der in Weiß gekleidete Kerl war ein *Gai'schain*. Ihre Leine und die Fesseln waren verschwunden. Er löste sich aus ihrem schwachen Griff, aber nur, um aus dem von seiner Schulter hängenden Lederbeutel eine dunkle Flüssigkeit einzuschenken. Dampf wallte aus der Tasse hoch und der Duft von Tee.

Sie zitterte so sehr, dass sie beinahe vornüberfiel, und sie zog die dicke Wolldecke enger um sich herum. In ihren Füßen tobte ein wütender Schmerz. Sie hätte nicht stehen können, selbst wenn sie es gewollt hätte. Nicht, dass sie es wollte. So lange sie sich zusammenkauerte, schien die Decke alles bis auf ihre Füße zu bedecken; Stehen hätte ihre Beine und vielleicht noch mehr entblößt. Aber sie dachte dabei an Wärme, nicht an Schicklichkeit, obwohl es von beidem nicht viel gab. Der Hunger nagte in ihr und sie konnte nicht aufhören zu zittern. Ihr Inneres war erfroren, der heiße Tee bereits nur noch Erinnerung. Ihre Muskeln bestanden aus einer Woche altem, geronnenen Pudding. Sie wollte die sich füllende Tasse anstarren, ihren Inhalt begehren, aber sie zwang sich dazu, nach ihren Gefährtinnen Ausschau zu halten.

Sie waren alle in einer Reihe mit ihr da, Maighdin und Alliandre und die anderen, hockten zusammengesunken auf Wolldecken, zitterten unter von Schnee gesprenkelten Decken. Vor jeder von ihnen kniete ein *Gai'schain* mit einem dicken Wasserbeutel und einem Becher, und selbst Bain und Chiad tranken wie Frauen, die halb verdurstet waren. Jemand hatte Bains Gesicht vom Blut gesäubert, aber im Gegensatz zum letzten Mal, als Faile die beiden Töchter gesehen hatte, waren die beiden so abgezehrt und unsicher auf den Beinen wie alle anderen auch. Von Alliandre bis Lacile sahen ihre Gefährtinnen aus, als – wie pflegte Perrin doch immer zu sagen? – hätte man sie rücklings durch ein Astloch gezogen. Aber es waren noch alle am Leben; das war das wichtigste. Nur die Lebenden konnten entfliehen.

Rolan und die anderen *Algai'd'siswai*, in deren Gewalt sie waren, bildeten eine dicht zusammengedrängte Gruppe am Ende der knienden Reihe. Fünf Männer und drei Frauen, und der Schnee reichte den Töchtern fast bis zu den Knien. Die schwarzen Schleier hingen ihnen auf der Brust und sie betrachteten ihre Gefangenen und die *Gai'schain* reglos. Einen Augenblick lang sah Faile sie stirnrunzelnd an, versuchte einen schlüpfrigen Gedanken festzuhalten. Ja, natürlich. Wo waren die anderen? Die Flucht würde leichter sein, wenn der Rest aus irgendeinem Grund verschwunden war. Aber da war noch eine andere, genauso nebelhafte Frage, die ihr jedoch immer wieder entglitt.

Plötzlich sprang das, was sich hinter den acht Aiel befand, förmlich in ihr Blickfeld, und die Frage und die Antwort kamen ihr gleichzeitig in den Sinn. Wo kamen die *Gai'schain* her? Etwa hundert Schritte entfernt floss ein stetiger, vom fallenden Schnee und ein paar vereinzelt stehenden Bäumen leicht verdeckter Strom von Menschen, Lasttieren, Wagen und Karren vorbei. Nein, kein Strom. Eine Flut von Aiel auf der Reise. Statt mit hundertfünfzig Shaido musste sie sich nun mit dem ganzen Clan auseinandersetzen. Es erschien ihr unmöglich, dass so viele Menschen nur einen oder mehrere Tagesmärsche von Abila entfernt vorbeireisen konnten, ohne einen Alarm auszulösen, selbst in einem Land, in dem Anarchie herrschte, aber der Beweis lag vor ihren Augen. In ihrem Inneren fühlte sie sich wie betäubt. Vielleicht würde die Flucht ja dennoch nicht schwieriger durchzuführen sein, aber sie glaubte es nicht.

»Wieso haben sie mich beleidigt?«, fragte sie stockend und schloss dann den Mund, um ihre Zähne am Klappern zu hindern. Und öffnete ihn wieder, als ihr der *Gai'schain* den Becher reichte. Sie schluckte die kostbare Wärme, würgte, zwang sich zu langsameren Schlucken. Der Honig war so dick, dass er zu einem anderen Zeitpunkt ekelhaft geschmeckt hätte, aber jetzt dämpfte er ihren Hunger ein wenig.

»Ihr Feuchtländer wisst auch gar nichts«, sagte der Narbige abschätzig. »*Gai'schain* erhalten keine Kleidung, bis man ihnen die richtigen Gewänder geben kann. Aber sie fürchteten, ihr würdet erfrieren, und sie hatten nur ihre Mäntel, um euch zu wärmen. Man hat euch beschämt, als schwach bezeichnet, falls man Feuchtländer beschämen kann. Rolan und viele der anderen sind *Mera'din,* aber Efalin und der Rest hätte es besser wissen sollen. Efalin hätte es nicht erlauben dürfen.«

Beschämt? In Wut versetzt traf wohl eher zu. Faile wollte den Kopf nicht von dem gesegneten Becher abwenden, also verdrehte sie die Augen, bis sie den Riesen sehen konnte, der sie wie einen Sack Korn getragen *und* sie gnadenlos geschlagen hatte. Sie glaubte sich vage zu erinnern, dass sie diese Schläge auf den Hintern willkommen geheißen hatte, aber das war unmöglich. Natürlich war es unmöglich! Davon abgesehen, sah Rolan nicht wie ein Mann aus, der fast einen ganzen Tag und eine Nacht ohne Rast gelaufen war und dabei jemanden getragen hatte. Sein Atem, der in der Luft zu weißem Dampf erstarrte, ging ganz ruhig. *Mera'din?* Hieß das nicht Bruderlos in der Alten Sprache? Das sagte ihr nichts, aber in der Stimme des *Gai'schain* hatte eine Spur von Verachtung gelegen. Sie würde Bain und Chiad fragen müssen und hoffen, dass das nicht zu jenen Dingen gehörte, über die Aiel nicht mit Feuchtländern sprechen konnten, nicht mal mit Feuchtländern, die enge Freunde waren. Jede noch so geringe Information konnte bei der Flucht helfen.

Also hatten sie ihren Gefangenen wegen der Kälte etwas angezogen? Nun, wären Rolan und die anderen nicht gewesen, hätte keiner in der Gefahr geschwebt zu erfrieren. Doch vielleicht schuldete sie ihm ja einen kleinen Gefallen. Einen sehr kleinen, alles in allem betrachtet. Vielleicht würde sie ihm nur die Ohren abschneiden. Falls sie jemals dazu die Gelegenheit erhielt, umgeben von Tausenden von Shaido. Tausende? Die Shaido zählten Hunderttausende und Zehntausende davon waren *Algai'd'siswai*. Wütend auf sich selbst kämpfte sie gegen ihre Verzweiflung an. Sie würde fliehen; sie alle würden fliehen, und sie würde die Ohren dieses Mannes mitnehmen!

»Ich *sorge* dafür, dass Rolan so dafür entschädigt wird, wie er es verdient«, murmelte sie, als der *Gai'schain* den Becher wegnahm, um nachzufüllen. Er schenkte ihr einen misstrauischen Blick, und sie beeilte sich zu sagen: »Wie Ihr gesagt habt, ich bin eine Feuchtländerin. Das sind die meisten von uns. Wir folgen *Ji'e'toh* nicht. Euren Bräuchen zufolge dürfte man uns gar nicht zu *Gai'schain* machen, ist das nicht so?« Der Narbige verzog keine Miene, er blinzelte nicht mal. Ein flüchtiger Gedanke sagte ihr, dass es zu früh war, dass sie das Parkett noch nicht kannte, auf dem sie sich bewegte, aber ihre durch die Kälte trägen Gedanken konnten ihre Zunge nicht aufhalten. »Was ist, wenn die Shaido auch noch mit anderen Bräuchen brechen? Sie könnten sich entscheiden, Euch nicht gehen zu lassen, wenn die Zeit vorbei ist.«

»Die Shaido brechen mit vielen Bräuchen«, erwiderte er gelassen, »aber ich nicht. Ich muss das Weiß noch über ein halbes Jahr tragen. Bis dahin werde ich so dienen, wie es der Brauch verlangt. Wenn du so viel sprechen kannst, hast du vielleicht genug Tee getrunken?«

Faile riss ihm unbeholfen den Becher aus der Hand. Er hob die Brauen, und sie richtete die Decke so schnell sie konnte mit einer Hand, während sich ihre Wangen röteten. *Er* wusste, dass er eine Frau ansah. Licht, sie stolperte umher wie ein Ochse! Sie musste nachdenken, sich konzentrieren. Ihr Verstand war die einzige Waffe, die sie hatte. Und im Augenblick hätte ihr Gehirn genauso gut aus gefrorenem Käse bestehen können. Sie trank den heißen, süßen Tee und grübelte darüber nach, wie man aus der Tatsache, von Tausenden von Shaido umzingelt zu sein, einen Vorteil machen konnte. Aber ihr fiel nichts ein. Gar nichts.

KAPITEL 4

Angebote

»Was haben wir denn hier?«, sagte die harte Stimme einer Frau. Faile blickte auf und starrte sie an, den heißen Tee für den Augenblick vergessend.

Zwei Aiel mit einer sehr viel kleineren *Gai'schain* in der Mitte traten aus dem Schneegestöber hervor; sie sanken zwar bis zu den Waden in dem weißen Teppich ein, der den Boden bedeckte, brachten aber trotzdem energische, weitausholende Schritte zustande. Das heißt, zumindest die beiden größeren Frauen; die *Gai'schain* stolperte mühsam voran in dem Bemühen, mit ihnen Schritt zu halten, und eine ihrer größeren Begleiterinnen hatte eine Hand auf ihrer Schulter, um dafür zu sorgen, dass sie es auch schaffte. Alle drei waren einen genaueren Blick wert. Die Frau in Weiß hielt den Kopf demütig so tief gesenkt, wie es möglich war, und ihre Hände steckten in den breiten Ärmeln, wie es sich für eine *Gai'schain* gehörte, aber ihr Gewand hatte den unerhörten Schimmer von schwerer Seide. *Gai'schain* war jeder Schmuck verboten, doch um ihre Taille schmiegte sich ein breiter, aufwendig gearbeiteter Gürtel aus Gold und Feuertropfen, und die Falten der hochgeschlagenen Kapuze gaben einen kurzen Blick auf die dazu passende Kette frei, die fast ihren ganzen Hals bedeckte. Außer Königen konnten sich nur wenige derartigen Schmuck leisten.

Aber so seltsam dieser Anblick auch war, Faile konzentrierte sich auf die beiden anderen. Etwas sagte ihr,

dass es sich bei ihnen um Weise Frauen handelte. Sie strahlten zu viel Autorität aus, um etwas anderes zu sein; es waren Frauen, die gewohnt waren, Befehle zu erteilen, die unverzüglich befolgt wurden. Aber davon abgesehen erregte schon ihre bloße Anwesenheit Aufmerksamkeit. Die Frau, die die *Gai'schain* vorwärts stieß und einen dunkelgrauen Schal um den Kopf gewickelt hatte, war ein strenges, blauäugiges Adlerweibchen; sie wies eine beeindruckende Größe auf, war fast so groß wie die meisten Aielmänner, doch ihre Begleiterin war mindestens eine halbe Handspanne größer als Perrin! Dabei konnte man sie aber nicht als massig bezeichnen – wenn man von einer Ausnahme absah. Das sandgelbe Haar, das von einem breiten dunklen Tuch zurückgebunden wurde, reichte ihr bis zur Taille, und ihr brauner Schal lag auf ihren Schultern und klaffte so weit auf, dass er die Ansätze gewaltiger Brüste zeigte, die aus dem Ausschnitt der hellen Bluse ragten. Wie schaffte sie es nur, dass sie sich keine Erfrierungen zuzog, da sie in diesem Wetter so viel Haut entblößte? All die schweren Ketten aus Gold und Elfenbein mussten sich wie Eis anfühlen!

Als sie vor den knieenden Gefangenen stehen blieben, bedachte die Frau mit dem scharf geschnittenen Adlergesicht die Shaido, die sie mitgebracht hatten, mit einem tadelnden Blick und machte mit der freien Hand eine knappe, entlassende Geste. Aus irgendeinem Grund hielt sie die *Gai'schain* weiterhin fest an der Schulter gepackt. Die drei Töchter des Speers wandten sich sofort ab und eilten auf den Tross der vorbeiziehenden Shaido zu. Einer der Männer schloss sich ihnen an, aber Rolan und der Rest tauschten hoffnungslose Blicke aus, bevor sie ihrem Beispiel folgten. Vielleicht hatte das etwas zu bedeuten, vielleicht auch nicht. Faile wusste plötzlich, wie sich jemand fühlte, der in einem Mahlstrom gefangen war und verzweifelt nach Strohhalmen griff.

»Noch mehr *Gai'schain* für Sevanna, das haben wir hier«, sagte die unglaublich große Frau amüsiert. Sie hatte ein markantes Gesicht, das einige vielleicht als hübsch bezeichnet hätten, aber verglichen mit der anderen Weisen Frau erschien sie weich und nachgiebig. »Sevanna wird nicht zufrieden sein, bis die ganze Welt *Gai'schain* ist, Therava. Nicht, dass ich etwas dagegen einzuwenden hätte.« Sie lachte.

Die Weise Frau mit den Adleraugen lachte nicht. Ihr Gesicht war wie gemeißelt. Ihre Stimme war so hart wie Stein. »Sevanna hat bereits zu viele *Gai'schain,* Someryn. Wir haben zu viele *Gai'schain.* Sie sorgen dafür, dass wir uns kriechend fortbewegen, wo wir doch laufen sollten.« Ihr stählerner Blick glitt die Reihe der Knienden entlang.

Faile zuckte zusammen, als sie gemustert wurde; schnell senkte sie den Kopf und versteckte ihr Gesicht hinter dem Becher. Sie hatte Therava noch nie zuvor gesehen, aber dieser Blick hatte ihr verraten, mit wem sie es hier zu tun hatte. Diese Frau war begierig, jede Herausforderung ihrer Autorität auf der Stelle ein für allemal zu vernichten, und sie war dazu fähig, aus einem ganz normalen Blick eine Herausforderung herauszulesen. Schlimm genug, wenn sich irgendein dummer Adliger bei Hof so verhielt oder jemand, der einem auf der Straße begegnete, aber wenn Therava ein persönliches Interesse an ihnen entwickelte, würde eine Flucht mehr als nur schwierig werden. Trotzdem beobachtete Faile die Frau aus den Augenwinkeln. Dabei kam es ihr so vor, als würde sie eine giftige Natter beobachten, deren Schuppen in der Sonne glitzerten und die sich keine dreißig Zentimeter vor ihrem Gesicht zusammenrollte.

Demut, dachte sie. *Ich knie hier demütig und denke nur daran, meinen Tee zu trinken. Du brauchst mich kein zweites mal zu mustern, du kaltäugige Hexe.* Sie hoffte, dass die anderen ebenfalls das sahen, was sie erkannt hatte.

Alliandre hatte es nicht. Sie versuchte schwankend, auf den geschwollenen Füßen zu stehen, dann sank sie mit einem Stöhnen zurück auf die Knie. Trotzdem kniete sie aufrecht im fallenden Schnee und hielt mit hoch erhobenem Kopf die dunkle Wolldecke so fest, als würde es sich um einen kostbaren Seidenschal handeln, der ein prächtiges Gewand verbarg. Die nackten Beine und das vom Wind zerzauste Haar machten den Eindruck zwar etwas zunichte, trotzdem war sie die personifizierte Arroganz auf einem Thronpodest.

»Ich bin Alliandre Maritha Kigarin, Königin von Ghealdan«, verkündete sie lauthals, jeder Zoll eine Königin, die vor einer Horde schurkischer Wegelagerer stand. »Ihr tätet gut daran, mich und meine Gefährten gut zu behandeln und diejenigen zu bestrafen, die so grob mit uns umgesprungen sind. Ihr werdet ein großes Lösegeld für uns erzielen, größer, als ihr es euch vorstellen könnt, und eine Amnestie für eure Verbrechen. Meine Lehnsherrin, ihre Dienerin und ich beanspruchen bis zum Abschluss der Verhandlungen eine angemessene Unterkunft. Die anderen können bescheidener untergebracht werden, solange sie unversehrt bleiben. Ich werde kein Lösegeld bezahlen, wenn ihr die niedrigsten Diener meiner Lehnsherrin misshandelt.«

Faile hätte am liebsten gestöhnt – hielt diese Närrin diese Leute denn für einfache Straßenräuber? –, aber dafür blieb ihr keine Zeit.

»Stimmt das, Galina? Ist sie eine Königin der Feuchtländer?« Eine weitere Frau ritt hinter den Gefangenen aus dem Wald, der Hufschlag ihres großen schwarzen Wallachs war im Schnee kaum zu hören. Faile hielt sie für eine Aiel, war sich aber nicht sicher. Es war schwer zu sagen, solange die Frau auf dem Pferd saß, aber sie schien mindestens so groß wie Faile zu sein, und das waren nur wenige Frauen der Aiel, vor allem nicht, wenn sie diese grünen Augen in einem von der Sonne verbrannten Gesicht aufwiesen. Aber dennoch …

Auf den ersten Blick schien der dunkle Rock zu einer Aiel zu gehören, aber es handelte sich um einen Reitrock, der genau wie die cremefarbene Bluse aus Seide zu bestehen schien, und unter dem Saum ragten rote Stiefel hervor. Das breite, zusammengefaltete Tuch, das ihre langen blonden Haare zurückhielt, bestand aus rotem Brokat, und darüber schob sich ein daumenbreiter Reifen aus Gold und Feuertropfen. Im Gegensatz zu dem Goldgeschmeide und dem geschnitzten Elfenbein der Weisen Frauen bestanden ihre Ketten aus dicken Perlen und Smaragden, Saphiren und Rubinen, und sie ruhten auf beinahe genauso viel entblößtem Busen wie bei Someryn. Die Armreifen, die fast bis zu ihren Ellbogen reichten, unterschieden sich auf die gleiche Weise von denen der Weisen Frauen; darüber hinaus trugen Aiel keine Ringe, aber an jedem ihrer Finger funkelten Edelsteine. Statt einem dunklen Schal flatterte ein heller, blutroter Umhang, der mit goldenen Stickereien verziert und mit weißem Fell gesäumt war, im Wind. Allerdings saß sie mit der für eine Aiel typischen Unbeholfenheit im Sattel. »Und die Lehnsherrin einer Königin? Bedeutet das, dass die Königin mit einem Eid an sie gebunden ist? Das muss dann aber eine wahrlich mächtige Frau sein. Antworte mir, Galina.«

Die in Seide gekleidete *Gai'schain* krümmte die Schultern und bedachte die Frau auf dem Pferd mit einem unterwürfigen Lächeln. »Eine wahrhaft mächtige Frau, wenn eine Königin ihr Gehorsam schwört, Sevanna«, sagte sie eifrig. »So etwas habe ich noch nie gehört. Doch ich glaube, dass sie diejenige ist, die sie zu sein behauptet. Ich habe Alliandre vor Jahren einmal gesehen, und das Mädchen, an das ich mich erinnere, könnte durchaus zu dieser Frau herangewachsen sein. Und sie wurde zur Königin von Ghealdan gekrönt. Ich weiß nicht, was sie in Amadicia macht. Sowohl die Weißmäntel wie auch Roedran würden sie augenblicklich gefangen nehmen, wenn sie ...«

»Lina, es reicht«, sagte Therava energisch. Die Hand auf Galinas Schulter spannte sich sichtlich an. »Du weißt, wie ich es hasse, wenn du plapperst.«

Die *Gai'schain* zuckte zusammen, als wäre sie geschlagen worden, und sie schloß den Mund. Als sie zu der viel größeren Frau heraufläcbelte, kroch sie noch erbärmlicher in sich zusammen, als sie es bei Sevanna getan hatte. In ihren Augen blitzte auch Furcht auf. Dunkle Augen. Sie war auf keinen Fall eine Aiel. Therava schien die Unterwürfigkeit der Frau nicht einmal zu bemerken; eine Hündin war zurechtgewiesen worden und hatte gehorcht. Die Aufmerksamkeit der Weisen Frau galt allein Sevanna. Someryn widmete der *Gai'schain* einen Seitenblick, ihre Lippen verzogen sich verächtlich, dann richtete sie den Schal auf ihrer Brust und konzentrierte sich ebenfalls auf Sevanna. Aiel gaben nicht viel mit ihrem Mienenspiel preis, aber es war offensichtlich, dass sie Sevanna nicht mochte und ihr zugleich großes Misstrauen entgegenbrachte.

Failes Blicke folgten über dem Becherrand ebenfalls der Reiterin. In gewisser Weise war es so, als würde man Logain oder Mazrim Taim sehen. Auch Sevanna hatte ihren Namen mit Blut und Feuer an den Himmel geschrieben. Cairhien würde Jahre brauchen, um sich von dem zu erholen, was sie dort angerichtet hatte, und die Auswirkungen waren bis nach Andor und Tear und darüber hinaus spürbar. Perrin hatte einem Mann namens Couladin die Schuld dafür gegeben, aber Faile hatte genug von dieser Frau gehört, um sich vorstellen zu können, wer dahintersteckte. Und niemand bestritt, dass Sevanna die Schuld für die vielen Toten bei den Quellen von Dumai trug. Perrin war dort beinahe gestorben. Dafür hatte Faile noch eine persönliche Rechnung mit ihr offen. Vielleicht würde sie ja Rolan seine Ohren lassen, wenn sie dafür diese Rechnung begleichen konnte.

Die auffallend gekleidete Frau ritt langsam die Reihe der knienden Gefangenen ab und ihre grünen Augen blickten beinahe genauso kalt wie die Theravas. Plötzlich erschienen die Geräusche, welche die Hufe des schwarzen Pferdes im Schnee verursachten, auffallend laut. »Wer von euch ist die Dienerin?« Eine seltsame Frage. Maighdin zögerte mit zusammengebissenen Zähnen, bevor sie die Hand unter ihrer Decke hervorschob. Sevanna nickte nachdenklich. »Und die … Lehnsherrin?«

Einen Augenblick lang dachte Faile daran, die Frage einfach zu ignorieren, aber Sevanna würde auf die eine oder andere Weise in Erfahrung bringen, was sie wissen wollte. Zögernd hob sie die Hand. Und zitterte, aber diesmal nicht wegen der Kälte. Therava beobachtete alles mit ihrem bösartigen Blick, passte genau auf. Was Sevanna tat, was diejenigen taten, die sie aufgerufen hatte.

Faile konnte nicht verstehen, wie sich jemand dieses sezierenden Blickes nicht bewusst sein konnte, doch Sevanna tat zumindest so, als würde sie nichts bemerken, als sie ihren Wallach hinter die Reihe lenkte. »Mit diesen Füßen können sie nicht gehen«, sagte sie schließlich. »Ich sehe nicht ein, dass sie mit den Kindern reiten. Galina, Heile sie.«

Faile hätte beinahe den Becher fallen gelassen. Sie stieß ihn dem *Gai'schain* entgegen und tat so, als hätte sie das ohnehin vorgehabt. Er war sowieso leer. Der Narbige füllte ihn gelassen aus seinem Lederbeutel voller Tee nach. Heilen? Sie meinte doch sicherlich nicht …

»Also gut«, sagte Therava und versetzte der *Gai'schain* einen Stoß, der sie nach vorn taumeln ließ. »Mach es schnell, kleine Lina. Ich weiß, dass du mich nicht enttäuschen willst.«

Galina konnte einen Sturz vermeiden, aber sie

musste sich den Gefangenen entgegenkämpfen. An einigen Stellen sank sie bis zu den Knien ein, ihr Gewand schleifte über den Schnee, aber sie war entschlossen, ihr Ziel zu erreichen. Auf ihrem runden Gesicht spiegelten sich Furcht und Abscheu und … Eifer? Konnte das sein? Es war eine widerwärtige Kombination.

Sevanna beendete ihre Umrundung und blieb dort stehen, wo Faile sie sehen konnte. Sie stand den Weisen Frauen genau gegenüber. Der eisige Wind zupfte an ihrem Umhang, aber sie schien ihn genauso wenig zu bemerken wie den Schnee, der auf sie herabwehte. »Therava, ich habe gerade die Nachricht erhalten.« Ihre Stimme war ruhig, obwohl ihre Augen Blitze schleuderten. »Heute Abend lagern wir zusammen mit den Jonine.«

»Eine fünfte Septime«, erwiderte Therava ausdruckslos. Auch bei ihr hatte es den Anschein, als würden Schnee und Wind nicht existieren. »Fünf, während achtundsiebzig in alle Winde verstreut bleiben. Ihr solltet Euren Schwur nicht vergessen, die Shaido wieder zu vereinigen, Sevanna. Wir werden nicht für alle Zeiten warten.«

Jetzt waren es keine Blitze mehr. Sevannas Augen waren wie grüne Vulkane, die Lava spuckten. »Ich tue immer, was ich sage, Therava. Das solltet Ihr nicht vergessen. Und denkt daran, dass ihr mich *beratet*. *Ich* spreche für den Clanhäuptling.«

Sie zerrte ihren Wallach herum, stieß dem Tier die Absätze in die Flanken und versuchte ihn dazu zu bewegen, zu dem Strom aus Menschen und Wagen zurückzugaloppieren, obwohl das kein Pferd bei diesem tiefen Schnee gekonnt hätte. Das Tier schaffte es, sich etwas schneller als im Schritttempo zu bewegen, aber nicht sehr. Therava und Someryn sahen mit erstarrten Gesichtern zu, wie Pferd und Reiterin in dem fallenden weißen Schleier verschwanden.

Für Faile war das ein wichtiges Gespräch gewesen. Sie erkannte Spannungen und gegenseitigen Hass, wenn sie sie sah. Eine Schwäche, die man sich vielleicht zunutze machen konnte, falls sie herausbekam, wie sie das anstellen musste. Und es hatte den Anschein, als wären doch nicht alle Shaido hier. Obwohl ... Wenn man nach der endlosen Reihe ging, die an ihnen vorbeizog, schienen es mehr als genug zu sein. Galina traf bei ihnen ein und alle Überlegungen traten in den Hintergrund.

Galina glättete ihr Gesicht zu einem fahrigen Anschein von Gelassenheit und packte wortlos Failes Kopf mit beiden Händen. Faile vermochte nicht zu sagen, ob sie aufstöhnte oder nicht. Die Welt schien an ihr vorbeizufliegen, als sie aus der Hocke hochkam. Stunden rasten vorbei, vielleicht krochen auch Herzschläge. Die in Weiß gekleidete Frau trat zurück, und Faile stürzte kopfüber auf die braune Decke und blieb keuchend auf der rauen Wolle liegen. Ihre Füße schmerzten nicht mehr, aber jede mithilfe der Macht erfolgte Heilung verursachte Hunger, und sie hatte seit dem gestrigen Frühstück nichts mehr zu sich genommen. Sie hätte tellerweise Essen herunterschlingen können, ganz egal was. Sie war nicht länger müde, aber ihre Muskeln hatten sich aus Pudding in Wasser verwandelt. Sie stieß sich mit Armen hoch, die unter ihrem Gewicht zusammenbrechen wollten, und zog sich mit unsicheren Bewegungen die grau gestreifte Decke um den Leib. Sie fühlte sich durch das, was sie gesehen hatte, bevor Galina sie gepackt hatte, mindestens genauso benommen wie durch das Heilen selbst. Dankbar ließ sie zu, dass der Narbige ihr den dampfenden Becher an den Mund hielt. Sie war sich nicht sicher, ob ihre Finger ihn hätten halten können.

Galina verschwendete keine Zeit. Eine benommene Alliandre versuchte gerade, von der Stelle aufzustehen, wo sie aufs Gesicht gefallen war; ihre rot gestreifte Decke war unbemerkt zu Boden gefallen. Ihre Striemen waren natürlich verschwunden. Maighdin lag noch immer zwischen ihren beiden Decken; ihre zuckenden Gliedmaßen ragten in jeder Richtung heraus, während sie kraftlos versuchte, sich zu sammeln. Chiad, die Galinas Hände auf dem Kopf hatte, sprang auf die Füße; sie fuchtelte mit den Armen herum und stieß keuchend den Atem aus. Die gelbe Schwellung in ihrem Gesicht verschwand, noch während Faile zusah. Als Galina sich zu Bain begab, brach die Tochter des Speers wie von einer Axt getroffen zusammen, obwohl sie sich bereits im nächsten Augenblick wieder regte.

Faile konzentrierte sich auf den Tee und auf rasendes Nachdenken. Das Gold an Galinas Finger war ein Schlangenring. Wäre das Heilen nicht gewesen, hätte sie ihn bloß für ein seltsames Geschenk von demjenigen gehalten, der dieser Frau all den Schmuck gegeben hatte. Galina war eine Aes Sedai. Sie musste es sein. Aber was tat eine Aes Sedai hier und dann auch noch im Gewand einer *Gai'schain?* Ganz zu schweigen davon, dass sie anscheinend dazu bereit war, Sevanna das Handgelenk zu lecken und Therava die Füße zu küssen! Eine Aes Sedai!

Galina stand nun über der schlaff daliegenden Arrela, der Letzten in der Reihe, keuchte etwas von der Anstrengung, so viele so schnell Geheilt zu haben, und sah zu Therava herüber, als würde sie sich ein Lob erhoffen. Ohne auch nur einen Blick an sie zu verschwenden, steckten die beiden Weisen Frauen die Köpfe zusammen und gingen plaudernd zu dem Tross der Shaido zurück. Die Aes Sedai wartete einen Augenblick lang, runzelte dann die Stirn und hob ihr Gewand, um so schnell sie nur konnte hinter ihnen herzueilen. Aber sie blickte mehr als nur einmal zurück. Faile hatte das Gefühl, dass sie es auch noch dann tat, nachdem der fallende Schnee einen Vorhang zwischen ihnen gebildet hatte.

Weitere *Gai'schain* kamen heran, ein Dutzend Männer und Frauen, und nur einer war ein Aiel, ein dürrer Rotschopf mit einer dünnen weißen Narbe, die sich von der Schläfe bis zum Kiefer hinunterzog. Faile erkannte klein gewachsene, blasse Cairhiener und möglicherweise Amadicianer oder Altaraner – sie waren größer und dunkelhäutiger – und sogar eine bronzehäutige Domani. Die Domani und eine der anderen Frauen trugen breite Gürtel aus funkelndem goldenem Kettengeflecht um die Taille; am Hals hatten sie Kragen aus dem gleichen Material. Einer der Männer ebenfalls! Aber egal, Schmuck an *Gai'schain* erschien im Augenblick nicht weiter von Bedeutung, in Anbetracht der Decken und Kleidung, die sie brachten, war es bestenfalls eine Merkwürdigkeit.

Einige der Neuankömmlinge trugen Körbe mit Brot und gelbem Käse und Trockenfleisch und die *Gai'schain*, die bereits mit ihren Lederbeuteln voller Tee vor Ort waren, sorgten für Getränke, mit denen man alles herunterspülen konnte. Faile war nicht die Einzige, die sich mit ungebührlicher Hast den Mund voll stopfte, während sie sich zugleich anzog, und zwar mit mehr Augenmerk auf Schnelligkeit als auf Schicklichkeit. Das weiße Gewand mit der Kapuze und die beiden dicken Untergewänder erschienen wunderbar warm, genau wie die dicken Wollstrümpfe und weichen Aielstiefel, deren Verschnürung bis zu ihren Knien reichte – sogar die Stiefel waren weiß gebleicht worden! –, aber das konnte nicht das Loch in ihrem Leib füllen. Das Fleisch war so zäh wie Stiefelleder, der Käse beinahe steinhart und das Brot auch nicht viel weicher, und doch schmeckte es wie ein Festmahl! Ihr Mund sehnte sich nach jedem Bissen.

Während sie einen Mund voll Käse kaute, verknotete

sie den letzten Stiefelriemen, stand auf und glättete das Gewand. Als sie nach mehr Brot griff, holte eine der Frauen, die Gold trugen – sie war pummelig, unscheinbar und hatte einen müden Blick –, aus dem Sack über ihrer Schulter einen der Gürtel aus Goldgeflecht. Faile schluckte hastig und trat zurück. »Ich möchte lieber keinen haben, vielen Dank.« Sie hatte das ungute Gefühl, dass es ein Fehler gewesen war, diese Schmuckstücke als unwichtig zu betrachten.

»Es spielt keine Rolle, was du willst«, erwiderte die Pummelige müde. Ihr Akzent war amadicianisch und gebildet. »Du dienst jetzt der Lady Sevanna. Du wirst tragen, was man dir gibt, und tun, was man dir sagt, oder man wird dich bestrafen, bis du deinen Irrtum einsiehst.«

Ein paar Schritte entfernt wehrte Maighdin die Domani ab und weigerte sich, den Kragen anlegen zu lassen. Alliandre wich mit erhobenen Händen und einem entsetzten Gesichtsausdruck vor dem Mann mit dem Goldgeflecht zurück. Er hielt ihr einen der Gürtel entgegengestreckt. Glücklicherweise sahen sie beide Faile an. Vielleicht hatten die Prügel im Wald doch etwas Gutes bewirkt.

Faile atmete mühsam aus und nickte ihnen zu, dann erlaubte sie der pummeligen *Gai'schain*, ihr den breiten Gürtel anzulegen. Mit ihr als Vorbild ließen die beiden anderen die Arme sinken. Für Alliandre schien es ein Schlag zu viel zu sein; sie stand da und starrte ins Leere, während man ihr Gürtel und Kragen anlegte. Maighdin gab sich alle Mühe, die schlanke Domani mit einem finsteren Blick zu durchbohren. Faile versuchte aufmunternd zu lächeln, aber das Lächeln fiel ihr schwer. Für sie klang das Zuschnappen des Kragenverschlusses wie die Verriegelung einer Kerkertür. Gürtel und Kragen konnte man genauso leicht wieder ablegen, wie sie angelegt worden waren, aber *Gai'schain*, die der Lady

Sevanna *dienten,* würden bestimmt genau beobachtet. Eine Katastrophe jagte die nächste. Von diesem Augenblick an musste es besser werden. Es musste einfach.

Kurz darauf trampelte Faile zusammen mit einer stolpernden, wie betäubt dreinblickenden Alliandre und einer murrenden Maighdin auf unsicheren Beinen durch den Schnee. Sie waren von *Gai'schain* umgeben, die Lasttiere führten, auf den Rücken große, zugedeckte Körbe transportierten und beladene Karren zogen, die man auf Holzschlitten geschnallt hatte. Die Wagen waren ebenfalls auf Schlitten oder Kufen gesetzt; die Räder hatte man oben auf der schneebedeckten Fracht befestigt. Die Shaido mochten keine Erfahrung mit Schnee haben, aber sie hatten gelernt, wie man darin reisen musste. Weder Faile noch die beiden anderen mussten etwas tragen, allerdings hatte die pummelige Amadicianerin ihnen klar gemacht, dass sich das vom nächsten Tag an ändern würde. Wie viele Shaido sich auch immer in der Marschreihe befinden mochten, es hatte den Anschein, als wäre eine große Stadt unterwegs, wenn nicht sogar eine Nation. Kinder bis zum Alter von zwölf oder dreizehn fuhren oben auf den Karren und Wagen, aber jeder andere ging zu Fuß. Alle Männer trugen den *Cadin'sor,* aber die meisten Frauen trugen Röcke und Blusen und Schals wie die Weisen Frauen, und die meisten Männer trugen nur einen einzigen Speer oder auch gar keine Waffen und sahen weicher als die anderen aus. Weich bedeutete, dass sie Steine darstellten, die weicher als Granit waren.

Nachdem die Amadicianerin gegangen war, ohne ihren Namen verraten oder wesentlich mehr gesagt zu haben als *gehorcht oder werdet bestraft,* wurde sich Faile bewusst, dass sie Bain und die anderen im Schneegestöber aus den Augen verloren hatte. Niemand unternahm den Versuch, sie an einem bestimmten Ort festzuhalten, also marschierte sie von Alliandre und Maighdin begleitet müde die Kolonne entlang. Die Hände gefaltet in den Ärmeln zu halten machte das Gehen sehr schwer, vor allem, wenn man sich durch tiefen Schnee bewegen musste, aber es hielt sie warm. Zumindest wärmer als die Alternative. Der Wind sorgte dafür, dass sie ihre Kapuzen hochgeschlagen behielten. Trotz der goldenen Gürtel schenkte kein *Gai'schain* und auch kein Shaido ihnen einen zweiten Blick. Obwohl sie die Marschreihe ein Dutzend Mal oder sogar noch öfters abschritten, blieb ihre Suche erfolglos. Überall gingen Leute in weißen Gewändern, sogar mehr als ohne, und ihre Gefährtinnen hätten unter jeder der tiefen Kapuzen stecken können.

»Wir werden sie heute Abend suchen müssen«, sagte Maighdin schließlich. Sie stapfte auf ziemlich linkische Weise durch den tiefen Schnee. Ihre blauen Augen leuchteten hell in den Tiefen der Kapuze und sie hielt die breite Goldkette um ihren Hals mit einer Hand fest, als wollte sie sie abreißen. »Wo alle anderen einen Schritt gehen, machen wir zehn. Oder sogar zwanzig. Es wird uns nichts nutzen, wenn wir heute Abend im Lager so erschöpft sind, dass wir uns nicht mehr bewegen können.«

Die Entschiedenheit in Maighdins Stimme riss sogar Alliandre so weit aus ihrer Benommenheit, dass sie eine Braue hob. Faile schaute ihre Dienerin lediglich an, aber das reichte bereits, um Maighdin erröten und stottern zu lassen. Was war bloß in diese Frau gefahren? Nun gut, es war nicht das, was sie von einer Dienerin erwartete, aber wenn es darum ging, eine Gefährtin zu haben, die bei der Flucht half, war Maighdins Temperament nicht zu verachten. Wirklich schade, dass die Frau so wenig Macht lenken konnte. Einst hatte Faile große Hoffnungen damit verbunden, bis sie erfahren hatte, dass Maighdins Fähigkeit so geringfügig war, dass sie nutzlos war.

»Heute Abend, Maighdin«, stimmte sie ihr zu. Oder wie viele Abende sie auch immer dazu benötigten. Das erwähnte sie nicht. Eilig sah sie sich um, um sich zu vergewissern, dass die Leute in ihrer Nähe nicht nahe genug waren, um sie zu belauschen. Die Shaido, ob nun mit *Cadin'sor* oder ohne, bewegten sich entschlossen durch den fallenden Schnee und drängten einem ungesehenen Ziel entgegen. Die *Gai'schain* – die anderen *Gai'schain* – marschierten mit einer anderen Absicht. Gehorcht oder werdet bestraft. »So, wie man uns ignoriert«, fuhr Faile fort, »müsste es möglich sein, sich am Wegrand abzusetzen; vorausgesetzt, man macht es nicht direkt unter den Augen der Shaido. Sollte eine von euch eine Gelegenheit sehen, ergreift sie. Die Gewänder werden euch helfen, euch im Schnee zu verbergen, und sobald ihr ein Dorf gefunden habt, wird das Gold, das sie uns so großzügig gegeben haben, dafür sorgen, dass man euch zu meinem Mann zurückbringt. Er wird uns folgen.« Sie hoffte nur, dass er nicht zu schnell war. Oder ihnen zumindest nicht zu nahe kam. Die Shaido stellten ein Heer dar. Verglichen mit anderen sicherlich ein kleines Heer, aber es war größer als Perrins.

Alliandres Gesicht verhärtete sich vor Entschlossenheit. »Ich werde nicht ohne Euch gehen«, sagte sie leise. Leise, aber bestimmt. »Ich nehme meinen Treueschwur nicht leicht, meine Lady. Ich werde mit Euch zusammen entkommen oder gar nicht!«

»Sie spricht für uns beide«, sagte Maighdin. »Ich mag nur eine einfache Dienerin sein« – sie rang sich das Wort mit Verachtung ab –, »aber ich werde niemanden in der Gewalt dieser … dieser Banditen zurücklassen!« Ihr Tonfall war mehr als nur entschlossen, er duldete keine Widerrede. Wenn das hier überstanden war, würde Lini mit ihr ein langes Gespräch führen müssen, bevor sie wieder den ihr zustehenden Platz einnehmen konnte!

Faile wollte etwas erwidern – nein, sie wollte einen

Befehl geben; Alliandre war durch ihren Eid zum Gehorsam verpflichtet und Maighdin ihre Dienerin, ganz egal, wie verrückt die Gefangenschaft sie auch gemacht hatte! Sie würden ihre Befehle befolgen! Aber sie sprach die Worte nicht aus.

Dunkle Schatten schoben sich durch den Strom der Shaido, und der fallende Schnee setzte sich zu einer Gruppe von Aielfrauen zusammen, deren Gesichter von ihren Schals eingerahmt wurden. Therava führte sie an. Ein gemurmeltes Wort von ihr, und die anderen verlangsamten ihre Schritte, um hinter ihr zu bleiben, während sie sich Faile und ihren Gefährtinnen anschloss. Theravas glühender Blick ließ sogar Maighdin verzagen; nicht, dass sie sie lange ansah. In ihren Augen waren sie es nicht wert, überhaupt angesehen zu werden.

»Ihr denkt an Flucht«, sagte sie. Keine von ihnen machte Anstalten, darauf etwas zu erwidern. »Versucht nicht, es abzustreiten!«, fügte die Weise Frau mit verächtlicher Stimme hinzu.

»Wir wollen versuchen, so zu dienen, wie man es von uns erwartet, Weise Frau«, sagte Faile vorsichtig. Sie hielt den Kopf unter ihrer Kapuze gesenkt und achtete darauf, den Blick der größeren Frau zu meiden.

»Du kennst dich etwas in unseren Gebräuchen aus.« Therava klang überrascht, aber das war schnell wieder vergessen. »Gut. Aber wenn du wirklich glaubst, ich würde dir abnehmen, dass du demütig dienst, dann hältst du mich für eine Närrin. Ich kann erkennen, dass ihr für Feuchtländerinnen über reichlich Kampfgeist verfügt. Einige unternehmen niemals einen Fluchtversuch, aber nur die Toten schaffen es. Die Lebenden werden immer zurückgebracht. Immer.«

»Ich werde Eure Worte beachten, Weise Frau«, sagte Faile unterwürfig. Immer? Nun, irgendwann musste es ein erstes Mal geben. »Wir alle.«

»Oh, sehr gut«, murmelte Therava. »Jemanden, der so blind ist wie Sevanna, könntest du vielleicht überzeugen. Aber wisse Folgendes, *Gai'schain*. Feuchtländer sind nicht wie die anderen, die Weiß tragen. Statt nach einem Jahr und einem Tag Dienst entlassen zu werden, dient ihr, bis ihr zu alt und verbraucht seid, um arbeiten zu können. Ich bin eure einzige Hoffnung, diesem Schicksal zu entgehen.«

Faile stolperte im Schnee, und hätten Alliandre und Maighdin nicht ihre wild rudernden Arme ergriffen, wäre sie gestürzt. Therava befahl ihnen mit einer ungeduldigen Geste, nicht stehen zu bleiben. Faile verspürte Übelkeit. *Therava* würde ihnen zur Flucht verhelfen? Chiad und Bain hatten stets behauptet, dass die Aiel nichts vom Spiel der Häuser wüssten und die Feuchtländer verachteten, weil sie es spielten, aber Faile erkannte, auf welch unsicherem Terrain sie sich plötzlich bewegte. Ein Terrain, in dem sie versinken konnte, wenn sie einen falschen Schritt machte.

»Ich verstehe nicht, Weise Frau.« Sie wünschte, ihre Stimme hätte plötzlich nicht so heiser geklungen.

Aber vielleicht war es ja gerade diese Heiserkeit, die Therava überzeugte. Leute wie sie glaubten immer zuerst an Furcht als Antrieb, bevor sie andere Möglichkeiten in Betracht zogen. Auf jeden Fall lächelte sie. Es war kein herzliches Lächeln, nur das Verziehen schmaler Lippen, und das einzige Gefühl, das es zum Ausdruck brachte, war Zufriedenheit. »Ihr drei werdet aufpassen und zuhören, so lange ihr Sevanna dient. Jeden Tag wird eine Weise Frau euch befragen, und ihr werdet jedes Wort wiederholen, das Sevanna zu wem auch immer gesagt hat. Wenn sie im Schlaf spricht, werdet ihr wiederholen, was sie gemurmelt hat. Stellt mich zufrieden und ich sorge dafür, dass man euch zurücklässt.«

Faile wollte nichts damit zu tun haben, aber eine Weigerung kam nicht infrage. Wenn sie sich weigerte, würde keine von ihnen die Nacht überleben. Da war sie sich sicher. Therava würde kein Risiko eingehen. Möglicherweise würden sie nicht einmal bis zum Einbruch der Dunkelheit überleben; der Schnee würde drei weiß gekleidete Leichen schnell verbergen, und sie bezweifelte stark, dass irgendjemand in Sichtweite auch nur protestieren würde, wenn sich Therava dazu entschied, an Ort und Stelle ein paar Hälse durchzuschneiden. Davon abgesehen konzentrierte sich sowieso jeder nur darauf, sich durch den Schnee nach vorn zu bewegen. Möglicherweise würde es nicht mal einer mitbekommen.

»Wenn sie davon erfährt ...« Faile schluckte. Die Frau bat sie, einen trügerischen Klippenrand entlangzugehen. Nein, sie befahl es ihnen. Töteten Aiel Spione? Es war ihr niemals eingefallen, Chiad oder Bain danach zu fragen. »Werdet Ihr uns beschützen?«

Die Frau mit den harten Zügen ergriff Failes Kinn mit stählernen Fingern und zog sie in die Höhe, bis sie auf Zehenspitzen stand. Dann sah sie ihr in die Augen. Failes Mund wurde trocken. Dieser Blick verhieß Schmerzen. »Wenn sie davon erfährt, *Gai'schain*, werde ich euch persönlich kochen. Sorgt also dafür, dass sie es nicht bemerkt. Heute Abend werdet ihr in ihrem Zelt bedienen. Ihr und hundert andere, also werdet ihr nicht viele Pflichten haben, die euch von den wichtigen Dingen ablenken.«

Therava musterte sie einen Augenblick lang sorgfältig, dann nickte sie zufrieden. Sie sah drei weiche Feuchtländer, die zu schwach waren, um etwas anderes zu tun als zu gehorchen. Ohne ein weiteres Wort zu verlieren, ließ sie Faile los und wandte sich ab, und Augenblicke später waren sie und die anderen Weisen Frauen vom Schnee verschluckt worden.

Eine Zeit lang kämpften sich die drei Frauen schweigend voran. Faile sprach nicht mehr davon, dass eine von ihnen allein entkam, noch gab sie irgendwelche Befehle. Sie war davon überzeugt, dass sich die anderen wieder dagegen sträuben würden. Davon abgesehen, wenn sie sich jetzt fügten, würde es so aussehen, als hätte Therava es geschafft, dass sie es sich aus Angst vor ihr anders überlegt hatten. Faile kannte die anderen Frauen gut genug, um sicher zu sein, dass sie eher sterben würden als zuzugeben, dass die Frau ihnen Angst eingejagt hatte. Ihr machte Therava auf jeden Fall Angst. *Und ich würde eher meine Zunge verschlucken, bevor ich es laut zugeben würde*, dachte sie grimmig.

»Ich frage mich, was sie mit dem … Kochen gemeint hat«, brach Alliandre schließlich das Schweigen. »Ich habe mal gehört, dass die Weißmäntel Gefangene am Spieß über einem Feuer rösten.« Maighdin wiegte sich mit den Armen und erschauderte, und Alliandre löste eine Hand lange genug aus dem Ärmel, um ihr auf die Schulter zu klopfen. »Macht Euch keine Sorgen. Wenn Sevanna hundert Diener hat, kommen wir vermutlich gar nicht in Hörweite heran. Und selbst wenn wir etwas aufschnappen, können wir uns immer noch überlegen, was wir weitererzählen, damit es nicht zu uns zurückverfolgt werden kann.«

Maighdin lachte bitter unter ihrer weißen Kapuze. »Ihr glaubt, wir hätten wenigstens in kleinen Dingen Entscheidungsfreiheit. Das haben wir aber nicht. Ihr müsst lernen, was es bedeutet, keine Wahl zu haben. Diese Frau hat uns nicht ausgesucht, weil wir *Kampfesgeist* haben.« Sie spuckte das Wort beinahe aus. »Ich wette, Therava hat jedem von Sevannas Dienern diesen Vortrag gehalten. Wenn wir ein Wort vergessen, das wir hätten hören müssen, wird sie es erfahren, da könnt Ihr sicher sein.«

»Vielleicht habt Ihr Recht«, sagte Alliandre nach einem Augenblick des Nachdenkens. »Aber Ihr werdet nie wieder in diesem Tonfall mit mir sprechen,

Maighdin. Unsere Umstände sind schwierig, um es höflich auszudrücken, aber Ihr werdet *nicht* vergessen, wer ich bin.«

»Bis wir entkommen, seid Ihr Sevannas Dienerin«, erwiderte Maighdin. »Wenn Ihr Euch nicht jede Minute als Dienerin betrachtet, könnt Ihr genauso gut sofort auf diesen Spieß klettern. Und lasst noch etwas Platz für Faile und mich, weil sie uns dann ebenfalls dorthin befördern werden.«

Alliandres Kapuze verbarg ihr Gesicht, aber ihr Rücken versteifte sich mit jedem Wort mehr. Sie war intelligent und sie wusste, wie sie das, was sie zu tun hatte, erreichen konnte, aber sie hatte das Temperament einer Königin, wenn sie sich nicht zusammennahm.

Bevor sie explodieren konnte, ergriff Faile das Wort. »Bis es uns gelingt, hier wegzukommen, sind wir *alle* Dienerinnen«, sagte sie entschieden. Licht, das Letzte, was sie jetzt gebrauchen konnte, war ein Streit unter den beiden. »Aber Maighdin, Ihr werdet Euch entschuldigen. Sofort!« Ihre Dienerin murmelte mit abgewandtem Kopf etwas, das man als Entschuldigung durchgehen lassen konnte. Sie akzeptierte es. »Und was Euch angeht, Alliandre, ich erwarte von Euch, dass Ihr eine *gute* Dienerin seid.« Alliandre gab einen Laut von sich, den man als halben Protest interpretieren konnte, aber Faile ignorierte ihn. »Wenn wir überhaupt eine Gelegenheit zur Flucht erhalten wollen, müssen wir tun, was man uns sagt, hart arbeiten und so wenig Aufmerksamkeit wie nur möglich auf uns ziehen.« Als hätten sie nicht bereits alle Aufmerksamkeit der Welt erregt; zumindest hatte es den Anschein. »Und wir werden Therava über alles informieren, und sei es, wie oft Sevanna niest. Ich weiß nicht, was Sevanna tun wird, wenn sie es herausfindet, aber ich glaube, wir alle haben eine ziemlich genaue Vorstellung davon, was Therava tun wird, wenn wir ihren Unmut erregen.«

Das reichte, damit alle wieder schwiegen. Sie hatten eine ziemlich genaue Vorstellung, wozu Therava fähig war, und der Tod würde womöglich nicht einmal das schlimmste sein.

Stunden später hatte sich der Schneefall bis auf ein paar verirrte Flocken fast vollständig gelegt. Dunkle, wogende Wolken verbargen noch immer die Sonne, aber Faile entschied, dass es gegen Mittag war, weil man ihnen zu essen gab. Keiner blieb stehen, aber Hunderte von *Gai'schain* bahnten sich mit Körben und Ranzen voller Brot und Trockenfleisch und Lederbeuteln – die diesmal Wasser statt Tee enthielten, das kalt genug war, um ihre Zähne schmerzen zu lassen – Wege durch die Marschreihe. Seltsamerweise fühlte sich Faile nicht so hungrig, wie sie nach dem stundenlangen Marsch durch den Schnee eigentlich hätte sein müssen. Perrin war einmal Geheilt worden und ihn hatte danach zwei volle Tage der Heißhunger geplagt. Vielleicht lag es ja daran, dass ihre Verletzungen so viel unbedeutender gewesen waren. Ihr fiel auf, dass Alliandre und Maighdin kaum mehr als sie aßen.

Die Heilung ließ sie an Galina denken; alle sich stellenden Fragen ließen sich auf ein ungläubiges *Warum* zusammenstreichen. Warum sollte eine Aes Sedai – sie *musste* eine Aes Sedai sein – für Sevanna und Therava im Staub kriechen? Oder für sonst jemanden? Eine Aes Sedai würde ihnen bei der Flucht helfen können. Oder auch nicht. Sie könnte sie auch verraten, falls es ihren Zwecken diente. Aes Sedai taten, was sie für richtig hielten, und das musste man akzeptieren, es sei denn, man hieß Rand al'Thor. Aber er war *Ta'veren* und darüber hinaus der Wiedergeborene Drache; sie war eine Frau mit derzeit sehr beschränkten Möglichkeiten, der eine ziemlich ernste Gefahr im Nacken saß. Ganz zu schweigen von den Hälsen derjenigen, für die sie verantwortlich war. Jede Hilfe würde willkommen sein, von jedem. Der kalte Wind glitt an ihr ab, während sie intensiv über Galina nachdachte, und der Schnee fing wieder an zu fallen, diesmal nur stärker, bis sie keine zehn Schritte weit sehen konnte. Sie konnte sich nicht entscheiden, ob sie dieser Frau vertrauen konnte.

Plötzlich wurde sie sich bewusst, dass eine andere in Weiß gekleidete Frau, die fast vom Schneefall verborgen wurde, sie ansah. Allerdings reichte der Schnee nicht aus, um diesen breiten juwelengeschmückten Gürtel zu verdecken. Faile berührte ihre Gefährtinnen und nickte in Galinas Richtung.

Als Galina bemerkte, dass man sie gesehen hatte, kam sie zu ihnen herüber und stapfte zwischen Faile und Alliandre weiter. Sie ließ noch immer jede Anmut vermissen, aber sie schien mehr an den Marsch im Schnee gewöhnt zu sein als sie. Jetzt war ihr nichts mehr von der Katzbuckelei anzumerken. Die Züge ihres runden, im Schatten der Kapuze liegenden Gesichts waren hart, ihre Augen blickten scharf. Ständig drehte sie den Kopf und sah misstrauisch in alle Richtungen, um zu sehen, wer sich in der Nähe befand. Sie sah aus wie ein Hauskätzchen, das vorgab, ein Leopard zu sein. »Ihr wisst, wer ich bin?«, verlangte sie zu wissen. Ihre Stimme war jedoch so leise, dass man sie in zehn Schritten Entfernung nicht mehr hören konnte. »Was ich bin?«

»Ihr scheint eine Aes Sedai zu sein«, sagte Faile vorsichtig. »Andererseits habt Ihr hier für eine Aes Sedai eine seltsame Stellung.« Weder Alliandre noch Maighdin schienen auch nur im mindesten überrascht zu sein. Offensichtlich hatten sie den Großen Schlangenring gesehen, an dem Galina nervös mit dem Daumen herumspielte.

Die Wangen der Aes Sedai röteten sich und sie versuchte, es wie Wut aussehen zu lassen. »Was ich hier tue, ist für die Burg von größter Wichtigkeit, Kind«, sagte sie kalt. Ihr Gesichtsausdruck besagte, dass sie

Gründe hatte, die andere nicht einmal im Ansatz begreifen konnten. Ihre Blicke huschten umher, versuchten das Schneetreiben zu durchdringen. »Ich darf nicht versagen. Das ist alles, was ihr zu wissen braucht.«

»Wir müssen wissen, ob wir Euch vertrauen können«, sagte Alliandre beherrscht. »Ihr müsst in der Burg ausgebildet worden sein, sonst könnntet Ihr nicht Heilen, aber Frauen können sich den Ring verdienen, ohne die Stola zu erringen, und ich kann nicht glauben, dass Ihr eine Aes Sedai seid.« Anscheinend war Faile nicht die Einzige, welche die Frau vor Rätsel gestellt hatte.

Galinas volle Lippen verhärteten sich, und sie hielt Alliandre die Faust vors Gesicht, um ihr zu drohen oder den Ring zu zeigen. Oder beides. »Glaubt Ihr, sie würden Euch anders behandeln, weil Ihr eine Krone tragt? Weil Ihr eine getragen habt?« Jetzt gab es keinen Zweifel mehr an ihrer Wut. Sie vergaß, nach Lauschern Ausschau zu halten, und ihr Tonfall war ätzend. Speichel sprühte, als sie sich in ihre Tirade hineinsteigerte. »Ihr werdet Sevanna Wein bringen und ihr den Rücken waschen wie alle anderen auch. Ihre Diener sind alles Adlige oder reiche Kaufleute oder Männer und Frauen, die wissen, wie man Adlige bedient. Jeden Tag lässt sie fünf von ihnen auspeitschen, um den Rest zu motivieren, sodass sie ihr alle Informationen zutragen in der Hoffnung, ihre Gunst zu gewinnen. Beim ersten Fluchtversuch werden sie Eure Fußsohlen so lange mit Ruten schlagen, bis Ihr nicht mehr gehen könnt, und Euch danach so verdreht wie eine Schmiedearbeit an einem Wagen aufhängen, bis es wieder geht. Das zweite Mal wird schlimmer sein, und das dritte dann noch schlimmer. Es gibt da einen Burschen, der gehörte zu den Weißmänteln. Er hat neun Fluchtversuche unternommen. Ein harter Mann, aber als sie ihn das letzte Mal zurückholten, bettelte und schluchzte er, bevor sie überhaupt anfingen, ihn für die Bestrafung auszuziehen.«

Alliandre nahm die Ansprache nicht gut auf. Sie blies sich auf und schaute indigniert und Maighdin knurrte: »Haben sie das mit Euch gemacht? Ob Ihr nun eine Aes Sedai oder eine Aufgenommene seid, Ihr seid eine Schande für die Burg!«

»Halt den Mund, wenn Höhergestellte reden!«, fauchte Galina.

Licht, wenn das so weiterging, würden sie sich gleich alle anbrüllen. »Wenn Ihr uns bei der Flucht helfen wollt, dann sagt es«, wandte sich Faile an die in Seide gekleidete Aes Sedai. Sie bezweifelte nicht, dass die Frau eine war. Nur alles andere. »Wenn nicht, was wollt Ihr dann von uns?«

Vor ihnen tauchte ein Wagen aus dem Schnee auf, der dort, wo sich einer der Schlitten gelöst hatte, schräg stand. Angeleitet von einem Shaido mit den Armen und Schultern eines Schmieds brachten die *Gai'schain* einen Hebel in Stellung, um den Wagen so weit anzuheben, dass man den Schlitten wieder an Ort und Stelle festzurren konnte. Faile und die anderen gingen schweigend weiter.

»Alliandre, ist das wirklich Eure Lehnsherrin?«, wollte Galina wissen, sobald sie außer Hörweite der um den Wagen versammelten Männer waren. Ihr Gesicht war noch immer vor Wut gerötet, ihr Tonfall schneidend. »Wer ist sie, dass Ihr dieser Frau die Treue geschworen habt?«

»Ihr könnt mich fragen«, sagte Faile kalt. Man sollte die Aes Sedai mitsamt ihrer verfluchten Geheimniskrämerei zu Asche verbrennen! Manchmal glaubte sie, eine Aes Sedai würde einem nicht mal sagen, dass der Himmel blau war, solange sie keinen Vorteil darin sah. »Ich bin Lady Faile t'Aybara und *mehr* braucht Ihr nicht zu wissen. Wollt Ihr uns helfen?«

Galina stolperte, fiel auf ein Knie und sah so bohrend zu Faile auf, dass sie sich fragte, ob sie nicht einen Fehler gemacht hatte. Im nächsten Augenblick wusste sie, dass es so war.

Die Aes Sedai kam mit einem hässlichen Lächeln auf die Füße. Sie schien nicht länger wütend zu sein. Tatsächlich sah sie so zufrieden aus wie Therava, und was noch viel schlimmer war, fast auf die gleiche Weise. »T'Aybara«, wiederholte sie nachdenklich. »Ihr seid Saldaeanerin. Es gibt da einen jungen Mann. Perrin Aybara. Euer Mann? Ja, ich sehe, dass ich ins Schwarze getroffen habe. Das würde allerdings Alliandres Eid erklären. Sevanna hat großartige Pläne für einen Mann, der mit Eurem Mann in Verbindung steht. Rand al'Thor. Wenn sie wüsste, dass sie Euch in ihrer Gewalt hat … Oh, keine Sorge, von mir wird sie es nicht erfahren.« Ihr Blick wurde härter, und plötzlich erschien sie tatsächlich wie eine Leopardin. Eine hungrige Leopardin. »Nicht, wenn Ihr alle das tut, was ich Euch befehle. Ich werde Euch sogar helfen, hier wegzukommen.«

»Was wollt Ihr von uns?«, fragte Faile eindringlicher, als ihr zumute war. Licht, da war sie wütend auf Alliandre gewesen, weil sie durch die Nennung ihres Namens Aufmerksamkeit auf sie gezogen hatte, und jetzt hatte sie das Gleiche getan. Oder Schlimmeres. *Und ich glaubte, ich würde mich verbergen, indem ich den Namen meines Vaters nicht benutzte,* dachte sie erbost.

»Nichts zu Schwieriges«, erwiderte Galina. »Ihr habt Therava bemerkt? Natürlich habt ihr das. Jeder bemerkt Therava. Sie bewahrt etwas in ihrem Zelt auf, einen glatten weißen Stab, der etwa eine Elle lang ist. Er befindet sich in einer roten Truhe mit Messingreifen, die nie verschlossen ist. Bringt ihn mir, und ich nehme euch alle mit, wenn ich gehe.«

»Das scheint keine große Sache zu sein«, sagte Alliandre voller Zweifel. »Aber warum holt Ihr ihn dann nicht selbst?«

»Weil ich euch dazu habe!« Galina wurde sich bewusst, dass sie schrie, und sie zuckte zusammen; ihre Kapuze rutschte hin und her, als sie in der vom Schnee eingehüllten Marschreihe nach Lauschern suchte. Keiner schien auch nur in ihre Richtung zu blicken, aber ihre Stimme senkte sich zu einem wilden Zischen. »Tut ihr es nicht, lasse ich euch hier, bis ihr grau und faltig seid. Und Sevanna wird von Perrin Aybara erfahren.«

»Das wird vielleicht dauern«, sagte Faile verzweifelt. »Wir werden uns nicht einfach in Theravas Zelt schleichen können, nur weil uns danach ist.« Licht, das Letzte, was sie auf der Welt wollte, war auch nur in die Nähe von Theravas Zelt zu gehen. Aber Galina hatte gesagt, dass sie ihnen helfen würde. Sie mochte ja unausstehlich sein, aber Aes Sedai konnten nicht lügen.

»Ihr habt alle Zeit, die ihr braucht«, erwiderte Galina. »Den Rest Eures Lebens, Lady Faile t'Aybara, wenn Ihr Euch nicht vorseht. Enttäuscht mich nicht.« Sie schenkte Faile einen letzten, bohrenden Blick und wandte sich ab, um sich in eine andere Richtung durch den Schnee zu kämpfen. Dabei hielt sie die Arme so, als wollte sie ihren mit Schmuck verzierten Gürtel mit den breiten Ärmeln verdecken.

Faile marschierte schweigend weiter. Auch ihre Gefährtinnen hatten nichts zu sagen. Es schien nichts zu geben, worüber man sprechen sollte. Gedankenverloren hielt Alliandre die Hände in den Ärmeln vergraben, während sie geradeaus starrte, als könnte sie etwas jenseits des Schneesturms sehen. Maighdin hielt wieder ihren goldenen Kragen fest umklammert. Sie waren in drei Fallen gefangen, nicht nur in einer, und jede davon konnte sie töten. Plötzlich erschien eine Rettung sehr verlockend. Doch irgendwie hatte Faile vor, einen Weg aus diesen Fallen zu finden. Sie nahm die Hand von ihrem Kragen, kämpfte sich weiter durch den fallenden Schnee und schmiedete Pläne.

KAPITEL 5

Banner

Er jagte über die schneebedeckten Ebenen, die Nase im Wind, auf der Jagd nach einem Geruch, nach diesem ganz speziellen Geruch. Der fallende Schnee schmolz nicht länger auf seinem ausgekühlten Fell, aber die Kälte konnte ihn nicht aufhalten. Die Ballen seiner Pfoten waren taub, doch seine brennenden Beine arbeiteten wie wild und trugen ihn immer schneller vorwärts, bis das Land vor seinen Augen verschwamm. Er musste sie finden.

Plötzlich landete ein großer grauer Wolf mit zerfledderten Ohren und den in vielen Kämpfen davongetragenen Narben direkt aus dem Himmel neben ihm, um die Sonne zu jagen. Ein ebenfalls großer grauer Wolf, der allerdings nicht so groß wie er war. Seine Zähne würden die Kehlen derjenigen durchbeißen, die sie geraubt hatten. Seine Kiefer würden ihre Knochen zermalmen!

Dein Weibchen *ist nicht hier, übersandte ihm Springer, aber du bist viel zu intensiv hier, und du hast deinen Körper schon viel zu lange verlassen. Du musst zurück, Junger Bulle, oder du wirst sterben.*

Ich muss sie finden. Sogar seine Gedanken schienen zu keuchen. Wenn er an sich dachte, dann nicht als Perrin Aybara. Er war Junger Bulle. Einst hatte er hier den Falken gefunden und das konnte er wieder schaffen. Er musste sie finden. Neben diesem Verlangen war der Tod bedeutungslos.

Es blitzte Grau auf, als sich der andere Wolf gegen ihn warf, und obwohl Junger Bulle der größere von ihnen war, war er auch müde, und er stürzte schwer. Er kämpfte sich im

Schnee auf die Füße, knurrte und warf sich auf Springers Kehle. Nichts *war wichtig außer dem Falken.*

Der narbige Wolf flog wie ein Vogel in die Luft und Junger Bulle stürzte erneut. Springer landete hinter ihm im Schnee.

Hör zu, Welpe! ermahnte ihn Springer energisch. Dein Verstand ist vor Furcht ganz verdreht! Sie ist nicht hier, und wenn du noch länger bleibst, wirst du sterben. Finde sie in der Welt der Wachenden. Du kannst sie nur dort finden. Geh zurück und finde sie!

Perrin riss die Augen auf. Er war todmüde, und sein Leib fühlte sich hohl an, aber verglichen mit der Leere in seiner Brust war der Hunger bloß ein Schatten. Er war ganz leer, fühlte sich sogar sich selbst entfremdet, als wäre er eine andere Person, die zusah, wie Perrin Aybara litt. Über ihm wogte ein mit blauen und goldenen Streifen verziertes Zeltdach im Wind. Das Zeltinnere war von Zwielicht erfüllt und voller Schatten, aber Sonnenlicht verlieh der hellen Plane einen goldenen Schimmer. Und der gestrige Tag war genauso wenig ein Albtraum gewesen wie Springer. Beim Licht, er hatte Springer töten wollen. Im Wolfstraum war der Tod ... endgültig. Die Luft war warm, aber er zitterte. Er lag auf einer weichen Matratze, in einem großen Bett mit wuchtigen Eckpfosten, die mit vergoldeten Schnitzereien übersät waren. Durch den Geruch der in den Kohlenpfannen brennenden Holzkohle hindurch konnte er ein moschusartiges Parfüm wahrnehmen. Und die Frau, die es benutzte. Sonst war niemand da.

Ohne den Kopf vom Kissen zu heben sagte er: »Haben sie sie gefunden, Berelain?« Sein Kopf fühlte sich zu schwer an, um ihn zu heben.

Einer der Faltstühle quietschte leicht, als sie sich bewegte. Er war oft mit Faile hier gewesen, um Pläne zu besprechen. Das Zelt war groß genug für eine Familie, und Berelains aufwendige Möblierung hätte selbst in jeden Palast gepasst; alles war mit aufwendigem

Schnitzwerk versehen und vergoldet. Allerdings wurden Möbel, Tische und Stühle und sogar das Bett von Holzpflöcken zusammengehalten. Man konnte alles auseinander nehmen und auf einem Wagen verstauen, aber solche Pflöcke sorgten nicht gerade für besondere Stabilität.

Unter dem Parfüm roch Berelain nach Überraschung, da er von ihrer Anwesenheit wusste, doch ihre Stimme klang beherrscht. »Nein. Eure Späher sind noch nicht zurückgekehrt, und meine ... Als sie bei Einbruch der Dunkelheit noch nicht zurück waren, habe ich eine volle Kompanie ausgeschickt. Sie fanden meine Männer tot. Sie sind in einen Hinterhalt geraten, wurden getötet, bevor sie mehr als fünf oder sechs Meilen zurücklegen konnten. Ich habe Lord Gallenne befohlen, die Wachen um das Lager zu verstärken. Arganda hat ebenfalls eine starke berittene Wache aufgestellt, aber er hat auch Patrouillen ausgeschickt. Gegen meinen Rat. Der Mann ist ein Narr. Er glaubt, niemand außer ihm kann Alliandre finden. Ich bin mir nicht einmal sicher, ob er überhaupt glaubt, dass es die anderen tatsächlich versuchen. Vor allem nicht die Aiel.«

Perrin ergriff die weichen Wolldecken, die ihn zudeckten, und zerknüllte sie in den Fäusten. Gaul würde sich nicht überraschen lassen, oder Jondyn, nicht mal von einem Aiel. Sie waren noch immer auf der Jagd. Das bedeutete, dass Faile am Leben war. Hätten sie ihre Leiche gefunden, wären sie schon längst wieder zurück. Er musste das glauben. Er hob eine der blauen Decken an. Darunter war er nackt. »Gibt es hierfür eine Erklärung?«

Ihre Stimme veränderte sich nicht, aber in ihrem Geruch kam Vorsicht zum Vorschein. »Ihr und Euer Soldat wärt erfroren, hätte ich Euch nicht gesucht, nachdem Nurelle mir die Nachricht über meine Späher brachte. Keiner hatte den Mut, Euch zu stören; anscheinend habt

Ihr jeden, der es versuchte, wie einen Wolf angeknurrt. Als ich Euch fand, wart Ihr so durchgefroren, dass Ihr kein Wort mehr verstehen konntet, und der andere Mann stand kurz davor, auf das Gesicht zu fallen. Eure Dienerin Lini hat sich um ihn gekümmert – er brauchte nur eine heiße Suppe und Decken –, aber ich ließ Euch herbringen. Ohne Annoura hättet Ihr vermutlich mindestens ein paar Zehen verloren. Sie … Selbst nachdem sie Euch Heilte, hatte sie Angst, Ihr könntet sterben. Ihr habt geschlafen wie ein Mann, der bereits tot ist. Sie sagte, Ihr würdet Euch anfühlen wie jemand, der seine Seele verloren hat, ganz kalt, egal mit wie vielen Decken man Euch zudeckte. Ich habe es ebenfalls gespürt, als ich Euch berührte.«

Eine zu ausführliche Erklärung, und doch nicht ausreichend. Wut flammte auf, eine distanzierte Wut, aber er unterdrückte sie. Faile war immer eifersüchtig gewesen, wenn er gegenüber Berelain die Stimme erhob. Die Frau würde es nicht schaffen, dass er sie anschrie. »Grady oder Neald hätten tun können, was auch immer nötig war«, sagte er tonlos. »Sogar Seonid und Masuri waren näher.«

»Ich dachte zuerst an meine eigene Beraterin. Die anderen kamen mir erst in den Sinn, als ich beinahe hier war. Spielt es überhaupt eine Rolle, wer das Heilen besorgt hat?«

So plausibel. Und wenn er die Frage stellen würde, warum die Erste von Mayene höchstpersönlich in einem halbdunklen Zelt über ihn wachte statt ihre Dienerin oder einer ihrer Soldaten oder seinetwegen auch Annoura, würde sie die nächste plausible Antwort parat haben. Er wollte sie nicht hören.

»Wo ist meine Kleidung?«, fragte er und stützte sich auf die Ellbogen. Seine Stimme ließ noch immer jeden Ausdruck vermissen.

Eine Kerze auf einem kleinen Tisch neben Berelains

Stuhl stellte die einzige Lichtquelle des Zeltes dar, aber obwohl sich seine Augen vor Müdigkeit wie mit Sand gefüllt anfühlten, reichte sie für ihn aus. Berelain war durchaus dezent gekleidet; das dunkelgrüne Reitgewand wies einen hohen Kragen auf, der in einer dichten Spitzenkrause endete, die sich an ihr Kinn schmiegte. Wenn sich Berelain in Zurückhaltung übte, war das so, als würde man einem Berglöwen ein Schafsfell überstreifen. Ihr Gesicht lag zur Hälfte im Schatten, war wunderschön und nicht im mindesten vertrauenswürdig. Sie würde sich an ihre Versprechen halten, aber wie eine Aes Sedai aus ihren eigenen Gründen, und die Dinge, für die sie keine Versprechen abgab, konnten der Dolchstoß sein, der einen in den Rücken traf.

»Auf der Truhe«, sagte sie und gestikulierte mit einer Hand, die fast völlig von blasser Spitze verborgen wurde. »Ich habe sie von Rosene und Nana säubern lassen, aber Ihr habt Ruhe und Essen nötiger gebraucht als Kleidung. Und bevor wir etwas essen und die Lage besprechen, will ich, dass Ihr eines wisst. Keiner wünscht sich mehr als ich, dass Faile noch am Leben ist.« Ihr Ausdruck war so offen und ehrlich, dass er ihr hätte glauben können, wäre sie eine andere gewesen. Sie roch sogar nach Ehrlichkeit!

»Ich brauche jetzt meine Sachen.« Er wälzte sich herum, um sich auf der Bettkante mit um die Beine gewickelten Decken aufzusetzen. Die Kleider, die er getragen hatte, lagen fein säuberlich zusammengefaltet auf einer von Eisenbändern zusammengehaltenen Reisetruhe, die fast bis zur Unkenntlichkeit mit Schnitzereien und vergoldeten Verzierungen versehen war. Sein pelzverbrämter Umhang war über das eine Ende der Truhe drapiert, und seine Axt lehnte neben seinen Stiefeln auf den mit einem hellen Blumenmuster versehenen Teppichen, die den Fußboden bedeckten. Licht, er war müde. Er vermochte nicht zu sagen, wie lange er im

Wolfstraum gewesen war, aber wach war wach, soweit es den Körper betraf. Sein Magen knurrte laut. »Und was zu essen.«

Berelain gab einen erzürnten Laut von sich, stand auf und glättete die Röcke. Ihr hoch erhobenes Kinn drückte ihr Missfallen aus. »Annoura wird nicht erfreut mit Euch sein, wenn sie von ihrer Besprechung mit den Weisen Frauen zurückkehrt«, sagte sie entschieden. »Ihr könnt die Aes Sedai nicht einfach ignorieren. Ihr seid nicht Rand al'Thor, was sie Euch auch früher oder später beweisen werden.«

Aber sie trat aus dem Zelt und ließ eine Woge kalte Luft herein. In ihrer Verärgerung machte sie sich nicht einmal die Mühe, einen Umhang mitzunehmen. Als der Eingang kurz aufklaffte, sah er, dass es noch immer schneite. Nicht so heftig wie in der vergangenen Nacht, aber die weißen Flocken schwebten gleichmäßig herab. Jetzt würde selbst Jondyn Schwierigkeiten haben, Spuren zu finden. Er versuchte, nicht darüber nachzudenken.

Vier Kohlenpfannen wärmten die Luft im Zelt, aber sobald er die Teppiche berührte, kroch die Kälte in seine Füße, und er eilte zu seinen Kleidungsstücken. Eigentlich wankte er zu ihnen, auch wenn er keineswegs herumtrödelte. Er war so müde, dass er sich auf den Teppich hätte legen und weiterschlafen können. Darüber hinaus fühlte er sich so schwach wie ein neugeborenes Lamm. Vielleicht hatte auch der Wolfstraum etwas damit zu tun – wo er doch seinen Körper verlassen und sich so energisch darin hineinbegeben hatte –, aber vermutlich hatte das Heilen alles noch schlimmer gemacht. Da er seit dem gestrigen Frühstück nichts mehr gegessen und die Nacht stehend im Schnee verbracht hatte, hatte er keine Reserven mehr, auf die er zurückgreifen konnte. Und jetzt zitterten seine Hände bei einer einfachen Aufgabe wie dem Überstreifen der Leibwäsche.

Jondyn würde sie finden. Oder Gaul. Und zwar lebend. Alles andere war egal. Er fühlte sich wie betäubt.

Er hatte nicht damit gerechnet, dass Berelain noch einmal selbst zurückkehrte, aber ein kalter Luftschwall, der ihr Parfüm mit sich trug, drang ins Zeltinnere, noch während er damit beschäftigt war, seine Hosen anzuziehen. Ihr Blick fühlte sich auf seinem Rücken wie streichelnde Finger an, aber er zwang sich dazu weiterzumachen, als sei er allein. Er würde ihr nicht die Befriedigung geben, zusehen zu können, wie er sich beeilte, nur weil sie ihn beobachtete. Er würdigte sie keines Blickes.

»Rosene bringt warmes Essen«, sagte sie. »Ich fürchte, wir haben nur Hammeleintopf, aber ich habe ihr gesagt, sie soll genug für drei Männer auftischen.« Sie zögerte und er hörte, wie sich ihre Schuhe auf dem Teppich bewegten. Sie seufzte leise. »Perrin, ich weiß, dass Ihr leidet. Es gibt Dinge, die Ihr sagen möchtet, die Ihr aber keinem anderen Mann sagen könnt. Ich habe nicht gesehen, dass Ihr Euch an Linis Schulter ausweint, also biete ich Euch meine an. Wir könnten einen Waffenstillstand schließen, bis Faile gefunden ist.«

»Einen Waffenstillstand?« Er beugte sich vorsichtig herab, um einen Stiefel anzuziehen. Vorsichtig, damit er nicht umkippte. Dicke Wollsocken und Ledersohlen würden seine Füße bald wieder erwärmt haben. »Wozu brauchen wir einen Waffenstillstand?« Sie schwieg, während er den anderen Stiefel anzog und die Stulpen oberhalb der Knie umschlug, und ergriff erst wieder das Wort, als er die Schnüre seines Hemds zugezogen und es sich in den Hosenbund gestopft hatte.

»Also gut, Perrin. Wenn Ihr es so haben wollt.« Was auch immer das bedeuten sollte, sie klang sehr entschlossen. Plötzlich fragte er sich, ob ihn seine Nase im Stich gelassen hatte. Ihrem Geruch zufolge war sie beleidigt, war das zu glauben? Andererseits schimmerte in diesen großen Augen ein Funken Wut. »Seit kurz vor Tagesanbruch treffen die Männer des Propheten ein«, sagte sie mit scharfer Stimme. »Soweit ich weiß, ist er selbst noch nicht hier. Bevor Ihr ihm das nächste Mal gegenübertretet …«

»Sie treffen ein?«, unterbrach er sie. »Masema hat zugestimmt, nur eine Ehrenwache mitzubringen, einhundert Mann.«

»Wozu auch immer er sich bereit erklärt hat, als ich das letzte Mal nachgesehen habe, waren es drei- oder viertausend Mann – ein Heer von Raufbolden, anscheinend jeder Mann aus der näheren und ferneren Umgebung, der einen Speer tragen kann –, und mehr strömen aus jeder Richtung herbei.«

Eilig zog er den Mantel über, schnallte den Gürtel darüber zu und richtete das Gewicht seiner Axt an seiner Hüfte. Es fühlte sich immer schwerer an, als es sollte. »Das werden wir ja sehen! Ich werde sein mörderisches Ungeziefer doch nicht als unnötigen Ballast mitschleppen!«

»Verglichen mit dem Mann selbst ist sein *Ungeziefer* lediglich ein Ärgernis. Die Gefahr liegt bei Masema.« Ihre Stimme war kühl und beherrscht, aber in ihrem Geruch bebte energisch kontrollierte Furcht – wie immer, wenn sie von Masema sprach. »In diesem Punkt haben die Schwestern und die Weisen Frauen Recht. Braucht Ihr dafür mehr Beweise als das, was Ihr mit eigenen Augen gesehen habt? Nun denn, er hat sich mit den Seanchanern getroffen.«

Diese Nachricht traf Perrin wie ein Hammer, vor allem nach Balwers Neuigkeiten über die Kämpfe in Altara. »Woher wisst Ihr das?«, fragte er barsch. »Von Euren Diebefängern?« Sie hatte da ein Pärchen, das sie aus Mayene hatte kommen lassen, und sie schickte sie in jedem Dorf und jeder Stadt los, um so viel in Erfahrung zu bringen, wie sie konnten. Beide entdeckten kaum die Hälfte von dem, was Balwer immer mitbrachte. Nicht, dass sie ihn über ihre Erkenntnisse jemals unterrichtet hätte.

Berelain schüttelte bedauernd den Kopf. »Failes … Gefolgsleute. Drei von ihnen stießen kurz vor dem Angriff der Aiel zu uns. Sie hatten mit Männern gesprochen, die eine gewaltige Flugkreatur landen sahen.« Sie zitterte etwas zu offensichtlich, aber ihrem Geruch nach zu urteilen war es eine ehrliche Reaktion. Das war keine Überraschung; er hatte einst einige der Bestien mit eigenen Augen gesehen und ein Trolloc konnte nicht mehr wie ein Schattengezücht aussehen. »Eine Kreatur, die einen Passagier trug. Sie verfolgten ihren Flug bis nach Abila, bis zu Masema. Ich glaube nicht, dass es das erste Treffen war. Für mich klang es, als wäre das eine alltägliche Sache.«

Plötzlich verzogen sich ihre Lippen zu einem leicht spöttischen, flirtenden Lächeln. Diesmal passte ihr Geruch zu ihrer Miene. »Es war nicht sehr nett von Euch, mich glauben zu machen, dass Euer kleiner vertrockneter Sekretär mehr herausfindet als meine Diebefänger, da doch zwei Dutzend Eurer Augen-und-Ohren sich als Failes Untertanen maskieren. Ich muss zugeben, Ihr habt mich reingelegt. Es gibt in Euch immer neue Überraschungen zu entdecken. Warum seht Ihr so verblüfft aus? Habt Ihr nach all dem, was wir gesehen und gehört haben, allen Ernstes geglaubt, Ihr könntet Masema vertrauen?«

Perrins bohrender Blick hatte wenig mit Masema zu tun. Diese Neuigkeit konnte viel oder auch gar nichts bedeuten. Vielleicht glaubte der Mann ja, er könnte auch die Seanchaner zum Lord Drachen bringen. Verrückt genug dazu war er ja. Aber … Faile hatte diese Narren *spionieren* lassen? Sie hatten sich in Abila eingeschlichen? Und das Licht allein wusste, wo sonst noch. Natürlich hatte sie immer behauptet, dass Spionieren die Arbeit der Ehefrau war, aber den Palastklatsch zu sammeln war eine Sache; das hier war etwas ganz anderes. Zumindest hätte sie es ihm sagen können. Oder hatte sie Stillschweigen bewahrt, weil ihre Untertanen nicht die Einzigen waren, die an Orten herumschnüffelten, wo sie nichts zu suchen hatten? Das sähe ihr ähnlich. Faile hatte wirklich das Temperament eines Falken. Vielleicht machte es ihr sogar Spaß, selbst zu spionieren. Nein, er würde nicht wütend auf sie werden, bestimmt nicht zu diesem Zeitpunkt. Licht, sie *würde* es für einen Spaß halten.

»Ihr könnt diskret sein, das weiß ich zu schätzen«, murmelte Berelain. »Ich hätte nicht für möglich gehalten, dass es Teil Eurer Natur ist, aber Diskretion kann eine feine Sache sein. Vor allem jetzt. Meine Männer wurden nicht von Aiel getötet, es sei denn, Aiel würden neuerdings mit Armbrüsten und Äxten kämpfen.«

Sein Kopf ruckte hoch und er starrte sie trotz aller Vorsätze an. »Das erwähnt Ihr so ganz nebenbei? Gibt es sonst noch etwas, das Ihr vergessen habt, mir zu sagen, irgendetwas, das Euch entfallen ist?«

»Wie könnt Ihr das fragen?« Beinahe hätte sie gelacht. »Ich müsste mich nackt ausziehen, um noch mehr zu enthüllen, als ich bereits getan habe.« Sie breitete die Arme weit aus und wand sich wie eine Schlange, als wollte sie es demonstrieren.

Perrin knurrte angewidert. Faile wurde vermisst, allein das Licht wusste, ob sie noch lebte – *Licht, lass sie lebendig sein!* –, und Berelain wählte *diesen* Augenblick, um sich schlimmer zur Schau zu stellen als je zuvor? Aber sie war nun einmal, wer sie war. Er sollte dankbar dafür sein, dass sie sich sittsam benommen hatte, bis er fertig mit Anziehen war.

Sie betrachtete ihn nachdenklich und zeichnete mit der Fingerspitze ihre Unterlippe nach. »All dem zum Trotz, was Ihr vielleicht gehört habt, Ihr werdet erst der dritte Mann sein, der mein Bett teilt.« Ihr Blick war … verschleiert … und doch hätte sie genauso gut sagen können, dass er der dritte Mann war, mit dem sie heute gesprochen hatte. Ihr Geruch …. Ihm fiel nur ein Vergleich ein: ein Wolf, der einen Hirsch betrachtete, der sich im Unterholz verfangen hatte. »Bei den anderen beiden ging es um Politik. Ihr werdet ein Vergnügen sein. In mehrerlei Hinsicht als einer«, endete sie mit einem überraschend scharfen Tonfall.

Genau in diesem Augenblick kam Rosene in eine Wolke aus eiskalter Luft gehüllt in das Zelt gestolpert. Sie hatte den blauen Umhang zurückgeworfen und trug ein ovales, mit einem weißen Leinentuch bedecktes Silbertablett. Perrin schloss den Mund und betete darum, dass sie nichts von dem Gesagten mitbekommen hatte. Die lächelnde Berelain schien das nicht zu kümmern. Die stämmige Dienerin stellte das Tablett auf dem größten Tisch ab, lüpfte den mit blauen und goldenen Streifen versehenen Rock und machte einen tiefen Hofknicks vor Berelain und einen weniger tiefen vor ihm. Der Blick ihrer dunklen Augen verweilte einen Moment lang auf ihm, und sie lächelte genauso zufrieden wie ihre Herrin, bevor sie den Umhang zusammenraffte und nach einer kurzen Geste Berelains wieder hinauseilte. Sie hatte also gelauscht. Von dem Tablett wehte der Duft von Hammeleintopf und Gewürzwein. Perrins Magen knurrte erneut, aber er wäre nicht hier geblieben, um zu essen, selbst wenn er ein gebrochenes Bein gehabt hätte.

Er warf sich den Umhang über die Schultern und stapfte hinaus in den leichten Schneefall, wobei er sich die schweren Handschuhe überzog. Dichte Wolken verbargen die Sonne, aber dem Licht nach zu urteilen war der Tag schon mehrere Stunden alt. Man hatte Pfade in den Schnee gegraben, doch die weißen Flocken, die vom Himmel fielen, sammelten sich auf den kahlen

Ästen und versahen das Grün mit neuen Mänteln. Dieser Sturm war noch lange nicht vorbei. Licht, wie konnte diese Frau nur *so* mit ihm sprechen? Warum sollte sie so sprechen, warum gerade jetzt?

»Vergesst nicht«, rief ihm Berelain hinterher und machte keinerlei Anstalten, ihre Stimme zu dämpfen, »Diskretion.« Er zuckte leicht zusammen und beschleunigte seine Schritte.

Wenige Schritte von dem großen gestreiften Zelt entfernt wurde ihm bewusst, dass er vergessen hatte, nach dem Aufenthaltsort von Masemas Männern zu fragen. Überall um ihn herum wärmten sich die Beflügelten Wachen mit voller Rüstung und Umhängen versehen an den Lagerfeuern auf, ganz in der Nähe ihrer angeleinten, fertig gesattelten Pferde. Ihre Lanzen standen griffbereit zu mit stählernen Spitzen versehenen Kegeln aneinander gelehnt, an denen rote Wimpel im Wind flatterten. Trotz der Bäume hätte man durch jede Reihe Lagerfeuer eine schnurgerade Linie ziehen können; sie hatten auch noch alle die gleiche Größe, soweit das menschenmöglich war. Die Ausrüstungswagen, die sie sich nach der Ankunft im Süden besorgt hatten, waren alle beladen, die Pferde angeschirrt, und sie standen ebenfalls in schnurgeraden Reihen.

Die Bäume verbargen den Hügelkamm nicht vollständig. Dort oben standen noch immer Männer von den Zwei Flüssen auf Wache, aber die Zelte waren abgebaut, und er konnte beladene Packpferde ausmachen. Er glaubte auch einen schwarzen Mantel zu sehen; einer der Asha'man, auch wenn er nicht erkennen konnte, welcher es war. Zwischen den Ghealdanern standen Gruppen von Männern, die zum Hügel hinaufstarrten, doch erschienen sie genauso bereit wie die Mayener. Die beiden Lager wiesen sogar den gleichen Grundriss auf. Aber nirgendwo gab es Anzeichen, dass sich Tausende von Männern versammelten, gab es einen breiten

Trampelpfad im Schnee, dem man folgen konnte. Was das anging, es gab überhaupt keine Fußspuren zwischen den drei Lagern. Wenn Annoura bei den Weisen Frauen war, dann hielt sie sich schon seit geraumer Zeit auf dem Hügel auf. Worüber unterhielten sie sich? Vielleicht wie sie Masema umbringen konnten, ohne dass er Wind davon bekam. Er schaute zurück zu Berelains Zelt, aber bei dem Gedanken, dorthin zurückzukehren, stellten sich seine Nackenhaare auf.

Nicht weit entfernt stand ein weiteres gestreiftes Zelt, das noch nicht abgebaut war; es gehörte Berelains beiden Dienerinnen. Trotz des stetigen Schneefalls saßen Rosene und Nana in ihren Umhängen und mit hochgeschlagenen Kapuzen auf Faltstühlen davor und wärmten ihre Hände an einem kleinen Feuer. Sie ähnelten sich wie ein Ei dem anderen; keine von ihnen war hübsch, aber sie hatten Gesellschaft, was vermutlich auch der Grund war, warum sie sich nicht drinnen um eine Kohlenpfanne drängten. Zweifellos bestand Berelain bei ihren Dienerinnen auf mehr Sittsamkeit, als sie selbst zustande brachte. Normalerweise schienen Berelains Diebefänger kaum mehr als drei zusammenhängende Worte zu sagen, zumindest soweit es Perrin betraf, aber sie waren recht munter und lachten zusammen mit Rosene und Nana. Das Paar war schlicht gekleidet und so unauffällig, dass man ihnen selbst dann keinen zweiten Blick geschenkt hätte, wenn man auf der Straße mit ihnen zusammengestoßen wäre. Perrin war sich noch immer nicht sicher, wer von den beiden Santes und wer Gendar war. Ein kleiner Topf an der einen Seite des Feuers roch nach Hammelfleisch; er versuchte ihn zu ignorieren, aber sein Magen knurrte trotzdem.

Das Gespräch verstummte, als er näher kam, und bevor er das Feuer erreichte, schauten Santes und Gendar mit ausdruckslosem Gesicht von ihm hinüber zu

Berelains Zelt, dann zogen sie ihre Umhänge zu und eilten fort, wobei sie seinen Blick mieden. Rosene und Nana sahen von Perrin zu dem Zelt und kicherten hinter vorgehaltenen Händen. Perrin wusste nicht, ob er erröten oder brüllen sollte.

»Wisst ihr zufällig, wo sich die Männer des Propheten sammeln?«, fragte er. Bei ihren hochgezogenen Brauen und dem Grinsen fiel es ihm schwer, seine Stimme unbeteiligt zu halten. »Eure Herrin hat vergessen, es mir genau zu sagen.« Die beiden tauschten Blicke aus, bei denen die Kapuzen im Weg waren, und kicherten wieder hinter vorgehaltenen Händen. Er fragte sich, ob sie zurückgeblieben waren, bezweifelte aber, dass Berelain solch alberne Gänse lange um sich herum dulden würde.

Nach weiterem ausgiebigem Gekichere, das von schnellen Blicken auf ihn, zueinander und zu Berelains Zelt hinüber unterbrochen wurde, bequemte sich Nana zu der Auskunft, dass sie es zwar nicht genau wisse, sie vermutete aber, es befände sich in dieser Richtung, wobei sie nach Südwesten deutete. Rosene war fest davon überzeugt, dass ihre Herrin gesagt hatte, es sei mehr als zwei Meilen entfernt. Oder vielleicht auch drei. Sie kicherten noch immer, als er ging. Vielleicht waren sie ja tatsächlich zurückgeblieben.

Müde stapfte er um den Hügel herum und dachte darüber nach, was er nun zu tun hatte. Der tiefe Schnee, durch den er nach Verlassen des Lagers der Mayener gehen musste, verbesserte seine schlechte Laune auch nicht gerade. Genauso wenig wie die Entscheidungen, zu denen er kam. Sie wurde erst besser, als er das Lager seiner Leute erreichte.

Alles war so, wie er es angeordnet hatte. In Umhänge gehüllte Cairhiener saßen auf beladenen Wagen mit den Zügeln um die Handgelenke gewickelt oder unter die Oberschenkel geklemmt, während andere kleine Gestalten die Reihen der Ersatzpferde abschritten und die Tiere beruhigten. Die Männer von den Zwei Flüssen, die sich nicht oben auf dem Hügel befanden, kauerten an Dutzenden Lagerfeuern zwischen den Bäumen; sie waren für den Ritt gekleidet und hielten die Zügel ihrer Pferde. Im Gegensatz zu den Soldaten in den anderen Lagern ließen sie jede Ordnung vermissen, aber sie hatten gegen Trollocs und Aiel gekämpft. Jeder der Männer hatte den Bogen auf den Rücken geschnallt und trug an der Hüfte einen vollen Köcher, dessen Gewicht manchmal von einem Schwert oder einem Kurzschwert ausbalanciert wurde. Überraschenderweise saß Grady an einem der Feuer. Für gewöhnlich hielten sich die Asha'man von den anderen Männern fern, was umgekehrt genauso galt. Keiner sagte ein Wort, alle konzentrierten sich darauf, warm zu bleiben. Die mürrischen Gesichter verrieten Perrin, dass weder Jondyn oder Gaul oder Elyas noch sonst jemand zurückgekehrt war. Noch bestand die Chance, dass man sie zurückbrachte. Oder zumindest den Ort fand, an dem sie gefangen gehalten wurden. Einen Augenblick lang schien es, als wären das die letzten erfreulichen Gedanken, die er an diesem Tag haben würde. Der Rote Adler von Manetheren und sein eigenes Wolfskopfbanner hingen im fallenden Schnee schlaff an zwei Standarten herunter, die an einem Wagen lehnten.

Er hatte diese Flaggen auf die gleiche Weise bei Masema benutzen wollen, wie er nach Süden gezogen war – er wollte sich in aller Öffentlichkeit verbergen. Wenn ein Mann verrückt genug war, um den Versuch zu unternehmen, Manetherens uralte Pracht wieder auferstehen zu lassen, ließen es alle dabei bewenden und suchten nicht nach einem tieferliegenden Grund, warum er mit einem kleinen Heer durch das Land zog. Und so lange er nicht verweilte, waren sie viel zu froh darüber, den Verrückten weiterreisen zu sehen, als dass sie den Versuch unternahmen, ihn aufzuhalten. Es gab bereits genug Probleme im Land, ohne sich noch mehr aufzuladen. Sollte jemand anders kämpfen und bluten und Männer verlieren, die man bei der kommenden Frühlingsaussaat brauchen würde. Manetherens Grenzen hatten fast bis zum heutigen Murandy gereicht, und mit etwas Glück hätte er in Andor sein können, wo Rand mit fester Hand seinen Einfluss ausübte, bevor er die Täuschung aufgeben musste. Das hatte sich jetzt geändert und er kannte den Preis für Änderungen. Es war ein sehr hoher Preis. Er war bereit, ihn zu zahlen, nur würde er es nicht sein, der ihn bezahlte. Aber er würde deswegen Albträume haben.

KAPITEL 6

Der Gestank des Wahnsinns

Perrin suchte im fallenden Schnee nach Dannil, entdeckte ihn an einem der Lagerfeuer und schob sich an den Pferden vorbei. Die anderen Männer wichen weit genug zurück, um ihm Platz zu machen. Da sie nicht wussten, ob sie ihm ihr Mitgefühl zum Ausdruck bringen sollten, schauten sie ihn kaum an und wandten ruckartig die Blicke ab, wenn sie es taten und verbargen die Gesichter in ihren Kapuzen. »Weißt du, wo Masemas Leute sind?«, fragte er und musste dann ein Gähnen hinter der Faust verbergen. Sein Körper verlangte nach Schlaf, aber dafür war jetzt keine Zeit.

»Etwa drei Meilen nach Süden und Westen«, erwiderte Dannil in mürrischem Tonfall und zupfte gereizt an seinem Schnurrbart. Also hatten die albernen Gänse doch Recht gehabt. »Eilen herbei wie im Herbst die Enten in den Wasserwald und der Haufen sieht aus, als würden sie ihren eigenen Müttern die Haut abziehen.« Lem al'Dai mit dem Pferdegesicht spuckte angewidert durch die Zahnlücke aus, die er vor langer Zeit bei der Prügelei mit dem Leibwächter eines Wollhändlers davongetragen hatte. Lem kämpfte gern mit den Fäusten; er sah aus, als würde er gern mit einem von Masemas Anhängern Streit anfangen.

»Das würden sie auch, wenn Masema es ihnen befiehlt«, sagte Perrin leise. »Du solltest lieber dafür sorgen, dass das keiner vergisst. Ihr alle habt gehört, wie Berelains Männer gestorben sind?« Dannil nickte ruck-

artig, einige der anderen scharrten mit den Stiefeln und murmelten wütend vor sich hin. »Nur damit ihr Bescheid wisst. Es gibt keinen Beweis. Noch nicht.« Lem schnaubte verächtlich und die übrigen sahen so freudlos wie Dannil aus. Sie hatten die Leichen gesehen, die Masemas Anhänger zurückgelassen hatten.

Der Schnee fiel nun dichter; üppige Flocken sprenkelten die Umhänge der Männer. In wenigen Stunden würde wieder ein heftiger Schneesturm toben, wenn nicht schon früher. Kein Wetter, um die Wärme des Feuers zu verlassen. Kein Wetter, um zu reisen.

»Holt alle vom Hügel runter und bewegt euch auf den Ort des Hinterhalts zu«, befahl er. Das war eine der Entscheidungen, die er auf dem Rückweg getroffen hatte. Er hatte bereits zu lange gezögert, ganz egal, was dort draußen lauerte. Die abtrünnigen Aiel hatten bereits einen viel zu großen Vorsprung, und wären sie in eine andere Richtung als nach Süden oder Osten gereist, hätte ihm in der Zwischenzeit jemand darüber Bericht erstattet. Mittlerweile würden sie von ihm erwarten, dass er ihnen folgte. »Wir reiten, bis ich eine bessere Idee haben, wo es überhaupt hingehen soll, dann werden uns Grady und Neald durch ein Wegetor dorthin bringen. Schickt Männer zu Berelain und Arganda. Ich will, dass die Mayener und Ghealdaner ebenfalls aufbrechen. Man soll Späher aussenden und Männer, die die Flanken begleiten, und sagt ihnen, sie sollen nicht so verbissen nach den Aiel Ausschau halten, dass sie vergessen, dass es auch noch andere gibt, die uns möglicherweise umbringen wollen. Ich will in nichts hineinrennen, von dem ich vorher nichts gewusst habe. Und bittet die Weisen Frauen, in unserer Nähe zu bleiben.« Er traute es Arganda durchaus zu, trotz seiner Befehle zu versuchen, sie unter der Folter zu befragen. Wenn die Weisen Frauen zur Selbstverteidigung einige Ghealdaner töteten, würde der Kerl womöglich trotz des

Treueides die Gruppe verlassen und allein weiterreiten. Und Perrin hatte das Gefühl, dass er jeden Kämpfer brauchen würde, den er bekommen konnte. »Sei so energisch, wie du es wagst.«

Dannil nahm die Befehlsflut unbewegt zur Kenntnis, aber bei der letzten Anweisung verzog sich sein Gesicht zu einer wenig erfreuten Grimasse. Er wäre eher dem Frauenzirkel in der Heimat energisch gegenübergetreten. »Wie Ihr befehlt, Lord Perrin«, sagte er steif und führte die Faust an die Stirn, bevor er sich in seinen Sattel schwang und anfing, lautstark Befehle zu geben.

Von Männern umgeben, die zu ihren Pferden eilten, schnappte sich Perrin Kenly Maerins Ärmel, solange der junge Mann erst einen Fuß im Steigbügel hatte, und bat ihn, Traber satteln und bringen zu lassen. Kenly legte mit einem breiten Grinsen die Faust an die Stirn. »Wie Ihr befehlt, Lord Perrin!«

Perrin knurrte innerlich, während Kenly seinen braunen Wallach in Richtung der angeseilten Pferde hinter sich herführte. Der junge Welpe sollte sich keinen Bart wachsen lassen, wenn er sich dauernd dort kratzte. Davon abgesehen sah das Ding sowieso ziemlich kümmerlich aus.

Er ging näher an das lodernde Feuer heran. Faile hatte gesagt, er müsste mit dem ständigen Lord Perrin hier und da und den Verbeugungen und Kratzfüßen leben, und zumeist gelang es ihm auch, es zu ignorieren, aber heute war es nur ein weiterer Tropfen Galle. Er konnte die Kluft spüren, die sich zwischen ihm und den Männern aus der Heimat immer weiter auftat, und er schien der Einzige zu sein, der sie überbrücken wollte. Gill fand ihn, wie er vor sich hinmurmelte, während er die Hände über die Flammen hielt.

»Vergebt mir die Störung, mein Lord«, sagte Gill, verbeugte sich und riss sich für einen Augenblick den Schlapphut herunter, um den mit spärlichem Bewuchs versehenen Kopf zu entblößen. Der Hut wurde sofort wieder auf den Kopf gestülpt, um den Schnee abzuhalten. In der Stadt aufgewachsen litt Gill schlimm unter der Kälte. Der stämmige Mann war keinesfalls unterwürfig – das waren nur wenige Schankwirte aus Caemlyn –, aber er schien ein gewisses Maß an Förmlichkeit zu mögen. Auf jeden Fall hatte er sich gut genug in seine neue Stellung eingearbeitet, um Faile zufrieden zu stellen. »Es ist der junge Tallanvor. Er hat beim ersten Tageslicht sein Pferd gesattelt und ist aufgebrochen. Er sagte, Ihr hättet ihm dazu die Erlaubnis gegeben, falls … falls bis dahin die ersten Suchmannschaften nicht zurück seien, aber ich habe mir meine Gedanken gemacht, weil Ihr sonst keinen gehen lassen wolltet.«

Dieser Narr. Obwohl Tallanvor nie besonders viel über seine Herkunft enthüllt hatte, zeichnete ihn alles als erfahrenen Soldaten aus, aber allein gegen die Aiel war er der Hase, der die Wiesel jagte. *Licht, ich will mit ihm reiten! Ich hätte nicht auf Berelain hören sollen mit ihren Hinterhalten!* Aber es hatte einen weiteren Hinterhalt gegeben. Argandas Späher würden womöglich auf die gleiche Weise enden. Aber er musste aufbrechen. Er musste es einfach.

»Ja«, sagte er laut. »Ich habe es ihm erlaubt.« Falls er etwas anderes sagte, musste er später womöglich darauf zurückkommen. Lords mussten solche Dinge tun. Falls er den Mann jemals wieder lebendig sah. »Ihr klingt, als wolltet Ihr selbst auf die Jagd gehen.«

»Ich bin … ich bin Maighdin sehr verbunden, mein Lord«, erwiderte Gill. Stille Würde lag in seiner Stimme, aber auch eine gewisse Steifheit, so als hätte Perrin behauptet, er sei zu alt und fett für eine solche Aufgabe. Auf jeden Fall roch er nach Besorgnis, dornig und schneidig, obwohl sein von der Kälte gerötetes Gesicht unbewegt war. »Nicht wie Tallanvor, natürlich nicht, aber ich fühle mich ihr trotzdem verbunden. Der Lady

Faile natürlich auch«, fügte er hastig hinzu. »Es kommt mir nur so vor, als würde ich Maighdin schon mein ganzes Leben lang kennen. Sie verdient etwas Besseres.«

Perrins Seufzer verwandelte sich vor seinem Mund in Nebel. »Ich verstehe, Meister Gill.« Das tat er wirklich. Er wollte selbst jeden retten, aber er wusste, dass er, falls er eine Wahl zu treffen hatte, Faile wählen würde und nicht die anderen. Allein ihre Rettung zählte. Der Geruch nach Pferden lag schwer in der Luft, aber Perrin roch noch jemanden, der gereizt war, und schaute über die Schulter.

Lini stand inmitten des Gewühls und starrte ihn an; sie wich nur weit genug zur Seite, um nicht versehentlich von den Männern angerempelt zu werden, die sich beeilten, unregelmäßige Reihen zu bilden. Eine knochige Hand umklammerte den Saum ihres Umhangs, die andere hielt eine mit Messingnägeln beschlagene Keule, die beinahe so lang wie ihr Arm war. Es war ein Wunder, dass sie Tallanvor nicht begleitet hatte.

»Ihr erfahrt das Neueste, sobald ich es erfahren habe«, versprach er ihr. Ein Grollen in seinem Inneren erinnerte ihn eindringlich an den Eintopf, den er verschmäht hatte. Er vermochte das Hammelfleisch und die Linsen förmlich auf der Zunge zu schmecken. Ein weiteres Gähnen ließ seine Kiefer krachen. »Entschuldigt, Lini«, sagte er, als er wieder sprechen konnte. »Ich habe vergangene Nacht nicht viel Schlaf bekommen. Oder einen Bissen zu essen. Ist irgendetwas da? Ein Stück Brot oder was sonst greifbar ist?«

»Alle haben schon vor langer Zeit gegessen«, fauchte sie. »Die Reste sind weg, die Töpfe sauber gemacht und verpackt. Esst von zu vielen Tellern, und Ihr verdient die Bauchschmerzen, die Euch zerreißen. Vor allem, wenn es nicht Eure Teller sind.« Sie fuhr mit einem unverständlichen Murren fort und schenkte ihm noch ein düsteres Stirnrunzeln, bevor sie fortstapfte und der Welt böse Blicke zuwarf.

»Zu viele Teller?«, murmelte Perrin. »Ich habe nicht mal von einem gegessen, das ist mein Problem und nicht Bauchschmerzen.« Lini bahnte sich an Wagen und Pferden vorbei einen Weg quer durch das Lager. Drei oder vier Männer sprachen sie im Vorbeigehen an, und sie fauchte jeden an, drohte sogar mit der Keule, wenn sie den Wink nicht verstanden. Die Frau musste wegen Maighdin außer sich vor Sorge sein. »Oder war das eines ihrer Sprichwörter? Normalerweise ergeben die mehr Sinn.«

»Äh … was das angeht, nun …« Gill riss sich wieder den Hut herunter, schaute hinein und setzte ihn wieder auf. »Ich … äh, ich muss mich um die Wagen kümmern, mein Lord. Mich vergewissern, dass alles seine Ordnung hat.«

»Ein Blinder kann sehen, dass die Wagen fertig sind«, sagte Perrin. »Was ist los?«

Gill suchte verzweifelt nach einer anderen Ausrede. Als er keine fand, sank er förmlich in sich zusammen. »Ich … ich schätze, Ihr werdet es früher oder später ja doch hören«, murmelte er. »Wisst Ihr, mein Lord … Lini …« Er holte tief Luft. »Sie ist heute Morgen zum Lager der Mayener gegangen, noch vor Sonnenaufgang, um zu sehen, wie es Euch geht, und … äh … warum Ihr nicht zurückgekehrt seid. Das Zelt der Ersten war dunkel, aber eine der Dienerinnen war wach, und sie hat Lini gesagt … Sie hat angedeutet … Ich wollte sagen, sie hat … Seht mich nicht so an, mein Lord.«

Perrin verbannte das Knurren aus seinem Gesicht. Das heißt, er versuchte es. In seiner Stimme blieb es. »Verdammt noch mal, Mann, ich habe in diesem Zelt *geschlafen*. Das ist alles, was ich dort getan habe! Sagt ihr das!«

Ein Hustenkrampf schüttelte den stämmigen Mann.

»Ich?« Gill holte keuchend Luft, als er wieder dazu in der Lage war. »Ihr wollt, dass *ich* ihr das sage? Sie wird mir einen Scheitel ziehen, wenn ich so etwas auch nur erwähne! Ich glaube, diese Frau wurde in Far Madding während eines Sturms geboren. Vermutlich hat sie dem Donner befohlen, leise zu sein. Und er hat sicher gehorcht.«

»Ihr seid der *Shambayan*«, beharrte Perrin. »Da geht es doch nicht bloß darum, Wagen im Schnee zu beladen.« Er wollte jemanden beißen!

Gill schien das zu spüren. Er murmelte einen höflichen Gruß, machte eine unbeholfene Verbeugung und eilte mit eng um sich geschlungenem Umhang fort. Und nicht, um Lini zu suchen, da war sich Perrin sicher. Gill befahl über den Haushalt, soweit man ihn so bezeichnen wollte, aber nicht ihr. Niemals. Niemand außer Faile gab Lini Befehle.

Mürrisch sah er zu, wie die Späher durch das Schneegestöber ritten; zehn Mann musterten bereits die Bäume, bevor sie außer Sicht der Wagen waren. Licht, Frauen würden alles über einen Mann glauben, solange es nur etwas Schlechtes war. Und je schlimmer es war, umso mehr Gesprächsstoff hatten sie. Er hatte geglaubt, sich nur um Rosene und Nana Sorgen machen zu müssen. Vermutlich hatte es Lini sofort nach ihrer Rückkehr Breane erzählt, Failes anderer Dienerin, und mittlerweile dürfte sie es allen Frauen im Lager weitererzählt haben. Bei den Pferdeknechten und Kutschern gab es eine ganze Menge davon, und da Cairhiener nun mal Cairhiener waren, hatten sie es vermutlich eilig gehabt, den Männern alles brühwarm zu berichten.

In den Zwei Flüssen wurde ein solches Verhalten nicht mit Wohlwollen betrachtet. Hatte man sich erst einen derartigen Ruf erworben, war es nicht leicht, ihn wieder loszuwerden. Plötzlich erschien das Verhalten der Männer, ihm Platz zu machen und das Unbehagen, mit dem sie ihn angesehen hatten, in einem ganz neuen Licht. Nicht zu vergessen Lems Ausspucken. In der Erinnerung wurde Kenlys Lächeln zu einem anzüglichen Grinsen. Das helle und strahlende Feuer, das Faile war, würde es nicht glauben. Natürlich würde sie das nicht. Bestimmt nicht.

Kenly kam durch den Schnee gestolpert und zog Traber und seinen schlanken Wallach hinter sich her. Beide Pferde litten unter der Kälte, sie hatten die Ohren angelegt und die Schwänze eingezogen, und der mausgraue Hengst machte keinerlei Anstalten, Kenlys Tier zu beißen, was er sonst getan hätte.

»Lass gefälligst das Grinsen«, fauchte Perrin und riss Trabers Zügel an sich. Der Junge sah ihn fragend an, dann machte er sich davon, jedoch nicht ohne über die Schulter zu blicken.

Perrin fluchte leise und überprüfte das Zaumzeug des Hengstes. Es war Zeit, Masema zu finden, aber er saß nicht auf. Er versuchte sich davon zu überzeugen, dass es daran lag, dass er müde und hungrig war, dass er sich bloß eine Weile ausruhen und etwas in den Magen bekommen wollte, falls er etwas finden konnte. Er sagte sich das, aber vor seinem inneren Auge sah er wieder verbrannte Bauernhöfe und Leichen, die an den Bäumen am Straßenrand hingen, Männer, Frauen und sogar Kinder. Selbst wenn Rand noch immer in Altara sein sollte, war es ein langer Weg. Ein langer Weg, und er hatte keine andere Wahl. Keine, zu der er sich überwinden konnte.

Er stand da mit der Stirn gegen Trabers Sattel gelehnt, als eine Abordnung der jungen Narren, die sich um Faile geschart hatten, zu ihm trat, fast ein ganzes Dutzend von ihnen. Er richtete sich müde auf und wünschte sich, der Schnee würde sie unter sich begraben.

Selande pflanzte sich neben Traber auf. Die kleine

schlanke Frau stemmte die mit grünen Handschuhen bekleideten Hände in die Hüften und legte die Stirn in wütende Falten. Sie schaffte es, im Stehen den Eindruck zu erwecken, dass sie umherstolzierte. Trotz des fallenden Schnees war die eine Seite ihres Umhangs zurückgeworfen, um ihr freien Zugang zu ihrem Schwert zu gewähren, und enthüllte sechs helle Schlitze auf ihrem dunkelblauen Mantel. Alle diese Frauen trugen Männerkleidung und Schwerter, und für gewöhnlich waren sie doppelt so schnell bereit wie die Männer, sie zu benutzen, was eine Menge über sie aussagte. Sie alle – Männer und Frauen – reagierten äußerst empfindlich auf alle anderen und hätten jeden Tag Duelle ausgefochten, hätte Faile dem nicht ein Ende bereitet. Die Männer und Frauen, die Selande begleiteten, rochen alle wütend, mürrisch, trotzig und verdrossen, alles durcheinander; ein Geruch, der unbehaglich in seiner Nase juckte.

»Lord Perrin«, sagte Selande förmlich mit dem entschieden cairhienischen Akzent. »Es werden Vorbereitungen zum Aufbruch getroffen, aber man verweigert uns unsere Pferde. Werdet Ihr Abhilfe schaffen?« Sie ließ es wie eine Forderung klingen.

Sie hatte ihn gesehen, oder? Er wünschte sich, er würde sie nicht sehen. »Aiel gehen zu Fuß«, knurrte er und unterdrückte ein Gähnen; die wütenden Blicke, die ihm das einbrachte, ignorierte er. Er versuchte, nicht länger an Schlaf zu denken. »Wenn ihr nicht gehen wollt, dann fahrt auf den Wagen mit.«

»Das könnt Ihr nicht tun!«, verkündete eine der Frauen aus Tairen hochmütig, die eine Hand am Saum des Umhangs, die andere auf dem Schwertgriff. Medore war hoch gewachsen, mit hellblauen Augen in einem dunklen Gesicht, und auch wenn sie keine Schönheit war, fehlte doch nicht viel dazu. Bei ihrem vollen Busen sahen die dicken, mit roten Streifen versehenen Ärmel ihres Mantels seltsam aus. »Rotschwinge ist mein Lieblingspferd! Man wird sie mir nicht vorenthalten!«

»Das dritte Mal«, sagte Selande geheimnisvoll. »Wenn wir heute Abend lagern, werden wir über Euer *Toh* sprechen, Medore Damara.«

Angeblich war Medores Vater ein alternder Mann, der sich schon vor Jahren auf seine Landgüter zurückgezogen hatte, dennoch war Astoril noch immer der Hochlord. Zog man das in Betracht, stellte das seine Tochter weit über Selande, die in Cairhien nur eine niedere Adlige war. Doch Medore schluckte schwer, und ihre Augen weiteten sich, bis sie aussah, als würde sie damit rechnen, bei lebendigem Leib gehäutet zu werden.

Plötzlich konnte Perrin diese Narren und ihr Getue aus Aiel-Bräuchen und hochnäsigem adligem Gehabe nicht länger ertragen. »Wann habt ihr angefangen, für meine Frau zu spionieren?«, verlangte er zu wissen. Sie hätten nicht stärker erstarren können, wären ihre Rückgrate eingefroren.

»Wir erledigen derartige kleine Aufträge, wenn Lady Faile sie gelegentlich von uns erbittet«, sagte Selande nach einem langen Augenblick mit wohl überlegten Worten. Ihr Geruch verriet starke Vorsicht. Der ganze Haufen roch wie Füchse, die sich fragten, ob ein Maulwurf ihren Bau übernommen hatte.

»Ist meine Frau wirklich auf die Jagd gegangen, Selande?«, fragte er hitzig. »Das wäre das erste Mal gewesen.« Zorn wallte in ihm auf, die Ereignisse des Tages fachten die Flammen noch zusätzlich an. Er stieß Traber mit einer Hand zurück und trat einen Schritt näher auf die Frau zu, bis er sie überragte. Der Hengst warf den Kopf in die Höhe; er spürte seine Stimmung. Perrin fasste die Zügel so fest, dass die Faust in dem Kampfhandschuh schmerzte. »Oder ist sie ausgeritten, um einen von euch zu treffen, der gerade aus Abila kam? Ist sie wegen eurer verfluchten Herumschnüffelei entführt worden?«

Das ergab keinen Sinn, und das wusste er auch, sobald die Worte ausgesprochen waren. Faile hätte sich überall mit ihnen verabreden können. Und sie hätte niemals ein Treffen mit ihren Augen-und-Ohren – Licht, ihren *Spionen* – arrangiert, wenn Berelain in der Nähe war. Es war immer ein Fehler, zu reden, ohne vorher nachzudenken. Er hatte es ihrer Spionage zu verdanken, dass er über Masemas Verbindung mit den Seanchanern Bescheid wusste. Aber er wollte zuschlagen, er musste zuschlagen, und die Männer, die er in Grund und Boden stampfen wollte, waren meilenweit entfernt. Zusammen mit Faile.

Selande wich vor seiner Wut nicht zurück. Ihre Finger öffneten und schlossen sich um den Schwertgriff und da war sie nicht die Einzige. »Wir würden für Lady Faile sterben!«, brüllte sie. »Wir hätten sie niemals in Gefahr gebracht! Wir haben einen Wassereid auf sie geschworen!« Auf Faile und nicht auf dich, fügte ihr Tonfall hinzu.

Er hätte sich entschuldigen sollen. Das war ihm klar. Stattdessen sagte er: »Ihr könnt eure Pferde haben, wenn ihr mir euer Wort gebt, meinen Befehlen zu gehorchen und nicht versucht, irgendetwas Unüberlegtes zu tun.« Das Wort »unüberlegt« war zu schwach für diesen Haufen. Sie waren dazu fähig, allein loszustürmen, sobald sie erfuhren, wo sich Faile befand. Sie brachten es fertig, dass man Faile tötete. »Wenn wir sie finden, entscheide ich, wie sie gerettet wird. Wenn euer Wassereid etwas anderes sagt, macht einen Knoten hinein, sonst mache ich einen Knoten in euch.«

Ihr Stirnrunzeln wurde noch ausgeprägter und ihre Kiefermuskeln traten hervor, aber schließlich sagte Selande: »Ich bin einverstanden!«, als würde man diese Worte aus ihr herausquetschen. Einer der Tairener, ein

Bursche mit einer langen Nase namens Carlon, grunzte protestierend, aber Selande hob einen Finger, und er hielt den Mund. Bei seinem schmalen Kinn bedauerte er es vermutlich, sich den Bart abrasiert zu haben. Die kleine Frau hatte den Rest dieser Narren völlig in der Hand, was sie selbst zu keiner geringeren Närrin machte. Ein Wassereid, was kam wohl als Nächstes! Sie wandte den Blick nicht von Perrin. »Wir werden Euch gehorchen, bis Lady Faile zurück ist. Dann gehören wir aber wieder ihr. Und sie kann über unser *Toh* entscheiden.« Letzteres schien mehr für die anderen bestimmt zu sein als für ihn.

»Das reicht mir.« Perrin versuchte seinen Ton zu mildern, aber seine Stimme klang noch immer rau. »Ich weiß, dass ihr Faile die Treue haltet, ihr alle. Das respektiere ich.« Das war auch schon alles, was er an ihnen respektierte. Das war keine großartige Entschuldigung und genauso nahmen sie es auch auf. Selande grunzte, und das war die einzige Erwiderung, die er erhielt, das und die finsteren Blicke der anderen, als sie losstolzierten. Wenn es denn so sein sollte. Solange sie ihr Wort hielten. Von dem ganzen Haufen hatte noch keiner auch nur einen Tag mit ehrlicher Arbeit verbracht.

Das Lager leerte sich. Die Wagen hatten sich nach Süden in Bewegung gesetzt und rutschten auf ihren Schlitten hinter den Zugpferden her. Die Pferde hinterließen tiefe Spuren, aber die Schlitten machten nur oberflächliche Furchen, die der fallende Schnee sofort wieder aufzufüllen begann. Die letzten der auf dem Hügel postierten Männer stiegen in ihre Sättel und gesellten sich zu den anderen, die bereits neben den Wagen ritten. Auf der einen Seite ritt die Gruppe der Weisen Frauen vorbei; sogar die *Gai'schain,* welche die Packpferde führten, saßen im Sattel. Wie energisch sich Dannil auch immer aufzutreten getraut hatte – oder auch nicht, was eher wahrscheinlich war –, anscheinend hatte es gereicht. Verglichen mit der Anmut Seonids und Masuris sahen die Weisen Frauen auf den Pferderücken auffallend unbeholfen aus, wenn auch nicht ganz so schlimm wie die *Gai'schain*. Die weiß gekleideten Männer und Frauen waren seit dem dritten Tag des Schneefalls geritten, doch sie beugten sich tief über die hohen Sattelknäufe und klammerten sich an Pferdehälsen und Mähnen so fest, als erwarteten sie, beim nächsten Schritt herunterzufallen. Um sie überhaupt auf die Sättel zu bekommen, waren direkte Befehle der Weisen Frauen nötig gewesen, und einige von ihnen rutschten immer noch herunter und gingen zu Fuß, wenn sie sich unbeobachtet fühlten.

Perrin zog sich auf Traber. Er hatte so seine Zweifel, ob er nicht selbst runterfiel. Aber es war Zeit, diesen Ritt zu unternehmen, den er nicht machen wollte. Er hätte für ein Stück Brot getötet. Oder ein Stück Käse. Oder einen hübschen Hasenbraten.

»Aiel kommen!«, rief jemand von der Spitze der Marschkolonne und alles blieb stehen. Weitere Rufe ertönten und gaben die Neuigkeit weiter, als hätte sie noch nicht jeder bereits gehört, und Männer nahmen ihre Bögen vom Rücken. Kutscher stiegen auf ihre Sitze und schauten voraus oder sprangen zu Boden, um neben ihren Wagen in Deckung zu gehen. Perrin fluchte lautlos und trat Traber in die Flanken.

Vorn an der Spitze saßen Dannil und die beiden Männer mit den verfluchten Flaggen noch immer im Sattel, aber etwa dreißig Mann waren abgesessen, hatten die Schutzhüllen von den Bogen gezogen und Pfeile aufgelegt. Die Männer, die für die Abgesessenen die Zügel hielten, drängten sich zusammen, zeigten in die Ferne und versuchten, einen klaren Blick zu erhaschen. Grady und Neald waren ebenfalls da und schauten angestrengt nach vorn, saßen dabei aber ganz ruhig auf ihren Pferden. Alle anderen stanken nach Aufregung. Die Asha'man rochen bloß … bereit.

Perrin konnte bereits besser erkennen, worauf die anderen zwischen den Bäumen hindurch starrten. Zehn verschleierte Aiel liefen durch den fallenden Schnee auf sie zu, einer von ihnen führte ein weißes Pferd am Zügel. Ein Stück hinter ihnen ritten drei Männer mit Umhängen und hochgeschlagenen Kapuzen. Etwas an der Art und Weise, wie sich die Aiel bewegten, schien merkwürdig zu sein. Und auf dem Sattel des weißen Pferdes war ein Bündel festgeschnallt. Eine Faust ergriff Perrins Herz und drückte zu, bis er erkannte, dass es nicht groß genug war, um eine Leiche sein zu können.

»Nehmt die Bogen runter«, befahl er. »Das ist Alliandres Wallach. Es müssen unsere Leute sein. Seht ihr denn nicht, dass es sich bei den Aiel nur um Töchter handelt?« Nicht eine der Gestalten war groß genug, um ein Aielmann zu sein.

»Ich kann kaum erkennen, dass es überhaupt Aiel sind«, murmelte Dannil und warf ihm einen verstohlenen Blick zu. Sie alle nahmen es als gegeben hin, dass seine Augen gut waren, sie waren sogar stolz darauf – oder waren es zumindest früher gewesen –, aber er versuchte ihnen vorzuenthalten, wie gut sie tatsächlich waren. Aber in diesem Augenblick war ihm das egal.

»Es sind unsere«, sagte er zu Dannil. »Jeder bleibt an seinem Platz.«

Er ritt langsam los, den Rückkehrern entgegen. Die Töchter nahmen die Schleier ab, als er sich ihnen näherte. In einer der tiefen Kapuzen der Berittenen erkannte er Furen Alharras schwarzes Gesicht. Also handelte es sich um die drei Behüter; es war offensichtlich, dass sie gemeinsam zurückkehrten. Ihre Pferde sahen so mitgenommen aus, wie er sich fühlte, der Erschöpfung nahe. Er wollte Traber zum Galopp zwingen, wollte ihren Bericht hören. Er fürchtete ihn. Raben würden sich über die Toten hergemacht haben, und Füchse, und vielleicht Maulwürfe, und wer vermochte beim Licht schon zu sagen, was noch alles. Vielleicht glaubten sie, ihm Leid zu ersparen, wenn sie ihren Fund nicht mitbrachten. Nein! Faile musste am Leben sein. Er versuchte, sich auf diesen Gedanken zu konzentrieren, aber es tat weh, als würde er mit der bloßen Hand eine scharfe Klinge umklammern.

Er stieg vor ihnen vom Pferd, stolperte und musste sich am Sattel festhalten, um nicht zu stürzen. Rings um den Schmerz, den es ihn kostete, an diesem einen Gedanken festzuhalten, war alles wie betäubt. Sie musste am Leben sein! Aus irgendeinem Grund nahmen kleine Details große Ausmaße an. Auf dem aufwendig gearbeiteten Sattel war nicht ein großes Bündel festgeschnallt, sondern mehrere kleine, die wie zusammengesuchte Lumpen aussahen. Die Töchter trugen primitive Schneeschuhe, die sie aus Schlingpflanzen und biegsamen Kiefernästen gemacht hatten, an denen noch die Nadeln hingen. Das musste der Grund dafür sein, warum es so aussah, als würden sie sich merkwürdig bewegen. Vermutlich hatte Jondyn ihnen gezeigt, wie man sie herstellte. Er versuchte sich zu konzentrieren. Sein Herz pochte so stark, als wollte es aus seinem Brustkorb springen.

Sulin nahm Speere und den Rundschild in eine Hand und nahm eines der kleinen Kleiderbündel vom Sattel, bevor sie vor ihn hintrat. Die rosafarbene Narbe auf ihrer lederhäutigen Wange verzog sich, als sie lächelte. »Gute Neuigkeiten, Perrin Aybara«, sagte sie leise und reichte ihm den dunkelblauen Stoff. »Eure Frau lebt.« Alharra wechselte einen Blick mit Seonids anderem Behüter Teryl Wynter, der die Stirn runzelte. Rovair Kirklin, Masuris Mann, starrte mit steinerner Miene geradeaus. Es war so offensichtlich wie Wynters gekräuselter Schnurrbart, dass sie keineswegs davon überzeugt waren, dass es sich um gute Neuigkeiten handelte. »Die anderen sind weitergegangen, um zu sehen, was sie noch herausfinden können«, fuhr sie fort. »Obwohl wir bereits genug merkwürdige Dinge entdeckt haben.«

Perrin faltete das Bündel in seinen Händen auseinander. Es handelte sich um Failes Gewand, das an der Vorderseite und entlang der Ärmel aufgeschlitzt worden war. Er nahm einen tiefen Atemzug und sog Failes Duft in sich ein, den schwachen Hauch ihrer nach Blumen duftenden Seife, eine Spur ihres süßen Parfüms, aber vor allem den Duft, der sie als Ganzes ausmachte. Und kein Anzeichen von Blut. Die restlichen Töchter versammelten sich um ihn, in der Hauptsache ältere Frauen mit harten Gesichtern – wenn auch nicht so hart wie Sulins. Die Behüter stiegen ab; ihnen war nicht anzumerken, dass sie die ganze Nacht im Sattel gesessen hatten, aber sie blieben hinter den Töchtern stehen.

»Alle Männer wurden getötet«, sagte die drahtige Frau, »aber den gefundenen Kleidern nach zu urteilen hat man Alliandre Kigarin, Maighdin Dorlain, Lacile Aldorwin, Arrela Shiego und zwei andere zu *Gai'schain* gemacht.« Die anderen beiden mussten Bain und Chiad sein; man hätte sie beschämt, wenn man in einem Atemzug ihre Namen genannt und erwähnt hätte, dass sie nun Gefangene waren. Er hatte etwas über die Aiel gelernt. »Das verstößt gegen die Sitten, aber es beschützt sie.« Wynter runzelte zweifelnd die Stirn, dann versuchte er es zu verbergen, indem er seine Kapuze zurechtzupfte.

Die sauberen Schnitte hatten Ähnlichkeit mit denen, die man machte, wenn man ein Tier häutete. Plötzlich traf Perrin die Erkenntnis wie ein Blitz. Jemand hatte Faile die Kleider vom Leib geschnitten! Seine Stimme zitterte. »Sie haben nur die Frauen mitgenommen?«

Eine pausbäckige junge Tochter namens Briain schüttelte den Kopf. »Ich glaube, man wollte drei Männer auch zu *Gai'schain* machen, aber sie kämpften zu erbittert und wurden mit Speeren oder Messern getötet. Der Rest starb durch Pfeile.«

»Das ist so nicht richtig, Perrin Aybara«, beeilte sich Elienda zu sagen, sie klang schockiert. Sie war eine große Frau mit breiten Schultern, die es schaffte, beinahe mütterlich auszusehen, aber er hatte zugesehen, wie sie einen Mann mit der Faust niederschlug. »Einen *Gai'schain* zu verletzen ist so, als würde man ein Kind verletzen oder einen Schmied. Es war falsch, Feuchtländer gefangen zu nehmen, aber ich kann nicht glauben, dass sie die Traditionen so weit brechen werden. Ich bin sicher, man wird sie nicht einmal bestrafen, wenn sie unterwürfig genug sind, bis man sie zurückholt. Es gibt andere, die ihnen zeigen werden, wie man das macht.« Andere; damit waren wieder Bain und Chiad gemeint.

»In welche Richtung sind sie gezogen?«, fragte Perrin. Konnte Faile unterwürfig sein? Er konnte es sich nicht vorstellen. Aber sollte sie es ruhig versuchen, bis er sie gefunden hatte.

»Ziemlich genau nach Süden«, erwiderte Sulin. »Nachdem der Schnee ihre Spuren verbarg, entdeckte Jondyn Barran andere Spuren, denen die anderen folgen. Ich glaube ihm. Er sieht so viel wie Elyas Machera. Es gibt viel zu sehen.« Sie schob ihre Speere hinter den Bogenköcher auf ihrem Rücken und hängte den Rundschild an den Griff ihres schweren Gürtelmessers. Ihre Finger blitzten in der Fingersprache auf und Elienda löste ein zweites, größeres Bündel vom Sattel und gab es ihr. »Dort sind viele Menschen unterwegs, Perrin Aybara, und seltsame Dinge geschehen. Ich glaube, Ihr müsst Euch das hier zuerst ansehen.« Sulin entfaltete ein weiteres Gewand, es war grün. Er glaubte, es an Alliandre gesehen zu haben. »Die haben wir an der Stelle gefunden, an der Eure Frau geraubt wurde.« In dem

Stoff waren vierzig oder fünfzig Aiel-Pfeile eingewickelt. Die Schäfte wiesen dunkle Flecken auf und er roch getrocknetes Blut.

»Taardad«, sagte Sulin, wählte einen Pfeil und warf ihn sofort zu Boden. »Miagoma.« Sie warf zwei weitere zur Seite. »Goshien.« Bei der Erwähnung des Namens zog sie eine Grimasse; sie war eine Goshien. Sie machte weiter und nannte einen Clan nach dem anderen, mit Ausnahme der Shaido, bis ein halbes Dutzend Pfeile um sie herum verstreut lagen. Sie hielt das zerschnittene Gewand mit den übrigen Pfeilen mit beiden Händen hoch und warf es dann zu Boden. »Shaido«, sagte sie bedeutungsvoll.

Die ganze Zeit über hatte Perrin Failes Gewand an die Brust gedrückt gehalten – ihr Duft linderte den Schmerz in seinem Herzen und machte ihn zugleich schlimmer –, aber nun sah er die am Boden liegenden Pfeile stirnrunzelnd an. Einige waren bereits von frisch gefallenem Schnee bedeckt worden. »Zu viele Shaido«, sagte er schließlich. Sie hätten alle fünfhundert Meilen entfernt oben am Brudermörders Dolch eingeschlossen sein müssen. Aber wenn einige ihrer Weisen Frauen das Schnelle Reisen erlernt hatten ... Vielleicht auch einer der Verlorenen ... Licht, seine Gedanken rannten in alle Richtungen, als wäre er ein Narr – was sollten die Verlorenen denn damit zu tun haben? –, wo er doch klar denken musste. Sein Verstand war genauso müde wie sein Körper. »Die anderen sind Männer, die Rand nicht als den *Car'a'carn* akzeptieren wollen.« Vor seinem inneren Auge blitzten diese verfluchten Farben auf. Ihn interessierte nur Faile. »Sie haben sich den Shaido angeschlossen.« Einige der Töchter wandten den Blick ab. Elienda starrte ihn an. Sie wussten, dass einige genau das getan hatten, aber es gehörte zu den Dingen, die sie nicht gern laut ausgesprochen hörten. »Wie viele sind es, was schätzt Ihr? Doch wohl nicht der ganze Clan?« Falls die

Shaido in beträchtlicher Zahl hier waren, hätte es mehr als nur Gerüchte über gelegentliche Überfälle gegeben. Trotz all seiner anderen Sorgen würde ganz Amadicia Bescheid wissen.

»Jedenfalls genug, um Ärger zu machen«, murmelte Wynter leise. Perrin sollte es nicht hören.

Sulin griff zwischen die auf dem verzierten Sattel festgebundenen Bündel und zog eine mit einem *Cadin'sor* bekleidete Stoffpuppe hervor. »Wir wollten gerade umkehren, etwa vierzig Meilen von hier entfernt, da hat Elyas Machera das hier gefunden.« Sie schüttelte den Kopf und einen Augenblick lang nahmen sowohl ihre Stimme wie auch ihr Geruch einen überraschten Ausdruck an. »Er sagte, er hätte sie unter dem Schnee gerochen. Er und Jondyn Barran fanden Schrammen an den Bäumen, die ihrer Meinung nach von Lastkarren verursacht wurden. Sehr vielen Lastkarren. Wenn Kinder dabei sind … ich glaube, es könnte eine ganze Septime sein, Perrin Aybara. Vielleicht sogar mehr als nur eine. Selbst eine einzige Septime umfasst mindestens tausend Speere, wenn nötig sogar noch mehr. Außer dem Schmied wird jeder Mann zum Speer greifen. Sie sind im Süden, uns Tage voraus. Vielleicht sogar mehrere Tage, bei diesem Schnee ist das schwer zu sagen. Vermutlich werden die Entführer Eurer Frau sich ihnen anschließen.«

»Dieser Schmied hier hat einen Speer ergriffen«, murmelte Perrin. Eintausend. Vielleicht mehr. Wenn man die Beflügelten Wachen und Argandas Männer hinzuzählte, verfügte er über zweitausend. Da es um Aiel ging, waren bei diesem Kräfteverhältnis die Shaido im Vorteil. Er strich mit dem Finger über die Puppe in Sulins sehniger Hand. Ob wohl ein Shaido-Kind wegen des Verlusts seiner Puppe weinte? »Wir gehen nach Süden.«

Er wandte sich ab und wollte auf Traber aufsitzen, als

Sulin seinen Arm berührte und ihn davon abhielt. »Ich sagte Euch, dass wir auch andere Dinge sahen. Zweimal fand Elyas Machera unter dem Schnee Pferdemist und Lagerfeuer. Viele Pferde und viele Feuer.«

»Tausende«, warf Alharra ein. Seine schwarzen Augen erwiderten Perrins Blick vollkommen ruhig und seine Stimme klang ganz sachlich. »Fünf, vielleicht auch zehn oder mehr, genau kann man das nicht sagen. Aber Soldatenlager. Meiner Meinung nach waren es an beiden Stellen dieselben Soldaten. Machera und Barran sind ebenfalls dieser Ansicht. Wer auch immer das ist, sie sind ebenfalls nach Süden unterwegs. Vielleicht haben sie nichts mit den Aiel zu tun, aber sie könnten ihnen folgen.«

Sulin bedachte den Behüter mit einem ungeduldigen Stirnrunzeln und fuhr sogleich fort, als hätte sie seine Unterbrechung nicht zur Kenntnis genommen. »Dreimal sahen wir fliegende Kreaturen, wie sie Euren Worten zufolge die Seanchaner benutzen, gewaltige Wesen mit Flügeln und Menschen, die auf ihren Rücken ritten. Und zweimal entdeckten wir Spuren wie diese hier.« Sie bückte sich, nahm einen der Pfeile und malte eine runde Form in den Schnee, der an eine große Bärentatze erinnerte, jedoch sechs Zehen aufwies, die länger als die Finger eines Mannes waren. »Manchmal zeigte es Krallen«, sagte sie und zeichnete sie ein. Sie waren länger als selbst die eines großen Bären in den Verschleierten Bergen. »Es hat einen langen Schritt. Ich glaube, es kann sehr schnell rennen. Wisst Ihr, was das ist?«

Das tat er nicht – abgesehen von den Raubkatzen bei den Zwei Flüssen hatte er noch nie von einer Kreatur mit sechs Zehen gehört; er war überrascht gewesen, als er erfuhr, dass die Katzen anderenorts nur fünf hatten –, aber er konnte es sich denken. »Ein anderes Tier aus Seanchan.« Also waren außer den Shaido auch Seanchaner nach Süden unterwegs und offenbar Weißmäntel. Oder ein seanchanisches Heer. Es konnte niemand anders sein. Er vertraute Balwers Informationen. »Wir gehen trotzdem nach Süden.« Die Töchter starrten ihn an, als hätte er verkündet, es würde schneien.

Er zog sich auf Trabers Sattel und ritt zum Tross zurück. Die Behüter gingen zu Fuß und führten ihre erschöpften Pferde. Die Töchter nahmen Alliandres Wallach mit, als sie im Dauerlauf zu der Stelle liefen, an der sich die Weisen Frauen versammelt hatten. Masuri und Seonid ritten herbei, um ihre Behüter zu empfangen. Er fragte sich, warum keine von ihnen gekommen war, um ihre Nase in die Sache zu stecken. Vielleicht war es ganz einfach und sie hatten ihn allein lassen wollen, falls sich die Neuigkeiten als schlecht erwiesen. Vielleicht. Er versuchte alles in seinem Verstand zusammenzusetzen. Die Shaido, wie viele es auch sein mochten. Die Seanchaner. Das berittene Heer, ob es nun Weißmäntel oder Seanchaner waren. Es war wie eines der Puzzlespiele, deren Herstellung Meister Luhan ihm beigebracht hatte, komplizierte Geflechte aus Metall, die man mühelos auseinander und wieder zusammenschieben konnte, wenn man nur wusste wie. Aber sein Kopf fühlte sich wie benebelt an, er griff nach Stücken, die nirgendwo zusammenpassten.

Die Männer von den Zwei Flüssen saßen wieder in ihren Sätteln, als er eintraf. Diejenigen von ihnen, die abgestiegen und ihre Bögen schussbereit gemacht hatten, sahen etwas beschämt aus. Sie alle betrachteten ihn unbehaglich und zögerlich.

»Sie lebt«, sagte er, und es war, als würde jeder von ihnen wieder anfangen zu atmen. Sie nahmen die restlichen Neuigkeiten mit einer seltsamen Teilnahmslosigkeit auf, manche nickten sogar, als hätten sie nichts anderes erwartet.

»Wäre nicht das erste Mal, dass wir einer Übermacht

gegenübertreten«, bemerkte Dannil. »Was sollen wir tun, mein Lord?«

Perrin zog eine Grimasse. Der Mann war noch immer so steif wie eine Eiche. »Für den Anfang reisen wir vierzig Meilen nach Süden. Danach werde ich weitersehen. Neald, Ihr geht voraus und findet Elyas und die anderen. Sagt ihnen, was ich vorhabe. Bis Ihr sie erreicht habt, werden sie ein ganzes Stück weiter sein. Und passt auf Euch auf. Ihr könnt nicht gegen zehn oder ein Dutzend Weise Frauen kämpfen.« Eine ganze Septime würde mindestens so viele Frauen haben, die die Macht lenken konnten. Und wenn es mehr als nur eine war? Diesen Sumpf würde er überqueren, wenn er davor stand.

Neald nickte, bevor er seinen Wallach in Richtung Lager zurücklenkte, dessen Gelände er bereits seiner Erinnerung anvertraut hatte. Nun mussten nur noch ein paar Befehle gegeben werden. Reiter mussten ausgeschickt werden, um die Mayener und Ghealdaner zu finden, die so reisten, wie sie lagerten – voneinander getrennt. Grady glaubte, sich das Gelände vor Ort einprägen zu können, also brauchten nicht alle wieder umkehren und Neald folgen. Und damit blieb nur noch eines zu erledigen.

»Dannil, ich muss Masema finden«, sagte Perrin. »Oder zumindest jemanden, der ihm eine Botschaft überbringt. Ich werde nicht lange fort sein.«

»Wenn Ihr Euch allein unter diesen Abschaum begebt, mein Lord, werdet Ihr Glück brauchen«, erwiderte Dannil. »Ich habe gehört, wie sich einige von ihnen über Euch unterhalten haben. Sie sagten, Ihr seid Schattengezücht, wegen Eurer Augen.« Sein Blick begegnete dem aus Perrins goldenen Augen und schaute wieder weg. »Sie sagten, der Wiedergeborene Drache hätte Euch gezähmt, aber Ihr wäret noch immer Schattengezücht. Ihr solltet ein paar Dutzend Männer mitnehmen, die Euch den Rücken freihalten.«

Perrin zögerte, tätschelte Trabers Hals. Ein paar Dutzend Männer würden nicht ausreichen, falls Masemas Leute ihn tatsächlich für Schattengezücht hielten und entschieden, die Sache selbst in die Hand zu nehmen. Alle Männer von den Zwei Flüssen würden möglicherweise nicht ausreichen. Vielleicht musste er Masema gar nicht Bescheid geben; sollte er es doch allein herausfinden.

Da ertönte von den Bäumen im Westen das Trillern einer Blaumeise, das nur er mit seinem scharfen Gehör wahrnehmen konnte, dem im nächsten Augenblick ein zweites folgte, das jeder hören konnte, und die Entscheidung war ihm abgenommen worden. Davon war er überzeugt, und er fragte sich, ob das damit zu tun hatte, dass er *Ta'veren* war. Er lenkte Traber herum und wartete.

Die Männer von den Zwei Flüssen, die diesen besonderen Vogelruf aus ihrer Heimat vernahmen, wussten, was das zu bedeuten hatte. Männer kamen, mehr als eine Hand voll, und sie hegten nicht unbedingt friedliche Absichten. Bei Freunden hätte ein Fink getrillert, und wären sie eindeutig feindlich gesinnt, wäre der Alarmruf des Spottvogels erklungen. Diesmal verhielten sie sich geschickter. Soweit es Perrin sehen konnte, stieg entlang der Westseite der Kolonne jeder zweite Mann ab und gab dem daneben befindlichen Reiter die Zügel, bevor er den Bogen bereitmachte.

Die Fremden, die hinter den vereinzelt stehenden Bäumen hervorkamen, formierten sich zu einer Reihe, um den Eindruck zu verstärken, es würde sich bei ihnen um viele handeln. Es waren etwa zweihundert, und zwei Männer ritten ihnen voraus, aber ihr langsamer Vorstoß erschien unheilvoll. Die Hälfte von ihnen hatte Lanzen; sie trugen sie zwar nicht gesenkt, aber doch so, als wären sie bereit, sie sofort unter den Arm zu klemmen. Sie kamen gemächlich heran. Ein paar von ihnen trugen einen Brustpanzer oder einen Helm, selten beides. Doch sie waren besser bewaffnet als die Masse von Masemas Anhängern. Einer der Männer, die vorausritten, war Masema persönlich, sein Fanatikergesicht starrte aus der Kapuze seines Umhangs wie ein tollwütiger Berglöwe aus seiner Höhle. Wie viele dieser Lanzen hatten am gestrigen Morgen wohl noch rote Wimpel getragen?

Masema gebot seinen Männern mit erhobener Hand erst in dem Augenblick Einhalt, als er nur noch wenige Schritte von Perrin entfernt war. Er schob die Kapuze zurück und ließ den Blick über die abgesessenen Männer mit ihren Bogen schweifen. Den Schnee, der auf seinem kahlen Schädel landete, schien er nicht wahrzunehmen. Sein Begleiter, ein größerer Mann mit einem auf den Rücken geschnallten Schwert und einem zweiten, das am Sattelknauf hing, ließ die Kapuze oben, aber Perrin hatte den Eindruck, dass auch sein Kopf kahl geschoren war. Der Mann schaffte es, die Kolonne und Masema mit derselben Intensität zu betrachten. Seine dunklen Augen loderten beinahe so stark wie Masemas. Perrin spielte mit dem Gedanken, ihnen zu sagen, dass ein Langbogen von den Zwei Flüssen auf diese Entfernung einen Pfeil direkt durch einen Brustpanzer und aus dem Rücken des Trägers wieder hinaus schicken würde. Er dachte darüber nach, die Seanchaner zu erwähnen. Diskretion, hatte Berelain ihm geraten. Vielleicht war das unter diesen Umständen sogar eine kluge Sache.

»Ihr wart auf dem Weg zu mir?«, sagte Masema abrupt. Sogar die Stimme des Mannes brodelte vor Intensität. Nichts aus seinem Mund war jemals bedeutungslos. Alles, was er zu sagen hatte, war wichtig. Die blasse dreieckige Narbe auf seiner Wange ließ sein plötzliches Lächeln verzerrt erscheinen. Aber darin hatte sowieso keine Wärme gelegen. »Egal. Ich bin jetzt hier. Wie Ihr mittlerweile zweifellos wisst, weigern sich jene, die dem Lord Drachen folgen – möge das Licht seinen Namen erleuchten! –, zurückgelassen zu werden. Ich kann es nicht von ihnen verlangen. Sie dienen ihm genauso, wie ich es tue.«

Perrin sah eine Feuersbrunst, die aus Amadicia nach Altara und vielleicht sogar noch weiter hinübersprang und Tod und Verderben mit sich brachte. Er holte tief Luft und sog die Kälte in seine Lungen. Faile war wichtiger als alles andere. Alles! Wenn er dafür zu Asche verbrennen sollte, dann sollte es eben so sein. »Führt Eure Männer nach Osten.« Er war erstaunt, wie beherrscht seine Stimme klang. »Ich werde Euch einholen, sobald ich kann. Meine Frau wurde von Aiel entführt, und ich reise nach Süden, um sie zurückzuholen.« Zum ersten Mal sah er einen überraschten Masema.

»Aiel? Also ist das mehr als ein Gerücht?« Er betrachtete die Weisen Frauen, die sich auf der anderen Seite der Kolonne befanden, mit einem Stirnrunzeln. »Nach Süden, sagt Ihr?« Er faltete die behandschuhten Hände auf dem Sattelknauf und wandte seine ungeteilte Aufmerksamkeit Perrin zu. Der Mann stank nach Wahnsinn; Perrin konnte in seinem Geruch nichts anderes als Wahnsinn entdecken. »Ich werde Euch begleiten«, sagte Masema schließlich, als hätte er eine Entscheidung getroffen. Seltsam, er hatte es so eilig gehabt, ohne Verzögerung zu Rand zu stoßen; zumindest solange er nicht mit der Macht in Berührung kommen musste, um dieses Ziel zu erreichen. »Alle, die dem Wiedergeborenen Drachen folgen – möge das Licht seinen Namen erleuchten! –, werden mitkommen. Die Aiel-Wilden zu töten ist das Werk des Lichts.« Sein flackernder Blick huschte wieder zu den Weisen Frauen herüber und sein Lächeln war noch kälter als zuvor.

»Ich weiß die Hilfe zu schätzen«, log Perrin. Dieser Abschaum würde nutzlos gegen Aiel sein. Aber sie zählten Tausende. Und sie hatten ganze Armeen aufgehalten, wenn auch keine Armeen der Aiel. Ein Stück von dem Puzzlespiel in seinem Kopf fügte sich an seine Stelle. Er war müde genug, um auf der Stelle umzukippen, daher konnte er nicht genau sagen, wie er darauf kam, nur dass dieses Teil plötzlich passte. Und auf keinen Fall würde es sich so abspielen. »Sie haben einen großen Vorsprung. Ich werde ein Wegetor erschaffen, die Eine Macht benutzen, um sie einzuholen. Ich weiß, wie Ihr darüber denkt.«

Die Männer hinter Masema fingen an, unbehaglich zu murmeln; sie betrachteten einander und fingerten an den Waffen herum. Perrin schnappte gemurmelte Verwünschungen auf, Worte wie »Gelbauge« und »Schattengezücht«. Der zweite kahl geschorene Mann starrte Perrin an, als hätte er gerade eine blasphemische Bemerkung gemacht, und versuchte ihn mit Blicken zu durchdringen.

»Er würde trauern, wenn Eurer Frau ein Leid geschähe«, sagte der Wahnsinnige schließlich. Die Betonung benannte Rand so klar, als wäre der Name selbst gefallen, da Masema nicht erlaubte, dass er ausgesprochen wurde. »Es wird eine Ausnahme erfolgen … in diesem ganz besonderen Fall. Nur damit Ihr Eure Frau findet, weil Ihr sein Freund seid. Nur darum.« Er sprach ganz ruhig – für seine Verhältnisse –, aber in seinen tiefliegenden Augen schienen dunkle Flammen zu lodern und sein Gesicht war vor unerklärlicher Wut verzerrt.

Perrin öffnete den Mund und schloss ihn wieder. Nachdem Masema gesagt hatte, was er gerade gesagt hatte, würde die Sonne vermutlich im Westen aufgehen. Und plötzlich kam ihm der Gedanke, dass Faile bei den Shaido möglicherweise sicherer war als er hier und jetzt.

KAPITEL 7

In den Straßen von Caemlyn

Elaynes Begleitung erregte viel Aufmerksamkeit, als sie durch die Straßen von Caemlyn ritten, die den Hügeln der Stadt folgten und hinauf- und hinabführten. Die Goldene Lilie auf der Brust ihres pelzgesäumten scharlachroten Umhangs reichte aus, damit die Bürger der Hauptstadt sie erkannten, aber sie ließ die Kapuze zurückgeschlagen, sodass die einzelne goldene Rose auf dem kleinen Diadem der Tochter-Erbin deutlich zu sehen war. Hier ritt nicht nur Elayne, die Hohe Herrin des Hauses Trakand, sondern Elayne, die Tochter-Erbin. Sollte es jedermann sehen und wissen.

Die Kuppeln der Neustadt schimmerten weiß und golden im blassen Morgenlicht, Eiszapfen funkelten an den nackten Ästen der Bäume, die in der Mitte der breiten Hauptstraßen wuchsen. Obwohl sich die Sonne dem Zenit näherte, spendete sie trotz des wolkenlosen Himmels keine Wärme. Glücklicherweise war es an diesem Tag windstill. Die Luft war kalt genug, um Elaynes Atem zu Nebel erstarren zu lassen, aber da selbst die Pflaster der schmaleren, gewundenen Gassen vom Schnee befreit worden waren, herrschte wieder Leben in der Stadt, waren die Straßen voller geschäftig umhereilender Menschen. Fuhrmänner und Kutscher zogen resigniert ihre Umhänge enger um sich, während sie sich langsam ihren Weg durch das Gewühl bahnten. Ein gewaltiger Wasserwagen, der nach den Geräuschen zu urteilen leer war, rumpelte vorbei auf dem Weg zu den

Reservoires, um wieder für den Kampf gegen die viel zu häufig stattfindenden Brandstiftungen einsatzbereit zu sein. Ein paar Straßenhändler und Hausierer boten der Kälte die Stirn, um ihre Waren lautstark anzupreisen, aber die meisten Leute hatten es eilig, ihre Geschäfte zu erledigen, da sie so schnell wie möglich wieder in der Wärme ihrer Häuser sein wollten. Doch wer sich beeilte, kam deswegen noch lange nicht schnell voran. Die Stadt platzte aus allen Nähten, ihre Bevölkerung war so weit angestiegen, dass sie selbst Tar Valon übertraf. In einem solchen Gewimmel kamen selbst Berittene kaum schneller voran als ein Mann, der zu Fuß ging. Den ganzen Morgen hatte Elayne nur zwei oder drei Kutschen gesehen, die sich um jeden Fingerbreit vorankämpften. Wenn ihre Passagiere keine Invaliden waren oder noch Meilen vor sich hatten, waren sie Narren.

Jeder, der sie und ihre Gruppe sah, blieb zumindest einen Augenblick lang stehen; einige machten andere auf sie aufmerksam oder hoben Kinder hoch, damit diese dann eines Tages wiederum ihren Kinder erzählen konnten, dass sie sie gesehen hatten. Es war nur die Frage, ob sie sagen würden, sie hätten die zukünftige Königin gesehen oder bloß eine Frau, die für eine gewisse Zeit die Stadt beherrschte. Die meisten Leute starrten sie nur an, aber gelegentlich erhoben sich ein paar Stimmen, die »Trakand! Trakand!« riefen oder sogar »Elayne und Andor!« Mehr Jubel wäre besser gewesen, aber Schweigen war hämischem Gejohle vorzuziehen. Andoraner waren freimütige Menschen, erst recht die Caemlyner. Rebellionen waren ausgebrochen, und Königinnen hatten ihren Thron verloren, weil Caemlyner ihrem Unmut auf der Straße Luft machten.

Ein eisiger Gedanke ließ Elayne erzittern. Wer Caemlyn hält, hält Andor, besagte das alte Sprichwort; wie Rand bewiesen hatte, stimmte das nur bedingt, aber

Caemlyn war Andors Herz. Sie hatte ihren Anspruch auf die Stadt geltend gemacht, auf den Türmen der äußeren Stadtmauer teilten sich das Löwenbanner und Trakands silberner Keilstein den stolzen Platz, aber noch hatte sie Caemlyns Herz nicht erobert, und das war viel wichtiger, als Stein und Mörtel zu besitzen.

Eines Tages werden sie mir alle zujubeln, versprach sie sich. *Ich werde mir ihren Beifall verdienen.* Doch an diesem Tag fühlten sich die dicht bevölkerten Straßen einsam an, da nur vereinzelte Rufe ertönten. Sie wünschte sich, Aviendha wäre bei ihr gewesen, nur um ihr Gesellschaft zu leisten, aber Aviendha sah keinen Sinn darin, auf ein Pferd zu steigen, bloß um durch die Stadt zu reiten. Davon abgesehen konnte Elayne sie spüren. Es fühlte sich anders an als der Bund mit Birgitte, doch sie konnte die Anwesenheit ihrer Schwester in der Stadt spüren, so wie man eine ungesehene Person fühlte, die sich im selben Raum aufhielt, und es war ein tröstendes Gefühl.

Ihre Begleitung rief ihren eigenen Teil an Aufmerksamkeit hervor. Nach vier Jahren als Aes Sedai hatte Sareithas dunkles, breites Gesicht noch nicht die Alterslosigkeit erreicht, und in ihrem kostbaren bronzefarbenen Wollgewand und mit der großen Brosche aus mit Saphiren besetztem Silber, die ihren Umhang zusammenhielt, sah sie aus wie eine erfolgreiche Kauffrau. Ihr Behüter Ned Yarman ritt direkt hinter ihr und er erregte auf jeden Fall Aufsehen. Er war ein hoch gewachsener, breitschultriger junger Mann mit hellblauen Augen und korngelbem Haar, das in Locken bis auf die Schultern fiel; der schimmernde Behüterumhang, den er trug, ließ ihn wie ein körperloser Kopf aussehen, der über einem großen grauen Wallach schwebte. Teile des Pferdes waren dort, wo der Umhang über die Flanken fiel, ebenfalls nicht zu sehen. Es gab keinen Zweifel an seiner Identität oder dass seine Anwesenheit eine Aes Sedai ankündigte. Jedoch zogen die anderen, die um

Elayne einen Kreis aufrechterhielten, während sie sich einen Weg durch die Menge bahnte, ebenfalls viele Blicke auf sich. Acht Frauen in den roten Waffenröcken und glänzenden Helmen und Harnischen der Königlichen Garde waren nichts, was man jeden Tag zu sehen bekam. Oder früher, was das anging. Aus diesem Grund hatte Elayne sie persönlich aus den neuen Rekruten ausgewählt.

Caseille Raskovni, ihr Unterleutnant, so schlank und hart wie eine Aieltochter, war eine echte Rarität, die Leibwächterin einer Kauffrau, die seit fast zwanzig Jahren in ihrem Handwerk arbeitete, wie sie es nannte. Die Silberglöckchen in der Mähne ihres stämmigen gescheckten Wallachs wiesen sie als Arafelianerin aus, obwohl sie nur ausweichend von ihrer Vergangenheit sprach. Die einzige Andoranerin unter den acht war eine allmählich grau werdende Frau mit sanften Zügen und breiten Schultern; Deni Colford hatte in einer Taverne für Wagenkutscher in Nieder-Caemyln außerhalb der Stadtmauern für Ordnung gesorgt, ebenfalls eine raue und seltene Beschäftigung für eine Frau. Deni konnte mit dem Schwert an ihrer Hüfte noch nicht umgehen, aber Birgitte zufolge hatte sie sehr schnelle Hände und einen noch schnelleren Blick, und sie konnte ziemlich gut mit der schrittlangen Keule umgehen, die gegenüber dem Schwert hing. Die übrigen waren Jägerinnen des Horns, grundverschiedene Frauen, groß und klein, schlank und breit, deren Herkunft genauso verschieden war, obwohl einige von ihnen so zurückhaltend wie Caseille waren, während andere ihre vorherige Stellung im Leben offensichtlich übertrieben darstellten. Keines von beiden war unter Jägern ungewöhnlich. Allerdings hatten sie sich alle auf die Gelegenheit gestürzt, in die Königliche Garde aufgenommen zu werden. Und, was noch wichtiger war, sie alle hatten Birgittes sorgfältige Inspektion bestanden.

»Die Straßen sind nicht sicher für Euch«, sagte Sareitha plötzlich und lenkte ihren braunen Fuchs neben Elaynes schwarzen Wallach. Feuerherz gelang es beinahe, die schlanke Stute zu beißen, bevor Elayne seinen Kopf mit dem Zügel zurückriss. Die Straße war an dieser Stelle sehr schmal, wodurch die Menschenmenge dicht zusammengedrängt stand und die Gardistinnen näher herankamen. Das Gesicht der Braunen war ein Abbild von Aes Sedai-Gelassenheit, aber offensichtliche Besorgnis verlieh ihrer Stimme einen scharfen Beiklang. »In einer solchen Enge könnte alles passieren. Denkt daran, wer keine zwei Meilen von hier entfernt im *Silbernen Schwan* abgestiegen ist. Zehn Schwestern kommen in einem Gasthaus nicht einfach nur zusammen, weil sie die Gesellschaft von ihresgleichen suchen. Es könnte gut sein, dass Elaida sie geschickt hat.«

»Oder auch nicht«, erwiderte Elayne ruhig. Ruhiger, als sie sich fühlte. Viele Schwestern schienen abzuwarten, bis der Kampf zwischen Elaida und Egwene entschieden war. Seit ihrer Ankunft in Caemlyn hatten zwei von ihnen den *Silbernen Schwan* wieder verlassen, und drei weitere waren eingetoffen. Das klang nicht nach einer Gruppe, die man auf eine Mission geschickt hatte. Und keine von ihnen gehörte der Roten Ajah an; Elaida würde mit Sicherheit Rote mitschicken. Dennoch wurden sie so gut beobachtet, wie es Elayne hatte arrangieren können; allerdings hatte sie es Sareitha verschwiegen.

Elaida wollte sie unbedingt in ihre Gewalt bekommen; die Angelegenheit war ihr viel wichtiger, als wäre es nur um fortgelaufene Aufgenommene oder um jemanden gegangen, der in Verbindung mit Egwene und den angeblichen Rebellen stand. So richtig konnte Elayne das nicht nachvollziehen. Eine Aes Sedai, die Königin war, wäre für die Weiße Burg sehr wertvoll gewesen, aber wenn man sie nach Tar Valon entführte, würde sie keine Königin werden. Was das anging, so hatte Elaida den Befehl, sie um jeden Preis zurückzubringen, schon zu einem Zeitpunkt gegeben, als jede Aussicht auf den Thron noch in weiter Ferne gelegen hatte. Seitdem ihr Ronde Macura dieses widerwärtige Gebräu untergeschoben hatte, das die Fähigkeit einer Frau beschnitt, die Macht zu lenken, hatte sie oft über dieses Rätsel nachgedacht. Es war ein äußerst beunruhigendes Rätsel, vor allen Dingen jetzt, da sie der Welt ihren Aufenthaltsort verkündet hatte.

Ihr Blick verweilte kurz auf einer schwarzhaarigen Frau mit einem blauen Umhang und zurückgeschlagener Kapuze. Die Frau schaute nur flüchtig in ihre Richtung, bevor sie den Laden eines Kerzenmachers betrat. Es war keine Aes Sedai, entschied Elayne. Bloß eine weitere Frau, die in Ehren alterte, so wie Zaida. »Wie dem auch sei«, fuhr sie energisch fort, »ich werde mich nicht durch die Angst vor Elaida beirren lassen.« *Was* konnten die Schwestern im *Silbernen Schwan* bloß hier wollen?

Sareitha schnaubte, und zwar nicht gerade leise; sie schien die Augen verdrehen zu wollen, ließ es dann aber doch sein. Gelegentlich schnappte Elayne von den anderen Schwestern im Palast seltsame Blicke auf. Zweifellos dachten sie daran, wie sie aufgewachsen war, doch allem äußeren Anschein nach akzeptierten sie sie als Aes Sedai und erkannten an, dass sie – abgesehen von Nynaeve – einen höheren Rang als sie einnahm. Das hielt sie aber keineswegs davon ab, ihre Meinung deutlich zum Ausdruck zu bringen, und zwar oft viel nachdrücklicher, als sie es bei einer Schwester getan hätten, welche die Stola auf herkömmliche Weise erhalten hatte. »Dann vergesst Elaida und erinnert Euch, wer Euch sonst noch gern in seiner Gewalt hätte«, sagte Sareitha. »Ein wohlgezielter Steinwurf, und Ihr seid ein bewusstloses Bündel, das man in der entstehenden Verwirrung leicht davontragen könnte.«

Musste Sareitha ihr sagen, dass Wasser nass war? Schließlich war es beinahe ein Brauchtum, andere Thronbewerber zu entführen. Jedes Haus, das gegen sie war, hatte in Caemlyn Anhänger, die nur auf eine Gelegenheit warteten – oder sie hätte ihre Schuhe zu Mittag gegessen. Nicht dass sie Erfolg haben würden, nicht solange sie die Macht lenken konnte, aber sie würden einen Versuch unternehmen, wenn sich die Gelegenheit bot. Sie war nie der Meinung gewesen, dass die Ankunft in Caemlyn mit Sicherheit gleichzusetzen war.

»Sareitha, wenn ich mich nicht aus dem Palast herauswage, werde ich das Volk niemals auf meine Seite ziehen«, sagte sie leise. »Man muss mich sehen, ich muss mich frei bewegen, ohne jede Angst.« Darum begleiteten sie auch nur acht Gardistinnen statt der fünfzig, die Birgitte verlangt hatte. Die Frau weigerte sich, die Realitäten des politischen Geschäfts zu begreifen. »Außerdem, da Ihr hier seid, bräuchten sie zwei wohlgezielte Steine.«

Sareitha schnaubte bloß erneut, aber Elayne tat ihr Bestes, den Starrsinn der anderen Frau zu ignorieren. Sie wünschte sich, sie könnte auch ihre Anwesenheit ignorieren, aber das war unmöglich. Es gab noch mehr Gründe für diesen Ausritt, als nur gesehen zu werden. Halwin Norry trug ihr mit monotoner Stimme, die sie beinahe einschlafen ließ, endlose Fakten und Zahlen vor, aber sie wollte sich alles mit eigenen Augen ansehen. Norry konnte die Schilderung eines Aufruhrs so leblos wie einen Bericht über den Zustand der städtischen Zisternen oder die Kosten für die Reinigung der Abwasserkanäle klingen lassen.

In der Menge wimmelte es von Ausländern, Kandori mit Gabelbärten und Illianer mit Bärten, die ihre Oberlippen frei ließen, und Arafeler mit Silberglöckchen in ihren Zöpfen; Domani mit kupferner und Altaraner mit olivfarbener Hautfarbe; Cairhiener, die durch ihre gedrungene Statur und die helle Haut hervorstachen. Einige waren Kaufleute, die vom plötzlichen Wintereinbruch überrascht worden waren oder hofften, ihrer Konkurrenz einen Schritt voraus zu sein, glattgesichtige, aufgeblasene Leute, die genau wussten, dass der Handel das Lebensblut der Nationen war, und von denen jeder behauptete, eine der wichtigsten Arterien zu sein, selbst wenn ein schlecht gefärbter Mantel oder eine Brosche aus Messing und Glas sie verriet. Viele der Passanten trugen abgewetzte Mäntel, an den Knien ausgefranste Hosen, Gewänder mit kaputten Säumen und fadenscheinige Umhänge oder auch gar keine. Das waren Flüchtlinge, die entweder vom Krieg aus ihren Häusern vertrieben worden waren oder von dem Glauben, dass der Wiedergeborene Drache sämtliche ihrer traditionellen Bande zerrissen hatte, zur Wanderschaft getrieben worden waren. Sie krümmten sich vor Kälte, ihre Gesichter waren abgehärmt und besiegt, und sie ließen sich von dem Strom der anderen um sie herum einfach mittreiben.

Eine Frau mit stumpfem Blick und einem kleinen Kind auf der Schulter, das sie fest gepackt hielt, stolperte durch die Menge. Elayne sah ihr zu, nestelte dann eine Münze aus ihrem Geldbeutel und gab sie einer Gardistin, einer Frau mit rosigen Wangen und kaltem Blick. Tzigan behauptete, aus Ghealdan zu kommen und die Tochter eines unbedeutenden Adligen zu sein; nun, das mit Ghealdan stimmte vermutlich sogar. Als sie sich nach vorn beugte, um die Münze weiterzugeben, stolperte die Frau mit ihrem Kind einfach weiter, ohne sie überhaupt wahrzunehmen. Von dieser Sorte Leute gab es zu viele in der Stadt. Der Palast ernährte jeden Tag Tausende in Küchen, die man in der ganzen Stadt eröffnet hatte, aber zu viele von ihnen brachten nicht einmal mehr die Kraft auf, sich ihre Suppe und ihr Brot zu holen. Elayne sprach in Gedanken ein kurzes

Gebet für Mutter und Kind, während sie die Münze wieder in dem Geldbeutel verstaute.

»Ihr könnt nicht jeden durchfüttern«, meinte Sareitha leise.

»In Andor dürfen Kinder nicht verhungern«, sagte Elayne, als würde sie ein Dekret verkünden. Aber sie wusste nicht, wie sie es verhindern sollte. Noch gab es genug Lebensmittel in der Stadt, aber kein Befehl konnte die Menschen zum Essen zwingen.

Einige der Fremden waren ebenfalls auf diese Weise nach Caemlyn gelangt, Männer und Frauen, die keine Lumpen mehr trugen und auch keine heimgesuchten Gesichter mehr hatten. Was auch immer sie zur Flucht aus ihrer Heimat veranlasst hatte, sie waren zu dem Schluss gekommen, weit genug gereist zu sein, und hatten über ihre Erwerbsquelle nachgedacht, die sie oftmals zusammen mit ihren ganzen Besitztümern zurückgelassen hatten. In Caemlyn konnte jeder, der ein Handwerk beherrschte und über etwas Tatkraft verfügte, einen Bankier mit bereitwilliger Münze finden. Heutzutage ging man in der Stadt neuen Handwerkszweigen nach. Elayne hatte an diesem Morgen bereits drei Uhrmacherläden entdeckt! In ihrer unmittelbaren Sicht befanden sich zwei Geschäfte, die mundgeblasenes Glas verkauften; nördlich der Stadt hatte man fast dreißig Manufakturen erbaut. Von jetzt an würde Caemlyn Glas nicht mehr importieren, sondern exportieren. Die Stadt verfügte jetzt auch über Spitzenklöppler, produzierte Waren, die mindestens genauso gut wie die aus Lugard waren, und das war auch kein Wunder, da die meisten Hersteller von dort kamen.

Das hellte Elaynes Laune etwas auf – die Steuern, die diese neuen Handwerksbetriebe abführten, würden helfen, auch wenn es einige Zeit dauern würde, bevor sie viel einbrachten –, doch es waren die anderen, die ihr in der Menge am deutlichsten auffielen. Ob Fremde oder

Andoraner, die bewaffneten Söldner waren am einfachsten auszumachen, Männer mit harten Gesichtern und Schwertern, die selbst dann noch großspurig daherschritten, wenn die Masse ihr Tempo zu einem Kriechen verlangsamte. Die Wächter der Kaufleute waren ebenfalls bewaffnet, grobe Gesellen, die jene Männer, die ihnen den Weg versperrten, einfach zur Seite stießen, aber verglichen mit den Mietkämpfern zurückhaltend und nüchtern erschienen. Und im Großen und Ganzen weniger Narben aufzuweisen hatten. Söldner waren in der Menge verstreut wie Rosinen in einem Kuchen. Da sie auf eine so große Ansammlung zurückgreifen konnte und da es im Winter immer wenig Bedarf für ihre Dienste gab, konnte sie sich nicht vorstellen, dass sie zu teuer für sie sein würden. Es sei denn, sie würden sie Andor kosten, wie Dyelin befürchtete. Irgendwie musste sie genug Männer finden, sodass die Ausländer in der Königlichen Garde nicht die Überzahl bildeten. Und genug Geld, um sie bezahlen zu können.

Abrupt wurde sie sich Birgitte bewusst. Sie war wütend – das war sie in letzter Zeit öfters – und kam näher. Sogar sehr wütend, und sie näherte sich rasch. Eine unheilvolle Kombination, die in Elaynes Kopf die Alarmglocken läuten ließen.

Sofort befahl sie die Rückkehr zum Palast und zwar auf dem kürzesten Weg – den würde auch Birgitte benutzen; der Bund zwischen ihnen würde sie geradewegs zu Elayne führen –, und sie nahmen die nächste Abzweigung nach Süden und betraten die Nadelstraße. Es handelte sich um eine ziemlich breite Straße, obwohl sie sich wie ein Fluss wand, den einen Hügel hinunter und den nächsten hinauf, aber vor Generationen hatte es hier nichts als Nadelmacher gegeben. Jetzt drängten sich ein paar kleine Schenken und Gasthäuser zwischen Messerschmieden und Schneidern und allen Arten von Läden – nur keine Nadelmacher mehr.

Sie hatten die Innenstadt noch nicht ganz erreicht, als Birgitte in der Birnengasse zu ihnen stieß, in der ein paar Obsthändler noch immer an Läden festhielten, die seit den Tagen Isharas weitervererbt worden waren, auch wenn zu dieser Jahreszeit in ihren Auslagen nur wenig zu sehen war. Trotz der Menge galoppierte Birgitte mit wehendem rotem Umhang heran, dass Leute rechts und links zur Seite sprangen, und zügelte ihre graue Stute erst, als sie Elayne entdeckte.

Als wollte sie sich für ihre Eile entschuldigen, nahm sie sich einen Augenblick Zeit, um die Gardistinnen zu mustern und Caseilles Gruß zu erwidern, bevor sie ihr Pferd an Elaynes Seite lenkte. Im Gegensatz zu den Frauen trug sie weder Rüstung noch Schwert. Die Erinnerungen an ihre früheren Leben verblassten – sie meinte, sich so gut wie gar nicht mehr an die Zeit vor der Gründung der Weißen Burg zu erinnern, auch wenn gelegentlich noch Fragmente in ihr aufstiegen –, aber an eine Sache behauptete sie sich ganz deutlich erinnern zu können. Jedes Mal, wenn sie versucht hatte, ein Schwert zu benutzen, war sie beinahe gestorben, und ein paar Mal sogar tatsächlich. Ihr gespannter Bogen steckte in einem Sattelhalfter aus Leder, ein mit Pfeilen gefüllter Köcher hing an der anderen Seite. In ihr brodelte es vor Wut und die Falten auf ihrer Stirn vertieften sich noch, als sie sprach.

»Eine halb erfrorene Taube mit einer Nachricht von Aringill erreichte vor kurzer Zeit den Palast. Die Männer, die Nacan und Elenia begleiteten, wurden keine fünf Meilen von der Stadt entfernt überfallen und getötet. Glücklicherweise fand eines ihrer Pferde mit einem blutigen Sattel den Weg zurück, sonst hätten wir wochenlang nichts davon erfahren. Ich bezweifle, dass wir so viel Glück haben, dass die beiden von Straßenräubern für Lösegeld gefangen gehalten werden.«

Feuerherz tänzelte ein paar Schritte und Elayne zügelte ihn hart. Jemand aus der Menge rief etwas, das ein Hoch auf Trakand gewesen sein mochte. Oder auch nicht. Die Ladenbesitzer, die ihre Waren anpriesen, machten genug Lärm, um die Worte zu übertönen. »Also haben wir einen Spion im Palast«, sagte sie und presste die Lippen aufeinander; sie wünschte sich, in Sareithas Anwesenheit den Mund gehalten zu haben.

Birgitte schien das egal zu sein. »Es sei denn, wir hätten hier irgendwo einen *Ta'veren* herumlaufen, von dem wir nichts wissen«, erwiderte sie trocken. »Vielleicht lässt du mich dir jetzt eine Leibwache zuteilen. Nur ein paar der Gardistinnen, mit Sorgfalt ausgesucht und …«

»Nein!« Der Palast war ihr Zuhause. Sie würde dort nicht bewacht werden. Sie warf der Braunen einen Blick zu und seufzte. Sareitha hörte sehr genau zu. Es war sinnlos, jetzt noch den Versuch zu unternehmen, etwas verbergen zu wollen. Nicht das hier. »Hast du es der Haushofmeisterin gesagt?«

Der eher gemäßigte Zornesausbruch, der sie durch ihren Bund erreichte, und Birgittes Blick beschieden ihr, sie solle gehen und ihrer Großmutter das Stricken beibringen. »Sie will jeden Diener befragen, der nicht mindestens seit fünf Jahren im Dienst deiner Mutter steht. Ich weiß nicht, ob sie sie nicht sogar der Folter unterziehen will. Ihr Gesichtsausdruck, als ich es ihr sagte … Ich war froh, dass ich mit heiler Haut aus ihrem Kontor rauskam. Ich selbst sehe mir die anderen an.« Sie meinte die Garde, wollte das aber in Hörweite von Caseille und den anderen nicht aussprechen. Elayne hielt das für unwahrscheinlich. Die ununterbrochene Rekrutierung gab jedermann die perfekte Gelegenheit, einen Spion einzuschleusen, auch wenn man keine Gewissheit haben konnte, dass dieser jemals einen Platz einnehmen würde, an dem er etwas Wissenswertes in Erfahrung bringen konnte.

»Falls im Palast Spione sind«, sagte Sareitha ruhig, »könnte es dort auch noch Schlimmeres geben. Vielleicht solltet Ihr Lady Birgittes Vorschlag annehmen. Es gibt da Präzedenzfälle.« Birgitte zeigte der Braunen ihre Zähne; als Lächeln war es ein völliger Fehlschlag. Obwohl sie es hasste, mit ihrem Titel angesprochen zu werden, sah sie Elayne hoffnungsvoll an.

»Ich habe nein gesagt und ich meine es auch so!«, fauchte Elayne. Ein Bettler, der sich mit einem breiten Lächeln, das seine Zahnlücken offenbarte, und seiner Mütze in der Hand dem Kreis aus sich langsam bewegenden Reitern näherte, zuckte zusammen und tauchte in der Menge unter, bevor sie überhaupt daran denken konnte, nach ihrem Geldbeutel zu greifen. Sie vermochte nicht zu sagen, wie viel von der Wut ihre eigene oder Birgittes war, aber sie war angemessen.

»Ich hätte sie selbst holen sollen«, knurrte sie verbittert. Stattdessen hatte sie für den Boten ein Wegetor gewoben und den Rest des Tages mit Besprechungen mit Kaufleuten und Bankiers verbracht. »Zumindest hätte ich aus der Garnison von Aringill genug Männer für eine Eskorte abziehen sollen. Zehn Männer sind tot, weil ich einen Fehler gemacht habe! Schlimmer noch – das Licht stehe mir bei, es ist schlimmer! –, ich habe deshalb Elenia und Naean verloren!«

Birgittes dichter goldfarbener Zopf, der über ihren Umhang hing, schwang hin und her, als sie energisch den Kopf schüttelte. »Erstens rennen Königinnen nicht los, um alles selbst zu erledigen. Sie sind verdammt noch mal die Königin!« Ihr Zorn ließ etwas an Heftigkeit nach, aber an der Oberfläche brodelte Gereiztheit, und ihr Ton enthielt beides. Sie wollte wirklich, dass Elayne eine Leibwache bekam, vermutlich sogar in ihrem Bad. »Die Tage deiner Abenteuer sind vorbei. Als Nächstes schleichst du dich noch in Verkleidung aus dem Palast, spazierst nachts herum, um dir von irgendeinem Halunken, den du nicht mal wahrgenommen hast, den Schädel einschlagen zu lassen.«

Elayne richtete sich in ihrem Sattel auf. Birgitte wusste natürlich Bescheid – Elayne wusste nicht, wie sie den Bund umgehen konnte, obwohl sie davon überzeugt war, dass es eine Möglichkeit gab –, aber die Frau hatte kein Recht, es hier zur Sprache zu bringen. Wenn Birgitte genug Andeutungen machte, würde sie die anderen Schwestern auf die Idee bringen, ihr mit ihren Behütern zu folgen und vermutlich ganzen Abteilungen der Königlichen Garde noch dazu. Jeder hatte nichts anderes im Sinn als ihre Sicherheit. Man hätte annehmen können, sie wäre nie in Ebou Dar gewesen, von Tanchico oder gar Falme ganz abgesehen. Außerdem hatte sie es bloß einmal getan. Bis jetzt. Und Aviendha hatte sie begleitet.

»Kalte, dunkle Straßen können mit einem warmen Feuer und einem guten Buch nicht mithalten«, meinte Sareitha beiläufig, als würde sie mit sich selbst sprechen. Sie musterte die Geschäfte, an denen sie vorbeikamen, und schien sich sehr für sie zu interessieren. »Ich selbst gehe ausgesprochen ungern über eine vereiste Straße, vor allem in der Dunkelheit, und dann noch ohne Kerze. Junge, hübsche Frauen glauben oft, einfache Kleidung und ein schmutziges Gesicht würden sie unsichtbar machen.« Dieser Richtungswechsel kam so plötzlich, ohne die geringste Veränderung im Tonfall, dass Elayne zuerst überhaupt nicht begriff, was sie da hörte. »Niedergeschlagen und von betrunkenen Raufbolden in eine Gasse gezerrt zu werden, das ist eine harte Lektion, wenn man es auf diese Weise lernen muss. Wenn man natürlich das Glück hat, eine Freundin dabeizuhaben, die ebenfalls die Macht lenken kann, wenn man das Glück hat, dass der Schläger einen nicht so hart trifft, wie er sollte … Nun, man kann nicht immer Glück haben. Stimmt Ihr mir da nicht zu, Lady Birgitte?«

Elayne schloss die Augen. Aviendha hatte behauptet, jemand würde ihnen folgen, aber sie war sich sicher gewesen, dass es sich nur um einen Straßenräuber gehandelt hatte. Darüber hinaus hatte es sich nicht so abgespielt. Jedenfalls nicht genau. Birgittes finsterer Blick versprach eine Unterhaltung – später. Sie *wollte* einfach nicht verstehen, dass eine Behüterin ihre Aes Sedai *nicht* heruntermachte, niemals.

»Zweitens, ob nun zehn Mann oder fast dreihundert, es wäre das gleiche verdammte blutige Ende gewesen«, fuhr Birgitte grimmig fort. »Soll man mich doch zu Asche verbrennen, aber es war ein guter Plan. Ein paar Männer hätten Naean und Elenia unbemerkt nach Caemlyn schaffen können. Die Garnison zu leeren hätte jeden Schurken aus dem Osten Andors angelockt und wer auch immer die beiden Frauen nun hat, hätte genug Bewaffnete mitgebracht, um sein Ziel zu erreichen. Und vermutlich würden sie Aringill obendrein jetzt auch noch besetzt halten. So klein die Garnison auch ist, Aringill verunsichert jeden, der im Osten etwas gegen dich unternehmen will, und je mehr Gardisten aus Cairhien kommen, umso besser, da sie dir fast alle treu ergeben sind.« Für jemanden, der vorgab, nur eine einfache Bogenschützin zu sein, verstand sie die Situation ganz gut. Sie hatte nur eines nicht erwähnt und zwar den Verlust der Zölle aus dem Flusshandel.

»Wer hat sie denn nun abgefangen, Lady Birgitte?«, fragte Sareitha und beugte sich vor, um an Elayne vorbeizusehen. »Das ist doch sicherlich eine sehr wichtige Frage.« Birgitte seufzte laut, es klang beinahe wie ein Wimmern.

»Ich fürchte, das werden wir früh genug erfahren«, sagte Elayne. Die Braune schenkte ihr einen zweifelnden Blick, und sie versuchte, nicht mit den Zähnen zu knirschen. Das schien sie seit ihrer Heimkehr sehr oft zu tun.

Eine Tarabonerin in einem grünen Seidenumhang ging den Pferden aus dem Weg und machte einen tiefen

Hofknicks; ihre dünnen Zöpfe, in die Perlen geflochten waren, schwangen aus der Kapuze. Ihre Dienerin, eine kleine Frau, die die Arme voller kleiner Päckchen hatte, ahmte ihre Herrin unbeholfen nach. Die beiden großen Männer, die sich dicht hinter ihnen hielten, Leibwächter mit eisenbeschlagenen Stäben, blieben aufrecht und aufmerksam. Ihre langen Ledermäntel würden so gut wie jeden Messerstich abfangen.

Elayne neigte den Kopf, als sie vorbeiritten, um die Höflichkeit der Tarabonerin zu erwidern. Bis jetzt hatte sie von den Andoranern auf der Straße nichts dergleichen empfangen. Das hübsche Gesicht hinter dem Schleier der Frau zeigte ein zu hohes Alter, als dass es sich um eine Aes Sedai hätte handeln können. Licht, sie hatte genug um die Ohren, um sich jetzt auch noch Sorgen wegen Elaida zu machen!

»Es ist ganz einfach, Sareitha«, sagte sie mit sorgfältig kontrollierter Stimme. »Wenn sie bei Jarid Sarand sind, wird Elenia Naean vor eine Wahl stellen. Sie überlässt Elenia Arawn und bekommt dafür ein paar Güter, um den Handel zu versüßen, oder man wird ihr irgendwo in einer abgeschiedenen Zelle die Kehle durchschneiden und ihre Leiche hinter einer Scheune verscharren. Naean wird nicht so ohne weiteres nachgeben, aber ihr Haus streitet sich bis zu ihrer Rückkehr, wer nun die Führung hat, also werden sie zittern. Elenia wird ihr Folter androhen und vielleicht auch anwenden und schließlich wird Arawn für Elenia hinter Sarand stehen. Und bald werden sich ihm Anshar und Baryn anschließen; sie werden dorthin gehen, wo sie Stärke sehen. Haben Naeans Leute sie, wird sie Elenia vor die gleiche Wahl stellen, aber Jarid wird über Arawn herfallen, es sei denn, Elenia hält ihn davon ab, und das wird sie nicht, wenn sie Grund zu der Annahme hat, dass er sie rettet. Also können wir nur hoffen, dass wir in den nächsten Wochen die Nachricht erhalten, dass arawnische Güter niedergebrannt werden. *Wenn nicht, muss ich mich verbündeten Häusern entgegenstellen*, dachte sie, *und ich* weiß *noch immer nicht, ob ich überhaupt zwei hinter mir habe.*

»Das ist … sehr gründlich überlegt«, bemerkte Sareitha und klang etwas überrascht.

»Ich bin sicher, Ihr wärt auch darauf gekommen, wenn Ihr die nötige Zeit gehabt hättet«, erwiderte Elayne honigsüß und verspürte einen Hauch der Befriedigung, als die andere Schwester blinzelte. Licht, ihre Mutter hätte so etwas von ihr erwartet, als sie zehn war!

Der Rest des Ritts zum Palast verlief schweigend und sie hatte kaum einen Blick für die hellen mosaikverzierten Türme und großartigen Alleen der Innenstadt übrig. Stattdessen dachte sie über Aes Sedai in Caemlyn und Spione im Königlichen Palast nach, wer Elenia und Naean befreit hatte und wie sehr Birgitte die Rekrutierung beschleunigen konnte, und ob wohl die Zeit gekommen war, das Tafelgeschirr des Palasts und den Rest ihrer Juwelen zu verkaufen. Es war eine düstere Liste, die sie da in Gedanken durchging, aber sie hielt ihr Gesicht reglos und nahm den gelegentlichen Jubel, der sie begleitete, mit Erhabenheit zur Kenntnis. Eine Königin sollte sich nicht ängstlich zeigen, vor allem, wenn sie es war.

Der Königliche Palast mit den schneeweißen Erkern, Balkonen und Säulengängen erhob sich auf dem höchsten Hügel der Innenstadt, dem höchsten von ganz Caemlyn. Seine schlanken Türme und goldenen Kuppeln erstreckten sich in den mittäglichen Himmel; meilenweit sichtbar kündeten sie von Andors Macht. Große Auftritte und Verabschiedungen fanden vorn auf dem Königinnenplatz statt, wo sich in der Vergangenheit große Menschenmengen versammelt hatten, um die Proklamation ihrer Königin zu hören und ihre Zustimmung für Andors Herrscherin lautstark zu verkünden.

Elayne betrat den Palast durch die Rückseite, Feuerherz' beschlagene Hufe klirrten auf dem Steinpflaster, als sie in den Stallhof trottete. Es war ein großer Hof, der an zwei Seiten von Reihen hoher bogenförmiger Stalltore flankiert wurde und auf den ein langer weißer Steinbalkon hinaussah. Mehrere der in der Höhe befindlichen Säulengänge boten einen Ausblick nach unten; allerdings war das hier ein Ort, an dem gearbeitet wurde.

Vor der einfachen Kolonnade, die den Zugang zum Palast gewährte, standen ein Dutzend Angehörige der Königlichen Garde, die die Gardisten auf dem Königinnenplatz ablösen sollten, neben ihren Pferden und wurden von ihrem Unterleutnant inspiziert, einem ergrauten Burschen mit lahmem Bein, der unter Gareth Bryne Bannerträger gewesen war. Vor der Außenmauer saßen gerade dreißig weitere Männer auf, die in Zweiergruppen in der Innenstadt auf Patrouille gingen. In normalen Zeiten wären es Gardisten gewesen, deren Hauptpflicht darin bestanden hätte, auf den Straßen für Ordnung zu sorgen, aber da ihre Zahl so reduziert war, mussten diejenigen, die den Palast beschützten, diese Aufgabe mit übernehmen. Careane Fransi war ebenfalls anwesend, eine stämmige Frau in einem eleganten, grün gestreiften Reitgewand und blaugrünem Umhang, die auf ihrem grauen Wallach saß, während Venr Kosaan, einer ihrer Behüter, auf seinen Braunen stieg. Der spindeldürre Mann, in dessen dicht gelocktem Haar und Bart graue Strähnen zu sehen waren, trug einen schlichten braunen Umhang. Anscheinend wollten sie der Welt nicht verkünden, wer sie waren.

Elaynes Ankunft rief auf dem Stallhof Überraschung hervor. Natürlich nicht bei Careane oder Kosaan. Die Grüne sah in der schützenden Kapuze ihres Umhangs lediglich nachdenklich aus, und Kosaan nicht mal das. Er nickte Birgitte und Yarman lediglich knapp zu, Behüter zu Behüter. Ohne weiteren Blick ritten sie los, sobald die letzte Frau von Elaynes Eskorte das mit Eisen beschlagene Tor passiert hatte. Aber ein paar der Gardisten, die entlang der Mauer aufsaßen, verharrten mit einem Fuß im Steigbügel und starrten sie an, bei den Männern, die zur Inspektion angetreten waren, fuhren Köpfe zu den Neuankömmlingen herüber. Elayne war nicht vor mindestens einer weiteren Stunde zurückerwartet worden, und von ein paar Leuten abgesehen, die nie über ihre derzeitige Beschäftigung hinausdachten, wusste jeder im Palast, dass die Situation unbeständig war. Unter Soldaten verbreiteten sich Gerüchte noch schneller als unter Zivilisten, und das Licht wusste, dass die Art und Weise, wie sie untereinander Spekulationen austauschten, viel über sie aussagte. Sie mussten wissen, dass Birgitte in aller Eile aufgebrochen war, und jetzt kehrte sie vor der Zeit mit Elayne zurück. Marschierte eines der anderen Häuser gegen Caemyln? Zum Angriff bereit? Würde man sie auf die Mauern befehlen, die sie nicht ausreichend besetzen konnten, nicht mal mit den Leuten, die Dyelin in der Stadt zur Verfügung standen? Augenblicke der Überraschung und der Sorge verstrichen, dann brüllte der Unterleutnant einen Befehl, und Augen sahen ruckartig geradeaus, und Arme schnappten salutierend quer über die Brust. Von dem ehemaligen Bannerträger abgesehen waren nur drei Mann schon länger als wenige Tage in den Musterrollen eingetragen, aber hier gab es keine grüne Rekruten.

Stallknechte in roten Mänteln, auf deren Schulter der Weiße Löwe aufgestickt war, eilten aus dem Stall, obwohl es eigentlich nicht viel für sie zu tun gab. Die Gardistinnen stiegen auf Birgittes Befehl hin leise ab und führten ihre Pferde durch die hohen Tore. Sie selbst sprang aus dem Sattel und warf einem Stallknecht die Zügel zu, und sie war nicht schneller als Yarman, der zu

Sareithas Pferd eilte, um dessen Zaumzeug zu halten, während sie abstieg. Er gehörte zu denen, die einige Schwestern als »frisch gefangen« bezeichneten – der Begriff stammte aus der Zeit, als Behüter nicht immer gefragt worden waren, ob sie den Bund eingehen wollten. Yarman war noch kein ganzes Jahr mit ihr verbunden und nahm seine Pflichten sehr ernst. Birgitte stand bloß stirnrunzelnd da, die Fäuste in die Hüften gestemmt, und sah anscheinend zu, wie die Männer, die für die nächsten vier Stunden in der Innenstadt patrouillieren würden, in Zweierreihen losritten. Elayne wäre allerdings überrascht gewesen, hätte Birgitte an die Männer mehr als nur einen flüchtigen Gedanken verschwendet.

Sie hatte ihre eigenen Sorgen. Während sie abstieg, musterte sie die drahtige Frau, die Feuerherz' Trense hielt, und den stämmigen Burschen, der den lederbezogenen Aufsitzschemel hinstellte und ihren Steigbügel hielt; sie versuchte, sich ihr Interesse nicht anmerken zu lassen. Er verzog stoisch keine Miene, während sie darin versunken war, die Nase des Wallachs zu streicheln und ihm zuzuflüstern. Keiner von ihnen schenkte Elayne nach einem respektvollen Zunicken weitere Aufmerksamkeit; Höflichkeiten waren weniger wichtig als dafür zu sorgen, dass sie nicht von einem Pferd abgeworfen wurde, das vor sich verbeugenden Leuten scheute. Dabei spielte es keine Rolle, dass sie ihre Hilfe nicht brauchte. Sie war nicht mehr auf dem Land, es galt Umgangsformen zu beachten. Trotzdem bemühte sie sich, ein Stirnrunzeln zu unterdrücken. Sie ließ die Stallbediensteten Feuerherz fortführen und sah ihnen nicht nach. Aber sie hätte es gern getan.

Die fensterlose Eingangshalle jenseits der Kolonnade erschien düster, obwohl ein paar der verspiegelten Kandelaber entzündet worden waren. Es handelte sich um einfache Lampen, deren Eisenteile zu simplen Spiralen geformt waren. Alles war schlicht, die verputzten Simse schmucklos, die weißen Steinwände nackt und glatt. Ihre Ankunft hatte sich herumgesprochen, und sie waren noch nicht richtig eingetreten, als ein halbes Dutzend Männer und Frauen unter ständigen Verbeugungen erschienen, um Umhänge und Handschuhe entgegenzunehmen. Ihre Livreen unterschieden sich von dem Stallpersonal insofern, dass sie weiße Kragen und Ärmelaufschläge hatten und der Löwe von Andor auf der linken Brust prangte statt auf der Schulter. Elayne erkannte keinen von ihnen. Die meisten Palastbediensteten waren neu, andere waren aus dem Ruhestand gekommen, um die Plätze derjenigen einzunehmen, die aus Angst geflohen waren, als Rand die Stadt erobert hatte. Ein kahlköpfiger Bursche mit einem offenen Gesicht wich ihrem Blick aus, aber vielleicht fürchtete er auch nur, zu dreist zu erscheinen. Eine schlanke junge Frau mit ständig zusammengekniffenen Augen legte etwas zu viel Enthusiasmus in ihren Hofknicks und ihr Lächeln, aber vielleicht wollte sie nur Pflichteifer zeigen. Elayne ging weiter, gefolgt von Birgitte, bevor sie anfing, sie anzustarren. Misstrauen hatte einen bitteren Geschmack.

Sareitha und ihr Behüter verließen sie nach ein paar Schritten, die Braune murmelte eine Entschuldigung; sie wollte in die Bibliothek, um dort ein paar Bücher einzusehen. Die Sammlung war nicht klein, auch wenn sie nicht mit den Großen Bibliotheken zu vergleichen war, und sie verbrachte dort jeden Tag einige Stunden und zog häufig vom Alter verblichene Bände hervor, die ihr an anderen Orten unbekannt waren. Yarman folgte ihr wie ein Schatten, als sie in einen abzweigenden Korridor rauschte; ein dunkler, pummeliger Schwan, der einen seltsam anmutigen Storch hinter sich herzog. Er trug noch immer seinen sinnverwirrenden Umhang, diesmal ordentlich zusammengefaltet über dem Arm. Behüter gaben sie nur selten für länger aus der Hand. Kosaans Umhang befand sich vermutlich in seiner Satteltasche verstaut.

»Möchtest du einen Behüterumhang haben, Birgitte?«, fragte Elayne im Gehen. Nicht zum ersten Mal beneidete sie Birgitte um ihre ausladenden Hosen. Selbst in den abgenähten Reitröcken konnte man sich nur mit Mühe schneller als im Schritttempo bewegen. Wenigstens trug sie Reitstiefel anstelle von Samtschuhen. Die nackten rotweißen Bodenfliesen wären in Samtschuhen eiskalt gewesen. Es gab nicht genug Teppiche, um sowohl die Gemächer als auch die Korridore auszulegen; davon abgesehen wären sie von dem ständigen Strom der Diener, die den Palast instand hielten, in kürzester Zeit abgelaufen gewesen. »Sobald Egwene die Weiße Burg übernommen hat, lasse ich dir einen machen. Du solltest einen haben.«

»Mich interessieren diese verdammten Umhänge nicht«, erwiderte Birgitte grimmig. Eine Unheil verkündende Miene verwandelte ihren Mund in einen schmalen Strich. »Es war so schnell vorbei, dass ich glaubte, du wärst verdammt noch mal gestolpert und hättest dir den verdammten Kopf angeschlagen. Blut und Asche! Von ein paar Straßenschlägern niedergeschlagen! Das Licht allein weiß, was hätte passieren können!«

»Es ist keine Entschuldigung nötig, Birgitte.« Wut und Empörung strömten durch den Bund, aber sie wollte den Vorteil ergreifen. Birgittes Schelte war schon schlimm genug, wenn sie allein waren; sie würde es sich nicht in den Gängen des Palasts bieten lassen, wo überall Diener umhereilten, das Schnitzwerk auf den holzvertäfelten Wänden polierten oder die in diesem Teil des Gebäudes vergoldeten Kandelaber warteten. Sie hielten kaum inne, um Birgitte und sie schweigend zu grüßen, aber zweifellos fragte sich jeder, warum der weibliche Generalhauptmann so finster aussah, und sie hatten die Ohren weit aufgesperrt, um so viel wie möglich aufzuschnappen. »Du warst nicht da, weil ich es nicht wollte. Ich wette, dass Sareitha ihren Ned auch nicht dabei hatte.« Eigentlich war es unvorstellbar gewesen, dass sich Birgittes Gesicht noch mehr verdüsterte. Vielleicht war es ein Fehler gewesen, Sareitha zu erwähnen. Elayne wechselte das Thema. »Du musst wirklich etwas wegen deiner Ausdrucksweise tun. Allmählich klingst du wie der schlimmste Tagedieb.«

»Meine … Ausdrucksweise?«, murmelte Birgitte auf gefährliche Weise. Selbst ihre Schritte hatten sich verändert, jetzt ähnelten sie denen einer umherstreifenden Wildkatze. »*Du* beklagst dich über *meine* Ausdrucksweise? Ich weiß wenigstens, was die Worte, die ich benutze, bedeuten. Ich weiß wenigstens, was angebracht ist und was nicht.« Elaynes Wangen liefen rot an, ihr Nacken versteifte sich. Sie wusste das auch! Jedenfalls meistens. Oder zumindest oft genug. »Und was Yarman angeht«, fuhr Birgitte mit noch immer leiser und gefährlicher Stimme fort, »so ist er ein guter Mann, aber er schwebt auf rosaroten Wolken, weil er Behüter ist. Vermutlich springt er, wenn Sareitha mit den Fingern schnippt. Ich habe nie auf rosaroten Wolken geschwebt und ich springe nicht. Hast du mir *deshalb* einen Titel aufgebürdet? Hast du geglaubt, mich damit zu zügeln? Wäre nicht der erste dumme Gedanke in deinem Kopf gewesen. Für jemanden, der die meiste Zeit so klar denkt … Nun. Auf mich wartet ein Schreibtisch, der unter verfluchten Berichten begraben ist, durch die ich mich hindurchkämpfen muss, wenn du auch nur die Hälfte der Gardisten bekommen sollst, die du haben willst. Aber heute Abend werden wir eine nette, lange Unterhaltung führen. Meine Lady«, fügte sie entschieden hinzu. Viel zu entschieden. Ihre Verbeugung war fast schon auf spöttische Weise formell. Sie ging mit langen, raubtierhaften Schritten fort und ihr langer goldfarbener Zopf hätte sich eigentlich sträuben müssen wie der Schwanz einer wütenden Katze.

Elayne stampfte wütend mit dem Fuß auf. Birgittes Titel war eine wohlverdiente Belohnung, allein seit dem Beginn ihres Bundes hatte sie sich ihn zehnmal verdient! Und zehntausend Mal davor. Nun, sie hatte an das *gedacht*, was Birgitte da angedeutet hatte, aber erst danach. Es hatte sowieso nicht viel genutzt. Ob die Befehle nun von ihrer Lehnsherrin oder der Aes Sedai kamen, Birgitte suchte sich die aus, denen sie gehorchte. Nicht, wenn es wichtig war – zumindest nicht, wenn sie es für wichtig erachtete –, aber bei allen anderen Dingen, vor allem denen, die sie unnötige Risiken oder ungehöriges Benehmen nannte. Als könnte Birgitte Silberbogen anderen etwas von unnötigen Risiken erzählen. Und was das richtige Benehmen anging: Birgitte trieb sich in Tavernen herum! Sie trank und spielte, außerdem machte sie hübschen Männern schöne Augen! Sie betrachtete gern die Gutaussehenden, obwohl sie jene vorzog, die aussahen, als hätten sie sich oft geprügelt. Elayne wollte sie nicht ändern – sie bewunderte die Frau, mochte sie, betrachtete sie als Freundin –, aber sie wünschte sich, ihre Beziehung wäre mehr wie die zwischen Behüter und Aes Sedai. Und viel weniger wie die einer älteren Schwester zu ihrer unscheinbaren jüngeren.

Abrupt wurde sie sich bewusst, dass sie dastand und finster ins Leere starrte. Diener gingen zögernd an ihr vorbei und senkten die Köpfe, als fürchteten sie, ihr Blick könnte auf sie fallen. Sie entspannte ihre Miene und gab einem hoch aufgeschossenen, pickelgesichtigen Jüngling, der ihr entgegenkam, ein Zeichen. Er verneigte sich so unbeholfen und tief, dass er stolperte und beinahe gestürzt wäre.

»Finde Frau Harfor und bitte sie, sofort zu mir in meine Gemächer zu kommen«, befahl sie ihm und fügte dann mit nicht unfreundlicher Stimme hinzu, »und vergiss nicht, deine Vorgesetzten werden nicht erfreut sein, wenn sie dich beim Herumstreunen im Palast erwischen, da du doch bei der Arbeit sein solltest.« Ihm klappte das Kinn herunter, als hätte sie seine Gedanken gelesen. Vielleicht dachte er tatsächlich, dass sie es getan hatte. Seine weit aufgerissenen Augen huschten zu ihrem Großen Schlangenring, und er quiekte auf und machte eine noch tiefere Verbeugung, bevor er davonstürmte.

Wider Willen musste sie lächeln. Es war nur eine wilde Vermutung gewesen, aber er war zu jung, um irgendjemandes Spion zu sein, und zu nervös, um nicht etwas vorzuhaben, das er nicht durfte. Andererseits … Ihr Lächeln verblasste. Andererseits war er gar nicht so viel jünger, als sie es war.

KAPITEL 8

Das Meervolk und die Kusinen

Es überraschte Elayne nicht, dass sie der Haushofmeisterin begegnete, bevor sie ihre Gemächer erreichte. Schließlich wollten sie beide zum selben Ort. Frau Harfor machte ihren Hofknicks und ging dann neben ihr her; unter dem Arm trug sie eine reich verzierte Ledermappe. Sie war mit Sicherheit so früh aufgestanden wie Elayne, wenn nicht sogar noch früher, aber ihr scharlachroter Wappenrock erschien frisch gebügelt, und der Weiße Löwe darauf war so sauber und hell wie frisch gefallener Schnee. Die Diener gingen schneller und putzten emsiger, wenn sie sie sahen. Reene Harfor war nicht grob, aber sie führte den Palast mit der gleichen strengen Disziplin, mit der Gareth Bryne die Garde befehligt hatte.

»Ich fürchte, ich habe noch keinen Spion fangen können, meine Lady«, raunte sie in Erwiderung auf Elaynes Frage, damit die Antwort auch nur ihre Ohren erreichte, »aber ich glaube, ich habe ein Pärchen entdeckt. Eine Frau und ein Mann, die beide während der letzten Monate in der Herrschaft Eurer Mutter, der verstorbenen Königin, in den Dienst aufgenommen wurden. Sie verließen den Palast sofort, als sich die Nachricht verbreitete, dass ich jeden befrage. Sie haben nicht einmal lange genug gewartet, um etwas von ihren Besitztümern mitzunehmen, nicht mal einen Umhang. Ich würde sagen, das ist so gut wie ein Geständnis. Es sei denn, sie hätten befürchtet, bei einer anderen Missetat erwischt zu werden.« Sie zögerte. »Ich fürchte, es hat Diebstähle gegeben.«

Elayne nickte nachdenklich. Während der letzten Monate der Herrschaft ihrer Mutter waren Naean und Elenia oft im Palast gewesen. Eine mehr als ausreichende Gelegenheit, Spione einzuschleusen. Die beiden waren im Palast gewesen, genau wie andere, die gegen Morgase Trakands Thronanspruch integriert, nach ihrer Inthronisierung ihre Amnestie akzeptiert und sie dann verraten hatten. Sie würde den Fehler ihrer Mutter nicht wiederholen. Oh, es musste eine Amnestie geben, wo auch immer das möglich war – alles andere hätte nur den Samen für einen Bürgerkrieg gepflanzt –, aber sie hatte sich vorgenommen, diejenigen, die ihre Vergebung akzeptierten, genau im Auge zu behalten. So wie eine Katze eine Ratte beobachtete, die behauptete, jedes Interesse am Kornspeicher aufgegeben zu haben. »Sie waren Spione«, sagte sie. »Und es gibt möglicherweise noch andere. Nicht nur für die Häuser. Auch die Schwestern im *Silbernen Schwan* haben möglicherweise Augen-und-Ohren im Palast untergebracht.«

»Ich werde weiterhin nach ihnen Ausschau halten, meine Lady«, erwiderte Reene und neigte den Kopf ein wenig. Ihr Ton war auf perfekte Weise respektvoll; sie hob nicht einmal andeutungsweise eine Braue, aber Elayne fragte sich erneut, ob sie wohl ihrer Großmutter das Stricken beibringen wollte. Wenn doch Birgitte nur die Dinge so regeln könnte, wie es Frau Harfor tat.

»Es ist gut, dass Ihr früher zurückgekommen seid«, fuhr die pummelige Frau fort. »Ich fürchte, Euch steht ein arbeitsreicher Nachmittag bevor. Als Erstes will Meister Norry mit Euch sprechen. In einer dringenden Angelegenheit, sagt er.« Ihre Lippen wurden einen Augenblick lang zu einem schmalen Strich. Sie wollte immer wissen, warum Leute zu Elayne vorgelassen werden wollten, damit sie die Spreu vom Weizen trennen konnte, statt ihre Herrin darunter zu begraben, aber der Erste Sekretär hielt es nie für nötig, ihr gegenüber auch nur eine Andeutung über sein Anliegen zu machen. Genauso wenig wie sie ihn über die ihren informierte. Beide wachten eifersüchtig über ihre Lehen. Mit einem Kopfschütteln verbannte Elayne Halwin Norry aus ihren Gedanken.

»Danach ist eine Delegation von Tabakhändlern an der Reihe. Sie hat um eine Audienz ersucht, genau wie eine der Weber; beide bitten um einen Steuererlass, weil die Zeiten so schwer sind. Meine Lady braucht meinen Rat nicht, ihnen zu sagen, dass es für alle schwere Zeiten sind. Dann wartet da noch eine Gruppe ausländischer Kaufleute, eine ziemlich große Gruppe. Sie wollen Euch alles Gute wünschen, natürlich auf eine Weise, die sie zu nichts verpflichtet; sie wollen sich bei Euch einschmeicheln, ohne sich jemand anderen zum Feind zu machen. Trotzdem schlage ich vor, dass Ihr sie kurz empfangt.« Frau Harfor legte dicke Finger auf die Mappe unter ihrem Arm. »Außerdem benötigen die Haushaltsbücher des Palasts Eure Unterschriften, bevor sie an Meister Norry weitergereicht werden können. Ich fürchte, sie werden ihn seufzen lassen. Ich habe zwar im Winter nicht damit gerechnet, aber ein großer Teil der Kornvorräte ist voller Getreidekäfer und Motten, und die Hälfte des geräucherten Schinkens ist schlecht geworden, genau wie ein Großteil des Räucherfischs.« Ziemlich respektvoll. Und entschieden.

Ich beherrsche Andor, hatte Elaynes Mutter ihr einmal unter vier Augen gesagt, *aber manchmal glaube ich, dass Reene Harfor mich beherrscht*. Ihre Mutter hatte dabei gelacht, aber sie hatte auch so geklungen, als wäre ihr das ernst gewesen. Wenn sie so darüber nachdachte, würde Frau Harfor als Behüterin zehnmal schlimmer als Birgitte sein.

Elayne wollte weder mit Halwin Norry noch mit den

Kaufleuten sprechen. Sie wollte sich ungestört hinsetzen und über Spione nachdenken und wer Naean und Elenia abgefangen hatte und was sie dagegen unternehmen konnte. Aber … Meister Norry hatte Caemlyn seit dem Tod ihrer Mutter am Leben gehalten. Und den alten Haushaltsbüchern zufolge hatte er das fast von dem Tag an getan, an dem sie in Rahvins Fänge geraten war, obwohl Norry darüber keine genauen Angaben machte. Die Geschehnisse jener Tage schienen ihn auf eine ziemlich unklare Weise gekränkt zu haben. Elayne konnte ihn nicht einfach abwimmeln. Außerdem war bei ihm noch nie etwas dringend gewesen. Und der gute Willen von Kaufleuten war auch nicht zu verachten, nicht einmal der von Ausländern. Und die Haushaltsbücher mussten abgezeichnet werden. Getreidekäfer und Motten? Und verdorbener Schinken? Im Winter? Das war allerdings sehr seltsam.

Sie hatten die mit geschnitzten Löwen versehenen Flügeltüren ihrer Gemächer erreicht. Kleinere Löwen als jene ihrer Mutter und kleinere Gemächer, aber sie hatte nicht einen Augenblick lang daran gedacht, die Gemächer der Königin zu beziehen. Das wäre genauso anmaßend gewesen, als hätte sie auf dem Löwenthron Platz genommen, bevor ihr Anspruch auf die Rosenkrone anerkannt worden war.

Seufzend griff sie nach der Mappe.

Am anderen Ende des Korridors erblickte sie Solain Morgeillin und Keraille Surtovni, die sich so schnell bewegten, wie sie konnten, ohne den Eindruck zu erwecken, sie würden rennen. Am Hals der mürrischen Frau, die zwischen sie gequetscht war, blitzte es silbern auf, obwohl die Schwestern ihr ein langes grünes Tuch umgebunden hatten, um die Leine des *A'dam* zu verbergen. Das *würde* Gerede geben und früher oder später würde es auffallen. Es war besser, wenn man sie und die anderen nicht umherführte, aber es gab keine Möglichkeit, das zu vermeiden. Um die Kusinen und die Windsucherinnen des Meervolks aufnehmen zu können hatte man Räume in den Dienerquartieren gebraucht, selbst wenn sich zwei oder drei nun ein Bett teilen mussten, und die Palastkeller waren Lagerräume, keine Verließe. Wie schaffte es Rand eigentlich *immer*, genau das Falsche zu tun? Ein Mann zu sein reichte nicht als Entschuldigung. Solain und Keraille verschwanden mit ihrer Gefangenen um die Ecke.

»Frau Corly hat heute Morgen darum gebeten, mit Euch sprechen zu dürfen, meine Lady.« Reenes Stimme war mit Bedacht neutral gehalten. Sie hatte die Kusinen ebenfalls beobachtet und auf ihrem breiten Gesicht zeichnete sich noch immer die Spur eines Stirnrunzelns ab. Das Meervolk war seltsam, aber sie konnte die Herrin der Wogen eines Clans und ihr Gefolge in ihr Weltbild einbauen, selbst wenn sie nicht genau wusste, was eine Herrin der Wogen eigentlich war. Eine hochrangige Ausländerin war eine hochrangige Ausländerin, und von Ausländern erwartete man, dass sie seltsam waren. Aber sie konnte nicht verstehen, warum Elayne fast einhundertfünfzig Kauf- und Handwerksfrauen eine Unterkunft gegeben hatte. Auch Begriffe wie »Kusinen« oder »Nähkränzchen« hätten ihr nichts gesagt, hätte sie sie gehört, und sie verstand die seltsamen Spannungen zwischen jenen Frauen und den Aes Sedai nicht. Genauso wenig wie sie die Frauen verstand, die die Asha'man gebracht hatten; auch wenn sie nicht in Zellen eingesperrt waren, handelte es sich doch um Gefangene, die man in aller Abgeschiedenheit festhielt und die mit niemandem sprechen durften außer mit den Frauen, die sie durch die Korridore eskortierten. Die Haushofmeisterin wusste, wann sie keine Fragen stellen durfte, aber es gefiel ihr nicht, wenn sie nicht verstand, was im Palast vor sich ging. Ihr Tonfall veränderte sich um keine Nuance. »Sie sagte, sie hätte gute

Neuigkeiten für Euch. Gewissermassen. Sie hat aber nicht um eine Audienz gebeten.«

Alle guten Neuigkeiten waren besser, als sich die Haushaltsbücher ansehen zu müssen, und Elayne hatte eine gewisse Hoffnung, worum es sich bei dieser Neuigkeit handelte. Sie gab der Haushofmeisterin die Mappe zurück. »Bitte legt sie auf den Schreibtisch. Und richtet Meister Norry aus, dass ich ihn nachher empfange. Es wird nicht lange dauern.«

Sie ging in die Richtung, aus der die Kusinen mit ihrer Gefangenen gekommen waren, und sie bewegte sich trotz ihres Reitrocks schnell. Gute Neuigkeiten oder nicht, Norry und die Kaufleute mussten empfangen werden, ganz zu schweigen von den Haushaltsbüchern, die überprüft und abgezeichnet werden wollten. Herrschen bedeutete endlose Wochen der Schinderei und seltene Stunden, in denen man das tat, was man wollte. Sehr seltene Stunden. Birgitte machte sich in ihrem Hinterkopf bemerkbar, ein Knoten aus purer Gereiztheit und Ungeduld. Zweifellos arbeitete sie sich durch den mit Papieren übersäten Aktenberg. Nun, ihre eigene Entspannung an diesem Tag würde in der Zeit bestehen, die es dauerte, das Reitgewand auszuziehen und eine hastige Mahlzeit zu sich zu nehmen. Also ging sie schnell, in Gedanken versunken und ohne eigentlich zu sehen, was sich vor ihr befand. Was hatte Norry so dringendes? Es ging mit Sicherheit nicht um Straßenreparaturen. Wie viele Spione? Unwahrscheinlich, dass Frau Harfor sie alle entfernte.

Als sie um eine Ecke bog, verhinderte nur die Fähigkeit, andere Frauen wahrzunehmen, die die Macht lenkten, dass sie direkt in Vandene hineinlief. Überrascht wichen sie voneinander zurück. Anscheinend war auch die Grüne tief in Gedanken versunken gewesen. Beim Anblick ihrer beiden Begleiterinnen runzelte Elayne die Stirn.

Kirstian und Zarya trugen schmucklose weiße Gewänder und hielten sich genau einen Schritt hinter Vandene, die Hände demütig vor dem Körper gefaltet. Ihr Haar waren lediglich nach hinten gebunden und sie trugen keinen Schmuck. Es wurde Novizinnen deutlich nahe gelegt, auf allen Schmuck zu verzichten. Sie hatten zu den Kusinen gehört – Kirstian war sogar Mitglied des Nähkränzchens gewesen –, aber sie waren aus der Weißen Burg weggelaufen, und es gab in den Gesetzen der Burg festgelegte Verfahren, wie man solche Frauen behandeln musste, ganz egal, wie lange sie fort waren. Zurückgeholte Ausreißerinnen mussten in all ihren Tätigkeiten absolut perfekt sein, vorbildlich in ihrem eifrigen Bestreben, die Stola zu erringen, und kleine Fehler, die man bei anderen übersah, wurden schnell und streng bestraft. Außerdem sahen sie zusätzlich einer viel schlimmeren Strafe entgegen, wenn sie die Burg erreichten, einer öffentlichen Auspeitschung mit Ruten, und selbst danach mussten sie mindestens ein ganzes Jahr auf ihrem vorgezeichneten und qualvollen Pfad wandeln. Einer zurückgekehrten Ausreißerin wurde bis in die Tiefen ihres Inneren klargemacht, dass sie niemals wieder weglaufen wollte. Niemals! Nur zur Hälfte ausgebildete Frauen waren einfach zu gefährlich, als dass man sie hätte allein herumlaufen lassen können.

Bei den seltenen Begegnungen mit den beiden Frauen hatte Elayne versucht, nachsichtig zu sein – man konnte nicht sagen, dass Kusinen nur die halbe Ausbildung genossen hatten; sie hatten genauso viel Erfahrung in der Einen Macht wie jede Aes Sedai. Sie hatte es versucht, nur um entdecken zu müssen, dass selbst die meisten der Kusinen sie missbilligten. Als man ihnen eine erneute Gelegenheit bot, Aes Sedai zu werden – zumindest jenen, bei denen das möglich war –, nahmen sie die Gesetze und Bräuche der Burg mit schockierendem Eifer an. Darum war Elayne genauso wenig von dem unterdrückten Eifer in den Augen der beiden Frauen überrascht wie über die Art und Weise, in der sie das Versprechen, in jeder Hinsicht folgsam zu sein, auszustrahlen schienen – sie wollten diese Chance genauso sehr wie all die anderen auch. Seltsam war nur, dass sie Vandene begleiteten. Bis jetzt hatte sie das Paar völlig ignoriert.

»Ich habe Euch gesucht, Elayne«, sagte Vandene, ohne sich mit Höflichkeiten aufzuhalten. Ihr weißes Haar, das mit einem dunkelgrünen Band im Nacken zusammengebunden war, hatte ihr trotz ihrer glatten Wangen schon immer einen Anschein von Alter verliehen. Die Ermordung ihrer Schwester hatte eine tiefsitzende Unbarmherzigkeit hinzugefügt, sodass sie wie eine unversöhnliche Richterin erschien. Sie war schlank gewesen; jetzt war sie knochig und ihre Wangen hohl. »Diese Kinder ...« Sie unterbrach sich, eine kaum merkliche Grimasse ließ ihren Mund noch schmaler erscheinen, als er ohnehin schon war.

Es war die richtige Ansprache für Novizinnen – der schrecklichste Augenblick für eine Frau, die in die Burg kam, war nicht die Entdeckung, dass man sie nicht als vollwertige Erwachsene betrachten würde, bis sie sich die Stola verdient hatte, sondern dass sie, so lange sie das Weiß der Novizinnen trug, tatsächlich ein Kind war, das sich selbst oder andere durch Unwissenheit oder dumme Fehler verletzen konnte. Es war die richtige Anrede, doch selbst für Vandene musste dies hier eine seltsame Situation sein.

Die meisten Novizinnen kamen im Alter von fünfzehn oder sechzehn Jahren in die Burg, bis vor kurzem hatte man keine über achtzehn aufgenommen – abgesehen von einer Hand voll, die es geschafft hatten, mit einer Lüge durchzukommen. Im Gegensatz zu den Aes Sedai baute die Hierarchie der Kusinen auf dem Alter auf, und Zarya – sie hatte sich Garenia Rosoinde genannt, aber Zarya Alkaese war der Name in den Novizinnenbüchern, und sie würde unter dem Namen Zarya Alkaese ihre Strafe empfangen – mit ihrer ausgeprägten Nase und dem breiten Mund war über neunzig, auch wenn sie so aussah, als hätte sie noch nicht einmal ihre mittleren Jahre erreicht. Obwohl die Frauen die Macht seit Jahren benutzten, fehlte ihnen die Alterslosigkeit der Aes Sedai, und die hübsche Kirstian mit den schwarzen Augen sah etwas älter aus, so um die dreißig. Aber sie war über dreihundert Jahre alt; Elayne war fest davon überzeugt, dass sie älter als selbst Vandene war. Kirstian hatte die Burg schon vor so langer Zeit verlassen, dass sie sich sicher genug gefühlt hatte, ihren richtigen Namen wieder anzunehmen, oder zumindest einen Teil davon. Die beiden waren nicht mal annähernd gewöhnliche Novizinnen.

»Diese *Kinder*«, fuhr Vandene etwas energischer fort, während sich eine steile Falte auf ihrer Stirn zeigte, »haben noch einmal über die Ereignisse in Harlon Brücke nachgedacht.« Dort war ihre Schwester ermordet worden. Und Ispan Shefar, aber in Vandenes Augen zählte der Tod einer Schwarzen Schwester so viel wie der eines tollwütigen Hundes. »Unglücklicherweise haben sie über ihre Schlüsse nicht Stillschweigen bewahrt, sondern sind zu mir gekommen. Wenigstens haben sie es nicht herumerzählt.«

Elayne runzelte leicht die Stirn. Mittlerweile wusste jeder im Palast über die Morde Bescheid. »Ich verstehe nicht«, sagte sie langsam. Und bedächtig. Sie wollte den beiden keine Hinweise geben, falls sie nicht wirklich mühsam verborgene Geheimnisse ausgegraben hatten. »Haben sie herausgefunden, dass es statt eines Raubüberfalls Schattenfreunde waren?« Das war die Geschichte, die sie in die Welt gesetzt hatten, zwei Frauen in einem abgelegenen Haus, die wegen ihres Schmucks getötet worden waren. Nur sie, Vandene, Nynaeve und Lan kannten die Wahrheit. Oder zumindest einen Teil davon. Zumindest bis jetzt, wie es den Anschein hatte. Die Novizinnen mussten so weit gekommen sein, oder Vandene würde ihnen einen Floh ins Ohr gesetzt und sie weggeschickt haben.

»Schlimmer.« Vandene blickte sich um, dann machte sie ein paar Schritte in die Mitte der Korridorkreuzung und zwang Elayne, sich ihr anzuschließen. Von dieser Stelle aus konnten sie jeden sehen, der die Korridore entlangkam. Die Novizinnen behielten aufmerksam ihre Position nahe der Grünen bei. Wenn man ihren Eifer betrachtete, war es möglich, dass man ihnen vielleicht schon den Floh ins Ohr gesetzt hatte. Es waren viele Diener in Sicht, aber keiner näherte sich, keiner war nahe genug, um lauschen zu können. Vandene senkte trotzdem ihre Stimme. Die leisen Töne konnten ihr Missfallen nicht verbergen. »Sie sind zu dem Schluss gekommen, dass entweder Merilille, Sareitha oder Careane die Mörderin ist. Ich glaube, da haben sie wirklich hervorragende Arbeit geleistet, aber sie hätten überhaupt nicht darüber nachdenken sollen. Sie hätten sich ihren Lektionen widmen sollen, und zwar so intensiv, dass sie keine Zeit gehabt hätten, an etwas anderes zu denken.« Trotz des finsteren Blicks, den sie Kirstian und Zarya zuwarf, strahlten die beiden viel zu alten Novizinnen vor Freude. In dem bösen Blick war ein Kompliment verborgen gewesen und Vandene war sparsam mit Komplimenten.

Elayne ersparte sich die Bemerkung, dass die beiden etwas beschäftigter gewesen wären, hätte Vandene sich bereit erklärt, sich an ihrem Unterricht zu beteiligen. Elayne und Nynaeve hatten viel zu viele andere Pflichten, und seit sie für die Windsucherinnen täglichen Unterricht angesetzt hatten, hatte keiner mehr die Energie, den beiden Novizinnen viel Zeit zu widmen.

Die Atha'an Miere zu unterrichten war, als würde man durch die Mangel einer Wäscherin gedreht! Sie hatten nur wenig Respekt vor den Aes Sedai. Und noch weniger für die Ränge der »Küstengefangenen«.

»Wenigstens haben sie mit niemand anderem darüber gesprochen«, murmelte sie. Ein Segen, wenn auch nur ein kleiner.

Als sie Adeleas und Ispan gefunden hatten, war es offensichtlich gewesen, dass es sich bei dem Mörder nur um eine Aes Sedai gehandelt haben konnte. Sie waren mit Rotdorn betäubt worden, bevor man sie getötet hatte, und es war so gut wie unmöglich, dass die Windsucherinnen Kräuter kannten, die nur weit vom Meer entfernt zu finden waren. Und selbst Vandene war davon überzeugt, dass sich unter den Kusinen keine Schattenfreunde verbargen. Ispan war selbst als Novizin weggelaufen und sogar bis nach Ebou Dar gekommen, aber sie war wieder eingefangen worden, bevor die Kusinen ihr enthüllen konnten, dass sie mehr waren als ein paar aus der Burg verbannte Frauen, die sich aus einer Laune heraus entschieden hatten, ihr zu helfen. Sie hatte bei der Befragung durch Vandene und Adeleas vieles enthüllt. Zwar war es ihr irgendwie gelungen, dabei nichts über die Schwarze Ajah preiszugeben außer alten, schon längst durchgeführten Plänen, aber nachdem Vandene und ihre Schwester mit ihr fertig gewesen waren, hatte sie begierig alles andere ausgeplaudert. Sie waren nicht sanft gewesen und hatten ihre Tiefen ausgelotet, doch sie hatte nicht mehr über die Kusinen gewusst als alle anderen Aes Sedai. Falls es unter den Kusinen Schattenfreunde gegeben hätte, dann hätte die Schwarze Ajah alles gewusst. So sehr sie sich es auch anders wünschten, die Mörderin war eine von drei Frauen, die sie alle lieb gewonnen hatten. Eine Schwarze Schwester in ihrer Mitte. Oder mehr als eine. Sie alle hatten sich verzweifelt bemüht, dieses Wissen geheim zu halten, zumindest so lange, bis die Mörderin entlarvt wurde. Die Nachricht würde den ganzen Palast in Panik versetzen, möglicherweise sogar die ganze Stadt. Licht, wer hatte sonst noch über die Geschehnisse in Harlon Brücke nachgedacht? Würden sie den Verstand haben, Stillschweigen zu bewahren?

»Jemand musste sie an der Hand nehmen«, sagte Vandene fest, »um sie von weiterem Unsinn abzuhalten. Sie brauchen regelmäßigen Unterricht und harte Arbeit.« Die strahlenden Gesichter der beiden hatten eine Spur von Selbstgefälligkeit angenommen, aber diese verblasste nun etwas. Sie hatten nur wenige Lektionen erhalten, aber die waren sehr hart und die Disziplin *sehr* streng gewesen. »Das heißt, entweder Ihr oder Nynaeve.«

Elayne schnalzte ärgerlich mit der Zunge. »Ich habe kaum einen Augenblick Zeit für mich, um in Ruhe nachzudenken. Ich muss mich schon anstrengen, gelegentlich eine Stunde für sie zu erübrigen. Nynaeve muss es tun.«

»Was muss Nynaeve tun?«, wollte Nynaeve fröhlich wissen, die sich zu ihnen gesellte. Irgendwo hatte sie sich eine lange Stola mit einem gelben Saum besorgt, die mit Blättern und hellen Blumen bestickt war, die nun aber über ihre Armbeugen hing. Trotz der Kälte trug sie ein blaues Gewand mit einem für Andor ziemlich tiefen Ausschnitt, obwohl der dicke, dunkle Zopf, der vorn über ihrer Schulter hing und sich an den Busen schmiegte, die Entblößung in Grenzen hielt. Der kleine rote Punkt in der Mitte ihrer Stirn, der *Ki'sain*, sah ziemlich seltsam aus. In Einklang mit den Gebräuchen der Malkieri bezeichnete ein roter *Ki'sain* eine verheiratete Frau, und sie hatte darauf bestanden, ihn zu tragen, sobald sie davon erfahren hatte. Sie spielte unbewusst mit dem Ende ihres Zopfes und sah … zufrieden aus, kein Gemütszustand, der für gewöhnlich mit Nynaeve al'Meara in Zusammenhang gebracht wurde.

Elayne zuckte zusammen, als sie Lan bemerkte, der ein paar Schritte von ihnen entfernt im Kreis um sie herumging und so in beiden Korridoren Wache hielt. Der finster dreinblickende Mann in dem dunkelgrünen Mantel, der so groß wie ein Aiel war und die Schultern eines Schmiedes hatte, konnte sich noch immer wie ein Geist bewegen. Selbst hier im Palast trug er ein Schwert am Gürtel. Er ließ Elayne jedes Mal erschaudern. Aus seinen kalten blauen Augen schaute der Tod. Es sei denn, er schaute Nynaeve an.

Die Zufriedenheit verschwand schnell aus Nynaeves Gesicht, als sie erfuhr, welche Aufgabe sie übernehmen sollte. Sie hörte auf, an ihrem Zopf herumzuzupfen, und umschloss ihn mit der Faust. »Jetzt hört genau zu. Elayne mag ja im Palast herumspazieren und Staatsoberhaupt spielen, aber ich habe beide Hände voll zu tun. Mehr als die Hälfte der Kusinen wäre mittlerweile verschwunden, würde Alise sie nicht am Nacken gepackt halten, und da sie nicht die geringste Aussicht hat, jemals die Stola zu erringen, kann ich nicht sagen, wie lange sie noch jemanden halten wird. Der Rest glaubt, er könnte mit mir diskutieren! Gestern hat mich Sumeko *Mädchen* genannt!«

Sie bleckte die Zähne, aber letztlich war das ihr eigener Fehler. Schließlich war sie es gewesen, die den Kusinen eingehämmert hatte, den Aes Sedai gegenüber etwas Rückgrat zu zeigen, statt vor ihnen zu kriechen. Nun, jetzt hatten sie aufgehört zu kriechen. Stattdessen neigten sie nun dazu, die Schwestern an ihren eigenen Regeln zu messen. Und die Schwestern schnitten dabei nicht gut ab! Es war zwar nicht Nynaeves Schuld, dass sie kaum älter als zwanzig zu sein schien – sie hatte sehr früh aufgehört zu altern –, aber für die Kusinen war das Alter sehr wichtig, und sie hatte sich dazu entschieden,

den Großteil ihrer Zeit mit ihnen zu verbringen. Sie riss nicht an ihrem Zopf, sondern zog so fest daran, dass sie ihn bestimmt gleich ausriss.

»Und dieses verfluchte Meervolk! Diese erbärmlichen Frauen! Erbärmlich, erbärmlich, erbärmlich! Gäbe es diesen *verdammten* Vertrag nicht …! Das Letzte, was ich jetzt gebrauchen kann, sind zwei jammernde, blökende Novizinnen!« Kirstians Lippen pressten sich einen Augenblick lang zusammen, und in Zaryas dunklen Augen blitzte kurz Empörung auf, bevor es ihr wieder gelang, Demut auszustrahlen. Oder den Anschein davon. Sie hatten genug Verstand, um zu wissen, dass Novizinnen Aes Sedai nicht widersprachen.

Elayne bezwang das Verlangen, alle zu besänftigen. Am liebsten hätte sie sowohl Kirstian wie auch Zarya geohrfeigt. Erst sie hatten alles komplizierter gemacht, weil sie den Mund nicht halten konnten. Sie wollte Nynaeve ohrfeigen. Also hatten die Windsucherinnen sie endlich in die Ecke getrieben, ja? Das verdiente kein Mitgefühl. »Ich *spiele* überhaupt nichts, Nynaeve, und das weißt du ganz genau! Ich habe dich oft genug um Rat gefragt!« Sie holte tief Luft und versuchte sich zu beruhigen. Die Diener, die sie jenseits von Vandene und den beiden Novizinnen sehen konnte, hatten ihre Arbeit unterbrochen, um die Gruppe der Frauen anzustarren. Sie bezweifelte, dass sie Lan überhaupt richtig wahrnahmen, so eindrucksvoll er auch sein mochte. Sich streitende Aes Sedai war ein Schauspiel, das sich zu beobachten lohnte, dem man sich aber besser nicht näherte.

»Jemand muss sich um sie kümmern«, sagte sie etwas leiser. »Oder glaubst du etwa, du könntest ihnen einfach befehlen, die Sache zu vergessen? Sieh sie dir doch an, Nynaeve. Wenn man sie sich selbst überlässt, werden sie im nächsten Augenblick herauszufinden versuchen, wer es ist. Sie hätten sich nicht Vandene anvertraut, wenn sie nicht geglaubt hätten, dass sie ihre

Hilfe annimmt.« Die beiden Frauen verwandelten sich in ein Abbild perfekter Novizinnenunschuld mit einer winzigen Spur Gekränktheit wegen der ungerechtfertigten Anschuldigung. Elayne glaubte es keinen Augenblick lang. Sie hatten ein ganzes Leben lang daran arbeiten können, sich zu verstellen.

»Und warum nicht?«, fragte Nynaeve nach einem Augenblick des Nachdenkens und richtete ihre Stola. »Beim Licht, Elayne, du darfst nicht vergessen, dass sie nicht das darstellen, was wir normalerweise von Novizinnen erwarten.« Elayne wollte protestieren. Was sie normalerweise erwarteten, von wegen! Nynaeve war nie Novizin gewesen, aber sie war vor gar nicht so langer Zeit eine Aufgenommene gewesen, und oft genug eine jammernde, blökende Aufgenommene! Sie öffnete den Mund, aber Nynaeve ließ sie nicht zu Wort kommen. »Ich bin sicher, Vandene kann sie gut gebrauchen«, sagte sie. »Und wenn nicht, kann sie ihnen regelmäßig Unterricht geben. Jemand hat mir mal erzählt, dass Ihr schon früher Novizinnen unterrichtet habt, Vandene. Seht Ihr. Alles erledigt.«

Die beiden Novizinnen lächelten breit, es war ein begieriges Lächeln voll freudiger Erwartung – es fehlte nur noch, dass sie sich zufrieden die Hände rieben –, aber Vandene runzelte die Stirn. »Ich kann keine Novizinnen gebrauchen, die mir im Weg sind, während ich ...«

»Ihr seid genauso blind wie Elayne«, unterbrach Nynaeve sie. »Sie haben Erfahrung darin, Aes Sedai glauben zu lassen, dass sie etwas anderes darstellen, als sie in Wirklichkeit sind. Sie können unter Eurer Anleitung arbeiten, dadurch habt Ihr Zeit, um zu essen und zu schlafen. Ich glaube nicht, dass Ihr eines davon tut.« Sie drückte die Brust raus und zog die Stola über Arme und Schultern. Es war eine bemerkenswerte Vorstellung. So klein sie auch war – sie war kaum größer als Zarya und entschieden kleiner als Vandene oder Kirstian –, schien sie die größte von ihnen allen zu sein. Es war eine Fähigkeit, die Elayne nur zu gern beherrscht hätte. Obwohl sie es niemals in einem so geschnittenen Gewand probieren würde. Nynaeve lief Gefahr, den Inhalt ihres Dekolletes herauszudrücken. Aber das tat ihrem Auftritt keinen Abbruch. Sie war die personifizierte Befehlsgewalt. »Vandene, Ihr werdet es tun«, sagte sie entschieden.

Vandenes Stirnfalte verschwand langsam, aber sie verschwand. Nynaeve war ihr in der Beherrschung der Macht überlegen und nahm einen dementsprechend höheren Rang ein, und obwohl sie niemals bewusst darüber nachgedacht hätte, sorgten die tief in ihr verwurzelten Konventionen dafür, dass sie – wenn auch unwillig – nachgab. Als sie sich den beiden Frauen in Weiß zuwandte, war ihr Gesicht fast wieder so reglos, wie es seit Adeleas Ermordung war. Was nur bedeutete, dass die Richterin im Augenblick keine Hinrichtung anordnen würde. Vielleicht später. Ihr hageres Gesicht war ganz ruhig und sehr grimmig.

»Ich habe eine Zeit lang Novizinnen unterrichtet«, räumte sie ein. »Eine kurze Zeit. Die Herrin der Novizinnen fand, ich würde meine Studentinnen zu streng behandeln.« Der Eifer der beiden Novizinnen kühlte etwas ab. »Ihr Name war Sereille Bagand.« Zaryas Gesicht wurde so bleich wie Kirstians, und Kirstian schwankte, als wäre ihr plötzlich schwindelig. Sereille war zuerst Herrin der Novizinnen und später dann Amyrlin-Sitz gewesen und sie war eine Legende. Die Art von Legende, die einen in der Nacht schweißgebadet aufwachen ließ. »Ich esse«, sagte Vandene zu Nynaeve gewandt. »Aber alles schmeckt wie Asche.« Sie gab den beiden Novizinnen mit einer knappen Geste zu verstehen, ihr zu folgen, und führte sie an Lan vorbei. Die beiden schwankten leicht, als sie ihr folgten.

»Stures Weib«, murmelte Nynaeve und sah ihnen

stirnrunzelnd nach, aber in ihrer Stimme lag mehr als nur eine Spur von Mitgefühl. »Ich kenne ein Dutzend Kräuter, die ihr helfen würden zu schlafen, aber sie rührt sie nicht an. Ich hätte nicht übel Lust, ihr etwas in den abendlichen Wein zu mischen.«

Eine kluge Herrscherin weiß, wann sie sprechen muss und wann nicht, dachte Elayne. Nun, darin steckte ein Körnchen Weisheit. Wenn Nynaeve jemanden als stur bezeichnete, war das in etwa so, als würde der Hahn den Fasan stolz nennen. Aber sie verkniff sich die Bemerkung. Stattdessen fragte sie: »Weißt du, welche Neuigkeit Reanne hat? So wie ich es verstanden habe, soll es eine gute Neuigkeit sein.«

»Ich habe sie heute Morgen nicht gesehen«, murmelte Nynaeve, die noch immer Vandene nachblickte. »Ich habe meine Gemächer nicht verlassen.« Sie riss sich abrupt aus ihren Gedanken und sah Elayne aus irgendeinem Grund misstrauisch an. Und dann ausgerechnet Lan. Er stand ungerührt weiter Wache.

Nynaeve behauptete, ihre Ehe sei wunderbar – sie konnte *schockierend* freimütig sein, wenn sie mit anderen Frauen darüber sprach –, aber Elayne glaubte, dass sie log, um ihre Enttäuschung zu verbergen. Es war ziemlich wahrscheinlich, dass Lan jederzeit für einen Angriff und zum Kampf bereit war, selbst wenn er schlief. Vermutlich war es so, als würde man neben einem hungrigen Löwen schlafen. Davon einmal abgesehen reichte das steinerne Gesicht schon aus, um jedes Ehebett zu einem kalten Ort zu machen. Glücklicherweise hatte Nynaeve keine Ahnung, was sie dachte. Die Frau lächelte doch tatsächlich. Seltsamerweise ein amüsiertes Lächeln. Amüsiert und … War es möglich, dass es herablassend gemeint war? Natürlich nicht. Reine Einbildung.

»Ich weiß, wo Reanne steckt«, sagte Nynaeve und ließ die Stola zurück in die Armbeugen rutschen. »Komm mit. Ich bringe dich zu ihr.«

Elayne wusste genau, wo sich Reanne aufhalten würde, da sie nicht zusammen mit Nynaeve untergebracht war, aber sie hielt ihre Zunge im Zaum und ließ zu, dass Nynaeve sie führte. Eine Art Buße für den Streit von eben, als sie hätte versuchen sollen, Frieden zu stiften. Lan folgte ihnen und die kalten Augen musterten die Korridore. Die Diener, an denen sie vorbeikamen, zuckten zusammen, wenn Lans Blick auf sie fiel. Eine junge, hellhaarige Frau raffte sogar ihre Röcke und floh, sie stieß gegen einen Kandelaber und brachte ihn zum Wackeln.

Das erinnerte Elayne daran, Nynaeve von Elenia und Naean und den Spionen zu erzählen. Nynaeve nahm die Nachricht ziemlich gelassen auf. Sie stimmte Elayne zu, dass sie früh genug erfahren würden, wer die beiden Frauen abgefangen hatte, und kommentierte Sareithas Zweifel mit einem abschätzigen Schnauben. Sie brachte sogar ihre Überraschung zum Ausdruck, dass man sie nicht schon vor langer Zeit aus Aringill herausgeholt hatte. »Ich konnte nicht glauben, dass sie bei unserer Ankunft in Caemlyn noch immer da waren. Jeder Narr hätte erkannt, dass man sie früher oder später herbringen würde. Es ist viel einfacher, sie aus einer kleinen Stadt herauszuholen.« Eine kleine Stadt. Einst wäre ihr Aringill wie eine große Stadt erschienen. »Was die Spione angeht …« Sie bedachte einen dünnen, grauhaarigen Mann, der einen mit Gold verzierten Kandelaber mit Öl auffüllte, mit einem Stirnrunzeln und schüttelte dann den Kopf. »Natürlich gibt es Spione. Ich wusste, dass welche da sein mussten, gleich von Anfang an. Du musst einfach aufpassen, was du sagst, Elayne. Sag nichts zu jemandem, den du nicht gut kennst, es sei denn, es stört dich nicht, dass es dann alle erfahren.«

Wann sie sprechen muss und wann nicht, dachte Elayne wieder und schürzte die Lippen. Bei Nynaeve konnte das manchmal eine echte Strafe sein.

Nynaeve hatte ebenfalls Neuigkeiten zu berichten. Achtzehn der Kusinen, die von ihnen nach Caemlyn begleitet worden waren, hatten den Palast verlassen. Allerdings waren sie nicht weggelaufen. Da keine von ihnen stark genug war, um zum Schnellen Reisen fähig zu sein, hatte Nynaeve ihnen die Wegetore gewoben und sie ins Hinterland von Altara, Amadicia und Tarabon geschickt, den von den Seanchanern besetzten Ländern. Dort sollten sie versuchen, die Kusinen aufzuspüren, die noch nicht geflohen waren, um sie nach Caemlyn zu bringen.

Es wäre nett gewesen, hätte Nynaeve sie bei ihrem Aufbruch am Vortag darüber informiert; noch besser wäre es gewesen, sie hätte es getan, nachdem Reanne und sie die Entscheidung getroffen hatten, die Frauen loszuschicken, aber Elayne erwähnte es nicht. Stattdessen sagte sie: »Das ist sehr mutig von ihnen. Es wird nicht einfach sein, eine Gefangennahme zu vermeiden.«

»Mutig, ja«, sagte Nynaeve. Es klang gereizt. Ihre Hand griff wieder nach dem Zopf. »Aber das ist nicht der Grund, warum wir sie ausgewählt haben. Alise war der Meinung, dass sie als Erste davonlaufen würden, falls wir ihnen nichts zu tun geben.« Sie schaute über die Schulter und warf Lan einen Blick zu, dann nahm sie ruckartig die Hand runter. »Ich kann mir nicht vorstellen, wie Egwene es schaffen will«, sagte sie seufzend. »Schön und gut, dass sich jede Kusine irgendwie der Weißen Burg ›anschließen‹ soll, aber wie? Die meisten sind nicht stark genug, um die Stola zu erringen. Viele können nicht einmal den Status einer Aufgenommenen erreichen. Und sie werden mit Sicherheit nicht den Rest ihres Lebens Novizinnen oder Aufgenommene bleiben wollen.«

Diesmal entgegnete Elayne nichts, weil sie nicht wusste, was sie sagen sollte. Das Versprechen würde eingelöst werden müssen; sie selbst hatte es gegeben. In

Egwenes Namen, das war richtig, aber sie hatte die Worte ausgesprochen, und sie würde ihr Wort nicht brechen. Sie wusste nur nicht, wie sie es einhalten sollte, es sei denn, Egwene würde sich einen wahrhaftig wunderbaren Plan einfallen lassen.

Reanne Corly war genau da, wo Elayne sie vermutet hatte, in einem kleinen Raum mit zwei schmalen Fenstern, die auf einen kleinen Hof in den Tiefen des Palasts hinausblickten, in dem ein Springbrunnen stand. Allerdings gab es in dem Springbrunnen zu dieser Jahreszeit kein Wasser und die gläsernen Fensterflügel ließen den Raum etwas stickig erscheinen. Der Boden bestand aus einfachen schwarzen Fliesen ohne Teppich und als Möbel gab es nur einen schmalen Tisch und zwei Stühle. Als Elayne eintrat, waren zwei Leute bei Reanne. Alise Tenjile, die ein schlichtes, hochgeschlossenes graues Gewand trug, schaute am Ende des Tisches auf. Scheinbar in ihren mittleren Jahren, war sie eine Frau mit einem angenehmen, unauffälligen Erscheinungsbild, die allerdings ziemlich bemerkenswert war, wenn man sie näher kennen lernte, und die wenn nötig sehr unangenehm werden konnte. Nach einem einzigen Blick richtete sie ihre Aufmerksamkeit wieder auf das, was sie auf dem Tisch studierte. Aes Sedai, Behüter und Tochter-Erbinnen konnten Alise nicht länger beeindrucken.

Reanne saß an der einen Seite des Tischs; ihr Gesicht war faltig und ihr Haar deutlich von Grau durchsetzt. Sie trug ein grünes Gewand, das aufwendiger als Alises war. Da sie die Prüfung zur Aufgenommenen nicht bestanden hatte, war sie aus der Weißen Burg fortgeschickt worden; nachdem man ihr nun eine zweite Chance geboten hatte, hatte sie bereits die Farben ihrer bevorzugten Ajah angenommen. Ihr gegenüber saß eine dicke Frau in einfachem braunem Tuch, deren Miene sturen Trotz ausdrückte. Ihre dunklen Augen waren fest auf Reanne gerichtet und vermieden den Blick auf das silberne *A'dam*, das wie eine Schlange zwischen ihnen auf dem Tisch lag. Ihre Hände strichen jedoch unablässig über den Tischrand, und Reanne zeigte ein zuversichtliches Lächeln, das die feinen Fältchen um ihre Augen vertiefte.

»Sagt mir nicht, Ihr habt einer von ihnen Vernunft eingebläut«, sagte Nynaeve, noch bevor Lan hinter ihnen die Tür geschlossen hatte. Sie starrte die Frau in Braun finster an, als wollte sie ihr einen Hieb auf die Ohren versetzen oder Schlimmeres, dann sah sie Alise an. Elayne war der ehrlichen Überzeugung, dass Nynaeve einen gewissen Respekt vor Alise hatte. Die Frau war alles andere als stark im Gebrauch der Macht – sie würde die Stola niemals erringen! –, aber sie besaß die Fähigkeit, das Kommando zu übernehmen, wann immer sie wollte, und jeden in ihrer Umgebung dazu zu bringen, das zu akzeptieren. Aes Sedai eingeschlossen. Elayne glaubte, dass sogar sie selbst eine gewisse Ehrfurcht vor Alise hatte.

»Sie bestreiten noch immer, dass sie die Macht lenken können«, murmelte Alise, verschränkte die Arme unter den Brüsten und bedachte die Frau, die gegenüber von Reanne saß, mit einem finsteren Blick. »Ich schätze, sie können es wirklich nicht, aber ich fühle … etwas. Nicht unbedingt den Funken einer Frau, die dazu geboren ist, aber etwas ist da. Es ist, als stünde sie kurz davor, die Macht ergreifen zu können, einen Fuß erhoben, um die Grenze zu überschreiten. Ich habe noch nie zuvor etwas Vergleichbares gefühlt. Nun. Zumindest versuchen sie nicht länger, uns mit den Fäusten anzugreifen. Wenigstens das haben wir ihnen ausgetrieben!« Die Frau in Braun warf ihr einen wütenden Blick zu, wich dann aber Alises ungerührter Erwiderung aus, und ihr Mund verzog sich zu einer weinerlichen Grimasse. Wenn Alise jemandem etwas austrieb, dann gründlich. Ihre Hände strichen noch immer über die Tischkante; Elayne glaubte nicht, dass sie sich dessen bewusst war.

»Sie bestreiten auch weiterhin, den Fluss der Macht sehen zu können, aber sie versuchen, sich selbst davon zu überzeugen«, sagte Reanne in ihrer hohen, melodischen Stimme. Sie erwiderte den trotzigen Blick der anderen mit einem Lächeln. Reanne besaß eine Ruhe und Ausstrahlung, um die sie jede Schwester hätte beneiden können. Sie war die Älteste des Nähkränzchens gewesen, der höchsten Autorität der Kusinen. Laut ihren Regeln gab es das Nähkränzchen nur in Ebou Dar, aber sie war von den nach Caemlyn gereisten noch immer die Älteste, etwa hundert Jahre älter als jede Aes Sedai in der bekannten Geschichte, und sie war mit ihrer ruhigen Autorität jeder Schwester ebenbürtig. »Sie behaupten, wir würden sie mit der Macht täuschen, sie glauben machen, dass das *A'dam* sie halten kann. Früher oder später werden ihnen keine Lügen mehr einfallen.« Sie zog das *A'dam* zu sich heran und öffnete mit einer energischen Bewegung den Verschluss des Halsbandes. »Wollen wir es erneut versuchen, Marli?« Die Frau in Braun – Marli – vermied es noch immer, das silbrige Metall in Reannes Händen anzusehen, aber sie versteifte sich und ihre Hände tanzten über die Tischkante.

Elayne seufzte. Was für ein Geschenk hatte ihr Rand da gemacht. Ein Geschenk! Neunundzwanzig seanchanische *Sul'dam*, die hübsch von *A'dams* gefesselt wurden, und fünf *Damane* – sie hasste das Wort, es bedeutete *die Gefesselten*, auch wenn sie genau das waren. Fünf Damane, denen man ihre Kragen nicht abnehmen konnte, und zwar aus dem einfachen Grund, weil sie dann versuchen würden, die seanchanischen Frauen zu befreien, die sie als Sklavinnen gehalten hatten. Mit einem Bindfaden angebundene Leoparden wären ein besseres Geschenk gewesen. Wenigstens konnten Leoparden nicht die Macht lenken. Man hatte sie der Obhut der Kusinen übergeben, weil kein anderer die Zeit dafür hatte.

Doch Elayne hatte sofort gewusst, was man mit den *Sul'dam* machen musste. Man musste sie davon überzeugen, dass sie die Macht lenken konnten und sie dann nach Seanchan zurückschicken. Außer Nynaeve kannten nur Egwene, Aviendha und ein paar Kusinen den Plan. Nynaeve und Egwene hatten ihre Zweifel, aber welche Anstrengungen die *Sul'dam* nach ihrer Rückkehr auch unternehmen würden, um zu verbergen, was sie waren, irgendwann würde sich eine verraten. Falls sie nach ihrer Ankunft nicht ohnehin sofort Bericht erstatteten. Seanchaner waren seltsam; selbst die Seanchanerinnen unter den *Damane* glaubten fest daran, dass jede Frau, die Zugriff auf die Eine Macht hatte, zur Sicherheit aller anderen an die Kette gelegt werden musste. Die Seanchaner brachten den *Sul'dam* einen hohen Respekt entgegen, da sie die Fähigkeit besaßen, die mit einem *A'dam* versehenen Frauen zu kontrollieren. Das Wissen, dass die *Sul'dam* selbst in der Lage waren, die Macht zu lenken, würde die Seanchaner bis ins Mark erschüttern, vielleicht sogar ihre Gesellschaft auseinander brechen lassen. Am Anfang hatte es so einfach ausgesehen.

»Reanne, ich habe gehört, dass Ihr gute Neuigkeiten habt«, sagte Elayne. »Wenn die *Sul'dam* noch immer nicht anfangen zusammenzubrechen, was ist es dann?« Alise bedachte Lan, der schweigend an der Tür Wache hielt, mit einem Stirnrunzeln. Sie missbilligte, dass er ihre Pläne erfuhr, sagte aber nichts.

»Einen Augenblick bitte«, murmelte Reanne. Eigentlich war es keine Bitte. Nynaeve hatte ihre Arbeit wirklich zu gut erledigt. »Sie muss das nicht mitbekommen.« Plötzlich hüllte sie das Schimmern *Saidars* ein. Sie bewegte die Finger, als sie die Macht lenkte, so als würde sie die Luftströme dirigieren, die Marli auf ihren

Stuhl banden, dann schnitt sie sie ab und legte die Hände schalenförmig aneinander, als würde sie die Barriere gegen sämtliche Laute, die sie um die Frau herum webte, in die richtige Form bringen. Eigentlich benötigte man keine Gesten, um die Eine Macht zu benutzen, aber sie brauchte sie, weil sie auf diese Weise gelernt hatte, sie einzusetzen. Die Lippen der *Sul'dam* verzogen sich verächtlich. Die Eine Macht machte ihr keine Angst.

»Lasst Euch Zeit«, kommentierte Nynaeve giftig und stemmte die Hände in die Hüften. »Wir haben es nicht eilig.« Im Gegensatz zu Alise schüchterte Reanne sie nicht ein.

Andererseits konnte Nynaeve jedoch Reanne ebenfalls nicht mehr einschüchtern. Reanne ließ sich Zeit und überprüfte ihre Arbeit, dann nickte sie zufrieden, bevor sie aufstand. Die Kusinen hatten immer so wenig wie nötig von der Macht Gebrauch gemacht, und die Freiheit, *Saidar* so oft zu benutzen, wie sie wollte, bereitete ihr genauso viel Vergnügen wie Stolz, sie gut zu weben.

»Die gute Neuigkeit ist«, begann sie und glättete ihre Röcke, »dass drei *Damane* bereit zu sein scheinen, von ihren Kragen befreit zu werden. Vielleicht.«

Elayne hob die Brauen, sie wechselte einen überraschten Blick mit Nynaeve. Von den fünf *Damane*, die Taim ihnen übergeben hatte, war eine auf der Halbinsel von Toman und eine weitere in Tanchico den Seanchanern in die Hände gefallen. Die anderen kamen aus Seanchan.

»Zwei der Seanchanerinnen, Marille und Jillari, behaupten noch immer, dass sie es *verdienen*, an den Kragen gelegt zu werden, dass man sie an den Kragen legen *muss*.« Reanne vorzog vor Abscheu den Mund, aber sie hielt nur einen Moment inne. »Die Aussicht auf Freiheit schien sie wirklich zu entsetzen. Alivia hat damit aufgehört. Jetzt behauptet sie, sie hätte es nur gesagt, weil sie Angst hatte, wieder gefangen genommen zu werden. Sie sagt, sie hasst alle *Sul'dam*, und sie bietet ein gutes Schauspiel, knurrt sie an und verflucht sie, aber …« Sie schüttelte zweifelnd den Kopf. »Elayne, sie erhielt den Kragen im Alter von dreizehn oder vierzehn, sie ist sich nicht sicher, und sie ist *seit vierhundert Jahren eine Damane!* Und davon abgesehen, ist sie … Alivia ist beträchtlich stärker als Nynaeve!«, sprudelte sie die letzten Worte hervor. Die Kusinen sprachen ganz offen über das Alter, aber sie teilten den Widerwillen der Aes Sedai, über die Stärke in der Macht zu sprechen. »Können wir es wagen, sie freizulassen? Eine seanchanische Wilde, die den ganzen Palast zerstören könnte?« Die Kusinen teilten auch die Ansicht der Aes Sedai über die Wilden. Jedenfalls die meisten von ihnen.

Schwestern, die Nynaeve kannten, hatten gelernt, in ihrer Gegenwart vorsichtig mit diesem Wort zu sein. Sie konnte ziemlich schnippisch reagieren, wenn es in einem verächtlichen Tonfall benutzt wurde. Aber jetzt starrte sie Reanne lediglich an. Vielleicht versuchte sie, die Antwort zu finden. Elayne wusste, wie ihre Antwort lauten würde, aber das hatte nichts mit der Beanspruchung des Throns oder Andor zu tun. Es war eine Entscheidung, die Aes Sedai zu treffen hatten und die hier getroffen werden musste, und das bedeutete, dass es Nynaeves Sache war.

»Wenn ihr es nicht tut«, sagte Lan leise von der Tür her, »könnt ihr sie genauso gut den Seanchanern zurückgeben.« Die finsteren Blicke der vier Frauen, denen seine tiefe Stimme wie das Dröhnen eines Beerdigungsgongs erschienen war, brachten ihn nicht im mindesten in Verlegenheit. »Ihr werdet sie im Auge behalten müssen, aber wenn ihr sie weiterhin den Kragen tragen lasst, obwohl sie frei sein will, dann seid ihr nicht besser als sie.«

»Das ist nicht Eure Entscheidung, Behüter«, sagte Alise entschieden. Er erwiderte ihren strengen Blick mit kühlem Gleichmut und sie grunzte angeekelt und warf die Hände in die Luft. »Ihr solltet mal ernsthaft mit ihm reden, wenn Ihr mit ihm allein seid, Nynaeve.«

Der Respekt, den Nynaeve vor dieser Frau empfand, musste in diesem Moment besonders ausgeprägt sein, denn ihre Wangen röteten sich. »Glaubt nicht, ich würde es nicht tun«, sagte sie leichthin. Sie würdigte Lan keines Blickes. Schließlich gestand sie sich die hier herrschende Kälte ein, zog die Stola über die Schultern und räusperte sich. »Aber er hat Recht. Wenigstens müssen wir uns wegen der beiden anderen keine Sorgen machen. Ich bin nur überrascht, dass es so lange gedauert hat, bis sie aufhörten, die dummen Seanchanerinnen zu imitieren.«

»Da bin ich mir nicht so sicher«, seufzte Reanne. »Ihr müsst wissen, dass Kara auf der Halbinsel von Tomar so etwas wie eine Weise Frau darstellte. Sie war in ihrem Dorf sehr einflussreich. Natürlich war sie eine Wilde. Man sollte eigentlich denken, dass sie die Seanchaner gehasst hat, aber das tut sie nicht, zumindest nicht alle. Sie ist der *Sul'dam*, die mit ihr zusammen gefangen genommen wurde, sehr zugetan, und es liegt ihr viel daran, dass wir *keiner* der *Sul'dam* etwas antun. Lemore ist erst neunzehn, eine verwöhnte Adlige, die das Pech hatte, dass sich der Funken an genau dem Tag in ihr manifestierte, als Tanchico fiel. Sie sagt, sie hasst die Seanchaner und will sie dafür büßen lassen, was sie Tanchico angetan haben, aber sie hört genauso bereitwillig auf ihren *Damane*-Namen Larie wie auf ihren richtigen Namen, und sie lächelt die *Sul'dam* an und lässt sich von ihnen liebkosen. Ich misstraue ihnen nicht, nicht so wie Alivia, aber ich habe meine Zweifel, ob sie sich gegenüber einer *Sul'dam* durchsetzen könnten. Ich glaube, wenn ihnen eine *Sul'dam* befiehlt, ihr zur Flucht zu verhelfen, dann werden sie es auch tun, und ich fürchte, sie würden keine große Gegenwehr leisten, wenn die *Sul'dam* erneut versucht, ihnen den Kragen anzulegen.«

Nachdem sie geendet hatte, legte sich Schweigen über den Raum.

Nynaeve schien in sich hineinzublicken, mit sich selbst zu ringen. Sie umklammerte ihren Zopf, dann ließ sie ihn los und verschränkte die Arme unter ihrer Brust, und die Fransen der Stola schaukelten hin und her. Sie schaute jeden an, mit Ausnahme von Lan. Ihm schenkte sie keinen Blick.

Schließlich holte sie tief Luft und wappnete sich, um sich Reanne und Alise zu stellen. »Wir müssen das *A'dam* entfernen. Wir behalten die Frauen, bis wir uns ihrer sicher sein können – und Lemore bleibt danach weiter bei uns; sie muss das Weiß tragen! Wir werden dafür sorgen, dass sie nie allein sind, vor allem nicht in Gegenwart der *Sul'dam,* aber das *A'dam* kommt runter!« Sie sprach voller Leidenschaft, als würde sie mit Widerstand rechnen, aber auf Elaynes Gesicht zeigte sich ein breites Lächeln der Zustimmung. Die Verstärkung durch drei Frauen, denen sie nicht richtig vertrauen konnten, zählte kaum als gute Neuigkeit, aber es hatte keinen anderen Ausweg gegeben.

Reanne nickte bloß zustimmend – nach einem Augenblick des Zögerns –, aber eine lächelnde Alise kam um den Tisch herum, um Nynaeve auf die Schulter zu klopfen. Und Nynaeve errötete tatsächlich. Sie versuchte es mit einem Räuspern zu überspielen und blickte die Seanchanerin in ihrem Käfig aus *Saidar* mit einer Grimasse an, aber ihre Bemühungen waren nicht sehr effektiv, und Lan verdarb sie sowieso.

»Tai'shar Manetheren«, sagte er leise.

Nynaeve klappte der Unterkiefer herunter, dann verzogen sich ihre Lippen zu einem breiten Lächeln. In ihren Augen funkelten plötzlich Tränen, als sie mit freudigem Gesicht zu ihm herumwirbelte. Er erwiderte das Lächeln und in seinen Augen war keine Kälte zu sehen.

Elayne musste sich beherrschen, ihn nicht anzustarren. Beim Licht! Vielleicht machte er aus dem Ehebett ja doch keinen kalten Ort. Der Gedanke trieb Hitze in ihre Wangen. Sie versuchte, die beiden nicht anzusehen, und ihr Blick fiel auf Marli, die noch immer an ihren Stuhl gefesselt war. Die Seanchanerin starrte stur geradeaus, während ihr Tränen die feisten Wangen herabliefen. Stur geradeaus. Auf die miteinander verwobenen Stränge aus Macht, die alle Laute von ihr fern hielten. Es war unmöglich, dass sie noch immer abstritt, sie sehen zu können. Aber als Elayne das sagte, schüttelte Reanne den Kopf.

»Sie weinen alle, wenn man sie dazu zwingt, ein Geflecht der Macht lange Zeit anzusehen, Elayne«, sagte sie müde. Und mit einem Hauch von Traurigkeit. »Aber sobald die Stränge wieder fort sind, überzeugen sie sich selbst davon, dass wir sie getäuscht haben. Versteht Ihr, sie können nicht anders. Sonst wären sie *Damane* und keine *Sul'dam*. Nein, es wird einige Zeit dauern, die Herrin der Hunde davon zu überzeugen, dass sie selbst eine Hündin ist. Ich fürchte, ich konnte Euch doch keine guten Neuigkeiten mitteilen, oder?«

»Nicht unbedingt«, sagte Elayne. Eigentlich sogar gar keine. Nur ein weiteres Problem, das sich zu den anderen gesellte. Wie viele schlechte Neuigkeiten konnte man aufeinander stapeln, bevor einen der Stapel unter sich begrub? Sie brauchte ein paar gute Neuigkeiten, und zwar bald.

KAPITEL 9

Eine Tasse Tee

Als Elayne endlich in ihrem Ankleidezimmer war, zog sie mithilfe von Essande, der weißhaarigen Ruheständlerin, die sie sich als Zofe ausgesucht hatte, schnell ihr Reitgewand aus. Die schlanke, würdevolle Frau bewegte sich etwas langsam, aber sie kannte ihre Arbeit und verschwendete keine Zeit mit unnützem Geplauder. Tatsächlich sagte sie nur selten etwas, das über einen Bekleidungsvorschlag hinausging, sowie die täglich erfolgende Bemerkung, dass Elayne wie ihre Mutter aussah. In dem breiten Marmorkamin am anderen Ende des Raums tanzten Flammen auf den dicken Holzscheiten, aber das Feuer konnte der Luft kaum etwas von ihrer beißenden Kälte nehmen. Rasch zog sie ein schönes Gewand aus blauem Tuch mit an dem hohen Kragen und den Ärmeln aufgestickten Zuchtperlen über, dazu kamen der mit Silber durchwirkte Gürtel mit einem kleinen Dolch in einer Silberscheide und mit silbernem Muster verzierte blaue Samtschuhe. Vermutlich würde keine Zeit mehr bleiben, sich vor der Audienz mit den Kaufleuten erneut umzuziehen, und sie mussten von ihrem Anblick beeindruckt sein. Außerdem würde sie dafür sorgen müssen, dass Birgitte dabei war. Birgitte sah in Uniform äußerst beeindruckend aus. Und Birgitte würde eine Unterredung mit Kaufleuten als Pause betrachten. Der feurigen Gereiztheit nach zu urteilen, die sich in Elaynes Hinterkopf bemerkbar machte, fand der Gene-

ralhauptmann der Königlichen Garde diese Berichte keine leichte Lektüre.

Sie legte Perlenohrringe an und entließ Essande dann zu ihrer eigenen Feuerstelle in den Quartieren der Pensionäre. Die Frau hatte es abgelehnt, einer Heilung unterzogen zu werden, aber Elayne hatte den Verdacht, dass ihre Gelenke schmerzten. Wie dem auch war, sie selbst war fertig. Allerdings würde sie nicht das Diadem der Tochter-Erbin tragen; es konnte oben auf dem kleinen Schmuckkästchen aus Elfenbein auf ihrem Ankleidetisch liegen bleiben. Sie besass nicht viel Schmuck; die meisten Juwelen waren versetzt worden und der Rest würde das Hofgeschirr begleiten, wenn es so weit war. Sinnlos, sich jetzt darüber zu sorgen. Sie hatte nur wenige Augenblicke für sich selbst, dann musste sie sich wieder auf ihre Pflichten stürzen.

Ihr Wohnzimmer mit der dunklen Holzvertäfelung und den breiten Vogelfriesen enthielt zwei große Kamine mit aufwendig gestalteten Einfassungen, einen an jedem Ende, die ihrer Aufgabe des Wärmens besser nachkamen als der im Ankleidezimmer. Allerdings waren auch hier die Teppiche auf dem weißen Fliesenboden unumgänglich. Zu ihrer Überraschung befand sich auch Halwin Norry in dem Raum. Es sah so aus, als hätte sich die Pflicht auf sie gestürzt.

Der Erste Sekretär erhob sich bei ihrem Eintreten von einem Stuhl mit niedriger Lehne, drückte eine Ledermappe an die schmale Brust und wankte um den am Rand mit Schnörkelornamenten verzierten Tisch in der Mitte des Raums, um einen unbeholfenen Kratzfuß zu machen. Norry war groß und schlank, hatte eine lange Nase, und der spärliche Haarwuchs hinter seinen Ohren sprang hervor wie weiße Federbüschel. Er erinnerte Elayne oft an einen Reiher. Eigentlich hantierte eine Vielzahl von Schreibern unter seiner Führung mit den Federn, dennoch wurde der Saum seines scharlachroten Wappenrocks von einem kleinen Tintenfleck verunstaltet. Der Fleck sah ziemlich alt aus, und sie fragte sich, ob die Mappe weitere verbarg. Er hatte die Gewohntheit, sie vor seine Brust zu halten, erst angenommen, als er die formelle Uniform angelegt hatte; zwei Tage nach Frau Harfor. Ob er es als Ausdruck der Loyalität getan hatte oder bloß, um es der Haushofmeisterin nachzutun, war noch immer ein Gegenstand der Diskussion.

»Verzeiht mir meinen Überfall, meine Lady«, sagte er, »aber ich glaube, meine Angelegenheiten sind von einiger Wichtigkeit, wenn nicht sogar von Eile.« Wichtig oder nicht, sein Tonfall war noch immer monoton.

»Natürlich, Meister Norry. Ich würde Euch nicht zur Eile treiben wollen.« Er sah sie blinzelnd an, und sie versuchte, ein Seufzen zu unterdrücken. Nach der Art und Weise zu urteilen, wie er den Kopf leicht schiefhielt, um einen Ton besser aufschnappen zu können, war er mehr als nur etwas schwerhörig. Vielleicht war das der Grund, warum seine Stimme niemals ihre Tonlage veränderte. Sie sprach etwas lauter. Aber vielleicht war er auch einfach nur ein Langweiler. »Setzt Euch und berichtet mir von diesen wichtigen Angelegenheiten.«

Sie nahm sich einen der mit Schnitzereien versehenen Stühle vom Tisch und bedeutete ihm, sich ebenfalls einen zu nehmen, aber er blieb stehen. Das tat er immer. Sie lehnte sich zurück, um ihm zuzuhören, schlug die Beine übereinander und richtete ihre Röcke.

Er schaute nicht in seine Mappe. Alles, was dort auf dem Papier stand, befand sich auch in seinem Kopf; die Papiere waren nur für den Fall da, dass sie sie mit eigenen Augen sehen wollte. »Die dringlichste und vielleicht auch wichtigste Neuigkeit besteht darin, meine Lady, dass man auf Euren Gütern in Danabar große Vorkommen Alaun entdeckt hat. Alaun von erstklassiger Qualität. Ich glaube, dass die Bankiers meine Erkundigungen in Eurem Namen weniger … zögerlich behandeln werden, sobald sie davon erfahren.« Er lächelte kurz, ein schnelles Verziehen dünner Lippen. Für ihn war das fast so viel wie ein Freudensprung.

Elayne setzte sich sofort aufrecht hin, als er Alaun erwähnte, und ihr Lächeln war sehr viel breiter. Sie verspürte selbst Lust auf einen Freudensprung. Hätte ihr jemand anderes als Norry gegenübergestanden, hätte sie es vielleicht sogar getan. Ihre Freude war so groß, dass Birgittes Gereiztheit einen Augenblick lang in den Hintergrund verdrängt wurde. Färber und Weber verschlangen Alaun förmlich, genau wie auch die Glasbläser und Papiermacher. Die einzige Quelle für erstklassiges Alaun war Ghealdan – oder war es zumindest bis jetzt gewesen –, und allein die Steuern für den Handel hatten ausgereicht, um den Thron von Ghealdan für Generationen zu stützen. Was aus Tear und Arafel kam, war nicht ganz so rein, aber es brachte den Schatztruhen dieser Länder fast genauso viele Münzen ein wie Olivenöl oder Edelsteine.

»Das *ist* eine wichtige Neuigkeit, Meister Norry. Die beste, die ich heute gehört habe.« Vermutlich die beste seit ihrer Ankunft in Caemlyn, aber mit Sicherheit die beste am heutigen Tag. »Wie schnell könnt Ihr das ›Zögern‹ der Bankiers überwinden?« Es war eher so gewesen, als hätte man ihr die Tür vor der Nase zugeschlagen, nur etwas höflicher. Die Bankiers wussten bis auf den letzten Mann genau, wie viele Bewaffnete im Moment hinter ihr standen und wie viele hinter ihren Gegnern. Trotzdem hatte sie keinen Zweifel, dass der mit Alaun verbundene Reichtum ihre Einstellung ändern würde. Genauso wenig wie Norry.

»Ziemlich schnell, meine Lady, und ich glaube, zu guten Bedingungen. Sollten ihre besten Angebote nicht ausreichend sein, werde ich ihnen sagen, dass ich mich an Tear oder Cairhien wende. Sie werden das Risiko nicht eingehen wollen, den Handel zu verlieren, meine Lady.«

Und das alles mit dieser trockenen, ausdruckslosen Stimme, in der nicht einmal ein Hauch von Zufriedenheit zu hören war, die jeder andere Mann verspürt hätte. »Es wird sich natürlich um Darlehen aufgrund zukünftiger Einkünfte handeln und es werden Kosten entstehen. Der Abbau in den Minen. Transport. Danabar ist bergiges Gelände und ein gutes Stück von der Lugardstraße entfernt. Aber es dürfte ausreichen, damit Ihr Eure Ambitionen für die Garde erfüllen könnt, meine Lady. Und für Eure Akademie.«

»Ausreichend ist kaum das richtige Wort, falls Ihr versuchen wollt, mir meine Pläne für die Akademie auszureden, Meister Norry«, sagte sie und hätte beinahe gelacht. Er hütete Andors Staatsschatz so eifersüchtig wie eine Mutterhenne ihr einziges Küken, und er war strikt dagegen gewesen, dass sie die Schule übernommen hatte, die auf Rands Befehl hin in Caemlyn gegründet worden war, und er hatte seine Argumente so lange wiederholt, bis sich seine Stimme in einen Bohrer verwandelt zu haben schien, der sich in ihren Schädel fräste. Bis jetzt bestand die Schule aus ein paar Dutzend Gelehrten mit ihren Schülern, die in der Neustadt auf ein paar Gasthäuser verteilt waren, aber selbst im Winter kamen jeden Tag ein paar hinzu, und sie hatten angefangen, lautstark nach Räumen zu verlangen. Sie hatte nicht vorgeschlagen, ihnen einen Palast zu überlassen, das mit Sicherheit nicht, aber sie brauchten eine Unterkunft. Norry versuchte Andors Gold sparsam zu verwalten, aber sie sah in Andors Zukunft. *Tarmon Gai'don* näherte sich, aber sie musste fest daran glauben, dass es danach noch eine Zukunft gab, ob nun Rand die Welt zerstörte oder nicht. Ansonsten war es sinnlos, mit allem weiterzumachen, und sie konnte sich nicht einfach hinsetzen und abwarten.

Selbst wenn sie genau gewusst hätte, dass die Letzte Schlacht allem ein Ende bereiten würde, wäre sie keinesfalls tatenlos geblieben. Rand hatte die Schulen für den Fall gegründet, dass er am Ende die Welt zerstörte, in der Hoffnung, etwas zu retten, aber diese Schule würde Andor gehören und nicht Rand al'Thor. Die Akademie der Rose, der Erinnerung an Morgase Trakand gewidmet. Es *würde* eine Zukunft geben und diese Zukunft würde sich an ihre Mutter erinnern. »Oder seid Ihr zu dem Schluss gekommen, dass man das Gold aus Cairhien doch zum Wiedergeborenen Drachen zurückverfolgen kann?«

»Ich halte das Risiko noch immer für sehr gering, meine Lady, aber nach allem, was ich aus Tar Valon erfahren habe, lohnt es sich nicht länger, es einzugehen.« Sein Tonfall veränderte sich nicht, aber offensichtlich war er aufgeregt. Er trommelte mit den Fingern gegen die Ledermappe vor seiner Brust, sie waren wie tanzende Spinnen, die dann wieder erstarrten. »Die ... äh ... Weiße Burg hat eine Proklamation veröffentlicht, in der sie ... äh ... Lord Rand als den Wiedergeborenen Drachen anerkennt und ihm ... äh ... Schutz und Anleitung anbietet. Des weiteren wird jeder, der sich ihm außer der Burg nähert, mit einem Bannfluch belegt. Es ist klug, sich vor Tar Valons Zorn zu hüten, meine Lady, aber das wisst Ihr ja selbst.« Er sah bedeutungsvoll auf den Großen Schlangenring an ihrer Hand, die auf der Stuhllehne lag. Natürlich wusste er von der Spaltung der Burg – vielleicht hatte es sich nicht bis zu jedem Kleinpächter in Seleisin herumgesprochen, aber alle anderen konnten es mittlerweile unmöglich ignorieren –, aber er war zu diskret gewesen, um sie zu fragen, auf welcher Seite sie stand. Obwohl er offensichtlich »der Amyrlin-Sitz« hatte sagen wollen statt »die Weiße Burg«. Und das Licht allein wusste, was er statt »Lord Rand« hatte sagen wollen. Sie nahm ihm das nicht übel.

Er war ein vorsichtiger Mann, eine Eigenschaft, die er auf seinem Posten brauchte.

Doch Elaidas Proklamation verblüffte sie. Mit gerunzelter Stirn fuhr sie mit dem Daumen über den Schlangenring. Elaida hatte diesen Ring länger getragen, als sie überhaupt lebte. Die Frau war arrogant, verbohrt und blind gegenüber jedem anderen Standpunkt, aber sie war nicht dumm. Im Gegenteil. »Glaubt sie allen Ernstes, er wird ein solches Angebot *akzeptieren?*«, sagte sie nachdenklich. »Schutz und *Führung?* Ich kann mir keinen besseren Weg vorstellen, um ihn abspenstig zu machen!« Führung? Rand konnte man nicht einmal mit einer Bootsstange *führen!*

»Möglicherweise hat er sich bereits einverstanden erklärt, meine Lady, zumindest laut meiner Brieffreundin aus Cairhien.« Norry hätte sich geschüttelt, hätte man ihn als Anführer eines Netzes von Spionen bezeichnet. Nun, zumindest hätte er angewidert den Mund verzogen. Der Erste Sekretär verwaltete den Staatsschatz, überwachte die Sekretäre, die die Hauptstadt verwalteten, und beriet den Thron in Staatsangelegenheiten. Er verfügte mit Sicherheit über kein Netzwerk aus Augen-und-Ohren so wie die Ajah und sogar ein paar der Schwestern. Aber er führte einen regen Briefwechsel mit gut informierten und einflussreichen Leuten aus anderen Hauptstädten, damit sein Rat auch dem Stand der Dinge entsprach. »Sie schickt einmal die Woche eine Brieftaube und es hat den Anschein, als hätte kurz vor Abfassung ihrer letzten Nachricht jemand den Sonnenpalast mit der Einen Macht angegriffen.«

»Mit der Macht?«, rief sie aus und beugte sich ruckartig vor.

Norry nickte einmal. Er hätte genauso gut über den gegenwärtigen Zustand der Straßenreparaturen berichten können. »Das hat meine Brieffreundin berichtet, meine Lady. Vielleicht Aes Sedai oder Asha'man oder sogar die Verlorenen. Ich fürchte, hier hat sie Gerüchte weiterverbreitet. Der Flügel, in denen sich die Gemächer des Wiedergeborenen Drachen befinden, wurde größtenteils zerstört, und er selbst ist verschwunden. Es wird weithin angenommen, dass er sich nach Tar Valon begeben hat, um vor dem Amyrlin-Sitz niederzuknien. Einige glauben zwar, dass er bei dem Angriff getötet wurde, aber das sind nicht viele. Ich rate Euch, gar nichts zu tun, bis Ihr ein klareres Bild habt.« Er hielt inne, legte nachdenklich den Kopf schief. »Meine Lady, nach dem zu urteilen, was ich von ihm gesehen habe«, sagte er langsam, »würde ich nicht glauben, dass er tot ist, bevor ich drei Tage neben seinem Leichnam gesessen habe.«

Um ein Haar hätte sie ihn ungläubig angestarrt. Das war ja beinahe eine witzige Bemerkung gewesen. Oder zumindest ein grober Scherz. Von Halwin Norry! Sie glaubte auch nicht an Rands Tod. Und was den Kniefall vor Elaida betraf, dieser Mann war zu stur, um sich irgendjemandem zu unterwerfen. Viele Schwierigkeiten hätten ausgeräumt werden können, hätte Rand sich nur überwinden können, vor Egwene zu knien, aber er wollte es nicht tun, und sie war seine Kindheitsfreundin. Elaida hatte ungefähr so viel Chancen wie eine Ziege auf einem Hofball, erst recht, nachdem er von ihrer Proklamation erfuhr. Aber wer hatte ihn angegriffen? Die Macht der Seanchaner konnte doch nicht bis nach Cairhien reichen. Falls sich die Verlorenen zu einem offenen Angriff entschieden hatten, würde das noch größeres Chaos und Zerstörungen bedeuten, als sich die Welt bereits gegenübersah, aber am schlimmsten würden die Asha'man sein. Falls sich seine eigene Schöpfung gegen ihn gewandt hatte ... nein! Sie konnte ihn nicht beschützen, so sehr er es auch gebraucht hätte. Er würde sich eben um sich selbst kümmern müssen.

Dieser Narr! dachte sie. *Vermutlich marschiert er mit der Fahne voraus voran, als würde ihm keiner nach dem Leben trachten! Du solltest lieber auf dich aufpassen, Rand al'Thor, oder ich prügle dich windelweich, wenn du mir in die Hände fällst!*

»Was haben Eure Brieffreunde sonst noch zu berichten, Meister Norry?«, fragte sie laut und schob den Gedanken an Rand beiseite. Noch stand er nicht vor ihr, und sie musste sich darauf konzentrieren, Andor zu halten.

Seine Brieffreunde hatten eine Menge zu sagen, aber einiges war schon lange bekannt. Nicht alle Schreiber benutzten Brieftauben, und Briefe, die man nur den vertrauenswürdigsten Händlern mitgab, konnten manchmal Monate lang unterwegs sein – wenn man Glück hatte. Unzuverlässige Kaufleute strichen das Postgeld ein und machten sich nicht die Mühe, den Brief zu befördern. Nur wenige Leute konnten sich Kuriere leisten. Elayne spielte mit dem Gedanken, eine Königliche Post zu gründen, falls es die Situation jemals zuließ. Norry beklagte die Tatsache, dass seine letzten Neuigkeiten aus Ebou Dar und Amador bereits von Geschehnissen überholt worden waren, über die man seit Wochen auf der Straße sprach.

Es waren auch nicht alle Neuigkeiten wichtig. Seine Brieffreunde waren keine richtigen Augen-und-Ohren; sie schrieben lediglich, was in ihrer Stadt passiert war und was am Hof geredet wurde. In Tear sprach man von der ständig zunehmenden Zahl von Meervolk-Schiffen, die sich ohne Navigatoren einen Weg durch die Drachenfinger gebahnt hatten und nun vor der Stadt den Fluss verstopften; von Gerüchten, denen zufolge die Schiffe auf See gegen die Seanchaner gekämpft hatten, aber das waren wirklich nur Gerüchte. Illian war friedlich und voll von Rands Soldaten, die sich von einer Schlacht gegen die Seanchaner erholten; es war fraglich, ob Rand überhaupt in der Stadt gewesen war. Die Königin von Saldaea befand sich noch immer in ihrem freiwilligen Exil auf dem Land, was Elayne bekannt war, aber es hatte den Anschein, als hätte man auch die Königin von Kandor schon seit Monaten nicht mehr in Chachin gesehen, und der König von Schienar befand sich angeblich noch immer auf einer ausgedehnten Inspektionsreise entlang der Grenze zur Großen Fäule, obwohl es in der Fäule ruhiger als seit Menschengedenken zuging. In Lugard versammelte König Roedran jeden Adligen um sich, der Soldaten mitbringen konnte, und eine Stadt, die sich bereits wegen zweier großer Heere sorgte – von denen das eine voller Aes Sedai und das andere voller Andoraner war –, die in der Nähe der Grenze zu Andor kampierten, hatte nun noch die neue Sorge, was ein liederlicher Tunichtgut wie Roedran im Sinn hatte.

»Und was ratet Ihr mir dazu?«, fragte sie, als er geendet hatte, obwohl sie seinen Rat nicht brauchte. In Wahrheit hatte sie ihn bei den anderen Dingen auch nicht gebraucht. Die Geschehnisse waren zu weit weg, um Andor zu betreffen, oder unwichtig, lediglich ein Überblick, was in anderen Ländern passierte. Aber es wurde von ihr erwartet, dass sie fragte, selbst wenn beide wussten, dass sie die Antwort bereits kannte – »Tut nichts« –, und er hatte prompt geantwortet. Murandy war jedoch weder weit weg noch unwichtig, aber diesmal zögerte er und schürzte die Lippen. Norry war langsam und methodisch, aber selten zögerlich.

»Was das angeht, nichts, meine Lady«, sagte er schließlich. »Normalerweise würde ich vorschlagen, Roedran einen Botschafter zu schicken, der seine Ziele und Beweggründe ergründen soll. Er mag die Geschehnisse im Norden fürchten oder die Überfalle der Aiel, von denen wir so viel hören. Andererseits, auch wenn er nie irgendwelche Ambitionen gezeigt hat, könnte er ein Unternehmen im nördlichen Altara planen. Oder unter diesen Umstände auch in Andor. Unglücklicherweise ...« Er drückte die Ledermappe weiterhin an die Brust, spreizte leicht die Hände und seufzte, vielleicht als Entschuldigung, vielleicht auch aus Besorgnis.

Leider war sie noch keine Königin und kein von ihr geschickter Botschafter würde auch nur in Roedrans Nähe gelangen. Falls sie mit ihrem Thronanspruch scheitern sollte und er ihren Botschafter empfangen hatte, könnte der erfolgreiche Thronfolger ein Stück aus Murandy herausschneiden, um ihm eine Lektion zu erteilen, und Lord Luan und die anderen hatten sich bereits Territorien genommen. Allerdings verfügte sie über bessere Informationen als der Erste Sekretär, und zwar von Egwene. Sie hatte nicht vor, ihre Quelle zu verraten, entschied sich aber, seine Sorgen zu beschwichtigen. Das musste der Grund gewesen sein, warum er den Mund so verzogen hatte: er wusste, was getan werden musste, sah aber keine Möglichkeit, es zu tun.

»Ich kenne Roedrans Ziele, Meister Norry, und er zielt auf Murandy selbst. Die Andoraner in Murandy haben Treueide von murandianischen Adligen im Norden entgegengenommen, und das macht den Rest nervös. Und da ist eine große Söldnerbande – in Wahrheit sind es Drachenverschworene, aber Roedran hält sie für Söldner –, die er im Geheimen angeheuert hat und die eine Bedrohung darstellen sollen, nachdem die anderen Heere abgezogen sind. Er will diese Bedrohungen dazu benutzen, die Adligen eng an sich zu binden, dass jeder von ihnen Angst bekommt, sich nach dem Ende aller Bedrohungen als Erster von ihm abzuwenden. Falls sein Plan Erfolg hat, könnte er in der Zukunft ein Problem darstellen, schließlich will er die nördlichen Ländereien zurückhaben, aber im Moment ist er für Andor keine unmittelbare Bedrohung.«

Norrys Augen weiteten sich und er legte den Kopf erst auf die eine und dann auf die andere Seite und musterte sie. Er befeuchtete sich die Lippen, bevor er sprach. »Das würde viel erklären, meine Lady. Ja, das würde es.« Seine Zunge fuhr erneut über die Lippen. »Mein Brieffreund in Cairhien hat noch einen anderen Punkt erwähnt, den ich … äh, zu erwähnen vergaß. Wie Ihr vielleicht wisst, ist Eure Absicht, den Sonnenthron zu beanspruchen, dort wohlbekannt und findet auch breite Unterstützung. Anscheinend sprechen viele Cairhiener offen davon, nach Andor zu kommen und Euch bei der Erringung des Löwenthrons zu helfen, damit Ihr den Sonnenthron früher bekommt. Ich glaube nicht, dass Ihr meinen Rat braucht, was solche Angebote betrifft?«

Sie nickte und zwar unter diesen Umständen ziemlich gnädig, wie sie fand. Hilfe von Cairhien wäre schlimmer als die Söldner, denn es hatte zu viele Kriege zwischen Andor und Cairhien gegeben. Er hatte das nicht vergessen. Halwin Norry vergaß nie etwas. Warum hatte er sich dazu entschieden, es ihr zu sagen, statt sie eine Überraschung erleben zu lassen, vielleicht durch die Ankunft ihrer cairhienischen Anhänger? Hatte ihr Wissen ihn beeindruckt? Oder hatte es in ihm die Furcht geschürt, sie könnte erfahren, dass er es für sich behielt? Er wartete geduldig, ein vertrockneter Reiher, der auf einen … Fisch von ihr wartete?

»Lasst ein Schreiben für meine Unterschrift und mein Siegel vorbereiten, Meister Norry, das jedem wichtigen Haus in Cairhien zugestellt werden soll. Stellt zu Beginn mein Recht als Tochter von Taringail Damodred auf den Sonnenthron dar, und führt aus, dass ich meinen Anspruch anmelden werde, sobald in Andor wieder etwas Ruhe eingekehrt ist. Schreibt, dass ich keine

Soldaten mitbringen werde, da ich weiß, dass andoranische Soldaten auf cairhienischem Boden ganz Cairhien gegen mich aufbringen würde und das mit Recht. Endet damit, dass ich die mir von vielen Cairhienern angebotene Unterstützung zu schätzen weiß und dass ich hoffe, dass jegliche Zerwürfnisse innerhalb Cairhiens auf friedliche Weise beigelegt werden können.« Die Intelligenten würden die Botschaft zwischen den Zeilen erkennen und mit etwas Glück denjenigen erklären, die nicht klug genug waren.

»Eine geschickte Erwiderung, meine Lady«, sagte Norry und krümmte die Schultern zu etwas, das so ähnlich wie eine Verbeugung aussah. »Ich werde es wie gewünscht in die Wege leiten. Darf ich meine Lady fragen, ob Ihr Zeit hattet, die Haushaltsbücher abzuzeichnen? Ah. Das macht nichts. Ich werde später jemanden schicken.« Er verbeugte sich richtig, wenn auch kaum weniger unbeholfen als zuvor, schickte sich an zu gehen, verharrte dann aber. »Verzeiht mir meine Offenheit, meine Lady, aber Ihr erinnert mich sehr an Eure Mutter, die verstorbene Königin.«

Elayne sah zu, wie sich hinter ihm die Tür schloss, und sie fragte sich, ob sie ihn zu ihrem Lager zählen konnte. Caemlyn oder gar Andor ohne Sekretäre zu verwalten war unmöglich, und der Erste Sekretär hatte die Macht, die Königin auf die Knie zu zwingen, wenn man nicht auf der Hut war. Ein Kompliment war nicht das Gleiche wie ein Treueschwur.

Sie konnte nicht lange über diese Fragen nachsinnen, denn nur Augenblicke nachdem er gegangen war, traten drei livrierte Dienerinnen ein, die mit Silberschüsseln bestückte Tabletts trugen, die sie in einer Reihe auf die lange Anrichte an der Wand abstellten.

»Die Haushofmeisterin sagte, die Lady hätte vergessen, nach ihrem Mittagessen zu schicken«, erklärte eine rundliche, grauhaarige Frau und machte einen Hofknicks, während sie ihren jüngeren Begleiterinnen das Zeichen gab, die Schüsseln abzudecken. »Also hat sie der Lady eine Auswahl bringen lassen.«

Eine Auswahl. Elayne schüttelte den Kopf, als sie die Tafel betrachtete und ihr einfiel, dass sie seit dem Frühstück nichts mehr gegessen hatte, und das war bei Sonnenaufgang gewesen. Da waren ein Hammelrücken in Senfsauce und gebratener Kapaun mit getrockneten Feigen, Kalbsbries mit Piniennüssen und eine cremige Kartoffelsuppe, Kohlrouladen mit Rosinen und Pfeffer und ein Kürbiskuchen, ganz zu schweigen von einer kleinen Platte Apfeltörtchen und einer weiteren mit Mandelküchlein mit Sahnehäubchen. Aus zwei silbernen Weinkrügen stieg Dampf auf, nur für den Fall, dass sie eine Würzung der anderen vorzog. Ein dritter Krug enthielt heißen Tee. Und verächtlich in die Ecke eines Tabletts geschoben stand die Mahlzeit, die sie sonst immer Mittags bestellte, klare Brühe und Brot. Reene Harfor missbilligte das; sie behauptete, Elayne sei »so dünn wie eine Geländerstrebe«.

Die Haushofmeisterin hatte ihre Meinung weiterverbreitet. Die grauhaarige Frau setzte eine tadelnde Miene auf, als sie Brühe, Brot und Tee zusammen mit einer weißen Leinenserviette auf einen Tisch in der Mitte des Raums aufdeckte, dazu kamen noch eine Tasse aus dünnem blauen Porzellan mit der dazugehörigen Untertasse und ein Silbertopf mit Honig. Und ein paar Feigen auf einem kleinen Teller. Ein voller Magen zur Mittagszeit sorgte für einen trägen Kopf am Nachmittag, wie Lini immer zu sagen pflegte. Allerdings wurden Elaynes Ansichten nicht geteilt. Die Dienerinnen waren sämtlich gut gepolsterte Frauen, und selbst die jüngeren von ihnen sahen enttäuscht aus, als sie mit den restlichen Gerichten wieder gingen.

Es war eine ausgezeichnete Brühe, heiß und leicht gewürzt, und der Tee schmeckte angenehm minzig, aber sie fragte sich, ob sie nicht vielleicht doch ein *kleines* Mandelküchlein hätte nehmen sollen. Aber sie konnte ihre Mahlzeit nicht lange ungestört einnehmen. Sie hatte noch keine zwei Löffel heruntergeschluckt, als Dyelin wie ein Wirbelwind in einem grünen Reitgewand hereinstürmte und nach Atem rang. Elayne legte den Löffel beiseite und bot ihr Tee an, bevor ihr bewusst wurde, dass es nur die eine Tasse gab, die sie bereits benutzte, aber Dyelin winkte sowieso ab; auf ihrem Gesicht zeichnete sich ein Unheil verkündendes Stirnrunzeln ab.

»Im Braem-Wald steht ein Heer«, verkündete sie, »wie man es seit dem Aielkrieg nicht mehr gesehen hat. Ein Händler aus Neu-Braem brachte heute Morgen die Nachricht mit. Dieser Tormon, ein Illianer, ist ein verlässlicher Mann; er phantasiert nicht herum und hat auch keine Angst vor Schatten. Er sagte, er hätte an verschiedenen Orten Arafelianer, Kandori und Schienarer gesehen. Zusammen waren es Tausende. Zehntausende.« Sie ließ sich auf einen Stuhl fallen und fächelte sich mit einer Hand Luft zu. Ihr Gesicht war gerötet, als wäre sie gelaufen. »Was beim Licht tun Grenzländer nahe der Grenze zu Andor?«

»Ich wette, es ist Rand«, sagte Elayne. Sie unterdrückte ein Gähnen, trank ihren Tee aus und schenkte sich nach. Der Morgen war ermüdend gewesen, aber genug Tee würde sie wieder munter machen.

Dyelin hörte auf zu fächern und setzte sich aufrecht hin. »Ihr glaubt doch nicht, dass er sie Euch geschickt hat, oder? Um Euch … zu helfen?«

Diese Möglichkeit war Elayne gar nicht in den Sinn gekommen. Manchmal bereute sie, dass sie der älteren Frau ihre Gefühle für Rand anvertraut hatte. »Ich kann nicht glauben, dass er *so* … dumm war … ich meine, er würde doch nicht …«

Licht, war sie *müde!* Manchmal benahm sich Rand,

als wäre er der König der Welt, aber bestimmt würde er nicht ... ihr schien zu entgleiten, was er nicht tun würde.

Sie verbarg ein weiteres Gähnen, und plötzlich weiteten sich ihre Augen über der Hand, und sie starrte die Teetasse an. Ein kühler, minziger Geschmack. Sorgfältig stellte sie die Tasse ab, das heißt, sie versuchte es. Beinahe hätte sie die Untertasse ganz verfehlt und die Tasse kippte und verschüttete Tee auf die Tischplatte. Mit Spaltwurzel versetzter Tee. Sie griff nach der Quelle, obwohl sie wusste, dass es sinnlos war, wollte sich mit dem freudigen Leben von *Saidar* füllen, aber sie hätte genauso gut versuchen können, den Wind mit einem Netz zu fangen. Birgittes Gereiztheit, nun weniger heiß als zuvor, lauerte noch immer in einer Ecke ihres Bewusstseins. Völlig außer sich versuchte sie Furcht oder Panik zu empfinden. Ihr Kopf schien mit Wolle voll gestopft zu sein, alles erschien ihr wie durch einen Schleier. *Hilf mir, Birgitte!* dachte sie. *Hilf mir!*

»Was ist los?«, wollte Dyelin wissen und beugte sich abrupt nach vorn. »Euch ist etwas eingefallen und Eurem Gesichtsausdruck nach zu urteilen ist es furchtbar.«

Elayne schaute sie verständnislos an. Sie hatte vergessen, dass die andere Frau da war. »Geht!«, sagte sie undeutlich und schluckte mühsam, um den Hals freizubekommen. Ihre Zunge fühlte sich doppelt so dick wie sonst an. »Holt Hilfe! Ich ... bin vergiftet worden!« Erklärungen würden zu viel Zeit in Anspruch nehmen. »Geht!«

Dyelin starrte sie an, dann sprang sie auf die Füße und griff nach dem Gürteldolch.

Die Tür öffnete sich, ein Diener steckte zögernd den Kopf hinein. Elayne verspürte eine Flut der Erleichterung. Dyelin würde sie nicht vor einem Zeugen erstechen. Der Mann befeuchtete sich die Lippen, seine

Blicke huschten zwischen den beiden Frauen hin und her. Dann trat er ein. Zog ein Messer mit langer Klinge aus dem Gürtel. Zwei weitere Männer in rotweißen Livreen folgten ihm; jeder von ihnen zog ein langes Messer.

Ich werde nicht wie ein Kätzchen in einem Sack sterben, dachte Elayne grimmig. Mühsam stemmte sie sich hoch. Ihre Knie zitterten, und sie musste sich mit einer Hand auf dem Tisch abstemmen, aber mit der anderen zog sie den Dolch. Die mit eingeätzten Mustern versehene Klinge war kaum so lang wie ihre Hand, aber sie würde ausreichen. Oder hätte es zumindest, wenn sich ihre Finger, die den Griff hielten, nicht taub angefühlt hätten. Ein Kind konnte ihr die Waffe abnehmen. *Nicht ohne Gegenwehr*, dachte sie. Es war, als würden ihre Bewegungen von einer öligen Flüssigkeit gehemmt, aber sie war trotzdem voller Entschlossenheit. *Nicht ohne Gegenwehr!*

Seltsam wenig Zeit schien vergangen zu sein. Dyelin wandte sich gerade ihren Komplizen zu, als der Letzte hinter sich die Tür schloss.

»Mörder!«, kreischte Dyelin. Sie stemmte ihren Stuhl hoch und warf ihn den Männern entgegen. »Wachen! Mörder! Wachen!«

Die drei Männer versuchten, dem Stuhl auszuweichen, aber einer war zu langsam und wurde an den Beinen getroffen. Mit einem Aufschrei stürzte er gegen den Mann neben ihm und beide gingen zu Boden. Der dritte, ein schlanker, strohblonder junger Mann mit hellblauen Augen, wich ihnen aus und näherte sich mit gezücktem Messer.

Dyelin stellte sich ihm mit ihrer Klinge entgegen, hieb und stach zu, aber er bewegte sich so flink wie ein Frettchen und wich ihrem Angriff mühelos aus. Seine lange Klinge sauste durch die Luft, Dyelin stolperte mit einem Aufschrei zurück und presste eine Hand auf den

Leib. Er tänzelte behände heran, stach zu, und sie schrie auf und fiel wie eine Stoffpuppe zu Boden. Er trat über sie hinweg und kam auf Elayne zu.

Für sie existierte nur noch der Mann und das Messer in seiner Hand. Er stürzte sich nicht auf sie. Die großen blauen Augen studierten sie sorgfältig, während er langsam näher kam. Natürlich. Er wusste, dass sie eine Aes Sedai war. Er musste sich fragen, ob der Trank seine Wirkung getan hatte. Sie versuchte gerade zu stehen, ihn finster anzustarren, ein paar Augenblicke mit einem Bluff zu gewinnen, aber er nickte nur und wog das Messer in der Hand. Hätte sie irgendetwas tun können, wäre es mittlerweile geschehen. Auf seinem Gesicht stand keine Freude zu lesen. Er war bloß ein Mann, der einen Auftrag zu erledigen hatte.

Plötzlich blieb er stehen, starrte erstaunt an sich herunter. Elayne starrte ebenfalls. Auf die dreißig Zentimeter Stahl, die aus seiner Brust herausragten. Blut sprudelte aus seinem Mund, als er gegen den Tisch krachte und ihn zur Seite schob.

Elayne fiel auf die Knie, erwischte gerade noch rechtzeitig die Tischkante, um zu verhindern, dass sie weiter fiel. Erstaunt starrte sie den Mann an, der auf den Teppichen verblutete. Ein Schwertgriff ragte aus seinem Rücken. Ihre bleiernen Gedanken schweiften ab. Bei all dem Blut würde man die Teppiche wohl nie wieder richtig sauber kriegen. Langsam hob sie den Blick, sah an Dyelins regloser Gestalt vorbei. Sie schien nicht zu atmen. Schaute weiter in Richtung Tür. Der offen stehenden Tür. Einer der beiden anderen Attentäter lag davor; sein nur noch zur Hälfte mit dem Körper verbundener Kopf war in einem seltsamen Winkel verdreht. Der andere kämpfte mit einem Mann, der einen roten Mantel trug; die beiden grunzten und wälzten sich am Boden, versuchten, denselben Dolch zu erreichen. Der Möchtegern-Mörder bemühte sich, mit der freien Hand die Faust des Gegners zu lösen, die sich um seinen Hals gekrallt hatte. Sein Gegner. Ein Mann mit einem Gesicht wie eine Axt. Der den mit einem weißen Kragen versehenen Mantel eines Gardisten trug.

Beeil dich, Birgitte, dachte sie benommen. *Bitte beeil dich.*

Dann hüllte Dunkelheit sie ein.

VORBEMERKUNG ZUR DATIERUNG

Der Tomanische Kalender (von Toma dur Ahmid entworfen) wurde ungefähr zwei Jahrhunderte nach dem Tod des letzten männlichen Aes Sedai eingeführt. Er zählte die Jahre nach der Zerstörung der Welt (NZ). Da aber die Jahre der Zerstörung und die darauf folgenden Jahre über fast totales Chaos herrschte und dieser Kalender erst gut hundert Jahre nach dem Ende der Zerstörung eingeführt wurde, hat man seinen Beginn völlig willkürlich gewählt. Am Ende der Trolloc-Kriege waren so viele Aufzeichnungen vernichtet worden, dass man sich stritt, in welchem Jahr der alten Zeitrechnung man sich überhaupt befand. Tiam von Gazar schlug die Einführung eines neuen Kalenders vor, der am Ende dieser Kriege einsetzte und die (scheinbare) Erlösung der Welt von der Bedrohung durch Trollocs feierte. In diesem zweiten Kalender erschien jedes Jahr als so genanntes Freies Jahr (FJ). Innerhalb der zwanzig auf das Kriegsende folgenden Jahre fand der Gazareische Kalender weitgehend Anerkennung. Artur Falkenflügel bemühte sich, einen neuen Kalender durchzusetzen, der auf seiner Reichsgründung basierte (VG = Von der Gründung an), aber dieser Versuch ist heute nur noch den Historikern bekannt. Nach weitreichender Zerstörung, Tod und Aufruhr während des Hundertjährigen Krieges entstand ein vierter Kalender durch Uren din Jubai Fliegende Möwe, einem Gelehrten der Meerleute, und wurde von dem Panarchen Farede von Tarabon weiterverbreitet. Dieser Farede-Kalender zählt die Jahre der Neuen Ära (NÄ) von dem willkürlich angenommenen Ende des Hundertjährigen Krieges an und ist während der geschilderten Ereignisse in Gebrauch.

A'dam (aidam): Ein Gerät, mit dessen Hilfe man Frauen kontrollieren kann, die die Macht lenken, und das nur von Frauen benützt werden kann, die entweder selbst die Fähigkeit besitzen, mit der Macht umzugehen, oder die das zumindest erlernen können. Er verknüpft die beiden Frauen. Der von den Seanchanern verwendete Typus besteht aus einem Halsband und einem Armreif, die durch eine Leine miteinander verbunden sind; sämtliche Teile sind aus einem silbrigen Metall gefertigt. Falls ein Mann, der die Macht lenken kann, mithilfe eines *A'dam* mit einer Frau verknüpft wird, wird das wahrscheinlich zu beider Tod führen. Selbst die bloße Berührung eines *A'dam* durch einen Mann mit dieser Fähigkeit verursacht ihm große Schmerzen, falls dieser *A'dam* von einer Frau mit Zugang zur Wahren Quelle getragen wird.

Aes Sedai (Aies Sehdai): Träger der Einen Macht. Seit der Zeit des Wahnsinns sind alle überlebenden Aes Sedai Frauen. Von vielen respektiert und verehrt, misstraut man ihnen und fürchtet, ja hasst sie weitgehend. Viele geben ihnen die Schuld an der Zerstörung der Welt und allgemein glaubt man, sie würden sich in die Angelegenheiten ganzer Staaten einmischen. Gleichzeitig aber findet man nur wenige Herrscher ohne Aes Sedai-Berater, selbst in Ländern, wo schon die Existenz einer solchen Verbindung geheim gehalten werden muss. Nach einigen Jahren, in denen sie die Macht gebrauchen, beginnen die Aes Sedai alterslos zu wirken, sodass auch eine Aes Sedai, die bereits Großmutter sein könnte, keine Alterserscheinungen zeigt, außer vielleicht ein paar grauen Haaren (*siehe auch:* Ajah; Amyrlin-Sitz).

Aiel (Aiiehl): Die Bewohner der Aiel-Wüste. Gelten als wild und zäh. Vor dem Töten verschleiern sie ihre Gesichter. Sie nehmen kein Schwert in die Hand, nicht einmal in größter Gefahr, und sie reiten nur unter Zwang auf einem Pferd, sind aber tödliche Krieger, ob mit Waffen oder nur mit bloßen Händen. Die Aielmänner benützen für den Kampf die Bezeichnung »der Tanz« und »der Tanz der

Speere«. Sie sind in zwölf Clans zersplittert: die Chareen, die Chodarra, die Daryne, die Goshien, die Miagoma, die Nakai, die Reyn, die Shaarad, die Shaido, die Shiande, die Taardad und die Tomanelle. Jeder Clan ist wiederum in Septimen eingeteilt. Manchmal sprechen sie auch von dem dreizehnten Clan, *dem Clan, den es nicht gibt*, den Jenn, die einst Rhuidean erbauten. Es gehört zum Allgemeinwissen, dass die Aiel einst den Aes Sedai den Dienst versagten und dieser Sünde wegen in die Aiel-Wüste verbannt wurden, und dass sie der Vernichtung anheim fallen, sollten sie noch einmal die Aes Sedai im Stich lassen (*siehe auch*: Aiel-Kriegergemeinschaften; Aiel-Wüste; *Gai'schain*).

Aielkrieg (976 – 978 NÄ): Als König Laman von Cairhien den Avendoraldera fällte, überquerten vier Clans der Aiel das Rückgrat der Welt. Sie eroberten und brandschatzten die Hauptstadt Cairhien und viele andere kleine und große Städte im Land. Der Konflikt weitete sich schnell nach Andor und Tear aus. Im Allgemeinen glaubt man, die Aiel seien in der Schlacht an der Leuchtenden Mauer vor Tar Valon endgültig besiegt worden, aber in Wirklichkeit fiel König Laman in dieser Schlacht, und die Aiel, die damit ihr Ziel erreicht hatten, kehrten über das Rückgrat der Welt in ihre Heimat zurück (*siehe auch*: Avendoraldera).

Aiel-Kriegergemeinschaften: Alle Aiel-Krieger sind Mitglieder einer von zwölf Kriegergemeinschaften. Es sind die Schwarzaugen (*Seia Doon*), die Brüder des Adlers (*Far Aldazar Din*), die Läufer der Dämmerung (*Rahien Sorei*), die Messerhände (*Sovin Nai*), die Töchter des Speers (*Far Dareis Mai*), die Bergtänzer (*Hama N'dore*), die Nachtspeere (*Core Darei*), die Roten Schilde (*Aethan Dor*), die Steinhunde (*Shae'en M'taal*), die Donnergänger (*Sha'mad Conde*), die Blutabkömmlinge (*Tain Shari*) und die Wassersucher (*Duahde Mahdi'in*). Jede Gemeinschaft hat eigene Bräuche und manchmal auch ganz bestimmte Pflichten. Zum Beispiel fungieren die Roten Schilde als Polizei.

Steinsoldaten werden häufig als Nachhut bei Rückzugsgefechten eingesetzt. Die Töchter des Speers sind gute Kundschafterinnen. Die Clans der Aiel bekämpfen sich auch gelegentlich untereinander, aber Mitglieder der gleichen Gemeinschaft kämpfen nicht gegeneinander, selbst wenn ihre Clans im Krieg miteinander liegen. So gibt es jederzeit, sogar während einer offenen kriegerischen Auseinandersetzung, Kontakt zwischen den Clans (*siehe auch:* Aiel; Aiel-Wüste).

Aiel-Wüste: Das raue, zerrissene und fast wasserlose Gebiet östlich des Rückgrats der Welt, von den Aiel auch das Dreifache Land genannt. Nur wenige Außenseiter wagen sich dorthin, nicht nur, weil es für jemanden, der dort nicht geboren wurde, fast unmöglich ist, Wasser zu finden, sondern auch, weil die Aiel sich im ständigen Kriegszustand mit allen anderen Völkern befinden und keine Fremden mögen. Nur fahrende Händler, Gaukler und die Tuatha'an dürfen sich in die Wüste begeben, und sogar ihnen gegenüber sind die Kontakte eingeschränkt, da sich die Aiel bemühen, jedem Zusammentreffen mit den Tuatha'an aus dem Weg zu gehen, die von ihnen auch als »die Verlorenen« bezeichnet werden. Es sind keine Landkarten der Wüste bekannt.

Ajah: Gemeinschaften unter den Aes Sedai. Es gibt sieben Ajahs, die durch ihre Farben gekennzeichnet werden: Blau, Rot, Weiß, Grün, Braun, Gelb und Grau. Bis auf den Amyrlin-Sitz gehört jede Aes Sedai einer von ihnen an. Jede Gruppe folgt ihrer eigenen Auslegung, was die Anwendung der Einen Macht betrifft sowie die eigentliche Aufgabe der Aes Sedai. Die Rote Ajah setzt all ihre Kräfte dazu ein, Männer, die die Macht lenken können, zu finden und zu dämpfen. Die Schwestern der Braunen entsagen allem Weltlichen und widmen ihr Dasein der Suche nach Wissen, während die Weißen größtenteils weder mit der Welt noch mit weltlichem Wissen etwas zu tun haben wollen und sich den Fragen der Philosophie und der Wahrheit widmen. Die Grüne Ajah (die während der Trolloc-Kriege auch Kampf-Ajah genannt wurde), hält sich für Tarmon Gai'don bereit. Die Gelben Schwestern konzentrieren sich auf die Heilung von Krankheiten und die Blauen studieren die Rechtsprechung. Die Grauen sind Vermittler und stiften Frieden und Konsens. Die Existenz einer Schwarzen Ajah, die sich den Zielen des Dunklen König verschrieben hat, wird offiziell und vehement bestritten.

Algai'd'siswai: In der Alten Sprache »Kämpfer des Speers« oder »Speerkämpfer«. Mit diesem Namen bezeichnet man Aiel, die den Speer tragen und in den Kampf ziehen, im Gegensatz zu jenen, die ein Handwerk ausüben.

Amyrlin-Sitz, der: (1) Titel der Führerin der Aes Sedai. Auf Lebenszeit vom Turmrat, dem höchsten Gremium der Aes Sedai, gewählt; dieser besteht aus je drei Abgeordneten (die man Sitzende nennt, wie z.B. »Sitzende der Grünen«) der sieben Ajahs. Der Amyrlin-Sitz hat, jedenfalls theoretisch, die uneingeschränkte Macht über die Aes Sedai und entspricht in etwa dem Rang einer Königin. Etwas weniger formell ist die Bezeichnung: die Amyrlin. (2) Thron der Führerin der Aes Sedai.

Amys: Die Weise Frau der Kaltfelsenfestung. Sie ist eine Traumgängerin, eine Aiel der Neun-Täler-Septime der Taardad Aiel. Verheiratet mit Rhuarc, Schwesterfrau der Lian, der Dachherrin der Kaltfelsenfestung. Amys ist die Schwestermutter von Aviendha.

Angreal: Ein Überbleibsel aus dem Zeitalter der Legenden. Es erlaubt einer Person, die die Eine Macht lenken kann, einen stärkeren Energiefluss zu meistern, als das sonst ohne Hilfe und Lebensgefahr möglich ist. Einige wurden zur Benutzung durch Frauen hergestellt, andere für Männer. Gerüchte über *Angreale*, die von beiden Geschlechtern benützt werden können, wurden nie bestätigt. Es ist heute nicht mehr bekannt, wie sie angefertigt wurden. Es existieren nur noch sehr wenige (*siehe auch*: *Sa'angreal*, *Ter'angreal*).

Asha'man: (1) In der Alten Sprache »Wächter«, immer ein Wächter von Gerechtigkeit und Wahrheit. (2) Die Bezeichnung der Männer – sowohl allgemein als auch im Sinne eines Ranges –, die zur Schwarzen Burg in der Nähe von Caemlyn in Andor gezogen sind, um dort den Gebrauch der Einen Macht zu erlernen. Ihre Ausbildung konzentriert sich auf die Möglichkeiten, die Eine Macht als Waffe zu benutzen. Sobald sie gelernt haben, *Saidin*, die männliche Hälfte der Macht, zu ergreifen, wird von ihnen verlangt – eine weitere Abweichung von den Gepflogenheiten der Weißen Burg –, alle mühevollen Arbeiten mithilfe der Macht zu erledigen. Ein neu aufgenommener Rekrut wird Soldat genannt; er trägt einen schlichten schwarzen Mantel mit einem hohen Kragen nach der andoranischen Mode. Mit der Beförderung zum Geweihten erhält er das Recht, eine als Schwert bezeichnete silberne Anstecknadel am Mantelkragen zu tragen. Die Beförderung zum Asha'man beinhaltet das Recht, auf der dem Schwert gegenüberliegenden Kragenseite die aus Gold und rotem Emaille bestehende Anstecknadel in Form eines Drachen zu tragen. Obwohl viele Frauen – einschließlich der Ehefrauen – die Flucht ergreifen, wenn sie erfahren, dass ihr Mann die Macht lenken kann, sind eine stattliche Anzahl der Männer aus der Schwarzen Burg verheiratet, und sie benutzen eine Abart des Behüterbundes, um eine Verbindung zu ihren Frauen herzustellen. Dieser Bund wurde kürzlich so modifiziert, dass er Gehorsam erzwingt, und dazu eingesetzt, gefangene Aes Sedai gefügig zu machen.

Aufgenommene: Junge Frauen in der Ausbildung zur Aes Sedai, die eine bestimmte Stufe erreicht und einige Prüfungen bestanden haben. Normalerweise braucht man fünf bis zehn Jahre, um von der Novizin zur Aufgenommenen erhoben zu werden. Die Aufgenommenen sind in ihrer Bewegungsfreiheit weniger eingeschränkt als die Novizinnen und es ist ihnen innerhalb bestimmter Grenzen sogar erlaubt, eigene Studiengebiete zu wählen. Eine

Aufgenommene hat das Recht, einen Großen Schlangenring zu tragen, aber nur am dritten Finger ihrer linken Hand. Wenn eine Aufgenommene zur Aes Sedai erhoben wird, wählt sie ihre Ajah, erhält das Recht, deren Stola zu tragen und darf den Ring an jedem Finger oder auch gar nicht tragen, je nachdem, was die Umstände von ihr verlangen (*siehe auch*: Aes Sedai).

Avendoraldera: Ein in Cairhien aus einem Avendesora-Keim gezogener Baum. Der Keimling war ein Geschenk der Aiel im Jahre 566 NÄ. Es gibt aber keinen zuverlässigen Bericht über eine Verbindung zwischen den Aiel und dem legendären Baum des Lebens.

Balwer, Sebban: ehemals Pedron Nialls offizieller Sekretär und insgeheim sein Meister der Spione. Er half aus ureigenen Beweggründen in Amador Morgase bei ihrer Flucht vor den Seanchanern und ist jetzt der Sekretär von Perrin t'Bashere Aybara und Faile ni Bashere t'Aybara.

Behüter: Ein Krieger, der durch den Behüterbund mit einer Aes Sedai verbunden ist. Dies geschieht mithilfe der Einen Macht und er erhält dadurch besondere Fähigkeiten. Er hat stärkere Heilkräfte, kommt lange Zeit ohne Nahrung, Wasser und Schlaf aus und kann den Einfluss des Dunklen Königs auf größere Entfernung spüren. Behüter und Aes Sedai teilen durch den Bund gewisse physische und emotionelle Empfindungen. So lange ein Behüter am Leben ist, ist sich die mit ihm verbundene Aes Sedai dieser Tatsache bewusst – ganz egal, wie weit er von ihr entfernt ist –, und wenn er stirbt, wird sie den Augenblick und die Art seines Todes kennen. Die meisten Ajahs vertreten die Auffassung, dass eine Aes Sedai nur mit einem Behüter verbunden sein sollte, allerdings weigern sich die Roten Ajah, überhaupt einen Bund einzugehen, während die Grünen Ajah der Meinung sind, eine Aes Sedai sollte so viele Behüter haben, wie sie für richtig hält. Ein Behüter sollte den Bund freiwillig eingehen, aber es ist vorgekommen, dass ihm der Bund gegen seinen

Willen aufgezwungen wurde. Was die Aes Sedai von der Verbindung haben, ist ein wohlgehütetes Geheimnis. Allen historischen Aufzeichnungen zufolge sind Behüter immer nur Männer gewesen, aber kürzlich ging eine Frau den Bund ein, bei dem es daraufhin zu gewissen anderen Eigenschaften kam (*siehe auch:* Birgitte)

Birgitte: Behüterin von Elayne Trakand, vermutlich die erste weibliche Behüterin überhaupt, eine Tatsache, die eine Reihe von größtenteils unerwarteten Schwierigkeiten mit sich bringt. Birgitte ist in Wahrheit die legendäre Heldin gleichen Namens, die zu jenen gehörte, die durch das Horn von Valere zurückgerufen werden sollten. Während eines Kampfes mit Moghedien wurde sie aus dem *Tel'aran'rhiod* in die Welt der Lebenden gerissen und nur das Eingehen des Bundes mit Elayne konnte ihr Leben retten. Abgesehen von ihrer Schönheit und ihrem Geschick mit dem Bogen ähnelt sie nur wenig den Legenden, die man über sie erzählt.

Blut, das: Bezeichnung der Seanchaner für ihren Adel. Man kann zum Blut sowohl erhoben als auch hineingeboren werden.

Cha Faile: (1) In der Alten Sprache die »Krallen des Falken«. (2) Von jungen Cairhienern und Tairenern angenommener Name, die versuchen, dem *Ji'e'toh* zu folgen. Sie haben Faile ni Bashere t'Aybara den Treueid geschworen und handeln im Geheimen als ihre persönlichen Späher und Spione.

Corenne: In der Alten Sprache »Die Rückkehr«. Die Seanchaner bezeichnen damit sowohl die Flotte aus Tausenden von Schiffen wie auch die Hunderttausende von Soldaten, Handwerkern und anderen Menschen, die die Schiffe transportierten und die den Vorläufern folgen, um das Land zu beanspruchen, das Artur Falkenflügels Nachfahren gestohlen wurde. (*siehe auch*: Hailene)

Da'covale: (1) In der Alten Sprache bezeichnet man damit eine Person, die einer anderen gehört oder ihr »Besitz« ist. (2) Bei den Seanchanern wird dieser Begriff häufig für Besitztümer und Sklaven benutzt. In Seanchan hat die Sklaverei eine lange und ungewöhnliche Geschichte, da Sklaven die Möglichkeit haben, zu Positionen mit großer Macht und öffentlicher Autorität aufzusteigen, darunter auch solche, in denen sie über freie Bürger bestimmen (*siehe auch*: *So'jhin*).

Der'morat: (1) In der Alten Sprache »Meisterbezwinger«. (2) Bezeichnung der Seanchaner für einen Tierbändiger und Ausbilder von Exoten beziehungsweise für jeden Ausbilder, wobei das Suffix einen langjährigen und fähigen Meister bezeichnet, so wie beispielsweise in *Der'morat'raken*. *Der'morat* können eine ziemlich hohe soziale Stellung erreichen; der höchste ist der *Der'sul'dam*, die Ausbilder der *Sul'dam*, die mit hohen Armeeoffizieren gleichzusetzen sind (*siehe auch*: *Morat*).

Erstschwester; **Erstbruder**: Diese Verwandtschaftsbezeichnung bei den Aiel bedeutet einfach, die gleiche Mutter zu haben. Das ist für die Aiel eine engere Verwandtschaftsbeziehung, als vom gleichen Vater abzustammen.

Fain, Padan: Ehemaliger Schattenfreund, der mittlerweile etwas viel Schlimmeres als ein Schattenfreund ist. Er ist genauso sehr ein Feind der Verlorenen wie Rand al'Thors, den er leidenschaftlich hasst. Zuletzt fungierte er unter dem Namen Jeraal Mordeth als Berater von Lord Toram Riatin bei dessen Rebellion gegen den Wiedergeborenen Drachen in Cairhien.

Fäuste des Himmels: Leicht bewaffnete und gepanzerte seanchanische Infanterie, die auf den Rücken der geflügelten Kreaturen namens *To'raken* in die Schlacht ziehen. Es handelt sich ausschließlich um kleinwüchsige Männer und Frauen wegen des geringen Gewichts, das ein *To'raken* tragen kann. Sie gelten allgemein als die zähesten verfügbaren Soldaten und werden hauptsächlich für Sturmangriffe eingesetzt, zum Beispiel auf die Nachhut des Feindes, sowie in solchen Fällen, in denen es darauf ankommt, Soldaten in kürzester Zeit an ihre Positionen zu bringen.

Gai'schain: In der Alten Sprache »dem Frieden im Kampfe verschworen«, so weit dieser Begriff überhaupt übersetzt werden kann. Von einem Aiel, der während eines Überfalls oder einer bewaffneten Auseinandersetzung von einem anderen Aiel gefangen genommen wird, verlangt das *Ji'e'toh,* dass er dem neuen Herren gehorsam ein Jahr und einen Tag dient und dabei keine Waffe anrührt und niemals Gewalt benützt. Eine Weise Frau, ein Schmied oder eine Frau mit einem Kind unter zehn Jahren können nicht zu *Gai'schain* gemacht werden.

Gefährten: die Militärelite von Illian, die derzeit von dem Ersten Hauptmann Demetre Marcolin befehligt wird. Die Gefährten stellen die Leibwache für den König von Illian und bewachen Schlüsselstellungen des Landes. Darüber hinaus hat man die Gefährten in der Schlacht traditionellerweise dazu eingesetzt, die stärkste Position des Feindes anzugreifen, seine Schwäche auszunutzen und, falls nötig, den Rückzug des Königs zu decken. Im Gegensatz zu den meisten vergleichbaren Eliteeinheiten sind Ausländer nicht nur willkommen (mit Ausnahme von Tairenern, Altaranern und Murandianern), sie können sogar – genau wie gewöhnliche Untertanen – in die höchsten Positionen aufsteigen, was ebenfalls sehr ungewöhnlich ist. Die Uniform der Gefährten besteht aus einem grünen Mantel, einem Brustharnisch, auf dem die Neun Bienen von Illian eingraviert sind, sowie einem konischen Helm mit einem Stangenvisier. Der Erste Hauptmann trägt an den Manschetten vier aufgestickte goldene Ringe und drei schmale goldene Federn auf dem Helm. Der Zweite Hauptmann trägt an den Manschetten drei aufgestickte goldene Ringe und am Helm drei goldene Federn mit grünen Spitzen. Leutnants tragen an den Manschetten zwei gelbe Ringe und zwei grüne Federn auf dem Helm, Unterleutnants einen gelben Ring und eine grüne Feder. Bannerträger tragen zwei unterbrochene gelbe Ringe an der Manschette und eine gelbe Feder, Fußsoldaten einen einzigen unterbrochenen gelben Ring.

Hailene: In der Alten Sprache »Vorläufer« oder »Jene, die vorher kommen«. Bezeichnung der Seanchaner für die gewaltige Expeditionsstreitmacht, die über das Aryth-Meer geschickt wurde, um die Länder auszuspionieren, die einst von Artur Falkenflügel beherrscht wurden. Seitdem sie unter dem Befehl der Hochlady Suroth steht und ihre Größe durch in den eroberten Ländern eingezogene Rekruten stark angeschwollen ist, hat die Hailene ihre ursprünglichen Ziele weit hinter sich gelassen.

Hanlon, Daved: Schattenfreund und ehemaliger Befehlshaber der Weißen Löwen, der in den Diensten des Verlorenen Rahvin stand, während dieser als Lord Gaebril Caemlyn beherrschte. Später führte Hanlon befehlsgemäß die Weißen Löwen nach Cairhien, um dort die Rebellion gegen den Wiedergeborenen Drachen voranzutreiben. Die Weißen Löwen wurden von einer »Blase des Bösen« vernichtet und Hanlon wurde zu bisher unbekannten Zwecken nach Caemlyn zurückbeordert.

Hierarchie des Meervolks: Das Atha'an Miere, das Meervolk, wird von der Herrin der Schiffe des Atha'an Miere beherrscht. Ihr zur Seite stehen die Windsucherinnen der Herrin der Schiffe sowie der Meister der Klingen. Den nächsten untergeordneten Rang bekleiden die Herrinnen der Wogen der einzelnen Clans, von denen jede ebenfalls über eine Windsucherin und einen Schwertmeister verfügt. Die Herrin der Wogen des betreffenden Clans herrscht über die Segelherrinnen (die Schiffskapitäne), die den Befehl über die Schiffe haben und von ihren eigenen Windsucherinnen und Zahlmeistern unterstützt werden. Die Windsucherin der Herrin der Schiffe hat die Autorität über alle Windsucherinnen der Herrinnen der

Wogen des Clans, von denen jede wiederum die Autorität über alle Windsucherinnen ihres Clans hat. Das Gleiche gilt für den Meister der Klingen, der die Autorität über alle Schwertmeister hat, denen wiederum die Zahlmeister ihres Clans unterstehen. Beim Meervolk ist Rang nicht erblich. Die Herrin der Schiffe wird auf Lebenszeit von den Ersten Zwölf des Atha'an Miere gewählt, den zwölf ältesten Herrinnen der Wogen. Die Herrin der Wogen des Clans wird wiederum von den zwölf ältesten Segelherrinnen ihres Clans gewählt, die man schlicht die Ersten Zwölf nennt – ein Begriff, der ebenfalls dazu benutzt wird, um die älteste Segelherrin vor Ort zu benennen. Sie kann von denselben Ersten Zwölf durch eine Abstimmung wieder abgesetzt werden. In der Tat kann bis auf die Herrin der Schiffe jeder wegen Gesetzesübertretungen, Feigheit oder anderen Verbrechen bis hinunter zum einfachen Deckmatrosen degradiert werden. Beim Tod einer Herrin der Wogen oder der Herrin der Schiffe muss ihre Windsucherin notwendigerweise einer Frau mit niederem Rang dienen und ihr eigener Rang verringert sich deswegen ebenfalls.

Ishara: Die erste Königin von Andor (zirka 994 – 1020 FJ). Nach dem Tod Artur Falkenflügels überzeugte Ishara ihren Gemahl, einen von Falkenflügels wichtigsten Generälen, die Belagerung von Tar Valon abzubrechen und sie mit so vielen Soldaten, wie er von dem Heer auf seine Seite ziehen konnte, nach Caemlyn zu begleiten. Wo viele andere versuchten, Falkenflügels ganzes Reich für sich zu erobern und scheiterten, nahm Ishara erfolgreich von einem kleinen Teil Besitz. Heutzutage weist fast jedes Adelshaus Andors etwas von Isharas Blut auf und der rechtmäßige Anspruch auf den Löwenthron hängt sowohl von der direkten Abstammung von ihr als auch von der nachgewiesenen Anzahl an Verbindungen zu ihr ab.

Kusinen: Selbst während der Trolloc-Kriege vor mehr als zweitausend Jahren (zirka 1000 – 1350 NZ) hielt die Weiße Burg ihren Standard aufrecht und schickte Frauen fort, die nicht die nötigen Vorraussetzungen erfüllten. Eine Gruppe solcher Frauen, die sich davor fürchteten, während der Kriege nach Hause zurückzukehren, floh nach Barashta (in der Nähe des heutigen Ebou Dar), so weit von den Kämpfen entfernt, wie es nur möglich war. Sie bezeichneten sich als Kusinen, blieben im Untergrund und boten einen sicheren Hafen für all jene, die aus der Burg fortgeschickt wurden. Im Laufe der Zeit führte die Verbindung mit Frauen, denen man befohlen hatte, die Burg zu verlassen, zu Kontakten mit Ausreißerinnen, und obwohl man die wahren Gründe vermutlich nie erfahren wird, fingen die Kusinen an, auch Ausreißerinnen bei sich aufzunehmen. Sie unternahmen große Anstrengungen, dass diese Mädchen nichts über die Kusinen erfuhren, bis sie sicher sein konnten, dass die Aes Sedai sich nicht auf sie stürzen und sie zurückholen würden. Schließlich war allgemein bekannt, dass Ausreißerinnen früher oder später immer eingefangen wurden, und die Kusinen wussten ganz genau, dass man auch sie streng bestrafen würde, falls sie ihre Existenz nicht geheim hielten.

Allerdings wussten die Aes Sedai der Weißen Burg fast von Anfang an über sie Bescheid, doch die Kriege ließen keine Zeit übrig, sich um sie zu kümmern. Nach Beendigung der Kriege kam die Burg zu der Einsicht, dass es möglicherweise nicht in ihrem besten Interesse lag, die Kusinen zu vernichten. Im Gegensatz zur Propaganda der Burg war vielen Ausreißerinnen die Flucht gelungen, aber sobald die Kusinen ihnen halfen, wusste die Burg genau, in welche Richtung sie flohen, und nun holte sie neun von zehn zurück. Da die Kusinen in dem Bemühen, ihre Existenz und ihre Anzahl zu verbergen, Barashta (und später Ebou Dar) immer wieder verließen, um später dorthin zurückzukehren, und nie länger als zehn Jahre an einem Ort blieben, damit niemand bemerkte, dass sie nicht wie andere Menschen alterten, kam die Burg zu dem Glauben, dass es nur wenige von ihnen gab, die niemals großes Aufsehen erregten. Um die Kusinen als Falle für Ausreißerinnen zu benutzen, entschied sich die Burg, sie im Gegensatz zu jeder ähnlichen Verbindung im Ver-

lauf der Geschichte in Ruhe zu lassen. Tatsächlich ist sogar die Existenz der Kusinen ein Geheimnis, das allein den anerkannten Aes Sedai bekannt ist.
Die Kusinen haben keine Gesetze, sondern nur Regeln, die teilweise auf dem Regelwerk der Weißen Burg für Novizinnen und Aufgenommene basieren und teilweise auf der Notwendigkeit zur Geheimhaltung. Wie bei der Entstehungsgeschichte der Kusinen zu erwarten ist, werden die Regeln bei allen Mitgliedern sehr streng eingehalten.
Kürzlich erfolgte offene Kontakte zwischen Aes Sedai und Kusinen sind zwar nur einer Hand voll Schwestern bekannt, haben jedoch zu schockierenden Erkenntnissen geführt, einschließlich der Tatsache, dass es doppelt so viele Kusinen wie Aes Sedai gibt. Darüber hinaus sind einige von ihnen mehr als hundert Jahre älter, als jede Aes Sedai seit Beginn der Trolloc-Kriege und auch schon zuvor geworden ist. Die Auswirkungen dieser Enthüllungen sowohl auf die Kusinen wie auf die Aes Sedai sind jedoch noch eine Sache der Spekulation (*siehe auch*: Töchter des Schweigens; Nähkränzchen).

Lanzenhauptmann: In den meisten Ländern führen Adelsfrauen ihre Heere nicht persönlich in den Kampf. Stattdessen nehmen sie professionelle Soldaten in Dienst, meistens einen Mann von niederer Geburt, der für die Ausbildung und das Kommando über die Bewaffneten verantwortlich ist. Je nach Land nennt man diesen Mann Lanzenhauptmann, Schwerthauptmann, Meister der Pferde oder Meister der Lanzen. Unweigerlich entstehen oft Gerüchte über eine engere Beziehung als zwischen Lady und Diener. Manchmal entsprechen sie sogar der Wahrheit.

Legion des Drachen: Eine große Militärformation, die nur aus Infanterie besteht und dem Wiedergeborenen Drachen die Treue geschworen hat. Ihre Ausbildung liegt in den Händen von Davram Bashere, und zwar nach Vorschriften, die er selbst zusammen mit Mat Cauthon erarbeitet hat und die sich rigoros vom üblichen Einsatz der

Fußsoldaten unterscheiden. Viele Männer melden sich als Freiwillige, aber ein großer Teil der Legion wird von Rekrutierungskommandos der Schwarzen Burg herangeschafft, die zuerst alle Männer, die bereit sind, dem Wiedergeborenen Drachen zu folgen, an einer Sammelstelle zusammenholen, und auch das erst, nachdem sie sie durch Wegetore in die Nähe von Caemlyn schaffen, um diejenigen herauszusieben, die man im Gebrauch der Einen Macht unterweisen kann. Der Rest – bei weitem der größere Teil – wird in Basheres Ausbildungslager geschickt.

Marath'damane: In der Alten Sprache »jene, die an die Leine gelegt werden müssen« und »eine, die man anleinen muss«. So bezeichnen die Seanchaner jede Frau, die die Macht lenken kann und nicht den Kragen einer *Damane* trägt.

Mera'din: In der Alten Sprache »die Bruderlosen«. Der Name wurde von jenen Aiel angenommen, die Clan und Septime verließen und sich den Shaido anschlossen, weil sie Rand al'Thor, einen Feuchtländer, nicht als den *Car'a'carn* akzeptieren konnten oder sich weigerten, seine Enthüllungen über die Geschichte und die Ursprünge der Aiel zu glauben. Clan und Septime zu verlassen – egal, aus welchem Grund – ist unter Aiel eine unvorstellbare Tat, weswegen die Kriegergemeinschaften der Shaido sie nicht aufnehmen wollten. Daher gründeten sie ihre eigene Gemeinschaft, die Bruderlosen.

Meister der Lanzen: *siehe auch*: Lanzenhauptmann

Meister der Pferde: *siehe auch*: Lanzenhauptmann

Morat-: In der Alten Sprache »Tierbändiger«. Die Seanchaner bezeichnen damit die Männer und Frauen, die die Exoten abrichten; es gibt *Morat'raken*, *Raken*bändiger oder Reiter, die zwanglos auch Flieger genannt werden (*siehe auch*: *Der'morat*).

Nähkränzchen: Die Anführerinnen der Kusinen. Da keine Angehörige der Kusinen jemals erfahren hat, wie die Hierarchie der Aes Sedai funktioniert – das Wissen darüber wird erst dann weitergegeben, wenn eine Aufgenommene die Prüfung für die Stola bestanden hat –, legten sie keinen Wert auf die Stärke in der Macht, sondern maßen dem Alter ein größeres Gewicht zu; so nimmt die ältere Frau immer einen höheren Rang als die jüngere ein. Das Nähkränzchen (die Bezeichnung wurde gewählt, weil sie – wie der Begriff Kusine – unverfänglich ist) setzt sich daher aus den dreizehn ältesten in Ebou Dar wohnenden Kusinen zusammen und die Frau mit dem höchsten Alter und damit die Vorsitzende trägt den Titel Älteste. Nach den Regeln müssen alle zurücktreten, wenn die Zeit zum Weiterziehen gekommen ist, aber so lange sie in Ebou Dar beheimatet sind, haben sie die absolute Autorität über die Kusinen, und zwar in einem Maß, um das sie jeder Amyrlin-Sitz beneiden würde (*siehe auch*: Kusinen).

Prophet: Die formelle Bezeichnung lautet Prophet des Lord Drachen. Einst war Masema Dagar ein schienarischer Soldat, der eine Offenbarung erlebte und entschied, dass er dazu auserwählt wurde, die Worte des Wiedergeborenen Drachen auf der Welt zu verbreiten. Er glaubt, dass es nichts Wichtigeres gibt, als die Tatsache anzuerkennen, dass der Wiedergeborene Drache das gestaltgewordene Licht ist und man willens ist, seinem irgendwann erfolgenden Ruf zu folgen. Er und seine Anhänger sind zu jeder Gewalttat bereit, um andere zu zwingen, die glorreichen Taten des Wiedergeborenen Drachen zu preisen. Er hat seinem Namen entsagt, lässt sich nur noch als »der Prophet« ansprechen und hat große Teile von Ghealdan und Amadicia, die nun unter seiner Herrschaft stehen, ins Chaos gestürzt.

Rückkehr: *siehe auch*: Corenne

Sa'angreal: Ein extrem seltenes Objekt, das einem Menschen erlaubt, die Eine Macht in viel stärkerem Maße als sonst möglich zu benützen. Ein *Sa'angreal* ähnelt einem *Angreal*, ist jedoch ungleich stärker. Die Menge der Einen Macht, die man mit einem *Sa'angreal* beherrschen kann, ist beträchtlich größer als die mithilfe eines *Angreals* kontrollierte. Das Verhältnis entspricht etwa der Macht, die man mit einem *Angreal* kontrolliert im Gegensatz zu der, die man ohne jedes Hilfsmittel lenkt. Relikte des Zeitalters der Legenden. Es ist nicht mehr bekannt, wie sie angefertigt wurden. Wie die *Angreale* sind auch sie geschlechterspezifisch und können entweder nur von einer Frau oder einem Mann eingesetzt werden. Es gibt nur noch eine Hand voll davon, weit weniger sogar als *Angreale*.

Schwerthauptmann: *siehe auch*: Lanzenhauptmann

Sei'mosiev: In der Alten Sprache »gesenkter Blick«. Ist bei den Seanchanern die Rede davon, dass jemand *sei'mosiev* wurde, bedeutet das, dass er das »Gesicht verloren« hat (*siehe auch*: *sei'taer*).

Sei'taer: In der Alten Sprache »offener Blick«. Die Seanchaner bezeichnen damit Ehre oder »Gesicht«, die Fähigkeit, jemandem ohne Scham in die Augen sehen zu können. Es ist möglich, *sei'taer* »zu haben«, was so viel bedeutet, dass man eine ehrenhafte Person ist, die einem anderen offen ins Gesicht sehen kann, so wie es möglich ist, *sei'taer* zu »gewinnen« oder zu »verlieren« (*siehe auch*: *sei'mosiev*).

Shen an Calhar: In der Alten Sprache »die Bande der Roten Hand«. (1) Eine legendäre Gruppe von Helden, die viele Abenteuer bestand und schließlich bei der Verteidigung von Manetheren starb, als das Land während der Trolloc-Kriege vernichtet wurde. (2) Eine Truppenformation, die eher zufällig von Mat Cauthon begründet wurde; sie ist ähnlich den Streitkräften organisiert, die es auf dem Höhepunkt der militärischen Kunst gab, den Tagen von Artur Falkenflügel und den unmittelbar darauf folgenden Jahrhunderten.

So'jhin: Die treffendste Übersetzung aus der Alten Sprache dürfte die Umschreibung »Erhabenheit unter Niederen« sein, obwohl es einige auch unter anderem als »sowohl Himmel wie auch Tal« übersetzen. Mit *So'jhin* bezeichnen Seanchaner die Höheren Diener, deren Rang erblich ist. Sie sind *Da'covale*, Besitz, bekleiden jedoch Positionen von beträchtlicher Autorität und Macht. Selbst Angehörige des Blutes behandeln die *So'jhin* der Kaiserfamilie mit Vorsicht und sprechen die persönlichen *So'jhin* der Kaiserin als Gleichgestellte an (*siehe auch*: Blut, *Da'covale*).

Tel'aran'rhiod: In der Alten Sprache: »die unsichtbare Welt« oder »die Welt der Träume«. Eine Welt, die man in Träumen manchmal sehen kann. Nach den Angaben der Alten durchdringt und umgibt sie alle möglichen Welten. Im Gegensatz zu anderen Träumen ist das, was dort mit lebendigen Dingen geschieht, völlig real. Wenn man dort also eine Wunde empfängt, ist diese beim Erwachen immer noch vorhanden, und einer, der dort stirbt, erwacht nie mehr. Ansonsten hat aber das, was dort geschieht, keinerlei Einfluss auf die wachende Welt. Viele Menschen können *Tel'aran'rhiod* kurze Augenblicke lang in ihren Träumen berühren, aber nur wenige haben je die Fähigkeit besessen, aus freien Stücken dort einzudringen, wenn auch einige *Ter'angreale* entdeckt wurden, die eine solche Fähigkeit unterstützen. Mit Hilfe eines solchen *Ter'angreals* können auch Menschen in die Welt der Träume eintreten, die nicht die Fähigkeit zum Gebrauch der Macht besitzen (*siehe auch*: *Ter'angreal*).

Ter'angreal: Gegenstände aus dem Zeitalter der Legenden, die die eine Macht verwenden oder bei deren Gebrauch helfen. Im Gegensatz zu *Angreal* und *Sa'angreal* wurde jeder *Ter'angreal* zu einem ganz bestimmten Zweck hergestellt. So verwandelt beispielsweise ein Eidstab den auf ihn geleisteten Eid zu etwas absolut Bindendem. Aes Sedai benutzen diverse *Ter'angreale*, aber bei vielen ist die ursprüngliche Anwendung in Vergessenheit geraten. Manche erfordern den Einsatz der Einen Macht, um zu funktionieren, andere wiederum auch nicht. Einige töten sogar oder zerstören die Fähigkeit einer Frau, die sie benützt, die Eine Macht zu lenken. Wie bei den *Angreal* und *Sa'angreal* ist nicht mehr bekannt, wie man sie herstellt. Dieses Geheimnis ging nach der Zerstörung der Welt verloren (*siehe auch: Angreal; Sa'angreal*).

Tiefenschau: (1) Die Fähigkeit, mithilfe der Einen Macht Krankheiten zu diagnostizieren. (2) Die Fähigkeit, mithilfe der Einen Macht Erzvorkommen aufzuspüren. Dies ist eine seit langem verschollene Fähigkeit der Aes Sedai, was womöglich auch der Grund dafür ist, dass der Name heute eine andere Fähigkeit bezeichnet.

Töchter des Schweigens: Während der (dreitausend Jahre umfassenden) Geschichte der Weißen Burg wurden immer wieder Frauen fortgeschickt, die sich nicht mit ihrem Schicksal abfinden wollten und den Versuch unternahmen, sich zu einer Gruppe zusammenzuschließen. Solche Gruppen wurden stets von der Weißen Burg aufgelöst, sobald sie bekannt wurden, und ihre Mitglieder in aller Öffentlichkeit streng bestraft, um sicherzugehen, dass auch jeder die Botschaft verstand. Die letzte aufgelöste Gruppe nannte sich selbst Töchter des Schweigens (794–798 NÄ). Die Töchter bestanden aus zwei Aufgenommenen, die man aus der Burg fortgeschickt hatte, und dreiundzwanzig Frauen, die sie aufgespürt und ausgebildet hatten. Sie wurden nach Tar Valon geschafft und bestraft, die dreiundzwanzig wurden in das Novizinnenbuch aufgenommen. Nur eine davon errang die Stola (*siehe auch*: Kusinen).

Totenwache: Eliteeinheit des seanchanischen Kaiserreichs, in der sowohl Menschen wie auch Ogier dienen. Die menschlichen Mitglieder der Totenwache sind alle *Da'covale*, die als Sklaven geboren und in frühester Jugend ausgewählt wurden, um der Kaiserin, zu deren Besitz sie zählen, zu dienen. Bis zum Fanatismus loyal und von wildem Stolz erfüllt haben sie oftmals Raben auf die Schultern tätowiert, das Zeichen eines *Da'covale* der Kaiserin. Helme und Rüstung sind dunkelgrün und blutrot lackiert, die Schilde sind schwarz lackiert, und Speere und Schwerter haben schwarze Quasten (*siehe auch*: *Da'covale*).

Vereinigung: Als die von Artur Falkenflügel ausgesandten Heere unter dem Kommando seines Sohnes Luthair in Seanchan landeten, entdeckten sie einen sich in ständiger Veränderung befindlichen Flickenteppich aus Nationen, die permanent miteinander Kriege führten und die häufig von Aes Sedai beherrscht wurden. Ohne ein Gegenstück zur Weißen Burg kämpften die Aes Sedai mithilfe der Einen Macht um die Vergrößerung ihrer persönlichen Reiche. Sie bildeten kleine Gruppen und intrigierten ständig gegeneinander. Diese Intrigen drehten sich größtenteils um den Gewinn persönlicher Vorteile. Die daraus entstandenen Kriege unter den zahllosen Nationen ermöglichten den aus dem Osten über das Aryth-Meer eingedrungenen Heeren überhaupt erst, mit der Eroberung eines ganzen Kontinents zu beginnen, die später von ihren Nachkommen vollendet wurde. Diese Eroberung, in deren Verlauf die Nachkommen der ursprünglichen Soldaten nicht nur ihre Herrschaft auf ganz Seanchan ausdehnten, sondern zu Seanchanern wurden, dauerte länger als neunhundert Jahre und wird als die Vereinigung bezeichnet.

Verlorene: Name von dreizehn mächtigen Aes Sedai, sowohl Männer als auch Frauen, die während des Zeitalters der Legenden zum Schatten überliefen und in der Versiegelung des Stollens zum Gefängnis des Dunklen Königs gefangen wurden. Obwohl lange Zeit angenommen wurde, dass während des Schattenkrieges allein sie das Licht aufgaben, gab es in Wahrheit noch andere; diese dreizehn nahmen lediglich die höchsten Ränge ein. Die Verlorenen (die sich selbst die Auserwählten nennen) sind seit ihrem Erwachen in der neuen Zeit dezimiert worden. Die bekannten Überlebenden sind Demandred,

Semirhage, Graendal, Mesaana, Moghedien sowie zwei andere, die in neuen Körpern wiedergeboren wurden und die neuen Namen Osan'gar und Aran'gar erhielten. Kürzlich erschien ein Mann, der sich Moridin nennt und bei dem es sich möglicherweise um einen weiteren toten Verlorenen handelt, der vom Dunklen König von jenseits des Grabes zurückgeholt wurde. Das Gleiche trifft vielleicht auf die Frau namens Cyndane zu, aber da Aran'gar ein Mann war, der als Frau zurückgebracht wurde, könnten sich die Spekulationen über Moridin und Cyndane als sinnlos erweisen, bevor man mehr erfahren hat.

Verteidiger des Steins: Militärische Eliteeinheit von Tear. Der derzeitige Hauptmann des Steins (und Befehlshaber der Verteidiger) ist Rodrivar Tihera. Nur Tairener werden als Verteidiger akzeptiert, und die Offiziere sind für gewöhnlich von adliger Geburt, obwohl sie oftmals niederen Häusern oder unbedeutenden Seitenzweigen mächtiger Häuser entstammen. Die Aufgabe der Verteidiger besteht darin, die gewaltige Festung namens Stein von Tear in der Stadt Tear zu beschützen und die Stadt zu verteidigen. Außerdem übernehmen sie die Aufgaben einer Stadtwache. Außer in Kriegszeiten führen sie ihre Pflichten nur selten weit von der Stadt fort. Dann bilden sie allerdings genau wie vergleichbare Eliteeinheiten den Kern der aufzustellenden Armee. Die Uniform der Verteidiger besteht aus einem schwarzen Mantel mit wattierten Ärmeln, die mit schwarzen und goldenen Streifen versehen sind, sowie einem polierten Brustharnisch und einem Helm mit Stahlkrempe und Stangenvisier. Der Hauptmann der Verteidiger trägt drei kurze weiße Federn auf dem Helm und auf den Manschetten seines Mantels drei ineinander verschlungene goldene Tressen auf einem weißen Band. Die anderen Hauptmänner tragen zwei weiße Federn und eine goldene Tresse auf den weißen Manschetten, Leutnants eine weiße Feder und eine schwarze Tresse auf der weißen Manschette und Unterleutnants eine kurze schwarze Feder und eine unbestickte Manschette. Bannerträger tragen goldfarbene Manschetten an ihren Mänteln und einfache Soldaten haben schwarz- und goldgestreifte Manschetten.

Vorläufer: *siehe auch*: Hailene

Waffenmänner: Soldaten, die einem bestimmten Lord oder einer Lady die Lehnstreue schulden.

Weise Frau (1): Bei den Aiel wählen die Weisen Frauen unter allen Frauen diejenigen aus, die zu dieser Tätigkeit berufen sind. Sie erlernen die Heilkunst, Kräuterkunde und anderes, ähnlich wie die Seherinnen. Sie besitzen große Autorität und Verantwortung sowie großen Einfluss auf die Septimen und die Clanhäuptlinge, obwohl diese Männer sie oft beschuldigen, dass sie sich ständig einmischen. Eine beträchtliche Anzahl von Weisen Frauen können – in unterschiedlicher Stärke – die Eine Macht lenken; sie spüren jede Aielfrau auf, die mit dem Funken geboren wurden oder lernen können, die Macht zu benutzen. Allerdings herrscht unter den Aiel der Brauch, nicht über dieses Thema zu sprechen. So wie es ebenfalls Brauch ist, dass Weise Frauen jeden Kontakt mit Aes Sedai meiden, und zwar wesentlich konsequenter als die anderen Aiel. Weise Frauen stehen über allen Fehden und kriegerischen Auseinandersetzungen und dürfen dem *Ji'e'toh* zufolge weder verletzt noch auf sonstige Weise behindert werden. Würde eine Weise Frau an einem Kampf teilnehmen, wäre das eine grobe Verletzung jeglicher Sitten und Traditionen. Drei zurzeit lebende Weise Frauen sind Traumgängerinnen und verfügen über die Fähigkeit, *Tel'aran'rhiod* zu betreten und mit anderen Menschen in ihren Träumen zu sprechen (*siehe auch*: Traumgänger; *Tel'aran'rhiod*).

Weise Frauen (2): Ehrentitel in Ebou Dar für Frauen, die für ihre unglaublichen Fähigkeiten bekannt sind, so gut wie jede Verletzung zu heilen. Traditionellerweise tragen Weise Frauen einen roten Gürtel. Obwohl viele Leute durchaus wissen, dass die Weisen Frauen von Ebou Dar nicht mal aus Altara geschweige denn aus Ebou Dar selbst stammen, war bis vor kurzem nicht bekannt – und auch jetzt nur wenigen –, dass es sich bei allen Weisen Frauen in Wahrheit um Angehörige der Kusinen handelt, die verschiedene Arten des mithilfe der Macht erfolgenden Heilens beherrschen und Kräuter und Salben nur als Tarnung verordnen. Nach der Flucht der Kusinen aus Ebou Dar wegen der Eroberung der Stadt durch die Seanchaner hält sich dort keine Weise Frau mehr auf (*siehe auch*: Kusinen).

NACHWORT DES ÜBERSETZERS

Das Rad der Zeit dreht sich, Zeitalter kommen und vergehen …

Nun ja, ganz so dramatisch ist es nicht, obwohl in der Tat ein Zeitalter vergangen ist und *Das Herz des Winters* als erster neuer Roman von Robert Jordan im 21. Jahrhundert erscheint.

Mit der lange und oftmals ungeduldig erwarteten Fortsetzung – die in den USA übrigens erst im November 2000 erschien, was bedeutet, dass dieser Band vom Verlag in Rekordzeit produziert wurde – kommt auch ein neuer Übersetzer an Bord, der das *Rad der Zeit* in nächster Zeit begleiten wird. Nun ist ein solcher Wechsel bei einem langlebigen und erfolgreichen Zyklus eine Sache, die – zu Recht – Fingerspitzengefühl erfordert. Denn jeder Übersetzer bringt seine eigenen Vorstellungen und Ansichten mit, was die Übertragung eines Werkes in die deutsche Sprache betrifft. Bei einem zeitgenössischen Roman oder einem Krimi stellen sich oft Fragen des Tons und der Atmosphäre, Fantasy erfordert jedoch auch ein gewisses Maß an kreativer Weltenschöpfung, an entsprechenden Namen und Begrifflichkeiten, die die Intention des Originals adäquat wiedergeben.

Und so juckt es einen Übersetzer in den Fingern, alles das zu verändern, was ihm nicht gefällt. Aber wenn die erste Aufregung vorbei ist (und machen wir uns nichts vor, es ist aufregend, bei einem der bekanntesten und auch besten Fantasy-Zyklen der letzten zehn Jahre mitzuarbeiten!), setzt die professionelle Ernüchterung ein. Und die Erkenntnis, dass es keinen Sinn hat, im vierundzwanzigsten Band alles zu verändern, nur weil man dem Roman seinen Stempel aufdrücken will. Kontinuität ist wichtiger als eigene Visionen. Ganz davon abgesehen, dass man damit den Lesern, die dieser komplexen Welt nun schon so lange die Treue halten, keinen Gefallen täte, wenn man den Kosmos radikal auf den Kopf stellen würde. Daher lautet die Devise wie bereits gesagt: Fingerspitzengefühl. Es kommt darauf an, sich dem Text auf eine ausgewogene Weise zu nähern und ein Gleichgewicht zu finden zwischen dem Wunsch, eigene Vorstellungen zu realisieren, und der Vorgabe, das Alte, Etablierte zu belassen. Darum wird sich in diesem neuen Band und den Nachfolgebänden nicht viel ändern, von dem einen oder anderen neu gestalteten Begriff einmal abgesehen.

So, und nun viel Spaß bei der Lektüre des Romans. Denn wenn Sie, werter Leser, so sind wie ich, haben Sie das Nachwort ohnehin zuerst gelesen. Und sollten Sie sich tatsächlich an die Reihenfolge gehalten haben, hoffe ich, dass Ihnen die Wartezeit bis zum nächsten Band nicht zu lang wird.

Denn das Rad der Zeit wird sich weiterdrehen, die Geschichte ist längst noch nicht zu Ende erzählt.

Andreas Decker